园豫声

YANYUAN
YUSHENG

备战高考 圆梦北大
来自北大河南学子的声音

北京大学中原发展研究会
《燕园豫声》编委会 编

中原出版传媒集团
中原传媒股份公司

大象出版社
·郑州·

图书在版编目(CIP)数据

燕园豫声 / 北京大学中原发展研究会《燕园豫声》编委会编.— 郑州 : 大象出版社, 2016. 6 (2020. 10 重印)
ISBN 978-7-5347-8892-5

Ⅰ. ①燕… Ⅱ. ①北… Ⅲ. ①随笔-作品集-中国-当代 Ⅳ. ①I267. 1

中国版本图书馆 CIP 数据核字(2016)第 124546 号

燕园豫声

YANYUAN YUSHENG

北京大学中原发展研究会《燕园豫声》编委会　编

出 版 人　汪林中
责任编辑　李建平
责任校对　李婧慧　毛　路　牛志远　裴红燕
装帧设计　刘　民

出版发行　大象出版社(郑州市郑东新区祥盛街 27 号　邮政编码 450016)
发行科　0371-63863551　总编室　0371-65597936
网　　址　www.daxiang.cn
印　　刷　新乡市豫北印务有限公司
经　　销　各地新华书店经销
开　　本　890 mm×1240 mm　1/16
印　　张　20.25
字　　数　268 千字
版　　次　2016 年 6 月第 1 版　2020 年 10 月第 4 次印刷
定　　价　38.00 元

印厂地址　新乡县翟坡镇兴宁村
邮政编码　453000　　　电话　0373-5635065

编委会

总策划 王欣涛

主　编 寇焜照　朱彦臻

编　委 王苏欣　李昀臻　陈克难　李志杰　贾晨曦　刘林让

徐银樗　袁　博　王　彬　卢梦婕　吴隆昊　王鹏飞

序言

“一旦佩上北大的校徽，每个人顿时便有被选择的庄严感。”从1998年百年校庆开始，出自谢冕先生《永远的校园》一文中的这句话，便被印在北京大学的录取通知书上，给予即将进入这个校园的学子们“被选择”的最正式宣告，也形成了他们对于“北大人”这一身份标志的最初认同。在随后的大学生涯里，他们将立足这块圣地，和这里成长着的中国几代最优秀学者一样，眺望世界，志向未来。

带着这份宣告与认同，一批批踌躇满志、意气风发的学子走进这个校园，站在这片坚实而丰沃的土地上，循着先辈的精神指引和时代的崭新召唤，改变着中国和世界，创造着属于他们的未来。大学要培养什么样的人？可能不同的大学有着不同的答案。北京大学要培养的正是能够引领未来的人。这里所说的“引领未来”有着多种注解。每个走进这个校园的年轻人，都可以追求千万条之一的属于自己的成功道路，这个校园愿意亦有能力承诺为每一个奔跑于成长道路上的人提供最大的支持。

秉持这份理念和承诺，北京大学始终以学生成长为中心，致力于为学生提供最优质的教育体验。“加强基础，促进交叉，尊重选择，卓越教学”是我们为学生提供的最为宽松多元也最为高效有力的人才成长支持体系的凝练。就在写下这篇序言之际，北大新一轮的本科教育综合改革方案制订完成，今年入学的大一新生将成为第一批受益者。新的改革方案有四个突出特点：一是融通识教育理念于培养全过程，促进学生在知识、能力、品格等方面的全面成长；二是发挥综合性大学多学科优势，完善多样化人才培养体系，尊重学生个性化发展，为学生提供丰富优质的教学资源和多样化的成长途径；三是将学术研究优势转化为教学优势，鼓励以发现和探索为中心的教学，真正让学生体验到研究型大学的丰富性、多元性、前沿性和广阔性；四是系统改进教学方式和学习方式，注重学生的学习体验与效果，通过多种手段推动教学方式的改革，注重学生的学习体验和收获，激发学生探索的激情与潜能。

为培养能够引领未来的人，北大将全力以赴、矢志不渝地不断努力，这一目标的达成，同样也需要每一个北大人和未来的北大人共同的努力。尤其是未来的北大人，你们首先要经历高考这项具有挑战性的考验，你们可能在一年甚至若干年前就已经开始了备考历程。这种历程是时间上的，也是心理上的，其中有喜悦欢欣，亦有迷茫困惑。但这段历程必定会是你们成长历程中具有独特意义的一段，很多学生正是走过这段历程才真正体悟到坚持与自信、努力与收获的真正含义，才有足够的智力资本和心理资本在更高的地方眺望世界，志向未来。值得庆幸的是，这段历程中你们有着众多的支持者和陪伴者，他们以各自的方式在为你们向着理想奔跑的道路上加油助威。这本书便是一种体现，这本书的发起者——北京大学中原发展研究会的同学们便是其中的代表。我仔细阅读了全书，这本书讲述了来自中原大地的北大学子们结缘北大的故事：备战高考过程中的亲身体会，以及摸索总结出来的学习经验和教训；追求理想中逐步成长、认识自我的心路历程；进入北大后对大学生活的适应、对未来人生的思考，以及学业和成长的收获。我相信，这些亲身实感的北大故事里的每一位主人公，无论是幸运还是坎坷，在他们回忆和分享自己当年的迷惘和焦虑、期待和希冀时，传递的是奋进和向上的力量，带给大家的是思想沉淀后的精神升华。因此，这是一本充满了真情实感、真知灼见的作品。

既然如此，便值得一读。我向广大中学生朋友、未来的北大人们推荐这本书，希望你们从这本书中能够收获前行的勇气、信心与力量。我也想向各位家长推荐这本书，希望这些年轻的北大学子的故事能够给你们以思想的启发和行动的指引,帮助你们更好地理解身边那些正在朝着理想奔跑的孩子们,以及如何更加有效地为他们助一臂之力。同时,我也想向从事和关注教育事业的朋友们推荐这本书,希望这些曾经的中学生们的回顾与反馈,能够为我国中学教育的改革发展,尤其是中学教育与大学教育的有效衔接,提供第一手的研究素材。

最后,我对北京大学中原发展研究会的同学们心系家乡、心系北大的情怀和努力表示由衷的敬佩和衷心的感谢,祝福本书的所有作者同学在北大学有所成,在未来事业有成,也祝愿读到本书的每一位学子志存高远,学业有成。

北京大学招生办公室主任　王亚章

2016 年 4 月于北大燕园

目 录

走在路上

寇焜照，男

北京大学化学与分子工程学院2011级本科生，北京大学教育学院高等教育管理方向2016级硕士研究生

2011年毕业于河南省许昌市实验中学。在校期间任北京大学中原发展研究会会长、理事会秘书长，发起北京大学中原发展研究会返豫励志报告项目。现任北京大学河南招生组组长助理。

每次放假回家，受叔叔阿姨们的嘱托，和小同学聊天，交流怎么提高成绩，分享学习方法，是跑不掉的任务。但是，若反问一句，我们为什么要学习？是为了上好大学，为了让自己的孩子比别人家的孩子优秀，还是为了学门技术、走向社会不受苦？总之，好好学习，直接目的就是提高成绩。

但是，这都是学习作为手段的意义，还是没有回答"为什么要学习"的问题：学习自身意义何在？以往只要看到我和小同学们分享提高成绩的所谓"方法"，叔叔阿姨们就很高兴。而自己的高中求学路途，让我对学习有了另一种理解。

我从初二开始，就对化学产生了浓厚的兴趣，在家做化学实验，初三起就看大学化学的教材。升高中时，许昌实验中学和郑州一中都录取了我。我得决定是守着父母读书参加高考，还是去另外一所每年保送北大、清华20多人的高中读化学竞赛班，参加竞赛争取保送。我选择了前者，因为虽然高考是独木桥，但是参加竞赛，说不定踏踏实实走独木桥的机会都没有。当我决定留在实验中学，爸爸就告诉我：眼光不要局限在这里，你是被郑州一中录取过的学生。但是，既然化学知识和竞赛机会在我心里撒下了种子,它就会长出来一棵草,挠得我心里痒。所以,我高一仍坚持看大学化学的教材,丝毫没有因为要走高考的独木桥而放弃对化学知识的好奇。尽管这样,我在高一期末全市统考中也考了市直高中的第一名。这时候,爸爸又说,许昌这个地方还是小,要把眼界放在全省去比较,那是个更大的舞台。

高二刚开学,2009 年 9 月 13 日,我信心满满地怀着夺得一等奖的梦想参加竞赛,最后得了 30 多分,连一等奖分数线的一半都不到。这算是我从小参加过的考试里最失败的一次。失败不可怕,可怕的是失去目标。我生活中最大的期待,就是能够通过竞赛证明自己的能力,竞赛也就成了我前进的动力。然而竞赛考罢,生活的目标就驻足在了那一天,接下来的日子,也就只会为了一个过去的东西不思前进。这应该就是迷失吧。这时候,爸爸分析了我的两个选择:彻底放弃竞赛,安安心心参加高考;在郑州找竞赛教练,每周末去郑州辅导,以冲进全省前 40 名、斩获一等奖为目标。高中生的家庭,一般都是民主讨论,家长做决定。爸爸托人联系上了郑大的一位教授,教授答应和我家人见一面,周末辅导的事情再商量。后来,每个周日中午坐着动车去郑州的老师家,接受三个小时辅导,再坐着动车回到许昌的生活就开始了。第一次辅导是 11 月 8 日,但是直到 11 月 29 日,某个无知少年参加补课的最大目的,就是每周能够坐两回动车。无知少年也不知为人的道理,总会在火车上乃至老师家中说一些不上档次的话。11 月 29 日,临别前老师无心问的几句话,让我恍然意识到:我来这里补课,竟然是为了坐动车!

接下来一周,我都为这一句话而后悔。知耻近乎勇,无知少年终于认识到了自己的无知,原来为人说话的道理甚至学习的意义,我都没弄清楚,竟然还时不时为自己的小聪明沾沾自喜。这一周,为了反思自己两个月来的迷失,分析学习上的优势与劣势、现况与不足,我养成了写日记的习惯。每天晚上三省吾身:我为什么要努力?今天学习状态怎么样?如何改进明天的时间安排?这一习惯保持至今。同样在这一周,我抽出 6

个小时自学并总结了一个章节的知识点，后来也成了每次辅导归来的必修课。事情往往并不像想象的那么难，进步也不像想象的遥不可及，只有做了才知道深浅。很快地，下一次辅导我就提了一个难倒老师的问题。那之后，是我思维最活跃、精神状态最好的一段时间。2010 年元旦，我头一次写新年展望。牛年腊月廿八，我独自一人在郑州过夜，因为老师连着安排了两天课。虎年正月初八，我一人踏上火车，由郑州转车去北京，专程参观北师大、清华、人大和北大。那时，通过学习体味到的激情、紧张、兴奋、辛酸，看到自己成长的喜悦，至今还让我心生感触。

高二的下学期，为了提高效率，我试图控制发生在我身上的每一件事，想让每件事都为学习服务，想让学习凌驾于生活之上。但一般来说，那是不可能的。我没有一刻不在念叨学习，但没有一刻轻轻松松、快快乐乐地学习过。到最后，反而陷入了唯分是从的泥淖。事情经过人主观的解读，总有自我实现的性质：心情好时，感觉整个世界都是你的；状态不好时，感觉整个世界都在和你作对。期末考试，我比许昌高中第一名低了 60 分。我很清楚，下一年高考考场里就可以见到我了，但我会考成什么样呢？郑大？我高中时候，每个周日的中午，都会坐在郑大的花坛上休息，总不会还得在歇脚的地方上大学吧？总之，我不知道。

这时候，我看到了周国平先生的《灵魂只能独行》。虽然和考学没关系，但是它真的吸引了我。我看到了一位超然尘世之外、俯察人世百态、探究人生真谛的哲人在宁静而深刻地思考着人生与社会。我以为我的困境无处化解，但是站在伟人的肩膀上，我发现我无非把眼光过分盯死在学习这一件事上罢了。至于两个月后 2010 年 9 月那场竞赛的结果，也不过是成长路上的一件小事，踏踏实实地走在路上，才是生活的真谛。说得简单一点，为了学习的快乐去学习，只要学到了知识和能力，尽人事，听天命，更何况我在去郑州求学的路上还收获了成长。

高三生活，远没有想象的可怕，只是高考步步紧逼，高考倒计时，明天就又少了一天。我的经历相较于大家又有所不同。高三刚开学，得到了全国高中化学竞赛一等奖,取得保送资格和高考20分加分;随后申请参加北大、清华、中科大的保送生考试,结果分别是落榜、不准许参加考试、落榜。高三下学期,参加自主招生考试,免面试通过北大考核、高考降20分录取。自主招生结果公布同日,许昌市二模考试放榜,全市排第138名。如果每个学生是一只股票,我一定是倒贴钱的投机股,风险太大,更何况当时已是3月份,为准备保送和自主招生考试,我已经错过了第一轮高考复习,没人知道我的真实能力到底如何。其实高中三年,我从不知道我的求学之路会走向何方:刚入学时,作为一个自我感觉有志向、有潜力的理科生,我就想当然地以清华为目标;跟着教授学化学竞赛知识,了解到清华是个工科大学,北大的理科才是世界一流,就把目标改成了北大;去了一趟北京,发现清华校园比北大要大,那还是清华吧。如此往复几次,仅仅因为这两所学校是中国最高学府,就把自己的目标定在了这里,却从不知道也从不敢去客观评估自己真真正正是什么水平。我高一时候是考过市直高中第一,但是即使是高考市直第一,也不一定能被这两所学校录取,更何况那还是高一。申请保送生选拔前选学校的时候,老师和家人一致正式地确定了北大和清华的目标,因为我学过一门竞赛还不偏科;参加保送考试、在全国比较才知道,原来学过两门竞赛也不偏科的同学大有人在,更何况还有不少人早已通过冬令营决赛被免试录取。后来参与北大的高考招生,看到一届届各地市状元们到底有多么优秀,我才意识到,我从一开始就把目标和志向定高了。但是,志向本就不是一定能达成的,眼界放宽、志存高远,会让人习惯优秀而不觉优秀,只觉前方有路要走。状元们凭借天生的聪颖、最好的教育资源走入了这两所最高学府;我不擅长考高分,我没有一流的教育资源,但我通过这条前无古人的道路也来到了北大。

教育的价值在于学生把教授的内容统统遗忘之后教育留给他的东西。高中毕业两年,上学期间的诸多细节已回忆不清,走在学习路上的那些经历和感悟,倒因时间的冲洗而越发珍贵。我想,学习不只是学习,而是事业;事业也不只是事业,而是生活。学习和生活本为一个整体,通过学习,学会生活。大家总爱讨论学习方法,不过我想,针对特定问题有效的学习方法,需要具体问题具体分析才能确定。但是,树立高远的志向,订立明确的目标,冷静地分析问题、发现矛盾本质,陷入迷茫时广泛涉猎、征求别人意见,从更高的角度反省当前的困境,这套思路无论用在学习或其他事业上都是相通的。学习路上,每一次挫折都是历练。上学时候,或许克服困难是为了获得学习上的成功,而曾经遭遇波折时的回忆和感悟被看作副产。在人生路上,一定程度上获得成功是为了经历波折,经历波折的目的是寻求生活的本真。

我一直认为,学习是和人生价值一致的事业。学习的意义,是收获成长。走在学习的路上,学会如何面对困难,学会如何为人生奋发拼搏。

预祝家乡的学子金榜题名,青春无悔!

作者寄语

未经审察的人生没有价值。

让努力配得上梦想

徐梓岚,女
北京大学中文系 2012 级本科生
2012 年毕业于河南省漯河市高级中学。北京大学中国语言文学系团委副书记,中原发展研究会副会长。曾获国家奖学金、北京大学西南联大奖学金、北京大学方正奖学金。

一、求其上者得其中,求其中者得其下

前几天我看了这么一个笑话:小时候我总在苦恼,我是上清华呢,还是上北大?现在我终于明白,我想多了!

笑过之后我想,为什么上清华、北大的梦想会变成一个笑话?怎样才能让它变为现实而非笑话呢?这背后大概需要日积月累的坚定努力。身边很多同学嚷嚷"我要上北大",纯粹是随大流,学习生活中却鲜少以未来北大人的身份要求自己。《孙子兵法》说过,求其上,得其中;求其中,得其下;求其下,必败。那么多人向往北大且不可得,何况是对自己心慈手软、偷偷放水的人呢?

因此,我想对每一个有北大、清华梦的师弟师妹说,请让你的努力配得上你的梦想。

二、战略上藐视敌人,战术上重视敌人

说完梦想,我们来讲点实在的。

刚刚一进校门,我就看到高考倒计时 80 天的牌子。这个时候,说不紧张是假的,但是我们一定要保持高姿态,因为我们有自信的资本。

三年一千多天,我们紧跟着经验丰富的老师,该学的知识都学了,该

练的习题也都练了，到现在基本定型。你付出过多少努力，就会得到多少分数，紧张只会影响你的发挥。把高考看淡就是最好的心态，你认为没有问题结果就没有问题。

同时，我们也要在战术上重视敌人，即接下来的巩固提高。不要小看这80多天啊，足够发生质的飞跃。刚刚为大家介绍北大的寇焜照学长，看起来彬彬有礼、温文尔雅的，其实是一位搞竞赛的大牛。他真正开始复习高考就熟悉题的套路，也就几个月时间，但他也稳稳考入了北大化院。所以说，师弟师妹一定要相信，最后三个月可以发生质变。

三、历经万般红尘劫，犹如微风轻拂面

可是要达到质的飞跃，须得有量的积累，说了半天还是要多做题。相信这一年大家已经经历了大大小小不计其数的考试，接下来还有八模九模。"胜败乃兵家常事"，针对大家关心的成绩波动、心情波动的问题，我有句话送给大家——历经万般红尘劫，犹如微风轻拂面。大家知道谁说的吗？对，是林清玄。林先生说人生恰如泡茶，经过很多的挫折、很多的失败、很多的烦恼以及很多的浮沉，就可以感慨地说"历经万般红尘劫，犹如微风轻拂面"。这其实就是平常心。

高三会经历大大小小数不清的考试，成绩浮动再正常不过了。分数高戒骄戒躁，名次差查漏补缺。你只需要安心地、踏实地走好脚下的路，无须怕未来，因为还未来。

四、见过于师，乃堪传授

讲完志向心态，依照惯例，此时我应该接着讲学习方法。可是啊，这个真没有。学习方法这东西，甲之熊掌乙之砒霜，我的方法未必适合你。所以我只打算和大家聊聊学习的思路。

首先，有问题要及时同老师沟通。咱们学校的老师，尤其是奋战在高三的老师，都是一等一的出类拔萃。复习进度也是经过精心安排的。因

此大家一定要和老师共进退,有问题及时向老师请教,千万不要留下漏洞。我们现在已经进入了冲刺阶段,有问题不解决可真要留到考场上喽。同时,老师们不仅仅是传道、授业、解惑的师长,更是我们心灵的导师。我在高中三年所遇到的老师都非常认真负责,尤其是坚守高三一线的老师,真是兢兢业业,爱生如子(比如说,我们班任何一个同学找班主任老师倾诉,老师都能耐心细致地站在走廊上和他谈一个早读)。我真的觉得能遇到这样一批好老师,是学生莫大的幸运。所以有问题要及时沟通,我相信老师会不遗余力地帮助你。

五、不积跬步，无以至千里

其次是一种毫厘不让、分秒必争的意识。很多大家熟悉的学习方法,都是这个意识的贯彻。可能有些师弟师妹想,到了这个时候,还讲什么积累啊。积累的方法不是唯一的,唯一的是紧迫感,是分秒必争,是你现在做的每道题、背的每个单词、抄的每段话都可能在考场上和你再次相遇。比如2012年高考作文,立意之一不就是“不以善小而不为”吗?在提炼出立意的一刹那,我脑海里就闪出来我考前半个月看到的一篇批判冷漠、呼吁温暖的文章,它的结尾是“因为相信所以存在,善心是风吹不散的阳光”,这个句子美不美?必须的!你觉得这是偶然吗?其实偶然都是戴了面具的必然。上了高三大家都看不上语文摘抄了,觉得基础工作浪费时间,可我做了一本的摘抄。临近高考我的状态是看到什么都觉得一定会用上,死活都要记下来。高考前我从一年的作文里筛选出可以套用的题目、开头、结尾,我自信无论出什么主题,我都能写出让人眼前一亮的题目,还有恨不得让阅卷老师马上给高分的开头。所以我高考作文写得特别轻松。

我用自己的经验告诉大家,最后这三个月太重要了,比别人多努力一分钟,都有可能创造奇迹。所以一刻也不能让大脑空着。

六、知己知彼，百战不殆

大家说咱们高三一年这么累是为了什么呢？说得现实一点，就是想拿高分！假如我们知道了题目怎么出，高分不是轻而易举吗？所以我建议大家多做题，尤其是高考真题。做得多了，出题思路、答题模式都有规律可循。这些你都知道了，想得低分都难吧？目前已经进入了三个月的倒计时，大家的知识体系构建已经基本完成，正需要大量做题以得到巩固。但是不是死做题，是活做题。

七、享受无法回避的痛苦

对于这个校园来说，高三学生是一茬一茬相似的青春，但对于大家来说，高三生活将成为永远珍藏的回忆。高考之后回头看，这大概是我们青春岁月里最斗志昂扬、最充实饱满的日子。如果现在你怀揣着梦想，那么拼了命也要实现它，只有这样，当你回忆起这段闪光的生活时，才能微笑地说：我没有遗憾。

最后，祝愿师弟师妹都能顺利翻过高考这座山，拥抱光辉灿烂的明天！

作者寄语

怕什么真理无穷，进一步有一寸的欢喜。

——胡适

成长，就是将生活谱成歌

蔺芳，女
北京大学中文系2012级本科生
2012年毕业于河南省鹤壁高中。北京大学青年网络发展协会负责人。

成长是什么？
是披肩发，花裙子，高跟鞋，
是把头发梳成大人模样，披上一身帅气西装，
更是带着耐心与爱心，在长长的日子里渐渐脱去戾气与稚气，
将生活谱成一首动听的歌。
不信，你听。

接到约稿，我的内心是充满惶恐的，毕竟身边优秀的人太多太多，无论在学术、学生工作还是学生活动上，总有人闪闪发光。在偌大的燕园里，我实在没有什么可以称得上经验的东西拿出来传经布道。想来自己从接触学生工作到现在竟也断断续续地有十几年了，正好借这个机会做一个梳理，聊以众娱。

一、是工作，也是学习

大概从小到大总是会听到这样一句话："学习是学生的天职。"的确，在大好的青春年华学习文化知识，实为"学生"一词的应有之义。然而，我们可以学习的，除了书本上的知识，还有很多很多。不少人认为，做学

生工作是不务正业，也有家长担心孩子承担了学生工作的任务会荒废学习，甚至是本末倒置之举。实则不然，学生工作一方面是从一个与学习书本知识完全不同的角度对自己的能力进行发掘和历练；另一方面，由于承担学生工作必定需要花费一定的时间，这恰恰是对学习的促进和激励——能否在更短的时间内完成相同的学习任务，这不仅仅考验自己对时间的安排和把控能力，更是对自制力的锻炼。是平庸还是卓越，自制力往往能够起到关键的作用。

从小学开始，老师便会挑选一些学有余力，性格活泼开朗，喜欢与人交往的孩子担任学生干部。小到班里的组长、班长，大到学校大队部的大队长，到中学后还会有团支书、学生会主席等，都从不同的层次上帮助老师分担了一定的工作量。也许是性格使然，从小到大这些大大小小的“官儿”我基本做了一个遍。在我看来，无论是小组长还是学生会主席，都需要我们有责任心，有处理问题的能力，更加擅长待人接物，与老师和同学友好相处。不同的是，更高层次的学生工作，需要担负的责任更大，需要处理的问题也就更多，相应地，你也会见到一个更大的世界。

学习，永远不仅仅限于书本的知识，更多的人生阅历与经验积累，往往来源于亲身经历后的总结与感悟，这是更大范围、更深层次的学习。人的本质属性是社会性，从呱呱坠地到成年后独立地进入社会，每个人都要经历一个社会化的过程，我认为，学生工作就是学生完成社会化过程的一个良好途径。

二、是学习，也是成长

组长、班长、大队长、学生会主席，一路走过来，我已经习惯了在繁重的学业之外承担另一份责任。中学的学生会，负责的更多是组织纪律检查、卫生评比这样的日常工作，相比于大学中的学生工作，自主性与创造性还是比较弱的，毕竟有巨大的升学压力，课业还是学校生活的重中之重。事实上，中学所做的学生工作，并没有占用我太多时间，也没有额外增加我的学习压力，反而因为学生工作这一桥梁和纽带，我能够更顺畅地跟老师交流。我认为，让老师及时了解你的想法，无论是学习上的疑问还是思想上的困惑，对我们学生而言都是非常重要的。同时，因为学生工作要接触大量的同学，我也在同学中积攒了良好的人缘，一个与良师益友教学相长的中学时代，是我一生的宝贵财富。

来到燕园，我依然选择了学生工作。来到这里的每个人都是寥廓天空中的一颗璀璨的星，不同于外界所想的所谓“一心只读圣贤书”的人才能考上北大。这里的很多人除了出类拔萃的学习成绩，都有着一份光芒闪耀的学生工作履历。这一点也从侧面证实了学生工作与学业并不矛盾，处理不好两者的关系或者因为能力不行，或者因为努力不够。大学里的学生工作，提供的选择更多，学生会、团委、社团……工作平台更加广阔，工作层次也更加丰富：班级、院级、校级，总有一款适合你。我大一时进入系学生会成为一名小小的干事，经过一年的锻炼，大二时进入校级的学生工作部门开始做学生助理。直到今天，在继续担任学生助理骨干的同时，也承担起一个社团的所有事务。醉过方知酒浓，这如同流水账一般的经历说起来寥寥数语，而真正经历过，才知道其中的点点滴滴早已镌刻在最深的记忆里。

大学里的学生工作不比中学，它要求你具有方方面面的能力。一个活动，从策划到实施完全由学生来负责，哪怕是再小的一件事情，都需要与各方进行充分的沟通与协调，还要准备解决随时可能出现的突发问题。我在上文中曾经提到，在学校中学习的过程实际上也是一个人完成社会化的过程，而大学中的学生工作经历，是我们由一个不谙世事的少年成长为一个能够独立走向社会的成年人的关键一环。我们总有一天会走出象牙塔，总有一天身边不再有那么多的宠爱、原谅和包容，那么学生工作的经历，就能够在一定程度上预演我们可能在以后真正的工作中将要经历的种种。这也是往往有过学生工作经验的人显得比一般同龄人更加成熟冷静，在走出校园后能够更快适应社会的原因。学生工作经验的积累也是社会化生存技巧的准备,而机会总是会垂青那些有准备的人。

三、是成长,也是生活

曾经不止一次地跟朋友感叹,自从承担越来越多的学生工作之后,我的生活开始变得比高中还要繁忙,脑子里经常同时运转着几件事的进度,同时还要处理好我自己的学业,凌晨睡凌晨起的情况稀松平常。不可否认,这样的生活有时候真的很累,可是也不得不承认,这是我成长最快的一个阶段——考虑问题越来越细致周到,解决问题越来越从容淡定,在布置 plan A 的时候心中已经默默规划好了 plan B,处理人际关系的时候也越来越细致小心。我感受着自己的改变,也在内心里喜欢这些改变。学生工作早已不仅仅是一份学习之外的工作,它渗透进了我的生活,更改变了我的性格。时光在一分一秒地飞逝,成熟、从容与淡定一点一滴地渗透进我的血液之中。感谢许许多多的人,也应该感谢自己,在很多年前的夏天做了一个正确的决定,在很多年前的夏天坚持没有放弃,才有现在的我在 2015 年的夏天在这里写下这样一篇文章。

成长,就是将生活谱成一首动听的歌。

作者寄语

人生最曼妙的风景,是内心的从容与淡定。

致仰望的人：请不惧孤独，不要叹息

朱彦臻，女
北京大学中国语言文学系2012级本科生
毕业于河南省项城一高，2012年高考周口市文科状元，河南省文科第4名。2012年入学至今先后获得北京大学新生二等奖学金、五四奖学金、学习优秀奖，担任中原发展研究会宣传部部长、团支书，并参与北京大学河南招生组的招生宣讲工作。

夜空中最亮的星，能否听清，那仰望的人，心底的孤独和叹息。

——题记

高考成为我回忆的一部分已经将近三年了。在这段说长不长、说短不短的大学时光里，很多高中记忆已经被生活里一个个大大小小的浪击打得零碎而又渺不可寻，但很多零碎的感受却深深地刻在了骨子里，陪伴着我成长，反而越发鲜活、深刻。走得越远，越能体悟到高考前那段时光的神奇。之所以用"神奇"这个词，是因为当时那种暂时什么也都不属于我，但一切都在遥远但可以看见的地方等我去取的忐忑又踏实的感觉，自我离开高中之后，再也没有如此强烈地出现过。尤其是高考冲刺100天的时间里，内心随着波动的成绩起伏，但又经过短暂、迅速的调整踏实地迈出下一步的经历，让我至今都体味犹新，无法忘怀。

高考前100天的忐忑，是进入最后100天的第一次考试后狠狠压过来的。还记得在标着鲜红的"92"的倒计时牌的正下方看到自己的排名和分数时，感觉白纸黑字比它上方鲜红的大字还要刺眼。一轮复习的努力似乎并没有让我更接近自己的目标，反而让我倒退回了比一轮复习前还要差很多的水平——在从来不会倒退的时间已经逼近到离高考不到100天的时候。不知所措的我用整整一天的时间怀疑自己之前所做的一切，怀疑目标实现的可能性，甚至怀疑自己的能力和智商，直到积压一天的绝望在放学后到班主任办公室那里以我号啕大哭的形式被释放。看着我从头哭到尾的班主任并没有安慰我，而是问我还想不想考进北大。我愣了一下，有气无力地回答："想是很想，但现在看来，不太可能了……"班主任并没有直接鼓励我，而是点明了我接下来的九十多天到底该做什么："虽然我始终相信你，但关键还在于你自己信念的保持。不管你是不是一轮复习出了问题，你能做的只有必须向前看。如果确实是一轮复习出了问题，过去的时间已经回不去了，只有在二轮复习的时候付出更多努力来弥补；如果不是，也不要掉以轻心，成绩大幅度倒退至少说明是有问题存在的，你必须静下心来分析问题所在。既然你想上北大，就没有能不能的问题。想达到那个高度，就用那个高度的标准要求自己，即使最后没能上北大，做得好的话也能无限逼近它，收获最好的结果。在时间这么有限的时候，所有的自我怀疑其实都是面对困难的消极逃避。"我像木头人一样定在那里，突然明白倒退的成绩并没有真的让我远离了目标，徒劳无功的自我怀疑才会让我失去实现它的资格和机会。

第二天，我并没有像以前那样把考得差的试卷揉成一团塞在桌子的角落里，而是一科一科、一题一题地分析。不管过去自己做得错与对、好与不好，我只知道，我想考进北大，而这才是我想考进北大应该做的事。最后的三个月，成绩也难免出现了几次波动，心情自然也会受到影响。毕竟只要有想要的但是还没得到的东西，在得到之前出现一些问题想要不忐忑是不可能的。但至少我再也没有哭过，因为知道了自己接下来怎么走，每一步就会踏实许多。

最后的三个月，我开始弥补我在一轮复习中出现的过分偏重基础、做题能力不够的问题，增加做题量，并且每周除考试之外用高考原题做一次限时训练,以求找准每一科自己的做题节奏;每次考试之后都强迫自己"敢于正视淋漓的鲜血",进行错题整理和错因分析,并且把自己的答案和标准答案逐一核对,连每一个不够完整的计算步骤都不放过;对于自己的弱科数学每天要保证除老师布置的作业之外一定的做题量,以及每次多练哪种类型的题;英语必做一篇完形填空、两篇阅读理解保持手感,随身携带记着重点单词和短语的小本随时翻看。文综收集整理相同类型的题整理出答题套路,并按照标准答案对自己的答案进行压缩修改,争取做到言简意赅,并且在每次考试之前翻看以便用在考试中,在考试中把套路变成自己的答题习惯……除学习方法上的努力探索之外,我也开始寻找能让自己心态迅速归正的方法。比如我在每一本笔记、每一本书的封面上都写上"北大",只是为了让我在困倦的时候能够时刻振作精神;我开始写随笔,高兴时写不高兴时也写,让我能够在情绪出现起伏时用最适合我的方式迅速恢复平静;本是无神论者的我也开始信起因果报应来,坚定不移地相信天道酬勤、好人有好报——既然能让自己安定下来,暂时迷信一下也没什么不好;等等。因为有所仰望,所以会忐忑,担心自己只能这样仰望了;但也正是因为有所仰望,所以才愿意放下过去的不堪,在每一次忐忑过后不顾一切地迈出坚定向前的下一步,踏踏实实地踩在延伸向未来的道路上。至于结果,只要自己真的能在最后问心无愧,就没有后悔的理由。

我的最后三个月,就是这样一个在一次又一次的怀疑中不断实现对自我的更加坚定的过程。在这个过程中,我第一次感受到了那么想实现一件事情的渴望和正确认识自己的巧妙的平衡,也第一次感受到了有一颗最亮的星就在自己的上方,而自己只需要什么都不想,只要安心地保持做好自己该做的事的饱满的生命状态。孤独怎么会没有?当自己如此相信命运的报偿,可是自己的努力似乎暂时没有得到命运的回应的时候;当内心的倾诉欲膨胀得蠢蠢欲动,却发现又不愿打扰周围的任何一个用心仰望并埋头赶路的人的时候;当自己在生活里遭遇了失望,却在父母投来询问的目光或打来关心的电话什么也不愿提起只怕他们担心的时候……而叹息又何尝不在自己嘴边：当明明会做的题却因为自己的一个不小心成了失误的时候；当做限时训练时没有在规定时间内完成任务的时候；当作文想了一个自以为很好的立意却被判为偏题的时候……但这些对于有所仰望的我来说，都变得不再可怕，因为所有的孤独与叹息都意味着消极的自我逃避，都不是足以让我停下来的理由。相反，正因为有孤独和叹息，星的光辉才更加温暖内心，让人坚不可摧。

从小到大，老师和亲戚对我的评价都是：很勤奋、很认真、很努力的孩子。因为明白自己从来都不是个聪明的人，所以为了达到目标，总要近乎残酷地要求自己，毫不保留地拼尽全力。这种拼尽全力的感受那样神奇，以至于它让我意识到，原来生命真的可以被充实到让自己都被自己感染的地步。

也许是因为内心的霾越来越重，再也没法重新拥有不顾一切追逐最亮的星的勇敢又清澈的心了吧，高考后的日子里，夜空中至今也没有出现过那么亮的星辰，足以照亮一个迷茫的人的眼睛，让我有失败一万次也要鼓足第一万零一次勇气的信念。说实在的，处在人生另一个迷茫期的我，还真的祈祷能再拥有一次透明的心灵和会流泪的眼睛，让我越过如今和未来生活的谎言，去拥抱自己真正想要的东西。

所以，仰望的人，请不惧孤独，也不要叹息。因为能够有所仰望、抬起头来奔跑，是件多么幸福的事。

祝福每一个正在仰望的你。

作者寄语

觉得为时已晚的时候，恰恰是最好的时候。

未名絮语

曹林菁，女
北京大学元培学院 2014 级本科生，就读于北京大学整合科学实验班
2014 年 6 月毕业于河南省开封市高级中学，河南省高考理科第 1 名。2011 年河南省开封市中招考试第 1 名，2014 年第 8 届全国创新作文大赛总决赛二等奖，第 30 届全国中学生物理竞赛省二等奖，第 22 届全国生物学联赛省二等奖，河南省三好学生，曾获北京大学校长实名推荐资格。

每次要写这类文章或做所谓经验报告的时候，我都是有些心虚的。我深知自己见识短浅、行为散漫，更没什么值得奉为圭臬的经验与方法值得借鉴。即使我也曾口若悬河地讲议论文应该这样写、语文应该这样学等等，但我一直觉得这是不必要的，至少在没能找到一个好的接受方式的时候。我这样认为，一方面因为我确实认为自己没有什么秘诀和方法，另一方面是我也听过许多学习方法与经验报告，像你们现在一样，但对我来说那些都收效甚微。我想，不是方法不对，不是经验不好——我听到见到的，和你们的学长学姐分享给你们的，都是极好的、科学的方法和通过亲身实践总结出的经验教训，而是当你接受这些方法经验的时候，你的态度是拿来主义，是批判性借鉴，还是“哇，好厉害的样子”或者“切，这算什么”？我也从高中走过，至少我没能很好地接受那些方法，或许是因为我自己的不够认真、不够在意。但是，如果我还能代表一些高中生的话，我姑且不负责任地认为你们中至少有一部分和我一样，听这些方法经验好像听故事，看那些心得体会仿佛看小说，参加报告会好像是明星见面会。“哦，原来他们那时候的生活是这样的啊！”“哦，原来这些家伙就长这个样子啊!”“哦,他说得好有道理的样子,怪不得考上北大呢!”……两天过后,只剩下“哦,他们来过了”。就好像现在在看我这篇文章的你,我希望你看这篇文章的动机不是“咦,这貌似是我们的理科状元”或“哎哟,她考上北大了”,我不喜欢别人过分地强调这些标签,好像这些标签在学弟学妹们的心中总是去不掉的,我希望你心中想的至少是“她凭什么是理科状元”“她凭什么上北大”。学习不同于旅游,不是有了攻略就走遍天下都不怕;学习又和旅游一样,如何借鉴别人的攻略走出自己的旅程,是个本事。如果还有足够的时间,我希望你们真正去思考什么是适合自己的,结合自己的实际去尝试,最终找到自己的一份攻略。

以上这些话大概不太常规,就像首段这么长不是我的行文风格。但我有理由认为你们现在都是具有思考力的青年人了,你们需要的不仅是暖心的鸡汤,还需要一些冰水,或者至少得来点儿晾凉了的鸡汤,捋一捋烫着的舌头。

胡言乱语,不知所言,如有冒犯,还请海涵。

一、愿你清醒地度过高中的日子

希望你熬夜、刷题、记笔记、写错题本都不是给自己以心理安慰,而是真正地使它们起到作用。“哦,我今天写了三套卷子,可以心安理得地睡觉了”“看吧,我已经这么努力了”,很多时候这些不过是麻痹自己的幌子,真正重要的是你从这些工作中获得了什么。高考前的时间是宝贵的,你永远不可能把能做的事情全做完,希望你能用最宝贵的时间以最高的效率做最重要的事,让自己付出的努力得到回报,而不要做无用功。以错题本为例,你既然写了,就要定期地去回顾它,错题本花费的90%的精力在记录上,10%的精力在回顾上,然而你可以从中获得的收获全在回顾。结果你费了很大精力去搭构错题本这个回顾的载体,却从来不去使用它或使用好它,显然得不偿失。刷题刷卷也是这样,重要的不是数量带给自己的膨胀感,而是巩固带给自己的扎实感。

二、愿你遇见更好的自己

高中三年，从雨季走向花季。关于梦想，关于世界，关于未来，憧憬与怅惘那么美好。我在高二的整整一年过得极度混沌，我一直在思考：这些能带给我什么呢？成绩能带给我什么呢？曾写过几篇关于梦想的文章，记录那时复杂纠结的心境，没错，就是那个我也曾觉得俗到不能再俗的梦想。大概每个人都会有纠结于自己人生意义的时刻，我很幸运，在某个契机下我发现了大抵可以称作我的梦想的东西。然而这不能强求，大抵也需要缘分。如果你已经明确自己的志向，真心地祝贺你；如果你还没有遇到，不必着急。正如林语堂先生所说，梦想无论怎样模糊，总潜伏在我们心底，像种子在地下一样，一定要萌芽滋长，伸出地面来，寻找阳光。做好当下的事，为未知的、神秘的、美好的你将执迷于的那个梦想，给自己留一个机会，让将来的你感谢现在的自己，没有使它成为不可触及的幻梦，等梦想的种子萌芽滋长时，阳光正好，养料正足。因此，也不必纠结于一时的得失和他人的评价。使自己变得更好，难道本身不足以成为一件快乐的事吗？

三、愿你将日子过成诗

把日子过成诗可以说是我的生活准则吧，虽然我随意的生活态度大概是没有什么准则的。最近在自嘲，说把日子过成了快板，想想这怎么不是首诗呢，日子不能只是朦胧诗呀。在我看来，一切经历大抵都是诗。哲理诗、朦胧诗、古典诗，不同的心境是不同的诗，就像郭沫若写《天上的街市》也写《天狗》。看着窗子旁边的白杨在倒计时 100 天里从冬天的枯枝一天天长出春日的新芽，长得茂盛，长得浓烈；看破损的地砖坑坑洼洼像俄罗斯方块；最后才发现躲在图书馆房檐下的几百家麻雀公寓，这些是诗。那些写不完的卷子、搬不动的书、赖过的作业、不过关的默写，也是诗。没来头地说这些，只是愿你们用心去过好自己的生活，这不是诗歌鉴赏，不用揣测作者心意，意象和韵律都由你自己决定。哈，这些当不必说的，有谁会不用心去过自己的生活呢？

如果你觉得这篇文章有些空洞,接下来还是提供一些称不上经验的方法,大概越是简单的东西越有可执行性吧。

1.找一个轻便的小本子,随手记下偶然遇到的生物、化学的琐碎知识点或物理、数学的重要结论、经验公式,不必在意格式,随时回顾。

2.不时将要做的事一条一条列出来,完成一项画去一项。主要是回顾错题本、试卷,总结归纳之类比较有弹性的安排,督促自己去完成,我同桌做这个超级赞!

3.让自己停下来。我们学校在高三时有一项很棒的制度叫作“休课”,有两三天的时间停止所有教学进度全天自习,给同学们进行反思、回顾、总结、答疑的机会。亲测效果很好,但这其实不一定需要学校统一安排,在你觉得太忙或者太盲目的时候,不如不时地停下来,会使自己更清醒,少做无用功。

4.作文语言精练,开头简洁明快。不过这也许只是我个人偏爱的文风,虽然这篇文章完全没有体现。高考作文可以参考学习《人民日报》和新闻日报时评的语言风格。

原本写下的题目是“愿你将日子过成诗”,想想不太合适,便改了。日子是你自己的,就如同对这些文字认同、批判或毫不在意的权利是你的。你喜欢诗,那就把日子过成诗,不管是《天上的街市》还是《天狗》;你喜欢画,那就把日子过成画,不管是国画、油画还是漫画;你喜欢可乐,那就把日子过成可乐,不管是百事可乐还是可口可乐。以前总爱跟学弟学妹们说,不管怎样,最重要的是快乐,因为你不可能经由一个不快乐的过程到达一个快乐的结局,现在想想也是欠妥的。总之,若你喜欢快乐,那就把日子过得快乐吧。

感谢坚持读到这里的你,不要误会,你们的学姐也是很萌的呢。

作者寄语

执迷者悟。

韶华梦旅

陈德里，男
北京大学信息管理系 2014 级本科生
2014 年毕业于河南省新乡市一中，曾获得省级三好学生，经校长实名推荐降低至一本线被北京大学信息管理系录取。生性安静，喜欢读书、和友人一道出游。自幼时启蒙之日起，求学之路上便多得益友良师之助。往日种种恩情，铭记在心；今日之情之境，自当发奋求学。

一、昨夜幽梦，朔语怀情

秋天的燕园是金色的童话。驻足于诗人长眠的未名湖畔，忽然间想起三年多前初至高中校园之时的那些旧日心情：兴奋与好奇充满了年轻的心灵，而内心深处更有一种不可遏制的豪情壮志。在全新的舞台上，在旧日的希冀与明朝的梦想之罅隙里，在学校的未来与个人的命运的交辉中，生活仿佛化为一场梦幻的旅行，穿过时间日月的光影，历数起伏升落的山水，终驶向梦想的彼岸。

问此青春，言彼韶光。“意气凌霄不知愁，愿上玉京十二楼。挥剑破云迎星落，举酒高歌引凤游。千载太虚无非梦，一段衷情不肯休。梦醒人间看微雨，江山还似旧温柔。”很喜欢这首抄在后黑板上的《逍遥游》，也很怀念那段十分激烈的逐梦岁月。高中的学习，尤其是高三的生活，充满挑战与考验，而正是这种激烈竞争背景下的个人修行与班级进步，往往使人收获一种发自内心深处的喜悦。

当然，学习不是一件轻而易举就可以表现很好的任务，在挑战面前的坚定信念，在定位之后的勤奋付出，在落差之下的认真规划，在竞争之中的自我提高,便是一条宽广的通途。

问彼何芳,言此情深。或许最为真挚的友情便建立于学生时代,而作为同一战线上的同龄人,无须多余的解释,共同的经历与情感早已将彼此的命运紧紧相连。他们来自不同的地区,说着不同的方言,有着不同的爱好,但这丝毫不会产生影响。他们中有的有着睿智的头脑和敏捷的反应,有的有着广泛的爱好与惊人的才艺,有的则有着幽默的话语和娱乐的精神。无论从哪个方面看,总能发现青春所赋予人的无尽活力,那是上天杰出的作品,在一生中难得的时机散发出璀璨的光芒。

或许中学不可能给每一名学生以名牌大学的允诺,但它能给每一名学生以理想的进步,更何况在高中学习,收获的并不仅仅是学业上的成绩、良好的学习习惯、积极的学习态度,更有一种奋进的精神、思想与人格的全面提高。

时间悠悠,年华似水。当回忆还留恋在 8 月入校军训时那刺眼的阳光,步伐却已走到分别的时节。月季花开花落,银杏叶绿叶黄,这段梦幻之旅终于到了终点,而这一路我们无怨无悔。

二、谁谓河广，一苇杭之

前一部分姑且允许我有一些放肆的回忆,而后一部分我和大家说些关于学习和人生的感悟。由于我的人生经历并不比高中的同学们多多少,说得不到位的地方还请各位海涵。

有时很多事情除了自己能控制的,还有很多为自己所无法掌握,我们称之为天意、运气或者说人品。而我觉得很多同学都有着这样的焦虑:担心自己在考试中发挥得不好,或偶尔丢掉了一些分数,或偶尔下降了几个名次。而在高考之前尤其明显,毕竟差一分可能导致与自己心仪的大学或专业擦肩而过,甚至于一生的命运从此改变。

诚然,偶然事件的出现会影响我们的人生进程,但这远非是起决定性的。我看到一篇文章,原文标题是“生命是一连串长期而持续的积累”。

生命是一种长期而持续的累积过程，绝不会因为单一的事件而毁了一个人的一生，也不会因为单一的事件而救了一个人的一生。因此许多所谓人生的重大抉择就可以淡然处之，无须那样焦虑。

世界上不存在也不可能存在什么一劳永逸的事情，除非你故步自封，那么每个人的生命便是由一段又一段向着或长或短、或大或小的目标前进的征程组成，一时的快慢并不会影响整个旅途的进程。只要你认准目标，坚持向前，属于你的美好未来终会降临。

当然在这之中有一些十分重要的节点，在这些节点前我们选择的道路成为重大抉择。但换个角度考虑问题，在这些节点前的选择真的有那么重要吗？你还是你，今天的你比昨天的你并不会有太大改变，即使在今天你做了多么了不起的事情，或你遭遇了多么大的挫折，而当下的境遇正是你之前所有日子积累所得。

我们所看到的所有成功与荣誉、失败与痛苦，抛开表面，都有它深层次的必然如此的理由，这便是人生的积累。也就是说，真正的道路在很久之前已经决定，并不会因为偶然事件改变太多。一个人的知识与见识、能力与素质都不是可以一蹴而就的，只要你坚持积累，不断前进，你最多错过一个机遇，更多的机遇还会到来，因为正是你所积累的知识与认识、能力与素养构成了一个人的气象，而这种气象会引导你的未来。

三、海晏天青，云何扬帆

这里我要提到心理学上一个著名的效应——贝尔效应：希望成功，成功的景象便会在内心生成，那么成功就有了一半的把握。有一名在剑桥大学留学的韩国留学生，经过一系列观察写下了一本书《成功并没有你想象的那么难》。书中所说人们传统观念上对于取得成功的观点——要经过一番痛苦到人神共愤的日子磨砺，才会有柳暗花明的一天——在很多时候并非如此，只要你对你的目标坚持不懈并抱有坚定的信念，树立自信，你就会成功，因为你有足够的时间和智慧去圆满地做完一件事。

其实很多时候，梦想达成的喜悦远非在达成的一瞬间取得，因为梦想一旦实现，短暂的兴奋之后又会有新的梦想和新的征程。所以，我认为在追逐梦想的过程中，要适时地学会幻想，幻想梦想达成的兴奋，幻想去做自己之前十分渴望而没有时间去做的事情。

某作家在书里说过："有些梦想，纵使永远也没办法实现，纵使光是连说出来都很奢侈，但如果没有说出来温暖自己一下，就无法获得前进的动力。"这样的幻想可以使你更好地投入到当下，当然，这并不是说你什么都不做地做着白日梦，而是在一种较为充实而愉悦的心境下学习。

现实中，我见过有一些人整天提心吊胆，几乎把全部心思放在担心自己结果不理想上面。比如说考试考砸了怎么办之类。这是一种十分不可取的心态。既然结果未知，就应该认真在过程中准备，如果你过程做得很好，结果自然不会差。此外，你所应该幻想的，不应该是糟糕的结果，而应该是美好的结局。根据贝尔效应，你越是幻想成功，就越能调动自己的积极性与潜力，有利于保持好的状态，成功的可能就越大。

四、云海仙蓬，鹤影鸣月

这里说到了心境，我就要开始讨论第三个部分——寻觅内心的宁静与充实。去年的时候，我和一些在各方面都十分优秀的同学坐在一间不大的教室学习，因此我能深切地明白大多数高中生的心境。你们现在正处于人生中一个十分重要的时刻，如果你乐意自我怜悯，你可以称之为艰难，如果你喜欢自我安慰，你有足够的理由抱怨，而如果可以，大多数人会选择一条更为轻松的路。但事实终究无法改变，在与命运的拔河中，我们也有不得不妥协的时候。但既然你们坐在教室里，为了自己的大学而努力，你们就应该思考什么样的心境更有利于学习。我想这个答案应该不是自我怜悯、自我安慰或什么其他的糟糕情绪，把自己弄得像一个临近生死决战、没有退路、悲愤慷慨的勇士，或全部心神放在学习和高考上，满脑子只有成绩和排名，而完全对生活麻木。

我想,我们应该专注于学习。这里有两层意思:第一层意思,字面上理解,时间上的专注,就是把时间更合理地分配于学习,我想各位在座的应该都有自己独到的方法,也就不详细讨论了。而第二层意思,是我想说明的关键,即心神上的专注。学习即是学习,你所为的只是知识与获取知识的方法,还有应对考试的技巧与熟练度。除此之外,一切与学习初衷、与本质无关。什么今天晚上没有利用好时间,自己觉得浪费,什么哪次测验多错了几道题,成绩不太好看,然后自己就灰心沮丧,为临近的高考与自己的糟糕状态而着急,抑或相反,为一些成绩沾沾自喜,其实这些都是一些十分不必要的多余的情感,除了分散注意力、干扰学习外一无所是,大家应该尽量避免这些情感。

我们应该专注于自己,不要过多地与别人比较,因为这没有什么用处,只会引起情绪的波动。当然适当地树立榜样并获得自己状况的大致反馈也是较为重要的,但花太多精力在这上面并无意义。我要补充一点,在很多人潜意识里,那个泛在旁观者其实并不真实存在,即你可能在做出一些决定之前会考虑他人的看法,但实际上并没有那么多人会真正在意你的事情。

另外我们要专注于当下,要有"悟已往之不谏,知来者之可追"的想法。你所能把握的只有现在,这个道理各位想必都明白,但还是会有人在不间断地懊悔过去,担心未来。对于已经过去的时间,借用李敖的一句话,除了要从中得到什么经验或教训,其余的都是对现在生活的毒药。而对于未来,事情还远着的时候没必要忧心,事情临近则要学会勇敢,不要害怕,毕竟很多时候,未来属于勇于开拓的人。

上面所说的三个专注,都有利于达到我所说的理想心境:宁静而充实。学习并不是一件轻而易举就能做好的事情。如果你能专注于此时此刻的自我,你就能做到宁静,而如果你能够真正专注于学习,你就能做到十分充实。你可以每天反思自我来期求进步,这种反思本身即是对收获的总结,使你在意识到自己学有所进、学有所成后获得内心真正的满足。

五、欲问桃源，溪深山远

作为新时代的年轻人，同学们对一些人生的道理或许都有自己的思考和独到的见解。接下来，我和大家说一些进入大学后的感受，可能与高考并没太大关系，也没什么系统性可言，但或许对大家成长有所帮助。

要说什么是北大推崇的理念，有人会说是“思想自由，兼容并包”，而在这句话的背后，则是对独立思考与见解的推崇。千万不要让别人轻易左右你的观点，做一个独立思考并拥有独立见解的人。可能开始的时候差别并不明显，但时间一长，那些人云亦云、随波逐流之人与拥有独立见解之人会有很大的差别。无论你们之后在哪里求学，我希望你们或早或晚都拥有这种思想。

另外，我认为各位除了立足于个人的考虑外，更多的应该考虑对社会的责任。人类作为一个集体，其发展便需要一代代有学问之人积极贡献，如果只贪图个人安逸与自在，那内心便会有永远无法弥补的空虚，所得到的更不会长久。你们可能觉得这还十分遥远，但这是你们发展过程中所必经的。

说到学习，不仅仅指你们所正在经历的应试教育和我们所经历的大学学习，更是一个广泛意义上的贯穿人生始终的学习。而我认为，学习的知识不如学习的能力重要，学习的能力则不如学习的态度重要。

对于高中的同学来说，你们现在的阶段是人生所必经的一段经历，并且必将会成为一笔终身受益的财富。而你们现在所拥有的，又是很多人羡慕不来的，宽敞明亮的教室，一流的老师与同学，既没有什么杂事可以分心，又没有什么人来给你干扰，大家一起为了同一个目标共同前行，这又何尝不是一种天堂般的生活。我相信你们对未来有自己的计划，也祝愿你们的计划能够圆满完成，如果我啰唆的文字真正能有所用处的话，我会不胜欣慰。今年9月，愿我们相约在如画的燕园。

作者寄语

十年磨剑，霜刃未曾试；九天风满，承平还需借吴钩。

致我们终将怀念的高三

承书颖，女
北京大学城市与环境学院 2014 级本科生
2014 年毕业于河南省漯河市高级中学，获得 2014 年北京大学中学校长实名推荐资格并享有过一本线录取的降分优惠。曾获第 30 届全国中学生化学竞赛省一等奖，河南省优秀学生干部称号。

2014 年高考的帷幕渐渐落下。接到北大录取通知书的那一刻，过往的一切只不过化作低垂眼角渗出的湿润和嘴角上扬浅浅的微笑。但我知道，绝不是那样简单，绝不是只有光彩。那段光明与阴影交织的日子，那个洒满汗水见证青春的高三，终将一直被怀念，诉说着梦想的力量，激励我不断前行。

翻开陪伴我走过高三的日记本，发现它竟是我一份份的计划表和一句句从不向外人提起的誓言。扉页写着："谨将此本献给我无悔付出的高三。Keep calm and carry on."这句话一直陪伴着我一路走来，我想这也是我对学弟学妹们最简单的祝愿。保持平静，继续前行。它平静得波澜不惊，得意时让我冷静，失意时让我振奋。当我迷茫无措时，这句话给了我方向：只有不断前行，才会抵达光明。高三的生活虽沉闷枯燥却又最激情澎湃，每日计划将学习任务安排得有条不紊，让生活前所未有地充实，让知识根深蒂固地生长，让梦想从未有过地接近。

初入高三，新的一轮复习模式和快节奏的生活让我新奇又紧张，在老师的带领下我快速适应了高强度的复习模式，并在上学期的考试中始终位于年级的领先位次。总体来说我是跟随老师的步骤，上课仍然注意听讲，课下以完成布置的作业为主。但这个方面我认为还是要根据个人情况,写作业速度较快的同学可以再额外给自己安排很多任务,速度不快的就要量力而行,根据自己的实际情况,挑重点内容进行专项练习。其实这就是我要说的第一点:计划性和目的性。

一、计划先行,成竹在胸

在老师的大节奏下拥有自己的小节奏,这是每个尖子生必备的素质。要在日常学习中时刻清醒地认识自己的步骤,自己的优势、劣势学科,以及自己该怎么做。其实想想学习的问题并不复杂,无非就是做什么和怎么做。必须时刻清醒地认识自己要完成的任务是什么,同时附上如何去完成这个任务。我有一个每天携带的小本本,随时记录脑子里冒出来需要做的事情,上面写满了我前一天晚上对第二天的计划。这样总是满满的计划,我却总是不能全部完成。但我想说的是,即使不能全部完成,但它代表着你对自己学习进度的一个整体把握,这种清醒的感觉是非常有必要的,而不是得过且过地度过每一天。当然,能避免总是被繁多的任务重压,就需要列计划切合实际,不可盲目贪多,最科学的方法就是根据时间去安排任务,而不是为了繁多的任务而找时间,否则会令你陷入完不成任务的焦虑之中,这是非常没有必要的。这也是我后来慢慢总结出来的经验。比如你在午休前可以给自己安排做英语作业,连排的自习课可以做些需要整块时间的作业如数学、理综等,这都是需要根据具体情况去安排的。这样的话既可以提高效率,又不至于"压力山大",会有很好的效果。目的性就是要清楚自己的优势、劣势学科,保优补差,合理地分配时间和精力,不可以无目的地去单纯追求题目的数量而忽略了质量。这就需要与自身情况和目的性结合起来,有的放矢地去培优补差。

进入寒假,那真是个最忙碌的假期,没有之一。记得当时为了提高学习效率,老师组织我们一起自习。每天仍旧是从早到晚地拼命,漫天飘雪也不例外。路上都铺满了积雪,我们就一步步踩着雪从家里走到自习室再走回去。回到家中谢绝了一切亲朋好友的聚餐邀请,唯一理由是要完成作业。老师当时还调侃道:这个春晚你不看试试,熬夜刷题试试,绝对一生难忘!就当是一次经历吧,我虽没有完全放弃春晚,但也是在爆竹声中攻克了几道物理大题,现在想想真是难忘的经历了,哈哈。

二、守正笃行,久久为功

这句话是2014年北京大学开学典礼上王恩哥院士送给我们的一句话,我深受感触。“守正笃行”,是指脚踏实地;“久久为功”,是指坚持不懈。没有人不努力就可以考上清华、北大,最怕的是比你聪明的人还比你努力,这样你拿什么去和他们竞争?所以你也只有更努力。坚持下去,不懈努力。你只有很努力,达到目标时才可以让其他人看起来你是毫不费力的。

其实最艰难的时光应该是今年的三四月份,那个时期在我的记忆中真是一片晦暗,看不到丝毫光亮。当时一大波题目来袭,老师带领我们进入刷题阶段,理综试题也开始进行。习惯了慢速咀嚼的我面对着一张张理综试卷显得无所适从。那几次模拟考试我也出现了前所未有的慌乱,犯了我之前认为低级到自己从不会犯的错误,看错题、自己偏题、涂错卡、计算错误……考试成绩一次次挑战我的心理底线。我告诉自己那些错误本来是都可以避免的,避免之后你还是照样优秀。可成绩就摆在眼前,尤其是那跌入谷底的成绩,它的负面力量远远超乎你的想象。它让我在黑夜里不知流下多少泪水,在白天不知丧失多少生气。我很无助,进而变得慌乱,变得脆弱,变得不知所措,变得迷失方向。老师找我谈话,我只能勉强挤出笑容,在父母面前我会因为做不出一道选择题而放声痛哭,只有我自己知道那不过是压死骆驼的最后一根稻草。六模、七模的惨败逐渐浇冷了我狂躁的心,我开始慢慢地懂得:没有选择,没有退路,只有坚持。不要管结果如何,只管去付出就好。你要知道,成功是开花的时候,失败是长根的时候。没有根的支撑,一朵花不会灿烂多久。所以渐渐地我开始以一种感恩的心态接受一切,我慢慢平静了下来,还是那一句话:Keep calm and carry on.你会发现这句话以惊人的平静让你的心变得波澜不惊，我以为这是高三赋予我的最高境界。坚持下去，不懈努力，脚踏实地，波澜不惊。老师也告诉我：难受时只有一个字：忍。忍字头上一把刀。我相信每一个考上清华、北大的学子都不可能没有需要硬撑过去的时刻。而我们必须坚信，这些时刻才是最锻炼你的时刻。硬撑过去，不懈努力，就是光明！

三、思考感悟，云开月明

当然，努力不是没有方向，没有方向的船只不可能驶向成功的彼岸。当你具备了坚持下去克服困难的勇气和决心时，剩下的就是要找到适合自己的学习方法。在我看来最核心的一条就是思考总结，不论是对待文科学习还是理科学习都是如此。如果说刷题是必不可少的积淀，那么思考总结才是实现质的飞跃的成功之路。对于数学及理综学科，个人认为不仅要搞清楚每一道题的答案，还要从条件入手，一步步分析推理是如何得出答案的，这种思想方法往往比答案本身更为重要，更可以应用于其他的题目。特别是高考，我们几乎不可能碰到原题甚至相似的题目，在这种情况下，分析问题、解决问题的思想方法就是我们能带到考场上的唯一法宝。记得老师曾告诉过我们让我印象很深刻的一句话：你在高中三年究竟学到了什么，不是课本上的知识，不是你做过的题目，而是当你把这些都忘记的时候你剩下的东西。我并不是说这句话有多么正确，只是它在一定程度上强调了掌握解决问题的能力是多么重要。其实这也就是我们通常所强调的思路问题。可能再说得远一点，包括一些大家可能都感觉到陌生甚至不知所措的面试问题，在很大程度上也只不过是考查你的思维能力和应变能力。面试官不一定真的希望你说出什么所谓的答案，而只是想通过这个问题看到你的那种潜在的能力。所以接着之前所说的讲，帮助我走出那段阴影时期的就是我的总结本。曾经有一段时期我放弃了它，结果迷失在茫茫题海之中。好在爸爸及时给了我指引，根据我的个人情况，又让我继续坚持了下去。于是我重新开始整理做过的一些有价值的题目，每道题目下面不仅有答案，更有这道题的解题思路、如何从条件找到答案、一些陷阱及注意问题等，这些都需要用不同的笔来标注。这种方法在数学和理综的学习中效果更好，它可以让你真真正正地掌握也就是吃透题目，而不是只追求了数量而忽略了质量。不过因为时间有限，必须要求对一些有价值的题目才这样做。对于那些因为粗心而错的题目我们只需要牢记教训，没有必要再花费时间去整理。当然这也只是我个人的一点心得，有的同学不需要这样做数学理综照样可以拿高分，学习都是因人而异，没有必要模仿他人，只需要找到一条适合自己的路。这一点也是我经历许多才慢慢领悟的，拿出来与学弟学妹分享，或许会帮助你们少走些弯路。

下面我想具体到每个学科谈一下学习的小技巧。我是理科生，就只谈语数外和理综的学习了。语文最有效的方法是专项练习。因为语文的出题形式大致固定，所以可以根据自己的情况有重点地专项练习。同时要和老师结合，在老师的引导下弥补自己较弱的方面。作文方面实用一点来讲就是多浏览范文、素材。范文可以去挖掘它的行文思路和语句、素材的使用，多摘抄一些简短实用的句段。建议摘抄段落不要太长，不然你会发现那是繁重而又无用的工作。最好就是每个素材段落中挑选几句最精彩的记录下来，这样任务量不会太大，又方便记忆使用。语文是个需要背诵的学科，大家要抓好读书时间，对知识进行反复循环背诵。很多人曾经跟我交流过读书记不住的问题，其实每个人都会遗忘，解决这个问题没有其他办法，就是反复循环多记多背，背诵的东西一定要经过反复这个过程才可以真正地为我所用。英语学科也同样是个以背诵为主的学科，我个人认为一些英语基础本身比较好的同学应该酌情安排学习时间，不用在英语上花太多时间，但是绝对不可以自以为是、眼高手低，应始终保持英语做题的手感，保持英语水平不下滑。对于一些英语基础比较差的同学，英语应该是最容易缩小与他人差距的学科，所以千万不要放弃。每个早读拿出单词本、知识单来背诵，还是反复循环记忆，再加上每天固定的练习，相信英语水平一定会稳步提升。应试方面主要是英语作文，字体是门面，好的书写会赢得不少分数，同时语句不要有语法错误。复杂句与简单句应结合使用，最好的效果就是读起来顺畅自然，不要一味地套用一些句式而使得文章僵硬呆板。关于数学和理综，在我看来方法都是一样的，都是做题与反思相结合。一些小的技巧，比如遇到一些陷阱和常错点，可以专门记在本子的第一页或者某个地方，以供每次考试之前翻看，这一招很有用哟。还有如果遇到一些比较典型的问题可以专门做成一个专题，比如数学的导数与恒成立专题，物理的拉板模型专题，等等，这种大框架的清晰思路无论是在平常学习还是在考前都是很有帮助的。

最后我想谈一谈心态调节方面的问题。有人说高三不仅是一场智力比拼战，更是一场心理持久战。这一点也不假，到了高三你可能会遇到各种各样之前都不曾遇到的问题，更会收获一些不曾有过的体会。尤其是对于年级中名列前茅的学生，心理波动更是再正常不过的事情。首先我认为，你必须平衡自己的心理，不要偏激，不要抱怨，不要与他人攀比。平静地接受你即将面临的一切，并且敢于接受一切挑战。你要相信所有的事情都是会好起来的，如果不够好，那是还没有到最后。Keep calm and carry on.这是一个原则，更是一种信仰。具体说来，当你遭遇各种不顺利，比如作业无法完成、学习吃力、考试成绩不理想等问题时，学会找他人倾诉。不要埋在心里，要相信父母和老师的力量足够为你撑起一片你可以清晰地看到光明的天空。也许曾经你会和父母吵架，会和老师顶嘴，但不容置疑的是他们一定会在你最需要帮助的时候给你最及时的帮助，哪怕只是一个拥抱，一个爱抚，也许都足以给你继续走下去的勇气。当然，他们能做的不止这些，他们可以为你分析你所面临的问题，给你正确的引导。也许当你换一种思路去看待你的处境时，你会发现你的处境并没有那么糟糕，这也许是上天对你的一次历练，让你获取一种新的技能。就像我之前提到的那样，今年的三四月份是我最痛苦的时期，那段时间的反复琢磨，反复与老师、父母的沟通给我了一个新的思路，也许我所经历的谷底对他人来讲并不算什么，也许一直处于顶峰对于高考来讲并不会有什么帮助，也许失败的经历会让我的结局更加完美。这样一想似乎上天对于每个人都是公平的，我的心也似乎打开了，并不再沉浸于苦恼中无法自拔。后来证明那段经历是我在高三最记忆犹新的，也是最获得成长的。所以学弟学妹们，心理问题绝不是无法战胜的问题，你让它变得简单了，它就会很简单。你纯粹地、坚定地走下去，它就不会影响你什么。

高三最后的时光在每天的励志歌曲中悄然度过，现在回想起来这又给诠释青春的高三增加了一抹色彩。无论如何，相信我，你的高三都会是那样充实而难忘。再也不会有一个时期，会像高三那样纯粹地为一个梦想全力以赴。

我们终将怀念的高三，也终将被你们怀念。祝福你们，欣赏高三、奋斗高三、享受高三吧！

作者寄语

活在当下，期许未来。

竞赛教会我的那些事

丁雪浩，男
北京大学物理学院 2014 级本科生
籍贯江苏宜兴，毕业于河南省郑州一中。高中物理竞赛省冠军，全国金牌，国家集训队队员。擅长物理和数学，几次竞赛考得不错，综合成绩平均年级十几名。比较擅长通过抽象与形象思维的互化来理解概念和解题。

大家好，我是丁雪浩。通过物理竞赛保送成为北京大学 2014 级本科生，目前大一，在物理学院学习。很高兴能和大家谈谈我自己对学习的认识，交流一下自己中学时期的一些心得体会和经验教训，希望能对大家提供一些帮助。

一、关于竞赛

竞赛方面，相信大家对高中竞赛多多少少也是有一定了解的，但我想应该还不够全面和透彻，因为不够了解，所以不敢尝试，这也是我感觉郑州以外地区参加竞赛人数少的一个重要原因。所以我想借着这个机会给大家普及一下有关竞赛方面的知识。

就目前的状况来看，真正玩竞赛的学校主要就是郑州一中、郑州外国语和省实验中学三所学校而已，我就是来自郑州一中，虽然每年参加竞赛的人数很多，但是不客气地讲，其他学校的学生应该都只能算业余选手。我认为这并不是一个很好的局面，而是一个地域不公平的表现。竞赛的宗旨是选拔出对某一学科最有天赋、真正热爱的学生，而我更是真心希望省复赛是在整个河南省而不是只有郑州市的三所学校内选拔出最有天赋的学生。诚然，郑州市三所学校平均水平确实全省领先，但不要忘了竞赛要选拔的是佼佼者中的佼佼者,而不是一个平均数,毋庸置疑,在河南省郑州市以外地区肯定也存在着有对某一学科极其热爱并且充满天赋的学生,这样的学生如果仅仅因为地域问题没被选拔出来就太可惜了。

以物理竞赛为例,我先介绍下整体的流程。每年 9 月初会在各个地市举行预赛,然后选拔出来少量学生在 9 月末参加复赛,赛出省一、二、三等奖,并且确定省队,大概 10 人左右。之后在 10 月末省队代表省去主办城市参加全国决赛,赛出金、银、铜牌,并由大概前 50 名组建国家集训队。最后从国家集训队中选拔出国家队参加世界比赛。总的来说和奥运会是差不多的一个流程。对大多数人来说最重要的一场比赛是复赛,虽然每年政策都在变,但一般来说,复赛对升学影响很大。复赛后的比赛基本上是在为荣誉而战了。

众所周知,竞赛如果考得好了自然有很多好处,但这并不是我今天要谈的重点,我今天主要还是想给大家介绍一下竞赛学习本身的特点。因为我学的是物理竞赛,所以以物理竞赛为例。

物理竞赛是一个以大学普通物理的知识点为基础,以中学数学和简单的微积分为数学工具,并且需要较为高超多变的解题技巧的考试。(当然这是我自己下的定义,官方定义不是这样的)听起来好像挺吓人的,其实对于真正有物理天赋和兴趣的人来说,并不算很难。下面说说物理竞赛的几个突出特点。

第一,和高中物理一样,物理竞赛也是不需要死记硬背的,一切知识点和公式都以理解为基础,并且你做题多了自然而然就全记住了,用我们老师的话说就是:从来不需要记忆,永远不会忘记。所以,物理竞赛的难点不在于记忆,而在于你能不能充满想象力地把知识点融会贯通,不管遇到什么题,都能保持对概念的清晰把握。

第二,学习物理竞赛是对思维能力的一种锻炼和挑战。竞赛之所以高于正常考试,不是因为它要求了新的知识点,而是因为它对思维能力的要求较高。无论是平时整理知识点还是钻研竞赛题目,你的思维都不得不在抽象和具体之间来回穿梭；当你考察一套逻辑体系的正确性时，你的思维就得从对称性、自洽性等多个宏观角度来反复推敲；当你要理清一道题的变量之间的逻辑关系时，你就得从边界条件的角度来分析题目中的变量。我说的这些可能你们现在还很难理解，但我想表达的是，学习物理竞赛绝对不仅仅是对知识的积累，只要你真正学进去了，它可以让你的思维能力得到根本的提升，这个对你学习其他理科都很有好处。相信我，如果你竞赛学得足够好了，那么对称性、自由度这些深刻的具有哲学性的自然概念会融进你的骨子里，不管你将来学什么专业，即便把物理全忘了，这些深刻的概念也会让你受益一生。你们现在无法理解作为一个搞物理的人，对对称性有着一种什么样的特殊感情，别人可能觉得我们是疯子。杨振宁和李政道先生是目前中国的物理学术“大牛”，他们可能很多观点有争议，但是有一点他们达成了共识，就是说现在的物理学只剩下两个东西了，一个是相变，一个是对称性。他们无论是在数学、物理还是哲学逻辑方面造诣都是极其高的，以至于能把所有物理问题都归结为相变和对称性。我现在还不太理解这句话是什么意思，我对对称性的理解肯定也没那么深刻，但我最起码知道自己还差很远，你们要是没学过竞赛，那连自己差很远都不知道。学习物理竞赛，你的世界观会因此而改变！

说了这么多美好的事情，我们还是不得不回到现实问题中来，毕竟竞赛是少数人玩的东西，只适合学有余力并且对某学科很感兴趣的人来学习，我今天给你们说这个不是让你们大多数都去学竞赛，我只是希望你们中间那极个别真正有才能的人不要被埋没。如果你正常的高考科目都感觉应付不过来，那我也不建议你学竞赛。这一部分就说到这里，欢迎大家参加竞赛！

二、竞赛之路——学会反思

下面我想说一下在学习过程中反思的重要性。就以我竞赛方面的学习历程为例吧，因为我的竞赛历程是既有坎坷又有辉煌的，就算你不打算搞竞赛，但我觉得不管是学什么，只要是学习历程都是有共通之处的。刚上高一时，由于自我定位不明确，比较迷茫，也不知道应该在竞赛上投入的比重多大，所以高一上学期只是上课听听竞赛课，没做什么题。然后寒假也没做什么题，但把上学期的知识点和课堂例题复习了几遍。到了下学期我大概觉醒了，觉得自己应该在竞赛上多投入一些了，然后开始刷题。当时高一下学期举行高一郑州市物理竞赛，为备考高一竞赛，竞赛前一个月老师每天发一套历年真题，我也就跟着做。刚开始一张卷子得做两个多小时，后来不知不觉中越做越快，直到竞赛前一个周末我一上午就做了好多套卷子，而且还没什么错。题目其实都可以用老师平时讲的东西解决，只是刚开始不熟练，后来做多了就快了，正确率也高了。然后就去参加考试，考的题应该说比历年的题都难不少，做完小题时间就不多了，大题有一两道都不怎么会做，考完感觉不太好，但成绩出来，居然郑州市第三，和第一只差 2 分。

考完这场考试后我信心大增，把自己在竞赛方面的定位定得很高。后来各种小考都非常顺利，高一暑假考了很多次小考，我拿到了至少一半第一名，其他不是第一的科目名次也相当靠前，最后总分远超第二名。从考完高一竞赛到高一暑假结束，是我状态最好的时间段之一，会做的题基本不可能错，而且做题速度很快。但当时光顾着自己得意了，还不明白为啥状态这么好。到了高二寒假，去北京听了大学教授讲了大概 10 天课，受益匪浅，思维能力得到很大提升，解题的角度比原来高了一个层次。如果说高一竞赛前刷卷子是我水平的第一次飞跃，那这一次北京课程就是我水平第二次大的飞跃。

这时我的自我感觉就好到了极点，高二下学期开始看一本新的竞赛书，因为全是例题，所以我一看会做就跳过，不会做的写一下，就以这种方式一天能刷几十页甚至上百页的题，然后我就信心满满地去参加高二郑州市竞赛，但这一次，我失败了！只拿到了郑州市第 20 名（当时从没学过的郑州市数学竞赛随便一考就是 22 名，非常讽刺）。从山峰跌到谷底的感觉非常不好受，于是，我开始了贯穿小学、初中、高一、高二的关于学习的沉痛反思。

经过几天的反思后，我突然顿悟了。为什么高一状态那么好？为什么高二竞赛惨败？一切全能解释了！我给自己引入了一个叫“题感”的概念。所谓题感就是描述做题的速度和准确度的一个状态，与解题能力无关，而是一个状态。题感不好，会做的题即使小心翼翼也会错，题感好了，想错都难。如何训练题感呢？很简单，就是踏实地做题。所谓踏实，就是像考试一样规规矩矩地写题，而不是一看会了就跳过去，用这种方式刷一定量自己水平范围内的题后，题感就会大增。除此以外还有另一个道理，就是越难的题目稳定性就越差，就越需要题感的建立，平时高考难度的题有没有题感影响不大，但对竞赛来说就不一样了。这样一个理论，就把段首的几个问题全解释了，也就是说高二犯的错误其实是刷题不踏实，而高一下学期之所以水平剧增也是因为考前刷了历年真题，在之前学到的理论知识的基础上形成了强大的题感，并且一直持续了一段时间。

悟出了这点之后我的竞赛之路就顺多了，我利用停课期间提高了自己的题感，第 30 届物理竞赛复赛轻松拿到了省冠军。复赛后的一个月准备参加决赛，为进一步提高做难题的题感，我又做了一套很厚的竞赛书，尽管很多题都做过了，我还是本着提高题感的目的耐心地又把答案算了一遍。一直到决赛前一天，正好做完，这可以说是我能力的第三次大飞跃。然后决赛理论状态非常好，考完就感觉应该接近满分。最后果然只扣了 3 分，我也如愿以偿拿到了金牌，总分依然是河南省最高分，之后我被保送进了北京大学物理学院。

然后我就进入了国家集训队，这是一段比较痛苦的经历。在集训队里我感觉自己被虐成渣了，而且学习的欲望也不太强烈（尽管学习氛围很好），原因主要有三点：(1)之前完全没了解过国家集训队课程，也没做过任何准备，导致一开始和强省同学比起来显得基础太差。(2)当时有种进了国家队还得再奋斗几个月不如回家舒服的想法，导致了学习欲望不强。(3)那段时间对手机比较感兴趣。现在想想,虽然基础差,但还是应该奋斗奋斗试试的,至少能无悔。现在感觉自己很对不起老师,对不起河南省。

这就是我学竞赛的一个历程,主要想给大家传达的一个思想就是你一定要学会反思。反思是我认为人类理性的一个伟大之处,人类可以用理性来认识理性。你有时候可能学到某个地步再怎么学都没什么提高,这时候你咨询老师是一方面,更重要的是你要自我反思,这个过程没有人能替你做,因为没人比你更能直接地认识自己。要想完成一次蜕变,反思是必不可少的工作。

三、关于高中的具体学习方法

我想说一些具体的学习方法和步骤。我没有上过高三,但我对高一、高二的学习还是有一定心得体会的。有一点还得提前说一下,每个人有适合自己的学习模式,所以我将要说的这些具体的方法只能作为参考,我希望你们还是以自己摸索出来的学习模式为主。

我打算以学习的几个步骤为顺序来讲,也就是预习、听课、作业、总结、复习、考试。你肯定觉得太老生常谈了,但我还是觉得有很多人没有把这几个步骤贯彻好,下面一点一点说。

1.预习。我不知道你们有没有这个习惯,我反正高中前是没有。首先,预习的目的非常明确,就是为听课做准备,为了能尽可能在课堂上吸收知识做准备。既然预习的目的明确了,那你就应该明白并不是每科都需要预习,如果不预习上课就能完全跟上老师的思路,吸收该吸收的一切,那大可不必预习。我高中时期就只选择预习化学和生物,因为化学和生物知识点碎,逻辑性差,其他的我感觉没必要。具体哪科需要哪科不需要预习要视个人情况而定,不要随波逐流。还有一点就是要控制好预习的时间。预习毕竟不是自学,你如果自学一遍,然后听课又学一遍,那浪费了大量时间就不划算了;如果预习时间太短,效果不好,上课还是跟不上自然也不行，所以说具体预习到什么程度是你自己需要摸索的一件事。

2.听课。这是我个人感觉汲取知识最重要的一个环节。据我了解，目前还没有哪本参考书能取代老师在课堂上的作用。由于老师经验丰富，往往能告诉你一些对考试特别有好处的东西，这些是你自己看课本很难领略到的。貌似有一部分人，总是上课不听课，自己默默地刷题，我个人感觉这是一个很失策的行为，因为老师讲的有些东西，你明白了后能顶上你刷很多很多题，毕竟你们老师的经验都是极其丰富的，他一定会给你们传达他认为最重要的知识和最有用的解题方法。不得不说，还有另一个极端，有些人除了上学校正常的课，还会上外面很多补习班。我个人认为，如果补习班讲的大多数知识是新知识的话，还算值得，但据我了解，大多数补习班只不过把老师上课讲的东西又重复一遍而已，你去上那些补习班只能说明你平时上课没有跟上老师思路。那些听课效率较低，感觉听一遍跟不上的同学，与其花大量时间再听一遍，我觉得不如在课前花一点时间预习一下，上课直接就跟上了节奏。

3.作业。我想说的是，一定要把老师布置下去的题全部弄清楚明白，不懂的先做上标记，然后自己抽空通过各种渠道弄明白，上网查、问老师都可以。这点非常重要，如果能做到其实自己基本上就不需要再找其他题做了，但是很可惜，很多人都没有做到这点，然后还急功近利地去搞题海战术，效果可想而知。还有一点关于作业改错的，你可以把错题分成两类，一类是你真不会错的，另一类是因为粗心错的。对于第一类错题，你可以整理个错题本，如果觉得费时间最起码要在错题题号前做个标记以与第二类区别开，这样考前可以复习。你们都有错题本吗？其实错题本这个东西我觉得也挺费时间的，所以也没必要每科都整理一个本，你可以自己考虑一下哪科是真正需要错题本的。比如说我吧，我只有数学和英语两科有错题本，化学有时候有有时候没有，生物我感觉主要靠背课本所以也没有整理，物理是因为我学物理竞赛所以根本没必要。对于第二类因为粗心错的题，改错时一定要把答案算对一遍，否则下次遇到类似的题你很可能还是在这个地方粗心。因为粗心不是什么偶然事件,你对知识的掌握情况就决定你会在哪个地方粗心,所以你改几遍错题就加强了你对知识的掌握,下次就不容易在这个地方粗心了。这个事就是这么邪乎。

4.总结。这一阶段其实和整理错题是基本同时进行的,你在整理错题时,不要一味无脑地抄错题,应该充分调动你的大脑,把在同一个知识点下的错题分成一类,然后只抄一个有代表性的就行了,这样你的知识框架就可以说打上了一个补丁,整理到最后应该形成了一个完整的逻辑体系,以后遇到大多数题都不用想就知道怎么做了。我不知道你们有没有知识框架、逻辑体系这个概念,我好像一上高中就自然形成了这个概念,尤其是数学这一科。这一过程其实很考验概括能力和抽象能力,这方面能力不够强的人自己总结不出来,于是就只能看参考书上的总结了,效果自然也和自己总结的没法比,因为没有挑战性。

5.复习。关于这点我其实没什么好说的,如果你总结工作做到位了,那复习这个步骤其实就是纯粹的记忆工作而已,很简单,虽然我文科一般复习不完。一般来说主要复习课本、错题、笔记。一定不要忽视课本的重要性,毕竟考试就是照着课本出题的,尤其对于生物、化学来说可以说是字字珠玑。还有就是要注意复习的层次性,比如一个单元结束了小复习一下,小考前再复习一下,大考前总复习一下。

6.考试。说到考试了其实要说的就是心态。一般来说,对越重要的考试,对投入越大的考试,心态就越容易不好。首先,你得知道这是正常的,不是光你一个人心态不好,大家都这样。其次,你也要慢慢学会放松心情,通过自我暗示调整心态,尽量让考试前一天晚上休息好,当然也不要放太多的注意力在调整心态上,这样会起反作用。我在参加竞赛前也非常紧张,因为竞赛的重要性。但我心理素质还不错,和同学开开玩笑,考前睡得挺好,很幸运。我认为考试时最好的心态莫过于写作业的心态,当然前提是你写作业的正确率不能太低。也就是把全部注意力放在解题上,不想考试的后果什么的,并且不过分怀疑自己的正确率,这就是最好的心态。所以你平时写作业时就应该认真一点，大家都听过这句话：把作业当考试，把考试当作业，把优秀和满分当成习惯。

四、宏观的学习模式

宏观地说一下学习模式，每个学科的特点都不一样，所以针对每个学科都有每个学科应有的学习模式，你要找到它们。比如说，数学的学习模式就是严谨的推理和对各种解题技巧的熟练运用。为了做到严谨的推理，你除了需要知道要求必须掌握的公式，还得积累一些等价条件，比如在 $a,b>0$ 的前提下，$a^2>b^2$ 等价于 $a>b$……做数学题时经常要用的一个手段就是把题目条件和结论都通过一些等价变化转化为与原来等价的新的条件和结论，然后再继续做下去，如果对等价条件和公式适用条件掌握得不扎实，就容易在推导中出现不严谨的地方。

生物、英语的学习模式很简单，就是记忆和积累。一般你题不会做不是因为想不出来，而是因为你有知识点没有背到，对不对？也正是因为它们学习模式简单，导致我们通常认为英语学习非常枯燥乏味。如果仅从学习过程来看，确实已经不能再无聊了，因为就是简单重复的记忆嘛，大家都很讨厌、很痛苦，也容易放弃。但我想说的是，英语学习的兴趣或者说动力并不在它本身的学习过程中，而是在使用它的过程中，这是语言学习的固有特性，例如看英文原版小说比翻译版舒服，我对英语的兴趣主要来源于使用。

再说一下物理。物理的学习模式就是对基础概念和公式的理解。我可以举一个物理方面的例子。以前我听到有人抱怨说，高中物理好难呀，公式好多不知道怎么用啊，仅万有引力一章就 10 个公式呀。你们说说看，万有引力那一章实际有几个公式？答案是 1 个，不过就是一个 $F=\frac{GMm}{r^2}$ 而已，其他公式不过是和牛顿第二定律联立的结果罢了，三秒钟就能推出任何一个来。现在我们还可以换个思路，抛开考试，仅从科学发展的角度看，你想想：万有引力定律说了件什么事？其实就是牛顿发现了一种新的作用力，然后给出了这种力的大小、方向而已，对不对？这就是物理，只要把核心概念理解了，非常简单，如果靠背公式来学物理，那就是把握错了物理学科的学习模式，注定学不好的。

五、学会检验自己的天赋

我想谈一下关于自我定位、理想和自信的问题。我想各位的学习成绩、努力程度各不相同，对升学的目标和期望也各不一样，同时我也相信应该有不少人感觉北大是个高不可攀、可望而不可即的学校，考上北大的学生都是天赋英才的人，这些我完全理解，因为我过去有很长时间就是这么想的。你们很多人可能经常会抱怨自己不够聪明、能力不够什么的，然后对自己丧失信心，没有斗志。我不想为了给你们励志，传播所谓的正能量就欺骗你们，也不想否认天赋在学习过程中起到的重大作用，更不想给你们说什么“你们都很聪明”这样的话。但最关键的问题是，你真的完全了解自己的智力和天赋吗？你以为通过反思自己过去的学习经历或者做一套智商测试题就能下确切的结论了吗？

在初中时，我学习成绩并不算拔尖，大概也就年级前 30 名而已，而且我所上的初中也并不是很好的学校，最要命的是，当时学习还比较吃力，休息时间比较少（别人觉得很容易，我觉得挺费力的）。当时学校还有一些人比我学得轻松，而且比我成绩好。如果按照大多数人的常规思路来看，我初中时所谓的潜力就已经挖完了，那些学习轻松而成绩优秀的同学貌似到高中可以大显身手。对不对？这应该是你们大多数人还有父母、老师的常规思路，包括我自己当时也是这样想。但当我真正升入高中以后，事情的发展却和预料的完全不同，一个普通初中的年级前 30 名的名次如果直接换算到全省最好高中应该是几百名，然而，我继续按照自己的学习模式努力学习，综合成绩竟能稳定到年级十多名，这还是在一边学竞赛，一边准备高考情形下的成绩。而原来那些貌似很有潜力的同学，到高中后很多都默默无闻。而我的竞赛成绩则更是出乎我的意料，在最重要的两次考试中都拿到了河南省第一名，这在以前是我不敢想的事情。

好了，我的案例说完了。现在的问题是：如何解释这件事？为何通过对过去学习经历的反思得出的结论这么不靠谱？我的解释是这样：人的智力是一个复杂的函数，不是智商一个参数能描述得了的，最起码应该由一组数据来分别描述，因为人的智力包括记忆力、逻辑能力、概括能力、抽象与形象转换能力、发散性思维能力、适应能力等，而我可能记忆方面能力比较弱，而抽象、概括等能力较强，这就决定了相比初中学习而言我更适应高中学习，尤其是物理竞赛学习。这是我个人对此的解释，我也听过别人提出过别的解释和假说。我说了半天不是为了让你们接受我对智力的解释，我是想让你们明白，人脑非常复杂，你很难判断自己的潜力和天赋，即使是你已经上了一段时间高中了也不能对自己下定论，因为高二的学习和高一不太一样，高三的复习就更不一样了（虽然我没上过高三）。那些觉得自己很笨的想法实质上是荒谬的，人脑这么复杂的系统岂是"笨"和"聪明"两个形容词能描述得了的？我虽然怀疑过自己，但其实内心深处还是很自信甚至有一点自负的，所以我才能一直坚持自己的学习模式去努力学习。我希望你们每一个人也能对自己充满自信，既然我们无法通过经验来预测自己的天赋，那我们就用实践来检验它！检验的方法就是先假设自己充满天赋，可能挖掘出来了，也可能没有，但得先假设是能挖掘出来的，然后尽力去按照自己的学习模式学习，最后取得的结果就是检验的标准！如果现在就不相信自己的天赋，那就等于自己放弃了检验的机会。

作者寄语

山外有山，人外有人。不断向更高峰处冲击，超越自我的过程比最初的目的更重要！你的能量超乎你的想象，燃烧吧，少年！

北大，只愿与你此生共相依

董言，女
北京大学元培学院光华方向 2014 级本科生
籍贯河南安阳，高中毕业于郑州外国语学校。高二校荐参加清华夏令营，于郑州市统考中取得全市第一的成绩，高三校荐参加了清华大学保送生考试与自主招生考试，2014 年高考以裸分考入北京大学元培学院文科实验班。多次在书法及演讲比赛中获奖，在“全球华人暨中学生规范汉字书写大赛”中荣获省级二等奖。

不知是怀着怎样的心情于燕园幽静的一角写下这些文字，既然是写高中的经历，那么我想华丽的辞藻、优美的韵律则一概不用考虑，只想把最真实的经历、最深切的体会、最痛彻的感悟告诉你们，以使你们在今后经历时会明白，在你之前曾有人走过这路，在你之后还将有人走同样的路，你并不孤单。

情不知所起，一往而深。我想这短短的一句话便可以概括我对北大的深情，也许是命中牵绊，不知何时她便深深扎根我的心底，从此便有了对远方的向往，也有了最初的梦想。而梦想是美丽的，现实却是残酷的，只有脚踏实地地努力，用辛勤的汗水、坚韧的毅力去浇灌，它才能开出胜利的花。通向童话圣殿总要走过一条光荣的荆棘路，这也许是再恰当不过的比喻了。既然选择了追梦北大，就必须要有踏遍荆棘的勇气，痛苦、泪水也许会常相伴，但你收获的远不止光荣，还有一颗执着坚定的心。我想也只有通过这些考验的打磨，生命才能丰富而平静。于此，才能与北大的宽厚博大相交融。

早在初中时，暑假里坐在电视机前吃着西瓜的我，看着有关高考的新闻，就心有余悸。脑海中想象着自己走进再走出考场会是怎样的神情，短短两天的书写又会带来怎样的落幕。许是怯懦，竟使我萌生了逃避高考的念头。这时郑外的保送资格使我眼前一亮，两年半结束高中生活，超级豪华版假期成了我向往的生活，而我所走的路也都通向此境。顺利通过郑外在全省的招生，我来到那个"哈佛红"的校园。从此，便真正开始了我的追梦旅程。

初入郑外的我，作为外地生，有许多的不适应，对家的思念自是不必言说，也是第一次离开父母独立生活，但很快校园的一切便深深吸引了我，忙碌的学习生活使我无暇顾及其他。

高一主要是摸清老师讲课的规律，对学习方法的调整，以及找到生活和学习的平衡点。记得第一次考试取得了不错的成绩后，心里的恐惧突然就放下了，竟产生了大家水平也不过如此的想法，随之而来的优越感使我放松了学习。不出所料，下一次考试我的成绩一落千丈。鲜红的数字瞬间敲醒了我。尽管依旧完成着任务，但心没有真正沉潜，知识只停留表面没有真正吸收。曾经的佼佼者来到这里面对的都是新的起点，这是一场马拉松式的赛跑，比的不是谁起步快，而是谁能坚持到最后。

除此之外，高强度的英语学习给我带来了极大挑战，小城市的劣势于此清晰可见。但一向不服输的我迎难而上，用几乎是别人两倍的时间学英语。看着同学十分钟背完的课文，我却要花整整一个早读，尽管有些失落，但还是欣喜于自己的每一点进步。就在我苦苦坚持两个月后，迎来的英语考试给我当头棒喝，分数不进反退。我陷入了深深的困惑，不相信我的付出为何会是这样的结果。向老师求助，我相信她目睹了我每日的努力，希望她能给我一个合理的解释。可老师只是静静听完我的抱怨，平淡地说了句：再试一次吧。也许你很难想象，当时的我受了多大的触动。仅五个字，却成了我受用一生的真谛。

在以后的学习生活中我遇到了很多困难，也出现过付出很多却觉得一无所获的时候，每当这时，我都会告诉自己，再试一次吧。也许是你的努力没有积累到爆发的地步，也许是上天考验你能不能真的坚持，既是心之所向，汲汲求索又何妨。只有在不断的尝试中，才能发现最适合自己的路径，才能看到最期待的风景。

时光如流水，倏忽而过，成绩终于稳定，但我深知离梦想还太遥远，那时的辛苦已成为了乐事甚至是享受。随着保送的号角吹响，凭借前两年打下的成绩基础我顺利加入保送大军，仿佛看到不久之后的光荣榜上会出现我的名字，仿佛略显单调的生活就要结束，新的旅途等待着我。只可惜世上无捷径，保送是羊肠小道且乱石遍布。一旦选择保送，便要背水一战。为了备考，我们停了所有课程，一个多月的时间用来自习，针对考核的语文、英语进行深入的学习，就英语来说甚至要大量背记专业八级、托福的词汇、作文。这是一个难做的抉择，尽管面临风险，我依旧义无反顾。

那时的自习室成为一道风景线，从早到晚，大家都在埋头苦学，累了就抬头看看窗外，眼神对上便相视一笑，不再单单是同学，更像是战友，前方的战场等待我们出征。我们心中都有着共同的向往，希望在寂寥的冬日迎来曙光，期盼在来年初春收到一份喜讯。应该说自习的日子是极其枯燥且痛苦的，大量高难度的知识都要自己去探索，绝对是对身心的共同考验。可这苦涩中却有着甘甜，为了通过面试我们大量阅读时评，牺牲吃饭时间互相提问。除此之外，为克服内心的忐忑畏惧，不断进行的自我鼓励、疏导也是成长的收获。

终于迎来了终极挑战，乘坐北上的列车踏上征程，来到北京的我竟出奇地平静。平静地走进考场，填满试卷、回答提问，再平静地走出。许是明了已尽最大努力，剩下的便是等待。冬日的校园格外静谧，只是我更期待来年夏天能目睹她的生机。匆匆而来又匆匆离去，回到郑外便开始了漫长的等待。正如加缪在《鼠疫》中所写，不知何时会结束的等待令人崩溃。当等待终至尽头，当满怀期待地打开网页，“未通过保送认定”的结果刺痛了我，仅以两分之差，就这样我所有的期待落空。从未想过，会是这样的结果。

突如其来的打击将我推至濒临崩溃的边缘，想到一切背水一战的努力付诸东流，还要逼迫自己再次站立，再次将一切归零，再次扬起风帆吹响号角走上需全力拼搏的考场，我久久无法平静。曾有的勇气在一刹那离我而去，我不再相信命运会垂青于我，不再奢望我会得到那无上的光荣，不再坚信汲汲求索会为我带来甘甜果实。我曾深信的东西瞬间崩塌，一下让懵懂无知的我失去了方向，眼前是茫茫大海，我却感受不到风的踪影，找不到远方的灯塔去眺望追寻，我只有漫无目的地漂泊，整日与空虚为伴，与寂寞为邻。

也许不曾经历的你无法想象，就连我也不敢相信，我虽身在课堂，却两眼空洞无神，再听不进去一句讲解，算不出一道习题，完不成一场完整的考试。长长的光荣榜顶部不再有我的名字，老师看我的眼神多了失望与惋惜，父母的殷殷教诲、苦苦等候，一切都不能触动我如死水般的心。我依旧做着无力的挣扎，和脆弱得不堪一击的自己做斗争。我想要飞翔，却只有残翼；我想要走上山顶，却找不到攀登的路径。

那时的我总喜欢奔跑，下了自习的晚上，在操场上一圈一圈地跑着，仿佛不知疲倦，也许身体和心灵总有一个要承受痛苦，选择前者会让我轻松很多。而奔跑时跃动的心，也让我感受到了我的生命尚年轻尚鲜活，我还有很长的人生路要走，还有很多美好的期待。短短的跑道被我跑得很长很长，泪水就在无声中不停滑落，我想用尽所有力气去哭泣，将所有的不甘与悲伤一同洗尽，将脆弱得想要逃避的我赶出身体，想要忘记过去重新开始。也许就是那个没有星星的晚上，我再一次重拾了希望，重燃了梦想。模糊的双眼看不清真实的世界，却看到了心底的天地。我在泪水中重温了我的期盼：我想去北大读书，想在燕园挥洒我的青春；想去巴黎看埃菲尔铁塔，于塞纳河畔聆听潺潺流水声，于凯旋门旁感受历史的刀光剑影；看斯堪的纳维亚的峡湾，嗅普罗旺斯的薰衣草香，想走遍万水千山……还有那么美好的未来等着我去描绘，怎能因这一次挫折就一蹶不振？

就这样我开始了新的征程，而这时离高考已经不足100天了。时间从不会为任何人停留，只有加倍珍惜。与紧迫的时间形成鲜明对比的是我惨淡的成绩，准备保送过程中落下的课程、错过的讲解，以及长时间的精神不振，使我很难恢复到应有的备考状态。头脑依旧整日浑浑噩噩，做题的速度慢了不知多少，但找回希望的我没有退缩，而是硬着头皮迎难而上。一点点补知识漏洞，节省出一切可能的时间思考、练习，不放过任何存在疑问的地方，专注于学习。最困难的不是重拾知识，而是在一次次惨淡成绩的打击下依旧不放弃。深知已浪费太多，没有时间再去感伤，我开始了一段忙碌却充实的生活。也是那段日子，我才真正体会了高三的真正意义。

也许你很难想象，痛彻心扉的感觉是这样消亡的，但现实确是如此。你知道你别无选择毫无退路，你知道你必须站立继续前行。最初的梦想，紧握在手上，最想去的地方怎么能在半路就返航，实现了真的渴望，才算是到达了天堂。也许这就是生命，是成长蜕变的过程。总会有那么一些时刻，犹如黑夜中走路的人眼前突现一丝亮光，于是幕布拉开，光明普照逼退了黑暗。而我也终于找回了自己。不忘初心，方得始终，我再一次选择相信。

当我终于再次走上讲台向老师询问，他没有解答我的问题，而是看着我轻声说了句：好好学吧。好好学还能上北大。那一刻我的眼眶又一次湿润，原来他们都明白，只是他们尊重我的选择，给了我自己领悟思考的时间，他们用爱和耐心等待着我的恢复。我的老师们，他们陪伴我度过了最困难的时光，目睹了、参与了我的成长，我深深地感谢他们。还有我亲爱的小伙伴，记得她曾递过一篇文章让我看，讲每个香蕉成熟的过程都有不堪，但最后会是香甜的。我不知如何用言语表达感谢，但在兵荒马乱的高三，依旧能有如此温暖的关怀，也给了我前行的勇气。

这就是我难以忘怀的保送经历了，说不上惊心动魄，却也刻骨铭心。备考的艰辛，等待的煎熬，失败的痛楚丰富了我的生命，也感谢保送的失败还我一个完整的高考,只有经历过才知个中滋味。后来虽获得了自主招生的名额,但保送的教训在先,我没有勇气再次冒险,于是并未投入太多时间,只当作一次经历。就这样,我的高三经历了保送和自招的双重风波,看起来比他人忙碌许多的生活,最后依然一无所获地面临高考。值不值得?那时以及现在的我都觉得值得。即使最后没能如愿,也依然值得,因为那是我生命独特的轨迹。

而如今经历过炼狱,我终于幸运地来到了北大。相比之下,我多了些曲折坎坷,但正如尼采所说:那些杀不死你的,都将使你更强大。曾经流过的泪水,忍受过的嘲讽,内心深处对自己的怀疑,对未来的失望,想要放弃的念头,想要停下追逐的脚步,难以克服的恐惧,难以战胜的懦弱,难以言说的酸楚,一切过往都令此刻的我动容。我该感谢,感谢上苍给我的厚礼,教会了我该如何面对无法逃避的挫折;感谢命运选择了我,让我去承受去忍耐去再一次地战胜自我,去追随内心深处真切的渴望。

我们走过不同的路看过不同的风景,却都有着共同的憧憬。郑外的三年时光在我身上烙下了深深印记,她以或温柔或严峻的方式将我身上的棱角磨平,将我过去的凌厉张狂变成现在的温和平静,是时光是经历教会了我成长。

高考是残酷的,但它也是公平的。时间会以严格的姿态检阅每一分努力,任何的侥幸都逃不过它的审视。而追梦的途中,总会遇到你觉得难以跨越的障碍,令你痛苦到了极点。而我想说的是,我的高三把能经历的都经历了,保送、自招、高考,一个都没落下,但我还是挺了过来。所以,请相信,困难只会将执着于梦想的你们变得更强大,更能配得上最初的梦想。要么承担,要么突破,剩余的时间就是对你所经历的一切保持沉默。终有一天,这沉默里会获得道路和答案。

张爱玲曾说:在这个光怪陆离的人间,没有谁可以将日子过得如行云流水般,但我始终相信,走过平湖烟雨、岁月山河,那些历尽劫数、尝遍百味的人,会更加生动而干净。时间永远是旁观者,所有的过程和结果,都需要我们自己承担。也曾想背起行囊,到远方寻梦;赏过多少繁华如画,看过多少过往云烟,我们总会在经历中懂得,在梦想中展望,在红尘深处守望生命如初的美丽。是以共勉。

燕园是美丽的,而我们的到来才会使她生动。愿每一个追梦者都能始终如一。

燕园情,千千结,问少年心事,眼底未名水,胸中黄河月。枯燥的生活里,让梦想点缀生命,让对北大的向往指引前行之路。

作者寄语

要有最朴素的生活与最遥远的梦想,即使明日天寒地冻,路遥马亡。

我的时代

杜思佳，女
北京大学中国语言文学系 2014 级本科生
毕业于河南省漯河市高级中学，高考总分 634 分（文科），全省第 15 名，其中语文 133 分，数学 128 分，英语 144 分，文综 229 分。高中三年始终保持不快不慢的节奏，平静学习，平静思考。虽在三年中从未有过惊人发挥，却终究厚积薄发，最后一个月成绩稳步上升，高考正常发挥。

那是最美好的时代，那是最糟糕的时代；那是智慧的年头，那是愚昧的年头；那是信仰的时期，那是怀疑的时期；那是光明的季节，那是黑暗的季节；那是希望的春天，那是失望的冬天；我们全都在直奔天堂，我们全都在直奔相反的方向——说它好，是最高级的；说它不好，也是最高级的。

这，就是我的高三。

一、高二——转角

分科——等着我的是十几年中第一次所谓真正的选择，我看到的是名为成长的里程碑；一念空傍，移步即生，结局何如，都被唤作命运。

高一结束，我理所应当地报了理科。为什么理所应当？为什么没有第二种选择？身为从众者却茫然不自知，现在看来与行尸无异。我向来将自己定位为较高智商者。当然，我之后才知道，这所谓的“高智商”，竟成为付出全部努力的羁绊。高一暑假，我接到了班主任的电话，他试探我是否有转文的意愿。

“我只是建议。你的文科排名比理科高了几十名。报文科，冲名校的机会更大。”

我明白,这也是一种必须要面临的选择:在兴趣与能力,享受现在与拥抱未来之间。诚然,我不是一个活在当下的及时行乐者。纵然每天习惯又如何?因为习惯,所以选择?因为不敢尝试,所以不敢选择?因为众人,所以放弃选择?当我开始自问时方才意识到:多年来我不过在循着一条或是老师,或是众人,或是另一个自己已经绘好的图纸行进,就像星星循着永恒不变的轨道,我不断自问,唤醒一个独立的个体。高一一年一直专心于理科,习惯绝对化思维和直来直去。对于文科,并无热情,亦不排斥。高一一年,我一直以为文理科基本持平,然而结果却是意料之外。或许从很久以前,理、文就已经各自摆开了不同的阵势——一个在熊熊烈火中,虽浓烈却终成虚无灰烬;一个在黑暗深渊潜伏,纵然无声无息,反而静水流深。

“我改。”

挂断电话,独自回望一年,满满承载的是对往昔的回忆。第一次明白:人生,本来就有许多事,注定徒劳。是徒劳,但并非无功。后一句直到我进入大学才明白。

铺天盖地而来的是难以适应的像一团暖糨糊一样浓稠厚重的世界:我不懂含蓄曲折的题目设问,也不懂所谓“中庸”的文人思想,我不懂情感价值观,甚至连文科生的基本素质“把空白处写满”也做不到。在我心里,只有绝对正确与绝对错误,没有“不一定”。在之后的很长时间,我一直觉得,许多题目根本没有正确答案。许多知识不合逻辑,却只能按课本中记。本应面面俱到的问答题,我永远只能想到一种角度……是的,我没有一直混沌下去,我心想:我不能死在这里,我不能没于人群。如我所料,班主任正文找我谈话,我不知所措。

“我不适应文科,我觉得很难受,这跟数理太不一样,我完全没有任何文科天赋。”

“那你想转理吗?”

“我不知道。”

我真的不知道。文理科我都有感兴趣与不感兴趣的科目,决定方向的自然是水平。

“在这里,你觉得自己智商够用,放到理科去呢?比你聪明的何止一两人?你能保证在理科班会学得更好吗?经过一个暑假,又开学这么久,你能有什么优势?你甘于在理科班平庸下去吗?”

不甘。我在心里默默回答。

“你很聪明,有理科生的敏捷思维。许多老师都有一种猜测,也是共识,那就是如果一个学生在理科能够考上清华、北大,那么在文科也一样可以。一个理科能学好的学生,文科也一样可以。”

我不作声。

“这是老师们的设想,却没人证实过。我有预感,你可以证实它。用你的理科功底把数学学好。三主科文理兼有,你没理由学不好。文综三门,勤想勤问,如不突出也不可掉队。你是能够成为顶尖的学生的。”

此后两年,我从未成为顶尖。然而这番话给予我难以估量的自信。我始终坚信自己的潜力是海底冰山,即使曾跌得再惨,我从未放弃自问:“为什么我不能是最好的那个?”我试着将我头脑中的绝对化思维渐渐转变,这绝对是个异常漫长的过程,过程中我也更加了解自己。你所认识的自己可能与真实的自己相差许多,不通过外物的反映很难看到真相。其实我并不像自己认为的那般毫无天赋,所谓“绝对化”,在我心里也并不那样绝对。

放在面前的是落后了一年的基础知识。我重新开始学习课本。按照最笨的方法先预习,提出问题,自己解决。然后就是艰难的背诵。将高一的历史课本这样复习一遍,有一些课本知识的基础。高二的政治开始学哲学,知识成系统,不必花太多时间整理。最成问题的是地理,当时的我以为地理只用学好自然原理,了解自然规律,却没想到,地理知识的匮乏使我的地理成绩几近倒数。不知道的东西太多,有时提到某个地方,在哪国，甚至是国还是地区，什么都不了解，做题一筹莫展。我学着班里其他同学买了一本厚厚的地图册，当作一本百科全书，一有闲暇随手翻阅，竟产生了浓厚兴趣。有时一晚花三四个小时从头翻到尾，也没了精力再做其他作业。

一边欣喜地迎接着一些若有若无的微小变化，一边试着将时间排得更满更充实。许多从前未听说过的资料，我也一股脑儿买来做。作为现在的我来看，也许在高二做一轮复习资料太过急功近利，然而对当时基础过于薄弱的我来说，很像书生得到武功秘籍：练不就神功，防防身总可以吧。变化首先发生在政治学科。我对政治的问答题有了感觉。哲学问答题有固定的范围，课本知识运用较多，对于课本知识背诵牢固的我来说，无须费更多头脑，基本能达到面面俱到。从某一次周测起，我的政治大题总分几乎总是排在班里第一名。后来是地理，随着对地理图册的反复熟悉，再加上喜欢动脑的天性，我掌握了一些自然地理规律和必备的地图知识。卷子上出现的小幅局部地图不再只是一团奇形怪状的黑线，我依稀也能辨认出一些较为偏僻的岛屿、海峡，不再是一个什么都不懂的地理白痴。最大的难题成了历史，即使将课本重新温习一遍也还是无法看懂晦涩难懂的题目。现在我明白了，高二依然是打基础的时期，一轮资料中的历史题考查范围较大，对课程尚未结束的高二学生来说，做一轮复习的历史题并无太大好处。也就是从那时开始，我渐渐相信自己有将文科学好的能力。

二、高三——沉淀

高三以意想不到的敏捷姿态向我冲来，我甚至没有做好张开双臂拥它入怀的准备。

高三开学，我以入班第五名的成绩被分到了那位耀眼夺目的学霸座位对面。作为学生，她应该说完美得无可挑剔。我未见过她浪费过一分一秒，无论达到多么令人惊叹的高度，也始终不曾错过任何一堂简单的习题课。望着她，我仿佛窥见一个渺小而狂妄的自己。我与她——一个是倒了半杯却翻腾起半杯无用泡沫的啤酒，一个是百经冲泡却历久弥香的茶叶。面对周围一群太优秀的人，愉悦的同时也有压力。我开始沉淀自己，以孜孜求学者的虔诚心态迎接一轮大复习。我不再使用从初中就开始用的连笔字，而开始工工整整地练习楷书；上数学习题课不再埋下头做题而是认真听哪怕最简单的课本例题；我的笔记开始一行行变得清晰明朗，也尽可能详尽，即使听到不熟悉的名词，也查大量资料自己加以注解；我的作文不再是毫无章法的随笔散文，我从最简单死板却最清晰的三段式开始练习议论文，一周一篇，但不照搬范文，很多时候我其实很鄙视一些范文，时至今日我也认为作文应有个人的思想精神，他人无论如何都模仿不来，有时一篇作文反复润色修改，要写三四遍；我开始做每本资料前面的基础知识回顾填空题；我开始做课本上的习题，将课本读厚再读薄；我开始试着整理一小部分的知识网络……所有以前不想做不屑做懒得做的细小之事，我都老老实实去做了。

半月一次的联考接踵而来。成绩并不稳定，但相比高二还是有了一些小的突破。同时，政史地三科的弱势越发明显，主科的优势又不突出。六门科目，几乎每次考试都会崩坏一门。我申请成为历史课代表，希望以此带动文综三门的进步。而我还并未认识到课代表最大的有利条件。

“你和历史老师沟通过吗？”一模后的某一天班主任问我。

“沟通是指收发作业，还是告知老师班里的学习情况呢？”

“你说的是职责，我指的是沟通，是利用你去办公室的时间，询问老师答题方法，找老师给你分析试卷。”

我恍然明白，自己虽然成为办公室的常客，却几乎没有停留过较长一段时间特地请教老师。从小到大，我与老师在学习上的交流似乎课堂之外的并不多，我太习惯于独立思考，对于自己不懂的问题首先想到的不是请教老师，而是自己先钻研。这固然不错，可思路错了也不自知。有时自己钻研不出就暂且搁置。文科和理科不同，理科题几乎可以看答案明白思路,而文科题看了答案许多时候依然是云里雾里。不爱向老师问问题的我也因此就像隔着纱帐一般,对许多知识一知半解。而现在,我手举火把,站在办公楼前,决心烧掉那层阻碍视线的白纱。我尽量使自己变得更愚钝些,这样我才会发现自己掌握得实在太少而能学到更多,才能厚起脸皮问出心中的所有问题。有些时候觉得那时的我已不像高一时聪明伶俐,妙语连珠的我,反而变成了一个问题成堆、习惯去找老师问问题的“笨学生”。对于高中文科学习而言,何为聪明何为笨,我到现在也说不清。笨人沉默寡言,埋头苦干,每天拿问题去找老师解决,做题慢如龟速却能保证正确;聪明人呢,于内心世界玩味着看似高深巧妙的理解,不肯下真功夫,徒有空脑壳罢了。我感觉到的只是我对智商的依赖真的越来越少,做题培养出来的题感比转得快的大脑更有用。

光荣榜上的照片如走马灯一般变换,所有人的成绩开始有大的起伏,而我,却在迎来逐渐的稳定,10 名左右。我想这可能是目前的学习状态所能达到的最好程度。要有突破,必须做出更大改变。我记得那种手酸痛难忍的感觉,记得那种再也写不下去快要哭出来又深呼吸写下去的感觉,我开始了刷题的日子。

那时所有人都买了大量资料,将自习时间完全饱和,加上下课、午休、吃饭、回家的时间,几乎所有空闲时间都奉献给题海,我第一次体会到了传说中的“一天 24 小时不够用”的感觉。题目做多了究竟好与不好是个永恒的话题。这当然是因人而异,无论如何,题海是个“海”,自有其深邃,不曾入海,何谈远航?

高三下学期文综合卷,我的另一个问题学科政治开始暴露出来。此时的政治大题与高二已不可同日而语,绝非用课本知识堆砌就可以应付。高一的课本知识仍然薄弱,高三下学期第一次模拟,政治的 12 道选择题我错了 8 道。这种错误率无论对何种程度的学生来说,都是足以令人心急如焚的糟糕情况。我开始通过做最简单的基础题来补救。我每天去找班主任问问题,将所有不懂不清楚的问题全部问清。3 天的清明节假期,我做了一本《题型1000例》。紧接着的第二次模拟，我的政治成绩达到了全班第一。

200天倒计时，我在家里的桌上贴了一句话："无论你失败多少次，最后一次必须成功。"我始终记得高二时正文班主任对我说过的话："你是能够成为顶尖的学生。"黑夜航船，若无明灯指明方向，前路便是伸手不见五指。心中若有桃花源，何处不是水云间？当我的成绩不尽如人意时，我常会想起这句话。那盏微弱的小灯，穿过几百日的时间洪流，直到今天依旧温暖动人。我并不苛求自己一定非要考上北大，对我而言，那不是一个每天呼喊不止就能够达到的目标。我十分客观地看待自己，如果去了郑大呢？浙大呢？复旦呢？所有我知道名字的学校我都曾设想过以后的生活，然而我实在是个庸俗得可以的人，在内心最深处我知道还是北大能够带给我更多。而我不说出，亦不呼喊。正如鲁迅所说："当我沉默着的时候，我觉得充实；我将开口，同时感到空虚。"在最充实的时光里，我在不断地自问、自答、慢跑，最后缓慢加速。高三的浮躁渐渐开始膨胀，我也漫不经心地说笑玩闹，而在心里，我更低地沉下头去只关注眼前的每一道未明白的习题。

100天倒计时过后，我开始重新做高考题。我努力忘记曾做过的题，重新思考而不是凭记忆写答案。我记得地理老师给我说过的话："高考题对你们的教育，绝不是做一遍能够收获完的。"手中还有数不完的做了一半或没碰过的模拟题。我将有用的题型单独挑出来练。后来我想出了一种强化训练的方法，就是单独抽出一两天的时间，只练一种题型。我找了一本无格的稿纸，用极小的字写大题。不抄题只作答。从近五年的高考题中将题型分类练习。政史地大题专练开始了：黑色笔写答案，红色笔抄正确答案，橙色笔进行总结，蓝色笔写错误原因。有时还会再用一根鲜艳的荧光笔将用得频繁的语句画出。那些无格的白色稿纸成了五颜六色密密麻麻的习题册。在长达一个多月的强化练习中，不知不觉的变化已经发生。我练出了用极快速度把字写工整的功夫，同时对各个大题的答题模式也熟记于胸。

属于你的花，绝不会因为开得稍晚而失了些许色彩。我的飞跃，出现在高考前的最后半月。

最后一月，一周考试两次。文科抽出大约20个人单独考试，单独批改排名。各地搜罗来的各式各样的文综题轮番轰炸，偏难怪题见了许多，优质、劣质题都做过。连续三次，我的文综成绩都是第一。这是从前没有文科思维的我根本无法想象的，从高二到高三，长期以来我被贴上政史地薄弱的标签，因为高一的基础过于薄弱，我花了将近两年的时间去打牢基础。我没有忘记过为了切换思维方式和打牢基础走了多少旁人可能根本无须走的路。根本没有什么事是不可逆转的，没有什么人注定做不成某些事。某个科目的白痴突然跃至该门科目的优秀者，这样的变化也只有我本人知道为什么。随着从前最弱科目文综的异军突起，我的成绩一下提高，最后一次联考，即使没有分数，我也足够自信去迎接高考了。

高考如期而至，考场上，我渐渐从极度紧张进入绝对平静。考试中，我完全忽略了题的难度，题就是题。走出考场，我迅速堵住耳朵，冲出人海。成绩算是意料之中，四门之中没有突出也没有过差。当初本以为是优势的数学并不理想，当初以为是短板的文综也不逊色。回望高中三年，我没有刻骨铭心的奋斗经历，没有将自己逼上绝路不达目标誓不罢休的倔强，我遵循一种不快不慢的节奏，始终不曾掉队。我终于懂得了厚积薄发，在最后的时刻才爆发出力量。

绝不要轻视现在并不优秀的你，即使你一直原地踏步不进不退。

绝不要怀疑你所做的那些看似多余的努力，因为没有到最后，没有人可以预知明天的你是什么样子。

绝不要依赖你聪明的大脑，在高中阶段，勤奋远比聪明更加重要。

绝不要放弃最基础最简单的东西，不积跬步，无以至千里。

绝不要因为别人而轻易改变自己的心境，即使你不是大家眼中标准的完美学生，只要做到问心无愧，就无须叹息。

绝不要将自己的未来轻易与某一个人紧紧联系起来,因为在这场征途中,你注定一人来,一人去。最好的状态,当是心若止水,纵然表面看来轻松散漫,你依然能感觉到,你的心从未乱了节奏。

……

那是一段用言语永远都描绘不出的时光,无论过去多久,都是最好的一堂课。一千个高考学生就有一千种高三,它包含着酸甜乐苦。再多说无益,其中种种,唯有自己去经历。这是我的时代,也是你的时代。

作者寄语

得之坦然,失之淡然,争其必然,顺其自然。不郁郁于昨日,知来者犹可追。望诸君以数十日沉着静气,去骄去躁,宠辱不惊之心精成一事,不期善终,但求无悔。

高三学习方法谈

梁义钦，男

北京大学经济学院2014级本科生

毕业于河南省南阳一中，2014年高考南阳市文科第1名，河南省文科第5名，获得北京大学新生奖学金三等奖。2012年被评为河南省三好学生，2013年被评为河南省优秀学生。高中阶段担任所在班级班长，参与组织了优秀初中生冬令营、冬游及成人礼等一系列活动。

高三是高中阶段最关键的时期，也是迈向理想高校的一个跳板。我们甚至可以这样说，你高三的准备决定了你高考的最终命运。有效利用高中的最后一年，才能让我们的青春不留遗憾。接下来，我将从自身经历出发，谈谈我所认为的高三学生最应做的事与一些学习方法，如对大家有所启发帮助，我将倍感欣慰。

1.找准自己的弱点，尽力克服或改善

"知人者智，自知者明。"高考成功，一定程度上是比谁的失误少，减少失误的前提是对自己弱点的清醒认知。一个对自己现阶段的学习情况没有清醒认知的人，他的学习必然是漫无目的而低效的。找弱点主要有两种方式：一是自省与自查，从自己的练习与考试中发现问题。我们可以在考试过后对试卷上自己的漏洞进行反思，想一想，自己哪些已经掌握，掌握多少，哪些还不清楚，从而为以后的学习确定一个明确的方向。二是与老师、同学沟通交流。所谓当局者迷，旁观者清，自己要敢于把问题暴露给老师与同学，可以请他们阅读你的答题卷，请他们给你找出其中的问题。（弱点绝不是大家简单理解的会不会做的问题，它既包括知识层面也包括规范层面，如书写、答题规范、计算能力、知识漏洞等）需要记住，我们改变不了的可以尽力改善,改善不了那就只能在高考中承担后果。现实就是如此残酷,所以大家一定不能忽视总结反思的力量。

2.复习时狠抓细节,细到极致不遗漏

一轮复习是对高中阶段知识的一次系统梳理,它是之后拓展提能的基础。没有一轮好的基础,想要取得好的成绩就只能是“源不深而求流之远,根不固而求木之长”了。一轮复习讲全面,既要把握主干知识,又要顾及边角知识点。有的同学常常给自己找借口,“这个知识点比较生僻”“这个知识点近几年从未考过”,于是常常浅尝辄止甚至放弃了事。虽然稳定性是高考的一大原则,但没有人会知道具体到底会考些什么。我们备考的基本原则是“宁可备而无用,不可用而无备”。既要把握主干,又不可忽视边角。一轮复习重在夯实基础,二轮复习主要是重点难点的强化提高,到时我们将很难找到时间对知识做全面的清扫,那些喜欢专攻难题怪题而轻视基础、眼高手低的同学要格外留意。

3.做高考题的研究者,刷题与反思紧密结合

盲目刷题,很容易陷入简单的重复而劳而无功。“做题不记题,等于白做题;做题不反思,能把你累死。”反思什么?如何反思?一是要注重错题、难题、经典题,要求我们建立自己的题库。每次做完练习或者考试结束都要选择一些有价值的题目进行摘录批注。当然也不能摘录完一了百了,平时与考前要经常翻看总结,直到全部突破解决为止。二是高考题命题点的把握,对一道高考题,你应该知道它对应课本或考纲的哪个知识点。三是对命题意图与考查形式的归纳总结,要求我们透过现象看本质,从千变万化的题型中抽丝剥茧,找准命题意图,对应课本知识,防止答偏甚至毫无头绪。(文综的政史地和语文这类主观性很强的学科,同学们一定注意,让自己的思路无限接近高考题,防止一些偏难怪、远离高考命题方向的模拟题将思路带偏)

4.重要的态度:守得住,坐得住,切忌浮躁

“靡不有初,鲜克有终”,为人成事,难就难在有始有终,善始善终。

“行百里者半九十”，高三压力过大，大家精神过度紧张，烦躁等不良情绪很容易滋生，虚一而静的精神就显得尤为可贵。也许你会经历一次次的考试失利，但只需明白高考前一切都是浮云，那你自会有一种“乱云飞渡仍从容”的淡定；也许你会因生活中一点小事牢骚满腹，那么请记住：“牢骚太盛防肠断，风物长宜放眼量”，目光长远而专一，人自会心态平和，脚踏实地。以平和之心、专注之心、执着之心追梦，你会发现你离目标前所未有地接近。

对于单科学习，尤其是文科生所担心的数学这一“过度理性”的学科与语文、文综这两门“过度感性”的学科，我有一些自己认为比较好的经验或方法，在这里给大家做简单的介绍，希望对大家有所启发帮助。

一、语文

1.现代文阅读

三个选择题，排在高考试题的最前面，是同学们非常头痛的一类题。大家应该把近几年新课标文章放在一起仔细研读，找找里面错误与迷惑性选项的设置有什么类似的地方，用的是偷换主语、强加因果，还是无中生有、逻辑混乱。大家可以慢慢体会，隔一段时间看看有什么新发现。也可以小组同学结合，交流经验体会。相信一定会对这种题型有更深刻的认识。

我们很长时间会在两个选项间徘徊而无所适从。这时大家就要注重选项甄别，看看哪个选项设置命题点。通俗点就是问问自己，这个题想考的是不是这一点。举个例子，有的同学做社科与科技文阅读时会根据自己的历史、地理、物理、化学知识作判断，这就背离了命题方向，这时你选出的通常是错误答案。

2.文言文

文言文学习重在积累，大家可以找个小摘抄本，做过的每篇文言文记几个词语或句子。这样就能有效防止你丢掉试卷一无所获。平常就像背英语单词那样多读多记，积少成多，不要小看这些积累，它也许就会成为高考的重要命题点。

对于高考文言文，它往往是命题专家从史书、传记中精心挑选改编的文章，具有很强的代表性。大家要把高考文言文当成课本课文那样精读，字、词、句逐个排查掌握。因为史传类文章许多表述都是固定的，这样就特别有助于你举一反三。

早上大声诵读文言文，在记下基本字词释义的同时能够培养语感，有利于提升对文章大意的理解能力，也有利于断句题的备考。

对于翻译，一方面是我们平常要多做积累，多记多背；另一方面我们可以找找里面的技巧。当你拿不准一个词的释义时，是不是把觉得合适的都写出？看题目的分数能不能知道我要翻译出几个重点字词？重要的句式自己能不能有意识地译出？做到“信达雅”中“信”的同时文字是不是通顺？这些都是值得大家思考的。

3.诗歌

主要是做题中培养题感，培养对诗歌的理解力，了解诗歌里特殊的“密码”，让自己读得懂、理解得到位。一些觉得比较有代表性的设问与答案组织可以找个本子摘录下来，作为自己的备考材料。

4.实用类文本

常见的题型是筛选信息。一是理解题意（如“哥本哈根学派的特质”，什么是特质），题意弄错则方向必偏。二是筛选范围，注意是全文还是局部，防止漏掉要点。此类题多得分又是有一定技巧的，分点细，要点多，排版好，书写工整，等等，都会给自己挣得更高的分数。

5.语言运用

种类很丰富，成语、病句、排序、补写句子、仿写、图表、文段、得体，大家都可以对高考题进行归类比较，从中找到规律与基本思路。

6.作文

对于作文，一是书写问题，千万不要让老师有不想看的冲动。二是亮点，主要是语言或思维深度，可通过背诵名篇名段名句，写一些小片段来提升。三是模式与分段，清晰是基本要求，千万不要有大段出现，你其中的精华部分很可能被埋没。四是开头结尾的准备。大家可以准备一些可以通用的、觉得很精彩的开头结尾。举个例子：携××之花前行，更加淡定从容，脚步轻盈，步履坚定，人生处处繁花，世间遍地是景！诸如此类。

二、数学

数学高分是刷出来的，绝非虚言。刷题过程中大家应该重视三点：找方法，更熟练，重积累。一轮时数学分专题复习，大家一定要多做练习，基本知识熟练掌握。可以与套题结合，一周写一到两套来找找感觉。不过不要太多，专题突破更有利于弥补漏洞，提升能力。

2014 年高考文科数学，选择题和填空题较基础，关键是不犯低级错误，平时注意错题总结与良好习惯的养成。三角函数、数列、概率一般不设难点，主要是对不对、规范不规范的问题，还要注意一些冷知识、冷方法的准备。立体几何推荐文科生适当掌握一部分空间向量知识，尤其是你个人空间想象能力不足时更应该重视，这样可以应对较难的求距离、线面角、面面角的问题，防止常规方法找不到时影响心情、浪费时间。圆锥曲线与导数的备考，同学们量力而行，可以找一个笔记本专门收集此类题目，总结其中的规律。根据今年选做题难度，大家应该三管齐下，做几手准备，平时也不能局限于常规题型的一次次重复，应提升难度，多做探索。

三、文综

文综选择题可以说决定了你的最终得分。选择题的题感、速度、准确率是我们高三文综最应提升的三项内容。

大家可以平时练习一些各地名校的模拟题。可以两人结合，每天做一套题目上的选择题，不理解之处与同学、老师交流。这样可以保持手感，提升题感。一旦自己的思路与答案或多数人不一致，自己一定要仔细反思，与其他人沟通，将自己思路的不合理之处找出来，防止对今后做题产生误导。

文综背书，既不可不背，亦不可死背。作为合格的文科生，对课本基础知识一定要毫无遗漏，扫到边角；同时形成体系，也就是给你一个命题，你的知识是成体系的一串而不是一个个孤立的点。

高考题是最好的习题，对于文综，大家可以背下经典的高考题的答案，思考高考题答案思路形成、语言组织上的特点，从中发现规律，让自己主观题答得更全面、更规范。

同学们，奋战三年，一朝圆梦。请相信，未名湖畔、燕园里将有你们的身影，请用自己最后一年的智慧拼搏为自己的青春画上一个圆满的句号！

作者寄语

知止后有定，定而后能静，静而后能安，安而后能虑，虑而后能得。

我的高中时光

齐华瑞，女
北京大学光华管理学院2014级本科生
河南漯河人，毕业于河南省漯河市高级中学，2014年高考河南省文科第1名。

故都的秋，果然如郁达夫先生笔下描绘的那般美好。徜徉在博雅塔下，漫步在未名湖边，燕园的生活如一幅画卷正在我眼前徐徐展开。我不禁想，那刚刚挥手告别的三年时光，是怎样的一千多个日日夜夜，让我成了现在的自己？该用怎样的言语来描述我的高中：最痛苦又最快乐，最迷茫又最无畏，最挣扎又最纯粹？那段心如止水、专心读书的日子，那段拼搏进取、歇斯底里的时光，那段刻骨铭心、永生难忘的岁月，是我珍藏的记忆。回首往事，感谢所有鼓励我前行的人们和不断前行的自己。

一、拥有一颗纯粹的心

高中晴朗的日子里，我望着窗外明媚的阳光、葱郁的树，但觉生命这般美好，自不该辜负应热血拼搏的青春年华。我相信，用赤子之心对待一切人和事，尽自己最大努力做到最好，这青春年华亦不会负我。每当心如止水埋头学习时，我总能体味到晶莹澄澈的心境，如冰心所形容一般“很宁静，很喜悦”。我在日记中写道：“生命没有彩排，每天都是现场直播。窗帘拉开是幕布徐启，阳光洒进来是镁光灯打在身上，每个人都站在属于自己的舞台中央。该用怎样的投入才能让自己的生命丰盈美丽、不留遗憾？即使无人鼓掌也要优雅谢幕，感谢自己的真心付出。”偶尔勤奋得感动自己时,我不禁想,在我的心空之上,在亿万光年的距离之外,有一个温柔而慈悲的力量看到了我的努力,并微微含笑地对我颔首赞许起来。我坚信,感动自己就能感动上帝。

当然,一直保持"宁静喜悦"的心境并不是那么容易,比如有时也会因羡慕他人而感到难过。班级里藏龙卧虎,有过目不忘的文综天才,也有挑灯夜战的刷题狂人,他们都让我感到压力。然而,我对自己说,每个人都有属于自己的学习方式,即使不够完美也要勇敢自信,做最好的自己,不求圆满,只为心安。感到时间不充裕,只要善于利用零碎时间就好;做题速度比较慢,亦不必模仿他人以刷题数量为傲,只要精益求精就好。正如林清玄在《木炭与沉香》一文中写道:"不要和别人比较。和高人比较使你自卑,和俗人比较使你下流,和下人比较使你骄傲。太多的比较是心灵动荡不能自在的源泉,也遮蔽了心灵原有的氤氲馨香。"

"最强大的力量不是电闪雷鸣,而是滴水穿石。"高二的一次班会,同学们纷纷写下对高考的誓言,贴在黑板旁的墙壁上。而我,写的正是这句。淡泊而坚韧,亦是我喜欢的态度。高二结束,即将迎来兵荒马乱的高三。在大家匆匆收拾物品从北校区转战南校区的那天,墙上的纸片仿佛被人遗忘。我走过它们,认真地撕下属于我的那一张,贴在笔记本内侧。我对自己说,别忘了对自己的期待,带上"滴水穿石"的信念去高三继续拼搏吧!

在成功的因素中,态度永远是第一位的。拥有一颗纯粹的赤子之心,用心对待学习,认真做好每一件事,尽最大努力使自己不断成长,终能抵达梦想的彼岸。

二、挫折让我变得坚强

有人说,高三是高中生活中最煎熬的一年。然而,我内心最为痛苦和纠结的,不是高三,而是高二。

分科时,理科成绩尚可的我毅然选择了文科。虽是兴趣使然,但不得不承认我还是有些骄傲轻敌，以为文科的功课比较容易。然而，高二上学期期末统考惨不忍睹的成绩让高一时名列前茅的我心如刀绞，哭得几乎昏厥。看看已过去一半的高中时光，我感到前途一片迷茫。站在奋斗榜前，“理想大学”那一栏里，“北大”这两个魂牵梦萦的字冷冷地看着我，仿佛在嘲笑我的不自量力。曾经以为奋力跳起便可触摸到的理想似乎变得遥不可及。

在那个春寒料峭的季节里，每天清晨迎着凛冽的风去教室的路上，我都要不断鼓励自己才能抑制一触即发的痛楚。踩着尚未融化的薄雪，看着枝头若有似无的绿意，春天什么时候真正来临呢？我在心中默念《最初的梦想》的歌词：“如果骄傲没被现实大海冷冷拍下，又怎会懂得要多努力才走得到远方；如果梦想不曾坠落悬崖、千钧一发，又怎会晓得执着的人拥有隐形翅膀……最初的梦想，紧握在手上，最想要去的地方，怎么能在半路就返航；最初的梦想，绝对会到达，实现了真的渴望，才能够算到过了天堂。”是啊，最想要去的地方，怎么能在半路就返航？既然选择了远方，就只顾风雨兼程；既然选择了北大，就一定要为之无悔付出、坚强前行！

在那之后，我开始在桌子上贴励志的小纸条，有豪情壮志的“我不怕千万人阻挡，只怕自己投降”，“我可以一落千丈，但我偏要一鸣惊人”，亦有平和沉稳的“踏踏实实做好手边的事，努力让梦想照进现实”，“用微笑做面纱，像蜗牛一样成长”。在每一个想要松懈的时刻，它们如一只只灼灼的眼睛注视着我，提醒我不应忘记的梦想。

龙应台在《跌倒——寄 K》中说：“现在 K 也绊倒了，你的修行开始。在你与世隔绝的修行室外，有很多人希望捎给你一句轻柔的话、一个温暖的眼神、一个结实的拥抱。我们都在这里，等着你。”我想，的确是这样的。一天语文作文发下来，我从面露惊讶的课代表手中接过作文纸，疑惑地翻开，才发现赵老师在背面用红笔写了长长的一段文字：

文章写得很好,仅针对这篇已可以。以下说几点关于其他的,有则改之,无则幸甚。

1.生活要开心,心情要愉悦,此为一切成功之前提。否则,一切免谈。

2.任何学科都要夯实基础、保证中等、冲刺拔高,依次而行,不可给自己施加无端的负担。

3.学习中可以记住自己是一个强者,但永远不要认为自己是最强者。压力压死人。你仅仅是普通一员,即使自己不普通。

4.有想法可以,任何问题都可以有自己的想法,但不能成为自己的负担。

那时,尽管我拼命努力,但挫败感仍然笼罩着自己,向老师请教问题时偏执得近乎钻牛角尖,脸上的笑容也越来越少。我不禁想,赵老师是怎样的细心捕捉到我每一个细微的神情,又是怎样在批改完作文后,斟酌着字句,提笔在背面写下这一行行饱含关切的话语?再细细读一遍赵老师的文字,感动如潮水一般漫过我心灵的海滩。

一点一滴的记忆碎片拼接起来,浮现在脑海:班主任吕老师早读与我谈话时,眼神和话语中透出温柔与信任;年级主任对我说"你在我心目中永远是最优秀的";历史老师牺牲了午休时间,不厌其烦地评讲我满是红叉的试卷;英语老师拍拍我的肩膀:"你的成绩有些波动,但是你的基础扎实令我放心"……老师们的关心,让我倏然感到在这个世界上,有这么一些人,在我跌倒受伤时仍不放弃我,一直默默关心我、爱护我。我不再孤单,不再寒冷。我不是孤军奋战,因为我承载着这么多人的爱与期待。为了爱我和我爱的人们,跋涉在通往梦想的荆棘路上,我会努力奋斗,并且活得有笑容。

笨拙地一步步摸索前进,我努力从不甘心的低迷状态中冲杀出来。早晚读时,把每个背书任务划定时间,精确到 1 分钟而不是 5 分钟;整理试卷精益求精，将论述类文章、人物传记剪裁成作文素材，把文言文阅读中的每一个字查阅积累，把写过的每篇文章都总结出该主题的论点论据；将惨不忍睹的试卷贴在书桌前的墙上，批上猩红的叉号，告诫自己心痛要有行动；熬夜刷数学题，夜宁心静，认真付出果然是最踏实幸福的状态；在课间每个想要和同学闲聊的时候，努力按捺住自己的心有旁骛……我承认，我的自制力并不算太强，但我不断提醒自己：意志的力量，是决定成败的力量。再坚持一下，在快要坚持不了的时候再坚持一下，就成功了。

尽管痛苦，仍要前行；尽管落后，也决不放弃。真正的强者，绝不是没有眼泪的人，而是含着眼泪奔跑的人。高二这段面对挫折的经历，使我的心境越发平和。这种平和使我在高三无数次考试的起落浮沉中不再计较成绩名次，而是更专注于学习本身。用最简单快乐的心对待学习，体会最纯粹本真的快乐；用最沉稳冷静的心对待得失，奋斗最踏实无悔的青春。

三、高三是温情的一年

高三，日子如往常一样一天天地过去，没有想象中如地狱一般令人生畏。高考，如一个必将到来的客人，不必为之着急、焦虑；而我们，只要做好自己该做的事，与你的付出相称的回报也终将属于你。

这一年，班里的同学依然坚持轮流写班级日记，岁月为纸，年华作墨，留下属于我们的高三记忆。我们看着彼此写下的励志的文字，内心充满了感动和力量。我们彼此扶持，并肩奋战；我们真诚相助，情同手足。有言道，“独行快，众行远”，我们团结一心坚强如钢，在向着高考拼搏的路上离梦想越来越近。

我们感动于班主任吕老师的人格魅力。“6 点 37 分，门缝中透过一阵寒风，老班推门而进，我顿感心中凝聚了一阵莫可名状的力量，一扫困意，所谓人格魅力或许就是如此。他又推门而出，在风中翻动着书页，只那一个背影，我，我们，便都无所谓代价和收获地付出，且毫无保留。总能触碰到他柔软且深爱我们的心，深深地被感动……”班级日记的第一篇中这样写道。

我们感动于同学们饱满的学习热情。有同学写道:“请教老师问题时,我站在讲台上,看着满屋勤奋的同学,感受着浓浓的学习氛围,这与屋外的阴雨连绵形成了鲜明的对比——学习的地方就是春暖花开的世界。只要心中温暖、心中充实,我们便风雨无阻、一路向前。我突然很享受这种气氛,智者与智者的交锋,文者与文者的对抗,虽不是刀光剑影惊天动地,但就是这样的吸引我。梦之所在,虽千万人,吾往矣。”

我们在彼此的感动中坚韧前行,充满了温暖的高三见证了我们的情谊。感谢你们,在我身边。

作者寄语

十年寒窗磨一剑,六月高考试锋芒。祝家乡学子圆梦高考,金榜题名!

刻在生命中的三年

齐思涵，女
北京大学光华管理学院 2014 级本科生
毕业于郑州外国语学校，2014 年高考河南省文科裸分第 1 名。

大家好，我是来自北京大学光华管理学院的大一新生齐思涵，很高兴有机会和大家分享一下高中生活学习的一些感悟。高中，是一段独具风韵的生活，盛开在我们花一样的年纪。我们快乐过，痛苦过，肆无忌惮地笑过，撕心裂肺地哭过，三年看似模式化的生活却给予每一个个体与众不同的成长经历。然而，当往事成风，当我静下心来回首这段经历时，可能想说的太多太多却又不知从何说起，因为内心似乎固执得不愿将那段生动的记忆用逻辑的框架层层分割剥离，所以，如果我的讲述能够对大家有所帮助的话，我想我会非常开心。

考完试后一直被问学习方法，相信很多同学和我有一样的感受，其实真的觉得自己没有很成系统的所谓的学习方法。如果生搬硬套地杜撰更是对大家的不负责任，所以，只能给大家提供一些学习的小窍门。

一、文综

鉴于本人是一名文科生，虽然当年化学和生物学得还不错，但大家知道这两科其实是偏文科的，记忆的东西比较多，对物理则真是“物理看花眼”啊，所以才做了一名文笔捉鸡的文科生，因此只能给大家提供一些学习文综的小建议。

很多人都说学理科需要错题本，其实我觉得学习文综也需要这样一个类似的本子。做完一张卷子或一套题，不要只想着改完答案就没事了，其实可以把这套卷子上你做错的题和你认为很有价值和借鉴意义，适合举一反三的题型剪贴下来。虽然这样对于卷子有点残暴，不过它并不是白白牺牲的。文综题的材料虽然千变万化，可万变不离其宗，题的类型和答题要点就那几类，更重要的是不要轻视这些题干，它们都会成为你的背景知识帮助你更好地做题。对于一些探究性、发散性的题目，这些背景知识可以为你提供很好的解题思路。经过一段时间的积累，你可以通过翻看这个本子找到自己薄弱的题型和知识点，同时总结不同题型的答题思路，这也是很重要的，特别是政治和地理，这样考试时分析题目既省时又准确。

二、语文

很多人都说语文重在积累，的确，没有很深厚的文学修养是很难真正学好语文的。可我更觉得，如果只是为了提高语文成绩而去所谓地多看书，其实还不如看几本作文素材更有效，因为功利性的目的用功利性的方法来达到似乎更便捷。在我看来，读书更应该是一件快乐的事情。名著固然是经过历史的沉淀和时间的筛选，但名著也应该允许有的人不喜欢呀。对我而言，那些能够引起我共鸣，启发我思考的书就是好书。所以我觉得仅就高考应试的语文来说，语文成绩与读书似乎没有必然的联系，而基本的知识积累和答题方法反而更重要。但如果是将其延伸到生命的长度，阅读无疑是重中之重。“腹有诗书气自华”的确是亘古不变的金科玉律。高中学语文时我的成绩也是处于波动极大的状态，但后来明白语文成绩还是有可控的办法的。科技文阅读要多练习，成语、古文就是要积累相关知识，而古诗文阅读每类题型都有相关的技巧与要点，每类意象可以总结出它的感情色彩和内涵，至于传记小说和后面的题型也都有相应的解题方法，因此，多练多总结对语文来说也是必不可少的。

三、我的心路历程

说完了学习，我也很开心和大家分享一下我对于三年高中生活的一些感受。其实说实话，这三年的生活总体上说还是一帆风顺的，中间的一些小波折也让这段经历丰富了很多，在这里，我只想说两点。

首先，如果你有梦想，并且通过高考考上一所好大学能够为你提供更好更高的平台去实现这个梦想，又或者你只是单纯地想考上一所好大学，那么就竭尽全力地学习。“当你的才华撑不起你的野心时，请静下心来好好学习。”这是我高三时候很喜欢的一句话。以前听一位学姐说过，高中是付出回报比很高的一个阶段，曾经的我还不是很相信，现在似乎有点相信了。只要你努力，你的成绩是会提升的，只是时间长短的问题罢了，所以任何时候都不要放弃努力，把握住高考这个相对公平的机会，不管结果如何，但求一份问心无愧。

其次，我想告诉大家要学会选择。人生就是在一个个选择中度过的，从学文学理到选择保送、竞赛或自招，再到选择哪所大学以至于以后到大学、社会里，我们总是面临各种各样的选择。而高中是我们学会做出独立选择的重要阶段，我们要在这里学会选择，学会承担选择所带来的后果。我高中是在郑州外国语学校读书，很幸运，我拥有一个参加保送的机会，如果能够顺利通过保送，就不用熬高三下学期炼狱般的生活（我当时是这么想的，主要是学长学姐渲染的，不过真正经历了也没有觉得太痛苦啦，所以学长学姐的话不能全信哦）。所以从高一起，几乎所有同学都会憧憬着保送，幻想着那 8 个月的大长假。很多人也都开始准备，做四、六级阅读，听 VOA（美国之音）、BBC（英国广播公司）的节目，对每一次期末考试都格外在意，因为这会影响保送学校的层次。就这样，到了高三的保送生考试，我很幸运地拿到了清华大学的保送生资格，于是我便停止了一轮复习的进程，每天只准备英语、语文和面试。感觉那 15 天自己特别长知识，翻译那些读都读不通顺的文言文，深刻地领略了英语的博大精深，佩服英国人和美国人的奇思妙想，怎么造出那些稀奇古怪的单词，又怎么记住。

还有每天都会看报纸，看凤凰网的社论，恨不得看见一个新闻事件都拿过来从正反两方面分析原因、对策。可即使这样，在考完忐忑不安的 7 天后，我们还是被清华无情地刷掉了。那时候快过元旦了，我们在耽误了一轮复习的一半进程后迎来了郑州市一质检，然后我的两个同样没有保送成功的学霸室友就考出了班里第一、第二的成绩，简直太霸气了，我的成绩太过惨淡就不说了。一质检过后，班里忽然凉快了许多，教室变得格外宽敞和明亮。因为我们班走了 16 位同学，只剩下 30 多个人，当时心里应该挺难受的，只记得我竟然在老班面前哭了，有点丢人，不过那是第一次也是最后一次。接下来有清华的自招和高考，我明白，自己一点都不后悔保送的选择，所以这个后果我必须接受。接下来我分析了自己的情况，不适合做难题而且现在需要一个合适的调整期，于是就顶着父母的压力放弃了清华自招，就给自己留下高考这条绝路，背水一战。也许是为了不让自己后悔这个选择，接下来的高考之路我的心态一直很平稳，只是专注于当下，不想太多。

不得不承认，我很幸运能有机会来到北大这所学校，也能笑着向你们讲述这段经历。不过，我很喜欢苏芩说过的这句话：让你痛不欲生的也能让你脱胎换骨。选择是一个很痛苦的过程，但学会选择的同时我们也会收获另一份礼物——成长。所以，希望你们学会选择，学会承担选择的后果，也学会努力让自己的选择变成最好的选择。

说了这么多，虽然有点混乱，不过却是我真心想和学弟学妹分享的。新的一年，希望大家梦想成真，快快乐乐。

作者寄语

生命是一条奔流不息的河，我们都是那个过河的人。河的左岸是铭记，右岸是忘记，我们随波逐流，铭记着，忘记着，可有些时光一旦经历过，便再也难以抹去痕迹。

我的高中学习心得

王苏欣，女
北京大学光华管理学院 2014 级本科生
毕业于河南省内黄县第一中学，2014 年高考河南省安阳市理科第 1 名。

各位同学大家好，我是 2014 级大一的学生，来自安阳，我叫王苏欣。在这里，我主要想跟大家分享一下我自己在高中时候的一些心得体会。因为刚刚离开高中校园不久，很多事情还都记忆犹新，所以这一方面我比较喜欢聊也比较有话可聊。其实我想说的内容也差不多都是些习惯啊心态啊之类的，这些东西想必老师们也都已经千叮咛万嘱咐过你们了，想当年我自己也是天天被这些东西灌输，然后半信半疑，总是怀疑老师是在夸大其词吓唬我们。但是我觉得作为一个过来人，以一个学姐的角度来讲这些可能更加真实一点，我希望能把我自己及我身边的人的亲身经历拿来分享给大家，用我自己的亲身经历得出一些经验和教训，希望大家能从中收获那么一点点有用的东西。

首先，我想说的是高中三年始终要培养并且坚持的一些品质。

1.**明确目标**

说起这个不得不引用两句我非常喜欢的话，第一句是"立大志者成中志，立中志者成小志"。大家肯定也都听了很多遍，懂得这句话的含义，懂得一个远大志向的必要性，但我仍然想拿出来讲。对于我自己，我可以毫不夸张地说，从高一起我就立志要考上全国最好的大学。北大和清华的校徽自始至终都贴在我的书桌上从未离开。很多时候也会因为一些挫败而伤心,怀疑自己是否有实力,但每当想起燕园,想起北京,就会重新获得动力。这就是一个远大目标的意义,总能在你最脆弱的时候支持你。这是一种很重要的自我激励的方法。另外一句话是“有志者立长志,无志者常立志”。并不是说你的理想越多就越有可能成功,而是要把理想坚持下来。如果因为某次考试考得不错就沾沾自喜暗下决心说我要上北大,某次失利了就说我是不是应该把目标调整为郑大呀,这显然不是明智之举。不管发生了什么事情都要有一个坚定的目标,用自己理想大学的标准来调整自己,而不是根据自己的行为来调整目标。

2.平和心态

我仍然想引用一句话,“举世誉之而不加劝,举世非之而不加沮”。这句话想必大家在备考时都应该背了无数遍,其中的内涵是否也烂熟于心了呢?我高中的班主任是一个很有智慧也很幽默的人。每次如果我大考考得不错,有想翘辫子的行为,他就会把我揪出去,站在办公室外边或者班门口的走廊上,一脸严肃地问我:“哪是北?”而我又恰好是一个资深的大路痴从来不分方向,所以即使他每次问我都站在同一个位置我也得想好半天才能给他指出来哪是北。不知道你们听没听出来他的用意。嗯,就是害怕我得意忘形找不到北。其实每次这样被他一顿讽刺回去过后我都会反省自己:是不是因为一次考试就开始自大了?是不是又在上课跑神了?这样的反思很有利于调节心态,如果因为一次成功就激动上半星期,因为一次失败就萎靡不振半星期,那你的学习势必要受到影响,可能很多关键知识点都会被错过,影响整个知识网络的构建。另外就是关于高考的心态。其实高考成功与否与心态有很大的关系。我们在高考前两个月几乎每周都有一节专门教我们调整心态的班会课。在大的方面来说,不要对高考这件事情本身有很大的心理包袱,高考少两分天也不会塌下来。你能做的是在平时竭尽全力,不浪费时间,不幻想太多不切实际的东西,争取最后不留遗憾。在小的方面来说,高考过程中不要有很多顾虑,比如遇到难题怎么办,还能怎么办,总不能坐在考场上哭吧,尽自己最大努力能拿一分是一分呀！与其焦虑担心，不如做几道题、背几个单词来得实在。所以说，胜不骄，败不馁，始终保持一个好心情，这样才能更有利于身心健康，当然也更有利于高效的学习。

3.坚持不懈

这里呢我还是想讲一个我自己的小故事。高一的时候语文老师和英语老师要求我们每人准备一个小本，能揣到兜里上厕所时掏出来看的那种。高一的时候一般都是很听话的，不像现在，只想着跟老师对着干。然后我就准备了一个小本。一面抄下了所有学过的英语单词，另一面是语文课内外的诗词。利用每天上学和放学的时间来背诵。当时我家就在学校旁边不远，走路用不了十分钟，但一天四趟的时间也是十分充足了。高一的一年里我把所有学过的英语单词背了至少两遍，想忘都忘不掉。另外还背了很多课外的我喜欢的诗词。印象最深刻的是《长恨歌》，因为非常喜欢这首诗，就利用这个小本花了一星期时间把它背了下来。当你完成一件不是老师要求的任务的时候，那种感觉是十分自豪的，很有成就感，而且完全不耽误正常的任务，这样的结果何乐而不为呢？嗯，好像有点跑偏了，我是想说坚持。但是不幸的是高二那年没有高一那么听话了，本来任务仍然很繁重，但没有把这个很好的习惯坚持下来，基本上荒废了所有走在路上的时间，现在想来如果我高二仍然能够坚持下来，肯定又能学会很多自己想不到的东西。所幸我只是在额外的任务上没有坚持，但在考试范围之内的事情上做得还不错。比如自始至终我都很重视笔记和错题，每节课的笔记都会认真整理不留一点瑕疵，都坚持当日问题当日解决，课下有时间一定要抓住老师问问题。这些看起来很小的事情，如果能够坚持三年下来就是一笔很了不起的财富。我们老师始终要求我们做任何事都讲一个“快”字，不允许在无谓的事情上浪费时间，于是我基本上没有走着去吃过饭上过厕所，都是全速奔跑过去。这些习惯一旦能够坚持下来就会逐渐变成自己的东西，从一开始强迫自己去做到后来如果哪一天不这样做就很别扭。这就是坚持到底的结果。再比如我们高中要求每天跑早操和做课间操，这个坚持是被逼的不得不坚持，但是三年下来我们班很多同学都爱上了跑步，特别是最后高考冲刺那段时间，每次一有情绪波动都会用跑步来缓解压力。现在在大学我仍然很喜欢跑步，没事就去跑个三五圈，感觉完全是一种享受，同时又能锻炼身体，多赢。所以说，能发现做好某一件事的方法固然很重要，但把这件事情真正坚持下来才能达到想要的效果。大家不妨仔细想一想。

最后呢，我想说一些我自己高中学习生活中领悟到的一些好习惯供大家参考。

1.重复

我刚高考完的时候有很多学生问我英语怎么学，数量之多难以想象，我仔细一想，好像也不太清楚怎么学的，顶多就是多背背多读读，看看报纸做做题。所以我说英语学不好就是因为一个字——懒。如果把单词背上五遍，笔记翻上五遍，错题再看个三五遍，最后想不考高分都不可能呀。所以说，重复是很重要的一个方法。不管是背英语还是理科的数理化生，都要求重复。像英语和生物知识点比较细碎，就要做到事无巨细，面面俱到。其实每一次重新翻看课本和笔记都能发现很多新知识，“温故而知新”这句话真不是说着玩的。多重复几遍肯定就知道哪些是重点，哪些自己容易记混了，于是很多问题迎刃而解。对于数理化这些没有很多知识点而是很多公式的科目，重复就是做题和整理。我们都知道刷题很重要，尽管可能遇到很多重复的题也要认真对待。当然我并不是提倡做越多的题越好，这个要视个人的情况而定。但无论对谁来说重复做一定量的题都是十分必要的。通过做题和整理错题，就能发现常考的知识点在哪里，而自己又常错在哪里，心中有数，有的放矢。

2.认真

又是一个老生常谈的话题。那我就先讲个故事好了。那个时候应该已经进入了高三的二轮复习，大家都在争分夺秒地做试卷、整理笔记，那个时候的每一分每一秒都是很宝贵的。有一次课间我去办公室问题，隔壁班一个成绩不错的男生也在问题，是一道几何证明题，我就听他问：老师这个题应该错了，肯定少一个条件。老师就说：少什么条件？那个男生很愤懑地说：我证明不出来这个三角形是直角三角形啊！我都花了一节课时间了还是没有证出来！我当时就想这该是多难的一道题啊，一节课都证不出来。老师听完用一种异样的眼神看了他一眼，至少我觉得他的眼神很异样，说：你给我读读题。那男生就读，我看了一眼那个题，开头是这样的，“在 Rt△*ABC* 中……”于是那个男生就扭头走掉了。你可能会笑这男生太蠢了，但是回想一下我们是不是都犯过类似的错误呢？每次考完试一对答案，类似冤枉的声音此起彼伏：“哎呀，我怎么忘了考虑这种情况呢？”“哎呀，我怎么没看到这个条件呢？”“哎呀，我怎么把 2 抄成了 3 呢？”……其实把 2 抄成 3 这种事情我们班一个学生也干过，一道数学大题，计算方法完全正确，就是中后部一个等式抄下来的时候 2 变成了 3，于是一分都没有了。所以这种完全可以避免的问题是没有理由出现在你的试卷上的，如果每次考试你都或多或少出现类似的错误，就要好好反思一下了，不要只归结于马虎。这种不认真很大程度上可以反映出一段时期内的心态状况及知识的掌握情况。是不是太过浮躁了，导致看题都能看错？是不是这些知识点太容易混淆了，导致总会有小小的遗憾发生？如果能保证以认真的态度去对待每一道题、每一件事，把每一道会做的题都做对并且拿满分，那你离你理想的分数肯定不远了。

其实还有很多想跟大家分享的小故事和小心得，但无论别人讲多少终究还是别人的故事，其实最重要的是自己学会从一点一滴中总结，从每一天的得与失中看到自己的进步。就像我们那一届的同学，哦，我又开始讲故事了，你们还想听吗？我们那一届的同学在年级主任也是我们班主任的要求下从高一就开始写成长日志，就是每天记录一点自己的心情与感受，可以是早上起来写一写自己的目标，也可以是晚上睡觉前看看今天有没有什么遗憾，这样积累下来慢慢你就会发现自己的进步。当然其中也有很多希望能与老师分享的心情和故事，当时听说一个班的学生在成长日志里向老师倾诉自己喜欢班上一个同学,然后那个班主任,是个女老师,就把她叫出去听她讲了很多,和她谈了很多,最后结果我不知道是什么,但我觉得这样一种师生交流的方式是很好的。能让老师更加了解你,当然最重要的目的还是自己能够更了解自己。

作者寄语

人的潜力是无穷的。祝大家拥有一个快乐的高中生活,好好珍惜时间,珍惜师生情谊、同学友谊,最后能如愿以偿地达到自己的理想。

致你们，致自己

郑琪，女
北京大学法学院 2014 级本科生
2014 年毕业于河南省漯河市高级中学。

时光竟是如此的狡猾，恍惚间进入北大已近一年，高三的金戈铁马似乎只在记忆中留下了模糊的背影。有了新的目标的我，曾以为这段时光会在自己的人生中慢慢远去，但偶然拜读一位同级同学的新生征文时，有一段话让我深以为是。他说："我并不想带着优越感去介绍一些空洞的学习经验，我只是想诚实地记录下我的时光，让那些同学们知道，我曾与他们一样，只是一个普通的学生，有过梦想，有过苦恼，有过奋斗，最终可以到达想去的地方。"因此，如果说我的 18 岁有过那么一些成绩的话，我希望我可以尽我所能，把我曾经感悟到的、学到的，分享给那些有梦的同学们。因为我曾是那最普通的一个，因为我也曾经和他们一样，为了 6 月的梦想，激战时光。

一、逼迫自己成长

倒数第一。

这是我初入高一的成绩。生平第一次班级倒数第一当得可谓心惊胆战。我至今觉得，这个优秀的班集体对我整个人的各个方面都有着巨大的改变。在我的意识中，学校不再只是学习和玩乐的场所，它更是重塑我的地方。我开始与比我更加优秀的人相处，开始重新审视我以往认为理所应当的东西；我开始看到别人身上越来越多的闪光点，开始重新了解并学习人与人之间的交流。我的同学们的眼界那么宽，知道许多我从来没听说过的东西；我的老师那么酷，颠覆了我对课堂和老师的认知；我的朋友那么善良温暖，给了我可以维持终生的友谊；我甚至遇到了一个影响我“三观”的姑娘。我本性难移，很快就忘记拘束、张扬个性，在这个可以提供我更多机会的地方见识了更大的场面。我相信这一切，都足以让我变得更好。

但是在学习上，我也面对着前所未有的压力。倒数第一不算什么，因为有着远比它杀伤力更大的东西，那就是我们学校的高效课堂。这种对学生自学能力要求极高的学习模式加上九门课的轰炸，简直让我这个一直被填鸭式教学，从未自主学习过的人不知所措。尤其是数学，我的数学老师是一个语速极快、字体极草、思维极跳跃、留作业极多的胖老师。每当班里的同学大声附和着他所讲的知识点或赞同一道题的解法时，我都急得想哭。与此同时，九门课的协调也让我不知所措，我常常忘记作业，忘记预习，忘记背书。每时每刻都很忙，但却很混乱。我开始掉头发。

然而这些正是逼迫我成长的东西。

因为高效课堂，我学会了自学，学会了如何教会自己从未接触过的知识；因为数理化，我学会了忍耐与坚持，学会了如何在崩溃的前一秒决定坚持下去；因为九门课，我学会了计划与协调，学会了如何规划自己的生活；因为主持学校的元旦晚会和期末考试同步进行，我学会了投入与取舍，舍弃我喜欢的，做我必须做的；因为组织全班20多个同学排练晚会节目，我学会了策划与协调，学习了与人沟通；因为竞选，我学到了如何大胆把握机会展示自己；因为不再是第一，我学会了不再有不切实际的要求，尽力就好；因为不再拔尖，我学会了放平心态。我很努力，非常努力。不管从哪个方面看，高一是我快速成长的一年。

所以当有人问我学习经验时，我的回答大多从高一而来：学会自我管理、自我规划与自学。我至今认为这是学习中非常重要的事情。

二、积跬步方至千里

高一结束时分科,我毫不犹豫地选了文科。当时没有什么学科优劣的利弊分析,只是单纯地喜欢。当时一位朋友的话让我印象深刻:有兴趣总会学好,没有兴趣总会学不好。后来发现这其实非常真实。所以也希望学弟学妹们能够听从自己内心的选择,或者多多培养自己的学习兴趣,兴趣是最好的老师。

高二刚开始,因为高一的排名一般,所以我并未对自己期许太多,只是纯粹在学习自己喜欢的东西,结果成绩却很好。我是一个做题比较少的人,但是我看课本看得很多,然后会提出很多问题。当时我遇到了一位非常优秀的历史老师,我经常会在听课的时候记满一张对课文内容的疑问,然后去找老师交流。对于文科生而言,对课本的理解其实非常重要。一旦理解了一个知识点,那么出题点基本就会在你的理解范围之内,而且理解之后会记得很牢,这在历史、政治上体现得很明显。更重要的是,我希望大家可以学会提出问题。这就意味着你不能只是机械地重复课本,而是必须去理解其中的逻辑联系,这也是举一反三的前提。

总而言之,高二上学期成绩进步得非常快。但是下学期的成绩可以用三个字概括:跌跌跌。第一次年级第 9 名,第二次年级第 19 名,第三次 30 多名,后来 50 多名、70 多名。无法阻止,而又无力阻挡。我也从起初的不以为然到不知所措,再到几乎崩溃。我起得越来越早,睡得越来越晚,成绩却毫无起色。伴随着成绩的下滑,我还失去了很多机会。

如果说那一段时间有什么可取的东西,那就是我提前看到了最坏的结果并且做好了承受的准备。到现在我依然很钦佩自己那时能够坚持,并且即使接受现实也从来没有失去东山再起的希望,坚持一直走下去。我觉得我很幸运,如果这一切在高三发生,我想我会崩溃。而且我有亲爱的历史老师,一直相信我、安慰我、帮助我。所以我走过了那段艰难之路,用坚持,用坚强。之所以说这段经历,是因为我发现这其实很有共性。每个人在学习的过程中都会经历所谓的瓶颈期,瓶颈期中的茫然无助和自我否定实际上会给我们的心理造成很大的打击。但是请大家记住,任何变化都是有原因的。我们必须冷静下来仔细寻找,才能超越自己,而这个过程会教会我们很多。

以我自己为例,我学习以理解为主。这固然没错,但我忽略了题目的练习。我做题很慢,完成作业已是不易,又忙于筹备运动会和协助编排啦啦操等事,根本没有时间给自己加任务。所以我做题很少而且很基础。在高二上学期比较基础的考试中可以取胜,但当题目趋向综合复杂,我却无法应对。尤其是数学、历史这两个学科都需要在题目中锻炼思维,培养思路和技巧,如果缺乏练习,很容易出现思维偏差。至于地理,我个人认为这是最需要积累的学科。所有的细枝末节,每一个地理要素,每一条经线、纬线,每一个地理特征,都需要我们记忆。但是我当时连地图都没有开始看,所以成绩的下滑是必然的。因此,即使我有意识地弥补,也无法让我马上回到以前的状态。

经历过高二后,我再也没有告诉过低年级的孩子们说什么不用做题的鬼话,我会很认真地说:多做题,没坏处。而且分科的头一年是积累基础知识和基本学科素养的重要时刻,所以一定要把基础知识学好,夯实基础。

三、不为彼岸只为海

带着惨痛失意与迷茫,高二稀里糊涂地结束了,接着就是暑假补课。我从小到大都没怎么上过补习班,但是经过高二一年的打击,我决定迈入补课大军。那一个暑假现在看来是挺辛苦的,因为我家在县城,上学在市区,所以我和小伙伴每天都要带着外婆早起做的午饭坐 40 分钟的车跑去补课,晚上再跑回来。路很颠簸,风很热,连清晨的阳光都是暴晒的。尽管如此,我们每一个人、每一次课都没有迟到过。在早晨 7 点的烤箱里大声读书,提心吊胆地准备老师的课前提问,丧心病狂地记下每一句历史、地理笔记,要死要活地解着永远都解不出的数学题。现在回想起来,觉得自己做了一件正确的事情。一个不自觉的学生最应该有的自觉,就是知道自己不自觉。如果自己无法保证自己在家的效率,起码要有借助外力强迫自己的觉悟。在高中,保持自己的学习状态是非常重要的。也许假期里学到的东西并不会给你太大的印象,但是最起码这是一个提升自己的机会,而高中这么宝贵的机会实在不多。

相信每个学生在高三之前都听过无数关于高三的描述,打过冲刺高三的鸡血。这一类文章的代表作有《花开不败》《你凭什么上北大》《奇迹是为了信念牺牲一切》《我们都不是神的孩子》《高三祭》《从一个自己到下一个自己》等等。我曾无数次被这些故事感染,为那些追梦的勇气和不顾一切的毅力所激励。所以,高三开课之前,我一直觉得高三应该如文章中一般充满着火药味,刀光剑影,剑拔弩张。但后来我才发现,高三的环境对所有人都是一样的。不一样的,只是人的心境。时光划过,在心中可以静如死水,也可以汹涌成潮。

高三的第一个月,我很亢奋。像心中有一团火,奔跑得不知白天黑夜。相识三年的同桌说从未见我如此努力过。每天 6 点起床,6 点半就已在教室里读书了。课间连上厕所的时间都没有,因为有一大堆问题要问老师,还有上一节课的笔记要整理。在办公室和老师交流问题常常一次就是一个多小时。桌子上贴满了记着各种问题、单词和易错易忘点的便利贴。晚读背得声嘶力竭,最后连喘气都要缓几缓。9 点半下晚自习,10 点就可以坐在寝室桌前直到午夜。课间打闹的间隙,都会和同学互提地图上的知识点。看到个单词都会联想一遍知识点。我强迫自己多做课外资料,拼命挤时间给自己加任务。那时从不觉得累,因为心里已不再像以前一样有太多无谓的想法,只有一心的奋斗。

那段时光让我明白了:不为彼岸只为海,相信功到自然成。相信很多人在很多地方看过或者听过这句话:过程比结果更重要。事实上,即使是在最重视最终结果的应试教育中,我也觉得这句话是正确的。如果在努力之前就花费大量时间担忧结果,那么是没有办法全身心投入到应该做的事情中的。千万不要变得读书太少而想得太多，而只要扎扎实实走好每一步，结果就不会太坏。未来不可预知，我们只能把握现在。

不为彼岸只为海，所以请大家不要纠结于一次周测、一次月考或一次模拟考试的结果。真正有意义的是高考，其他的考试只是一次机会，一次给我们自我剖析、解决问题的机会。我的习惯就是在做任何卷子的时候都会圈出不确定的选择题和我认为比较有价值的题，批注上我记住或没有记住的重点。

踏踏实实走好每一步，结果就不会太坏。诚然，我有过很长一个非常努力却没有任何结果的阶段，努力了不一定会有收获，但不努力却一定没有收获。找对方法和方向，天道还是酬勤的。

也许是我的努力有了收获，高三时我的成绩开始上升。现在想想，早点经历打击并不是什么坏事，至少有翻盘的机会。

但慢慢地，压力也开始无处不在。

因为高二的诸多打击，我对自己的定位并不高。开学过了一段时间，班主任程老师找到我，要我参加年级的培优。我们班参加的一共有 7 个人，除了我都是大神级的人物。我当时有点懵，对老班说，老师我不行吧。程老师告诉我说这是老师投票的结果，我是经历三轮投票最终被选出来的。他说："我们都知道你高二下半年状态不佳，但我们都相信你是有潜力的。"说实话，老师们的决定对我有着非常大的影响。老程、桂华、正文还有其他老师，他们在我不相信自己的时候选择相信我。每当我疲惫的时候，他们对我的信任就像是无穷的力量支撑着我。所以我也希望学弟学妹们学会信任老师、亲近老师。高三的很多时刻是你的父母甚至朋友无法理解的，这个时候老师们的经验和远见就会显得分外重要和有信服力。我认为，多和老师交流绝对是高中最重要的事情之一。

差距依然摆在那里，压力也总是有的。那些大神们的辉煌无处不在，再加上我觉得自己远远达不到清华、北大的标准，每天都觉得自己做得很不够，所以常常要打电话给爸妈诉苦。但总体而言，我觉得自己就像一株小草，在大树的身后默默生长，有彷徨也有焦虑，但从来没有因为这些停止过脚步。可能因为我在高三前就经历了打击，所以高三反而很平静，只是按我早已形成的习惯生活着、学习着。我尽可能地让自己的时间充实，当我面对知识时，我可以感到快乐。

记得曾经我和朋友绕着操场，听着电台，看着球场上疯跑的男生，抱怨没有传说中高三的感觉。现在回头看，原来真的是"当时只道是寻常"。努力着的人往往没有时间想自己是否在努力，他们有的只是越来越高的标准。正是因为不局限于自我，才会把让人感到惊叹的事当作寻常。我见到过很多学生，每天下了晚自习就回家玩手机，如果哪天不刷微博不玩手机就觉得自己非常努力。这样无异于井底之蛙，永远看不到别人怎样努力，达到了怎样的程度。"Stay hungry, stay foolish."（求知若饥，虚心若愚）只有不满足的人，才会不断向上攀登，触碰到那片仿佛无法接近的遥远天空。我觉得，不满足的平常心，就是对我的高三心境的最好概括。

带着这样的心态，我走上了高考考场。不紧张吗？当然不可能。但是提前看考场那天，当我站在自己的座位前，感觉曾经有过的担心都消失了。东野圭吾说过："紧张的时候，想一想自己曾经付出过的努力，信心就会喷涌而来。"当我闭上眼睛，脑海中出现那一本本被我写满的五颜六色的笔记本、错题本，当我想起那一个个不眠不休的夜晚，当我想起那一次次与同学们的激烈争论，当我想起那一页页几乎是吼着背出来的课本资料，当我想起那一摞摞批注得满满的试题，当我想起那一句句被我写在床头的激励自己的话语，当我想起那一封封彼此鼓励的信笺，当我想起那一位位牺牲休息时间为我答疑解惑的老师，当我想起每天深夜守着电话陪我聊天给我鼓劲的爸爸妈妈，我便觉得无所畏惧。

四、浅谈学习经验

本来是觉得不用写的，但是每次都会有很多学弟学妹来问，让我意识到太过形而上的东西可能无法解决学弟学妹们的燃眉之急。但是我非常想提醒大家，所谓成功的学习经验与方法，没有一条是所谓的捷径。每个人成功的学习方法都是最适合他本人的，但不一定适合你，所以希望大家能够有所取舍，最终形成属于自己的学习体系。

1.有效利用课堂时间

在课堂上不仅要认真听讲，而且要做笔记，在老师评讲试题时将其整理到错题本，或利用课堂间歇默背知识点，这样把一节课过得充实圆满，而且学习效率极高。所以我宁可晚上少做点练习早点睡觉，也决不让自己白天上课打瞌睡。

2.做好笔记

笔记不仅仅是课堂内容的记录，更是个人学科感悟的载体，我的笔记本上不仅有课堂内容，更多的是对相关知识内容的整合，以及对做题方法的感悟，还有易错点和常考重点。这些都需要自己亲自整理而非简单借阅他人笔记，因为只有自己去做，理解才会更深刻，才有拓展的灵感和思路。

3.拒绝刷题

文科生很容易陷入刷题误区，不停做文综却毫无提高。保质又保量固然很好，但现实中很难做到这一点。我们只求保证质量即可。一套文综做完，首先要自己认真对答案，但并不是简单看对错，而是提出疑问：标准答案和我的答案有何区别？为什么会产生这种区别？错在哪里？是知识点漏洞还是思路偏差？然后要及时找老师解决疑问，让老师点评做题思路和语言表述方面的偏差。最后归纳从卷子中得到的思路方法、知识点、材料拓展知识及答题技巧。对我而言，可能整理好一套卷子花的时间比做一套卷子的时间还长。不只是文综，各科都一样。

4.保持独立思考的能力，提高理解力、分析力和表达力

高三课业繁重，部分老师的作业留得多，催得紧。即便如此，宁可不写也不要抄答案。要逼迫自己思考和分析。写文综大题时不要常常只写梗概，要写出具体语言表述，从而保持手感。

5.不要放过任何一个错误

不要为自己的任何错误辩解。有很多人觉得一些低级错误不算错误,但这往往对你的分数有很大影响。老师不会同情你的笔误,错了就是错了,任何错误都值得警惕。

6.不要浪费高考题

无论什么模拟题都比不上高考题。通过研究高考题,我们可以把握题型的变化;通过研究题目答案,我们可以适当调整自己的答题风格。因此,希望大家仔细研究高考题,而不是仅仅当作习题去挥霍。

7.学会制订计划

距高考不足50天时,时间会非常紧张,这时候你应该对你自己的知识体系有一个非常清晰的把握。比如历史,你要清楚一共有几本书几个单元,几个专题多少知识点,这些东西你掌握了多少,剩下的还要多久才可以掌握,已经掌握的要怎么分配时间去复习巩固。把这些都安排好,才算是做好了学习计划。

写到最后,真的非常感谢能有和大家分享这些经历和心情的机会。对我而言,回忆这段热血的青春,也是对自己的一种激励。我最美好的回忆,给你们,也给自己。祝大家都可以“尽吾志而终不悔矣”,高考加油!

作者寄语

相信自己,相信未来。

静水流深

苏涵,男
北京大学元培学院 2014 级本科生
毕业于河南省南阳市第一中学,2014 年高考南阳市理科第 1 名。

燕园的花开了,塔下,湖边,路旁,砌红堆绿。在这个夜里,我终于静了下来,回首来时路,说些经历和感悟给大家听。

一、启航

我是一个择校生。我始终记着这一点。

我以这样的身份走进了南阳市第一中学的大门,进了一个普通班,在普通班里排名五十开外。我一直是一个很骄傲的人,只是没有表现得很明显。当时普通班之上有四个培优班。

我因为别人的优秀而恐惧,便想打倒这一切。第一个梦想,或许称之为目标更加合适——进入培优班。一个"恶向胆边生"的学期就这么启航了。恐惧本身不是邪恶的,邪恶的或正义的,只是你对待它的看法和你想要打倒恐惧的方式。记忆中的高一上学期只是教室—食堂—寝室的单调往复,以及和朋友们之间每天的笑闹。

然后我进入了培优班。也许是之前受到的打击过于巨大,这一个目标的完成并没有让我觉得有多么骄傲。况且,还是有太多更优秀的人。因为培优班之上又有了一个实验班。

一个渴望优秀的人,并且是失败过的渴望优秀的人,总是急于去证明自己。于是单调往复的生活又开始重现。也许上帝真的不想让一个失意的人再次受伤,这一学期我像一个猛士,斩去荆棘,开辟道路。终于,我变成了第2名,并且收到了实验班的加入邀请。但是出于种种考虑,我拒绝了。

总结起来,我似乎在高一的时候提前经历了一次高三,但是一连串的成功也容易让人昏了头脑。

二、迷茫

对。太多的成功容易让人昏了头脑,迷了心窍,忘了人外有人。

带着膨胀的骄傲,我似乎已经忘了自己是以怎样的身份进入这所南阳地区最好的高中的。静气散去,浮躁、贪功冒进占据了我的脑海。当时的我,对那些沉默寡言、只知学习的同学很不以为然,对要刷的题,抱怨太简单,又抱怨太难。但还是要维护自己好学生的形象,仅仅是在回家时玩玩手机,感叹一句这才是生活。

一次考试,让我的美妙幻想破灭了,瞬间我被拉回了现实世界。60分,这是当时我给自己的评价。我试图挽回,但一加一减,差距已经不是几天的追赶就可以弥补的。

我要感谢我有一个很好的班主任。她说:"你该有个目标,然后平心静气,一切水到渠成。"一个人,要先成为一个筑梦者,再成为一个逐梦者。当时的我,对北大的自由之风甚为倾慕。要筑梦,何不把梦筑在白云之上。于是逐梦北大,被我写在了桌上的便利贴上。

我是一个容易莫名感动的人,一次很无意的走神,让我注意到牛津高阶词典的附录上的一句话:Still waters run deep.(静水流深)我不知道该用怎样的语句去描述我看到这句话时那种巨大的感动和震撼。或许真的是"此中有真意,欲辩已忘言"了罢,若偏要形容,那么我是虔诚的。

后来的一切似乎变得顺理成章,我找回了那个迷失在自得里的自己,找回了自己的位置,找到了自己的方向。

三、静

现在回想起高三那些日子，印象最深的并不是铺天盖地的试卷，不是昏昏欲睡的早晨，而是陪伴我的空调、吊兰和阳光（我独自坐在教室的左前角），还有桌上的一张写有两行字的便利贴：逐梦北大；静水流深。

其实高三也是一种充满了诗意的生活，专注，安静。高三就像是一个拉开幕布的过程，你在磨砺自己，让自己变得强壮得足以拉开幕布。同时你的心里会有些期待幕后的美好生活，并且也为它可能没有那么好而担忧、恐惧。

那时的我们，每周周考，时不时地有联考，平时还有小测试。还来不及为上一次的考试而忧伤，下一次考试就接踵而至。频繁的考试让人麻木。高三时成绩波动是一件很正常的事。你该关心的是哪里出了问题。你的目标就是唯一。或许是一根弦绷得太紧，那时每晚听歌的 10 分钟都感觉是一种奢侈的幸福。但总的来说，高三是乐多于苦的。乐在一个人为了他的梦想学会了放弃，乐在一群人团结起来一起向前，乐在看着自己一天一天日臻成熟，变得强大。

高三时我又经历了一次失败——自主招生。高二时浮躁的后果便在此处显现。北京大学的初选，没有通过；武汉大学的复试，没有通过。不过还好，抱着高考才是最根本的乐观想法，这次失败并没有影响到我的平静，反而提醒我——你只有高考一次机会了。破釜沉舟吧。或许我是一个比较冷静的“赌徒”，只是期望在最后一局中翻盘。

一模、二模、三模，三次模拟考试我都在年级第 9 名左右。按往届的情况，这是一个极其尴尬的位置，介于能上北大和能上复旦之间。你要放弃了吗？我怎么会放弃，都走到这里了，何不再努力一点？后来我的班主任告诉我，她当时一直想跟我说没有必要执着于北大，但又怕伤害我的自信，便一直忍着。甚至我的父母，也一直在想是上海交大好呢，还是复旦好。但百日誓师，我在横幅上依然写下了“逐梦北大”。

那个 6 月，一个平常的下午，我们正在自习。突然，广播响起，它告诉我们,你们的高三结束了,从现在开始放假回家自习。我回望四周,同学们的脸上尽是惊愕。失落的感觉慢慢爬上心头。忽然有人脱下校服,让同学们签名。有人取下了横幅,将之郑重叠好收起。之前预想的离别场景,在此刻匆匆上演。然后大家开始联系家人,收拾好成箱的试卷和课本。互道珍重,匆匆离去。

高考的前两天,平静。没有预想中的恐慌,没有痛哭流涕。只是再看了一遍自己的总结,再做了几套卷子。然后一遍一遍地循环播放那首叫《我》的歌,期待着自己能够如烟花般灿烂。

高考来了。真的毫无恐惧,就像面对着一次普通的周考。之前的晚上睡得很好,我们就像一个个训练有素的士兵,下意识地扣动了扳机,然后再想这颗子弹是否能正中靶心。语文,数学,理综,英语。结束。考完一科父亲就会告诉我:“考完一门是一门,你马上就要解放了。”高考中的心态,大概是进考场前的紧张,发卷前的激动,深呼吸后的冷静,做题时的专注,交卷后的疲惫。

然后高考就这么如同一场周考,悄然而逝。后来的一切就自然而然地发生了,水到渠成。

四、悟

走了这么远的路,总会有点感悟。

要有静水流深的心态。高三有晴天,也会有阴天。尤其每周一次的周考和接连不断的小测试可能会乱了你的心。面对成绩,你要平静,不能因为一次考试而一蹶不振,更不能因为一次考试而欢天喜地。大家都是黑马,只是看谁跨越障碍时不会摔倒。尤其不能有最近努力学习,下次考试一定就会考好的功利心态。只有水够平静,才不会溢出,才会有渠成。

要有一笑而过的洒脱。许多人待在一起,时间长了,难免会有些矛盾。面对这些矛盾,要有一笑而过的勇气和洒脱,这样才是真正的成熟。

要有走出洞穴的经历。我们有时候会像柏拉图的洞穴比喻中那些被束缚在洞穴中的人一样,以为自己面前的就是世界。在低年级时,假期里还是应该出去走走。没有见过世界,就没有往前走的目标。你要一直在路上。

五、技

下面说一些更具体的东西。

要规划自己的每一天。你大概需要一叠便利贴,在上面写下自己一天要做的事,排好优先级,将自己一天的努力具体化。完成一项便画去一项,这大概也是一种发泄。

要记录自己的问题。你大概需要一个小本子。在上面你要记录的是自己一天中的问题、不会的知识点、乍现的灵光等等。在合适的时间去解决它们。

要反思每一张试卷。你做了一张试卷,仅仅是做过了一张试卷,其价值并没有最大化。你应当用便利贴记录下自己在这张卷子中暴露出的问题,不会或不熟的知识点,改进的措施。然后把它贴在卷子上。复习时先去看它,再去看错题。

关于错题本。从我这种懒人的角度看,做一个记录详细的错题本无疑是要耗费大量的时间和精力的。所以便有了偷懒的方法——在习题册或者试卷上画出一个地方,专门记录错误的题号,并且在错题旁边写下反思,这样就省下了大量的誊写的时间。

六、愿

我想用最简单的文字表达我对你的祝愿。

静水流深做学问,行云流水过日子。

一切水到渠成。

作者寄语

静水流深,沉者行远。

永远在路上

师浩然，男
北京大学信息科学技术学院2014级本科生
河南周口人，毕业于扶沟县高级中学。曾获河南省优秀学生干部荣誉称号。

很久没有静下心来写过什么东西了。高考完，推掉毕业典礼，出去旅行，跑得累到不行又回来，给自己找了很多折腾的事情。三个月的暑假，听起来好漫长，可不知不觉也就要开学了。三年的高中，听起来好漫长，可不咸不淡也已经过去了。会不会留恋，有没有羁绊，每个人都会有不同的答案。

一、我们的优秀情结

据说我们学校曾经辉煌很久，现在听老师提起当初的流金岁月还是能听出满满的自豪感。我很庆幸我拥有这么一批对学校有着强烈归属感的老师。作为这个普通高中的毕业生，我很自豪。也许它没有优越的硬件设施，但是它将我送到了我理想中的学府——北京大学，仅此一点，便已足够。

曾经，我一直觉得我会是一个平凡的人，而我也不认为甘于平凡有什么不好。然而，随着阅历的增长，我觉得我不应该满足于蜗居在一个我从未走出去的地方，人生应该有不同的风景，生活也不该是单调平淡。一个一辈子都只考虑自己的生活的人是可悲的，因为他不知道“达则兼济天下”的快乐。这广阔的世界把机会送到每一个人的跟前，看不到是能力问题，但不愿看到才是根本问题。

那时自己还是一个听话内向的好学生，安安稳稳地坐在中间靠前的位置，刷着不知所云的题，慨叹着“班里的第一名智商简直不是人，学习好的都是变态”之类的话。那时候还一直觉得自己清华、北大肯定是没戏，浙大环境那么好去那里也不错，也许还能做一个优哉游哉的小作家，自食其力，自给自足就好。高一做的笔记和错题本是高中三年做得最好的，蓝笔、红笔整理得细致周密。虽然不知道以后用不用得上，还是觉得做了就会更踏实。

二、毫无征兆的反叛

高二，算是我走向浮躁的一个转折点。“浮躁”这个词，说起来真是神秘。从初中开始就一直被老师说浮躁，可自以为自己除了自习爱说话，家庭作业不能按时完成，学习还是挺踏实的，至少不会让自己有遗漏的知识点越滚越大。不觉得那些沉默寡言的“作业机器”有什么了不起，也不知道一直刷自己已经熟练得不能再熟练的题目会有什么意义，但还是会维持着自己好学生的美好形象，所有的叛逆都压在心底，期待会慢慢地被消化掉。但很可惜，我似乎高估了自己。也许每个人都会有几个损友，把自己带“坏”。高二开始学会逃课，学会“请病假”，学会晃悠，学会在课堂上读小说，学会各种无关紧要的违纪。进求索文学社只是为了多几节网速爆表的信息课，办理蓝色外宿证也只是为了多几次离开“围城”的通行卡。每天晚上 10 点到家拿起手机刷空间，刷知乎，刷新闻，第二天起床觉得什么都没有记住却还是乐此不疲。收到好基友睡前发来的晚安，有时候手懒装高冷不回复，有时候会很热情地回一句晚安，有时候便聊天到午夜。优哉游哉，辗转反侧。

“笑只是一个表情，却不是心情。我知道你虽然平凡得并不起眼，却至少不会自甘堕落。即便不是在考场上叱咤风云的猛将，至少在自己的生活中，依然怀揣着自己卑微而闪光的梦想。”这便是我当时所想，翻出高二时写给朋友的文章,看到这里依旧热泪盈眶。不过命运很是讽刺,高二上学期反而学习成绩很突出,也许是考题的原因。

高二结束后学校给了一次暑期学校的机会,抱着玩玩的心态和同学一起去,结果真的被清华给玩了:我得了合格,同学得了优秀,后来直接导致我折戟沉沙,同学美滋滋地得到了20分自招认定。

没有伤心是不可能的。

从高一开始就会有老师在课余给我们辅导自招和竞赛,因为我们毕竟还是把高考放在第一位,所以对那些拓展的知识和思维难免觉得力不从心。虽然如此,但是还是很珍惜那些课余补课的时光,因为它让我们站到了更高的点去审视我们的教材,也收获了团队钻研的乐趣。师生相互学习,共同进步,尽管比不上纯粹的竞赛生,但我们依旧乐在其中。

只是当成绩出来,却没有人再笑得出来。

在结果出来的第二天,语文早自习,虽然很努力地大声背书,泪水还是会不争气地流出来,自己也不知道自己为什么会哭得一塌糊涂,明明从一开始对清华的自招就没多么在乎。同桌小心翼翼地递来纸条安慰我:“不要伤心了,我们都相信你,没有加分你也可以考上的!”当时真的觉得很受用,真的,所谓同学,所谓朋友,大概就是这样的吧。

高二时在《中学生阅读》上看到韩寒的一句话:“自己若不显露光芒,就不该怪别人没什么眼光。”觉得很好,记在本子上,时时会拿出来看看。从高二下学期就一直没有考过多么出色的成绩,稳中有退又稳中有升,总之浑浑噩噩摇摆不定。光华的目标一直装在心底,却拿不出为之付出一切的意志。

三、曾经伪装的热血

高三伊始,被老师安排发表国旗下讲话。我还记得当初我意气风发地对同学们说:“我们总爱说,新学期,新起点。其实对我们来说,高三很难说有何新奇之处,一切都是那么顺理成章。我们从小到大都在听说着各种各样关于高三的传说。懵懂也好期待也好，焦躁也好自信也好，茫然四顾也好胸有成竹也好，我们终于也成了那些耳熟能详的传说中的人物，成了一名名副其实的高三学生。有人看到玫瑰园，会说：这里是地狱——你看，这里的每朵花下面都有刺。然而也有人会说：这里是天堂，因为这里的每根刺上面都有花。这就像高三。面对高三，有人只会消极地抱怨一句：'高三，终于来了。'亲爱的同学们，我们为什么不能以一种更加理性的态度审视高三？我们为什么就不能向高三这个压制了无数怯懦学子的庞然大物主动宣战？为什么我们就不能意气风发地对着高三喊：高三，我来了！亲爱的同学们，真正的懦弱，不是面对悬崖峭壁裹足不前，而是面对高峰，还没有发起冲锋便已经斗志尽失；真正的失败，不是拼搏之后的遍体鳞伤，而是甘居人后的全身而退。"我无法忘记当时自己的豪言壮语，不能，也不敢忘记。

尽管如此，高三上学期的成绩依然不尽如人意。缺少动力，真的，总觉得高考离自己还很远，高一那么努力还不是一切如故？很多时候我们并不是不知道该怎么做，我们只是缺少真正这样去做的勇气。自己也不知道从什么时候开始下定决心，老师们都说我是因为一次次没有考得过对手开始"恼"了，其实我明白，我没有恼，我只是清醒地知道，如果我再这么混下去，我的光华真的要没希望了。好像鼓起勇气去做一件事真的只需要一瞬间。跟老班请求退出补习班……被老班安排到化学备课室……一个人忘记时间回家太晚，被门卫叔叔一遍遍责骂……也许听起来很离经叛道，但是自己知道自己为什么这样做，那样就算全世界都不理解，还是可以义无反顾地做下去。这，应该就是执念吧，让人可以一往无前。

我还记得高三的时候，放在床头只为充当闹铃的手机，甚至连解锁屏幕都没享受过几次；我还记得被我荒废很久的袖珍笔记本被重新拿起放在手中；我还记得从地上转移到书桌上的厚厚的书本；我还记得每次缠着班里的数学学霸问题时飞速晃动的笔杆；我还记得吃饭时和后桌比赛谁最先投入学习的紧张；我还记得晚上自己孤身一人埋头演题的化学备课室。可是，我还记得，不知什么时候起，短信再也没有每天收到一条晚安，再也没有嘀嘀的QQ消息等着我回复。我们终于都不再那么黏人。或许我们并没有遗忘，只是不约而同地选择了沉默，安静地扮演着一个个平凡的过客，在一个自然而然的时间与空间，就这么不必挥手地渐行渐远。

我只是一个普通的高考生，自招失意之后便没有了退路。“没有伞的孩子，必须学会奔跑。”我必须跑得更加卖力才可以。在学习这条路上我真的一直都在随心而为，我不喜欢学校布置什么硬性的补习政策，但是又深为自己的拖延症所累，这个缺点真的至今都没有摆脱。“那些整天把个性挂在嘴边的人，真正被赋予自由之后往往并无个性。”我承认我对学校的规则存在小依赖，但我也不想总是按部就班，也许我们都可以试着学会高效，这样就可以毫无顾忌地去做自己想做的事。

现在想想，最畅快的时候是在高二，但是最不能舍弃的却是高三。一起吃饭的同学都分散开来，铃声就是休息、奔跑、演题的冲锋号。那段时间我的胃口却出奇地好，高中从来没有可以把食堂的饭吃得那么畅快。教学楼西侧的备课组，见证了我们在题海中挣扎和蜕变的身影。知识点总结写了改，改了又改，最后撕掉重新写，乐此不疲。

关于时间与空间的递变，《虫师》里有一句很经典的话：“物换星移，花开花落，周而复始，生生不息。今昔已非昨日，但今天的花朵，依旧美丽。”我们或许都不明白自己想要的是什么，然而面对岔路，还是会毅然决然做出选择，就像死刑犯总是希望屠刀磨得吹毛断发一样，要死，就死得干脆利落，谁管他最后会不会杀出个御前侍卫大声疾呼“刀下留人”，也管不着。我们应该拿出用青春豪赌未来的勇气，刷题，刷题，刷题，没错，“高考党”的生活节奏就是如此。

已经忘了高考前一周和高考前一个月的状态自己有多不同，看着成摞的高考题还没刷完，心情反而出乎意料地平静。随手撕下一张卷子便奋笔疾书，卷子上偶尔还会写满红色的笔迹，但比起以前无疑是少了很多。没有恐慌，也谈不上踏实，忍下将所有书都扔进垃圾道好好休息一下的冲动，依然故作高深地趴在书桌上刷题，改题，做笔记。

后来高考如期而至。自己高考时心态真的很平稳，就算语文题型变了很多还是一心一意地刷了下来，数学虽然倒数第二问一个小时也没算出来，也没想许多，毕竟自己的水平自己最清楚，能超常发挥算是幸运，做出正常水平已经很不错，总之算是平平淡淡地过来了，这和我以前猜测的心跳加速、血脉贲张、手指颤抖有很大差别。没有人因为你是某所高中的就心生觊觎，也没有人能看得到你以为自己身上一直承载的学霸光环，所以别想太多，安稳就好。

四、我们就这样各奔东西

高考结束，无法说自己是高考战场上的成功者，但比起那些失意的人自己还是多了点幸运。发现很多当初信誓旦旦要去某所大学的去了另外一所，一意孤行要学某某专业的也改了方向，一场偶然将希望化为泡影，也给了我们许多不曾期待的机会。我无法给后来的学弟学妹们什么学习技巧上的指导，只想把我三年以来的路展示给你们看，让你们知道，曾经的我也没什么特别的，一切都和你们一样。学习这件事嘛，总归还是摸着石头过河，别人的方法只是别人的，要是完全照搬才真是蠢到家，况且也没人会把自己的方法一板一眼、一五一十地记录下来让你看，你看到的终究只能是局部，无所谓重要与否的局部。可是，虽然这个问题是老生常谈，能给后来的人一点参考，我觉得就足以自傲了吧。

我一直以为自己是个理综、数学的渣渣，语文、英语的天才，但是高考却给了我当头一棒，数学和理综考得算是差不多，却栽在了语文、英语上。所以说，人生无常，尽力就好。不知道有多少人吐槽高考的偶然性，但是制度如此，你只有把自己磨炼得日臻完美，无论任何情况都游刃有余，从这个角度来讲，高考无论准备多久都是不够的，但是你要在有限的时间内比别人准备得更充分，却是完全可以做到的。偏科经过努力往往都不会很拖你的后腿,反而是你的优势学科放下了就很难再爬到曾经的高度。所以,注意平衡吧。不管是因为兴趣爱好,还是资质所限,都不是你拒绝努力的理由。

米兰·昆德拉曾说,你根本无从知道你下一秒的举动是否正确,因为你无法选择第二次去验证是否可以更好,因此生命才总像是一张草图,一张成不了画的草图。既然如此,不妨就认为自己过去已经走了最好的路,用了最适合自己的方法,至于未来,边走边改。

作者寄语

尽人事,听天命。

回忆我的高中生活

高恺，男
北京大学信息科学技术学院 2015 级本科生
河南太康人，毕业于河南省太康县第一高级中学。高考总分 673 分（理科），其中语文 118 分，数学 136 分，英语 134 分，理综 285 分。

说起我印象最深的学习阶段，无疑就是高中了。高中三年我学到了很多知识，交到了很多朋友，也成熟了很多。回忆起高中三年的学习生活，我有千言万语涌上心头，却又不知从何说起。仔细整理了一番，觉得大致可以分为四个部分：点滴篇、经验篇、心态篇、感恩篇。

一、点滴篇

犹记得 2012 年的 7 月，我意气风发地迈入了太康一高的大门。当时我以全县第 3 名的成绩入班，便以为在班里我是最优秀的。可是由于当时班级是按提前考试分的，结果全县第 1 名、第 2 名和我在同一班！这给当时的我泼下一盆凉水，让我迅速从中招的喜悦中清醒过来，迅速投入到学习中去。然而毕竟高中不同于初中，我学起高中内容来非常吃力，高一刚开始的几次考试考得也不是很理想。下学期分科应该是我的一个分水岭吧，我毫不犹豫地选了理科，摆脱了文科的包袱，我的成绩可以说是突飞猛进：从原先的第 20 名进步到五六名！但是我知道五六名的成绩考上北大是很危险的，所以我还要进步，必须要维持到前三名才可以。于是我便把高一的暑假充分利用了起来：补自己的弱科，复习高一内容，预习高二内容。虽然高一暑假我没有玩多少,但是我却过得很充实很快乐。就这样我步入了高二。

付出总会有回报。高二的第一次考试我取得了不错的成绩,名次又向前进步了。最让我高兴的是,我的弱科物理和生物已经不再弱了,而且有渐强的趋势。这让我感到很欣慰,一暑假的努力没有白费。于是我便为自己的高二制订了一个大致计划:保持以前的学习习惯,并再多努力一分。这句话听起来简单,可是做起来却很难。以前我总是十点睡,现在我延长到了十点半,这就造成了第二天上课没精神。但是在我一星期的调整下,这个问题总算解决了。我现在想想当时的自己都惊讶自己怎么会有那么大的毅力,也许这就是信念的力量吧!

高二的内容多且难,而且我给自己安排的任务又多,但是我坚持了下来。这一年我的成绩基本维持在前三名,甚至有几次考了第 1 名。可是,天有不测风云,在高二下学期的期末考试中,我考了第 31 名! 这个名次狠狠地敲在我的头上,让我陷入深渊。我并没有哭,因为从高二开始我就告诉自己:哭是懦弱的表现。所以我只是沉默。这时班主任出现在我面前,让我和他一起绕着操场走一圈。他为我仔细分析了一下原因,并为我制订了一套详细的学习方案。最后他语重心长地对我说:其实你这次成绩退步并不是坏事,反而是一个机会。你想想,你高二一年成绩一直维持在前几名,没有经历过打击,到了高三还有其他好学生,可能你不会像现在显眼了,那时你可能会受不了。这次打击会让你更坚定地走入高三。想哭就哭吧! 强者不是不会哭,而是会带着眼泪仍要奔跑的人! 这句话深深地刻在了我的心里,所以我很快调整了状态。

就这样我"忍辱负重"地迈入了高三。高三开学后大概一个月也就是 8 月中旬,我代表学校参加了北大体验营。在北大的四天生活让我深深爱上了北大,喜欢上她的兼容并包的学习氛围。回来后我便定下目标:一定要考上北大! 高三的确很辛苦,但是当时我并不觉得累,因为心中有了目标。有了目标,人就有无限动力。在这一年峥嵘岁月里,我和我的小伙伴共同努力，相互合作，相互竞争，这样一来，辛苦的学习生活也变得很有滋味。这一年里，我收获了成绩，结交了几个铁哥们儿；这一年，我竟没有变瘦；这一年，我竟长了胡子……这一年，有太多的惊喜，太多的意外。想起高三，总会有千言万语涌上心头，却又语塞说不出来。高三是累并快乐着的，这一年的经历让我深深理解了保尔·柯察金的名言——人的一生应该这样度过：回首往事，他不会因为虚度年华而悔恨，也不会因为碌碌无为而羞愧。现在我可以自豪地说：我的高三过得精彩，我无怨无悔！

如今高考已成往事，我也顺利考上了北大。但是每每想起高考，想起高三的日子，总会有一番豪情留在心中。前些天，我回到母校，看到教室里课桌上摆放整齐的书，竟有股想进去学上一通的冲动，可能是“高三后遗症”吧！

二、经验篇

高中三年的生活让人难忘，在这三年里每个同学都或多或少积累了一些学习经验。即使你没有刻意去总结，但是它却已经融入你日常的学习、生活中去了。总的来说，也无非就是建立题集、上课认真听讲、反复咀嚼、充分利用假期时间这几条。

1.建立题集

不仅是以前老师所说的错题本，而且是在错题本的基础上建立起来的。它应包括你平常做错的题和你没有做错但觉得应该记住的好题，不应该包括偏题和怪题。建立题集的格式有多种，我是这样建立的：错题题目用黑笔抄下或用胶棒粘贴在本子上，用红笔去写错题原因和解题过程，最好写下反思总结；好题题目同样以黑笔抄或胶棒粘的方式记下，然后用蓝色笔写下解题思路、解题过程，最后用红笔写下总结出的解题技巧。这样建立的题集，既整洁又有条理，翻看时赏心悦目。建立题集应趁早开始，我当初就没把这当回事，结果却误了大事。拥有自己的一本题集对高三学生尤其重要。记得高三时，每次考试前周围的同学都会拿出各自的题集进行翻看复习，我却没有，只能去刷试卷，这样不免造成学习效率的低下，所以我赶紧亡羊补牢，建立自己的题集，到了高三下学期也有较厚的一本了。当我有空翻看题集时，才发现借助它复习有多么的高效：既能找到自己的易错点，又能学会解题技巧，甚至形成对某一类题的解题思路。

2.**上课认真听讲**

这是个不用说我们从小就知道的道理，但是很多人却不能做到。我上课就爱走神，不是老师的课不生动，而是我从小养成的坏毛病。上课听着听着就走神了，当自己反应过来就已经少听好多内容。以前我没把这当回事，但高中与小学、初中不同。小学、初中知识浅显，基本上一听就明白，而高中知识明显变得深奥得多，上课认真听讲还不够，还需要课下巩固。这对于我这种上课爱走神的人来说就是一场灾难！在课下的练习中，我老是犯一些知识性错误，也就是概念不明，而别人基本没有类似的错误。我向别人请教时，他们都用惊讶的目光看着我说："这是老师上课讲过的呀！"我才知道自己上课不认真听讲是多么愚蠢的行为。为了上课能认真听讲，我便想了一个法子：上课就盯着老师看。结果这个法子还真有效，我上课走神的频率逐渐降低了。通过我自身的例子，我想让大家明白上课认真听讲的重要性，因为老师上课讲的都是精华，是他们工作十几年的经验，很有可能他的一句话就能解除你学习上的困扰。

3.**反复咀嚼**

咀嚼什么？咀嚼老师讲过的好题。相信不少同学有这样的体会：老师讲过的题，当时听明白了，可是一段时间以后，再见到这道题还是不会做。这其实就是没有真正弄清楚这类题。只有反复咀嚼，过段时间再翻到这道题自己做一遍，理理思路，这样才可以。

4.**充分利用假期时间**

充分利用假期时间，充分利用假期时间，充分利用假期时间，重要的事情说三遍。从上一篇可以看出来，我是很充分利用假期时间的，正是因为充分利用了假期时间，我的成绩才会一点点进步。在假期里，别人在玩，我在学习；高三下学期我基本上没回过家，尽管一个月只放一天假，我仍然留在学校学习。因此，假期是我们赶超别人的最佳时间，我们要充分利用起来。

接下来我就简要说一下各科的小经验。总的来说各科都要分题型刷题，这样才会复习得更有效率。语文只能靠平常的积累，积累得多了，成绩自然就上去了。数学呢，注意掌握思想方法和解题技巧，除了做课标一卷的题（对河南考生而言），还可以刷其他省市的题，他山之石，可以攻玉嘛。英语只能靠读写背喽，培养出语感就可以了，英语是可以速成的。物理是很让人头疼的一科，只能"广撒网"了，多刷题，注重实验。物理、化学主要是记忆，但是要背准确，不能背错关键字。

我的学习经验不一定适合你们，但是我希望我的经验能作为引子，起到抛砖引玉的作用，你们看了我的经验后能得到灵感，找到适合自己的方法经验。

三、心态篇

其实这一篇本可以归入上一篇的，但是由于今年高考的心态问题，我没有发挥好，所以仔细想想还是单独列出来吧，以示强调。

我的班主任在课上经常重复一句话：尖子生的知识水平都差不多，起决定作用的还是心态，心态甚至能决定你考试水平的发挥。这句话真的是太对了。我高三前期基本维持在前三名，到了考试前一个月，由于心态不好，名次退到五六名。而在高考时更是没有发挥好，我的强项数学只考了 136 分。其他几门我也犯了一些不该犯的错误。写这篇文章时，我也咨询了几个心态好的同学，总结出以下几条培养好心态的方法：

1.正视考试

考试只是检查你上一段时间的学习情况，看看你学习上是否有漏洞，看看你和其他同学的差距。不要太看重考试成绩，要看你比上一次进步多少，又有哪些需要加强。记住：我们的最终目标是高考。即使高考前最后一次考试失败了，我们也不能放弃，高考，谁又能说得好呢？当然也不是不看重考试，只有考场上全力以赴，考卷才能真正反映出我们的水平和问题。

2.适当的好强心

我们要有好强心，但是好强心不能太重，太重则会变成嫉妒心，见不得别人比自己强，这是不健康的。好强心会激励我们变强，鞭策我们前进，但是嫉妒心会变成魔障，使我们迷失自我。因此我们要有好强心、好胜心，但要把握好度。

3.敢于直面错误

人人都怕犯错误，可是人人都会犯错误，所以我们要敢于面对自己的错误。我以前就不敢面对自己的错误，看见自己做错了题，就会心烦意乱、急躁不堪，甚至会影响一天的学习。后来班主任发现了我的情况，就把我叫到办公室，先狠狠地批了我一顿，然后安慰我，开导我：你想想，错题那有多正常啊！出题人出题就是想让你错，如果你什么都不错，都做对，那要出题的干什么。你应该感谢你现在错的题，这样你以后的考试就不会错了！就这样，在老师的帮助之下，我逐渐克服了自己的缺点。如果你也是一个不敢面对错误的人，不妨用这几句话来开导自己。你也可以用相似的话语使自己冷静下来。

总之，有一个好的心态非常重要。个人认为好心态才是你能否被重点院校录取的原因。所以，学弟学妹们在平时一定要注意良好心态的培养。

四、感恩篇

我能考上北大，完全离不开朋友、家长、老师和学校的支持与帮助。感谢我的朋友，我们共同经历了高中三年，共同经历了高三的峥嵘岁月，共同经历了高考。我们互帮互助，互相学习，又互相竞争。有了他们，我的学习生活变得丰富多彩,有滋有味。感谢我的父母,他们是我坚实的后盾。他们总是在我难过时安慰我,考得好时警诫我,考得不好时鼓励我。他们常对我说:我们不希求你非要考上北大、清华,只要你尽力了就好。这句话时常在我压力大时支撑着我。感谢我的老师们,是他们让我养成了良好的学习习惯,培养了我很强的运算能力,让我不断发现自己的优点,变得自信自强;是他们让我不断改正自己的缺点,形成了健全的人格,形成了正确的人生观、价值观、世界观,让我树立了远大的目标。感谢母校,她为我的学习提供了舒适的环境,营造了良好的学习气氛,在这个大家庭里,我们拼搏奋斗,你追我赶,书写精彩的青春。我还要感谢那些支持我的人,他们在我身上寄予了很大的期望,而我也没有让他们失望。

学弟学妹们,高中生活是如此的精彩,请珍惜!高中是我们拼搏的时代,此时不拼何时拼?祝愿你们能金榜题名,我在未名湖畔等你!最后赠给你们北大的校歌《燕园情》,你们累的时候可以听一听给自己打气加油!

红楼飞雪,一时英杰,先哲曾书写,爱国进步民主科学。
忆昔长别,阳关千叠,狂歌曾竟夜,收拾山河待百年约。
我们来自江南塞北,情系着城镇乡野;
我们走向海角天涯,指点着三山五岳。
我们今天东风桃李,用青春完成作业;
我们明天巨木成林,让中华震惊世界。
燕园情,千千结,问少年心事,
眼底未名水,胸中黄河月。

作者寄语

请别让过去的悲伤或者未来的忧虑毁掉自己当下的机遇。

朝花夕拾——祝福奋斗，行胜于言

李婉玉，女

北京大学法学院2015级本科生

河南洛阳人，郑州外国语学校2015届3班毕业生。2015年高考河南省文科第15名，总分626分（文科），其中语文115分，数学144分，英语137分，文综225分，少数民族加分5分。

一个和你一样在追梦的征途上坚定奔走的人。

作为六年郑外人，曾随河南省教育厅访过宝岛台湾，也曾赴港大精英聚小展风采。享受在全国第四届领导力大赛中的竞争与拼搏，但更感动于那来自天南地北的年轻人的真诚与社会责任感。领略过化学竞赛的博大精深，最终陶醉在政史地的人文气息中无法自拔。

曾见证过春风得意、踌躇满志，仿佛抬眸就能看见梦想开花的瞬间，也经历过沮丧挫败、困顿失意、前路漫漫顷刻间风雨交加的时刻，然而最终选择了勇敢追逐，脚步不辍，期待在9月的燕园迎来生命中更加卓越的日子！

前言

朝花夕拾。

此时此刻，我内心中那种选择了北大又被北大选择的单纯、热切的喜悦已渐渐沉潜，进而转变为一种油然而生的庄严感和坚守奋斗的情怀。我想，经过这一个长长假期的沉淀，选择在将要迈入燕园的今天将整理后的思绪付诸文字再恰当不过。

还记得在高三百日誓师大会上,站在演讲台前的我看到在座的每一个人眼中都闪着光,那时的我亦然,我相信看到这篇文章的你眼中也一定闪烁着同样的光芒,那种坚定地追逐着梦想的人眼底才会有的光芒。希望学姐的个人经历能给学弟学妹们多些信息以供参考,从而做出最不辜负你们自己内心的选择。

一

作为一个保送、自招统统经历过的“高考党”,我的高中经历大概也算得上丰富而曲折。

高一我以郑州市中招考试前十五名的成绩参加竞赛班考试进入了化学班。郑外确确实实是一个藏龙卧虎的地方,当时我们不仅在上学期就基本学完了高中所有化学必修、选修教材,而且把高等教育出版社编写的大学化学课程的教材都在高一学年中通学了一遍。通俗点说,那是一些在别的同学吃过饭后你才刚下竞赛课一路奔向食堂啃饼的日子。

那时的化学学习强度比较大,有时候两个小时的大课听下来对一些反应机理很难完全理解透。再加上接连几次班内化学竞赛测试不及格,稍难一点的有机框图题死活推不出来,成绩和排名在排名表上一落千丈,那种挫败的感觉让我一时间感觉到很困顿,也很迷茫。当时我的班主任就告诉我,人生不会永远顺利一路坦途,这次的逆境就是摆在我面前的一次挑战,我必须战胜自己。我也一直相信只要做到别人不会做的题我有思路,别人模棱两可不去细究机理的题我搞明白,别人看得懂答案的题我能自己做对,那我的化学就不会是我的短板。

我接连刷了近五年课标省区的化学高考题,成套成套的金考卷,再加上各种各样小专题的训练,基础自然得到了巩固,化学逐渐成为在校考中我比较有信心的学科。年级排名稳步提升,也是这一年的努力与回报让我真正相信了天道酬勤。

文理分科的时候，我的文综、理综成绩基本相当。选文选理，谁都希望自己做出正确的选择，然而选择正确与否都只面向过去，只能尽一切可能使自己的选择更正确。于是，我不再去多想该不该、好不好，就问自己想不想、愿不愿。因为我一直希望自己的人生有更多可能，自己能遵循心的指引活得丰富而精彩，尽我所能看更加广阔的世界，所以最后我决定选我所爱，奔向文科。

高二的生活较之高一有了更多选择。身边的同学有人选择出国，站在一个国际化的平台上演绎精彩人生；有人选择竞赛，钻进题库、实验室心无旁骛地为奖牌、冬令营奋斗。高二一年我一直脚踏实地跟着老师进度在走，打牢基础，每天的生活并不算忙碌但很充实。

假期补课时听到上一届高考结束的哨声响起的那一刻，我真正意识到自己的高三已经到来了。对于我们文科生来说，高三一次很好的机会就是保送，且不说自招给文科的加分寥寥无几且高考的确有些变数，就说那长达半年的假期也足够令人心驰神往。保送生考试前基本就是每天一套数学 45 套卷，一套语文限时练。从校内保送入围，到以五次大考文科综合排名第三稳稳拿到保送资格。之后一个月的准备时间里专四单词背了两遍，专八口语词每天过，做了两年六级阅读，两年专四阅读，一年专八阅读，一本 TOFEL 高阶，每天和小伙伴在玻璃房对着 SAT 话题练观点表达，读新四，*CHINA DAILY* 练 summary。每晚雷打不动模拟面试，时政资料记了一整个四开活页本。

当时的我只想一路向北。1 月 9 日，我和学姐一起吃晚餐，她说："心想事成。"10 日的清华，校园景色我已记不太清，但当时期许而又紧张的心情却清楚地刻印在脑海。接下来十多天的等待，真的可以说是一种漫长的煎熬。前后两个多月的备考，我已经错过了一轮复习巩固基础的最佳时间，而假期一结束就即将迎来百日誓师，一百天的时间，想要圆梦北大、清华，我自己都没办法骗自己说不难。

然而两个多月的准备，并没有换来圆梦。

保送未通过结果出来的那天晚上，我想了很多。

我想起初中毕业时，纪念册上班主任写给我的寄语，只有一句："会当凌绝顶，一览众山小。"

我想起高中一次次的收获，挫败，成长，蜕变。

我渐渐明白了这就是我的心之所向。而我，真的不愿低估自己的心。

尽管这条通往峰顶的路于我而言崎岖坎坷，但我从未放弃过勇敢攀登。并非仅仅是向往顶峰那壮美的景致，而是因为我坚信，只有站在一座高山的峰顶，才能看到下一条通往更高山峰的路。

那天晚上我给自己写下了八个字：脚踏实地，不遗余力。

回到学校加入备战高考的大军中，我渐渐理解了，真正真实的只有自己的路，所有的选择全在于自己，在于心，在于内心深处的渴望与追求。既然我选择了坚持，选择了梦想，既然摆在我面前的只有高考这一条路，那就脚踏实地，不遗余力地走。尽管很多人说这条路很难，但那么多学长学姐都走过来了，我的同学、老师也都和我一起前行，高考又有什么可怕的呢？还是那句老话，既然选择了远方，便只顾风雨兼程。

考前的最后一百天，是我人生中迄今为止最平静、最幸福的日子。那种为了梦想而奋斗的坚忍、执着、纯粹和宁静的心境一生罕有。

面对高考要有拼搏奋斗的意志，时不我待，只争朝夕，但问耕耘，不问收获，专一地、单纯地、坚决地、几近固执而又饱含信仰和希冀地、心无旁骛乃至与世隔绝地为了那个认定的目标而奋斗。努力去做一个早早踏进班门立刻全身心进入学习状态的自己；做一个摒弃一切浮躁，在喧嚣中暗暗沉下心奋笔疾书的自己；做一个把手头的每一件事都尽全力做到最好，再不应付、踏实认真的自己。只有这样，在来年金秋九月某个悠闲的下午，当坐在一个比脚下这片校园更广阔的园子里，看着那向往已久的桂华流瓦，回想起自己曾经的坚忍和耐力，曾经的执着和付出，曾经的汗水和泪水，才能问心无愧地说：我，对得起自己。

面对高考要抱定坚持执着的信念。行百里者半九十，没有坚持下去的勇气和毅力，之前所有的努力与付出终将功亏一篑。在量变还没有引起质变的时间里，请你只给自己一个选择——坚持，然后坚定地选择坚持。坚持是任尔东西南北风，我自岿然不动的定力；是让心中的方向冲淡迷茫与焦躁，调整为一种习惯的平静；是在遭受挫败的时候放下无谓的沮丧，看清方向继续大步向前的勇敢。所有的悲伤总会留下一丝快乐的线索，所有的遗憾总会留下一处完美的角落。如果今天还没有迎来曙光，那么请坚定不移地坚持努力下去，那是生活在耐心地等待，等待你跨过今天的黑暗，耐住明天可能更深的黑暗，要将最美的朝阳留给那个超越千军万马，更加努力、更加卓越的你。

面对高考要守住一颗宁静纯粹的心，非宁静无以致远。在高考面前，没有人可以超脱得若无其事，但只有心平气和才能减少遗憾。“真正懂得人生的人是为了欣赏而赶路的。”我们应在人生的大搏前锤炼自己心灵中宁静的力量，在宁静中找到自己的命运——而不是他人的命运——然后在心中全心全意地坚守它，像婴儿一般纯粹地对待学习，不计结果地坚持。固然达到目标很重要，但目标是努力的动力绝非努力的动机。“心志于中，目存乎鹄，手往从之，十发而九失，其一中者，幸也。”学和思是一辈子的事情，视野决定高度，心态决定方向。既然大多数时候太过于在乎结果反而会失败，那就着眼于积累的过程，纯粹地努力，让结果不再功利，让结果水到渠成。

高考前最后一次回家，恰逢苏州世乒赛男双半决赛。许昕、张继科在先丢两局的不利情况下连扳四局，以 4 比 2 逆转战胜马龙、波尔。后来许昕、张继科在接受采访时说，他们的胜利总结起来就是三句话：不侥幸，不崩溃，要坚定。就是这三句话也支撑着我走过了高考，相信也一定会予你以力量。

二

在这里我想分享一下高中学习的方法。

1.关于数学

这次我在高考中数学取得了144分的成绩,除了我放弃的导数题第二问,其他应该是没有扣分。我想,应考心态应该起了很大作用。我的数学平时不错,但并不能说是我的强势学科,所以考前我并不奢求尽善尽美,反而心态比较平和。

在最后三天练习时,我每天下午练一张卷子,一如既往给自己规定时间,模拟考场安排,并要求自己保证选择题、填空题不出错,中档大题答规范,圆锥曲线题和导数题第二问尽力而为,考前三套卷基本都是全对,也给了自己很大信心。

6月7日午休过后进考场前,我就拿出一张新卷子在走廊里做了前7道选择题,一是提前找到题感,二是把可能出现的紧张情绪提前。拿到演草纸后我就告诉自己,一切都是最好的安排。

高考每年都是新题,但相信大家都有这样的体会,考场上遇到稍难的题一定要有信心,静下心去分析,紧咬不放,一般会找到思路;越是畏难退缩,做着后面的担心着前面的,成绩越不理想。对于压轴第二问则是能写多少写多少,要敢于放弃那四五分,着重检查前面的。

2.关于文综

(1)政治学科最重要的是背书。因为政治题再灵活,答案再灵活,教研室在制定高考评分细则时也是尽量回归课本,用课本原理划定得分点。既然答案在课本里,那么课本知识记得牢就等于掌握了答案库,你只需在答题时把库里和这道题有关的知识拿出来灵活运用就可以了。但背书并不是早读时候拿着课本漫无目的地看,而是要按照单元、课题、目题列出知识框架,总结重点问题,再把零碎知识点也填充进去,形成自己的政治笔记。考到的知识点、你没答到的点要及时回归笔记补充,做重点记号,久而久之你会发现常考点,对知识的理解也会更系统。其中,政治生活笔记比较特别,可以按照主题来整理,如政府、公民、人大、人大代表、政协、联合国与国际组织等。

答题技巧上，经济和哲学生活题不外乎两种：一种是答案都在材料里，抓关键词，分层概括后联系课本知识原理加方法论阐述之类的；另外一种就是材料里内容很少，需要大家用课本思路作答的，把课本上的几条都答全就 OK。但特别要注意知识迁移：原因类问题，比如跟农业、科技等有关的要答出事物本身的意义；政治生活题是主体模板，但依旧要注意迁移，例如政府的职能要留意题中是否出现对外活动，是否需要答交流与防御等对外职能；如果题中出现党、人民、依法治国，那就要考虑答党的领导、人民当家做主和依法治国的有机统一……这样的经验相信在大量的练习中大家都会慢慢具备，但基础知识永远是最重要的，因为在高考考场上紧张在所难免，但如果你的知识掌握得比较牢固，题练得也多，那就更容易理清思路。文化生活高考题比较活，学姐也没什么经验，最后一段时间里经常被模拟题刷新三观，所以建议多跟老师沟通。

(2)历史学科的学习记清基础知识也是最重要的，这里我强烈建议觉得自己对于历史书上很多问题讲得不够清楚，阶段特征掌握得不太好的同学可以在高中历史网上找到人民教育出版社的教师用书，上面对于历史事件的前因后果分析得特别清晰，还补充了很多紧密相关的资料，反正我看完后感觉茅塞顿开。

(3)地理学科强调理解。老师上课讲的知识、分析过的题都要思路清晰，有机会要多给别人讲讲题。老师上课补充的小专题应该统一记在一个笔记本上，经常回顾。整理错题是要按类型的，世界地理、中国地理题可以根据区域归类，自然地理按课题整理就可以，其余的按农业、工业、可持续发展等归类整理。课下有时间就可以看看地图册，上面的知识非常丰富，可以给自己定一下一天看的页数，每天坚持。平时也应该保持好奇心，遇到有趣的地理实际问题要勤于动脑，乐于讨论，敢于请教。

做题方面呢，大家都知道模拟题的质量和高考题的质量差别很大，准备保送，要多练模拟题、45 套卷之类的。但如果是高考前就需要把更多的时间投入到研究高考题上，高考题的水准毕竟高，跟同学一起探讨，多找老师请教，一定会大有收获。

三

在这条追梦的路上，在一次次选择面前，我也在不断问自己追逐的究竟是什么。

这种追问使我渐渐认识了自己，我想成为的是一个像一棵树那样的人：枝丫永远向着最高远的天空生长，而根系却深深地扎进泥土，自己的存在并非只为狭隘地享受阳光雨露，而是努力站得挺拔而坚稳，让繁茂的树盖在地面上洒下浓荫，可以为依靠，可以为栋梁。

高中的学习尽管忙碌，但我始终顶住课业压力积极参与班级工作。在我看来，我所站的地方就是我的3班，我在这个集体中收获了宝贵的精神财富，也尽己所能创造有利于这个集体发展的价值。或许是触动于Making a world of difference（世界因你而不同），作为班干部，我在每一天平常而琐碎的班级工作中都提醒自己“用心”二字，以服务者而非管理者的姿态设身处地地为同学们解决学习生活中遇到的问题，让3班因我而变得更好。高三的学习生活紧张许多，很多同学都因此放弃了读书，但我明白阅读是促使人深入思考的不可或缺的方式，因此认真思考过后主动提议利用班会的时间请同学们分享自己一周中的阅读体悟。轻松而活跃的交流氛围使同学们以书为题，旁征博引，深入思考下的思想碰撞出灵感的火花。此后，这个活动一直传承下来，班级的读书风气也越发浓厚。我知道，3班因我而不同。

在领导力课程中，我逐渐领悟到“领导力是一门让人心甘情愿完成你所托付的事的艺术”，而真正的社会实践是用自己一整颗心去面对社会。2013年，我代表学校参加了第四届中学生领导力大赛。在与来自全国大江南北的十三位优秀中学生领袖一起进行小组活动时，作为团队领袖的我在遇到质疑与挫折时首先做到推己及人，勇于承担；在开展项目时努力发挥每位成员的优势，并且自己主动承担微博网络宣传工作，最终我的真诚和能力赢得了小组评价的最高分。虽然我们小组所做的“关注心理亚健康人群”的社会项目没有获胜，但一想到我们的努力换来了哪怕是一部分人对心理亚健康的正确认识，越来越多的人会因此而避免遭受心理疾病的困扰，我们依然感到欣慰而充实。在北京101中学夏日荷塘边，来自祖国天南海北的十三个青年人因志同道合而相聚，心中的那个用个人的力量带动社会的力量使社会变得更美好的梦想早已生根发芽。

港大精英聚，教授们用看似只存在于我们课本之中的经济学理论科学地指导现实生活中香港实际的土地管理、资源再利用甚至是人文领域的个人生涯规划，从而尽可能使各个生产要素创造出最大的价值。促进社会发展的案例，使我更加深刻地认识到社会科学的意义，也使我充分感受到知识经济时代我们的头脑所能创造的巨大价值。

来到北大的我今后的故事要用行动去书写，决不会让名校的光环成为自己人生的顶点，也决不会在最应该选择奋斗的岁月里贪图安逸。燕园作证，成长加油。

我在北大等你来！

作者寄语

不忘初心，言胜于行，劳谦君子有终吉。

人生有味是清欢

卢梦婕，女
北京大学法学院 2015 级本科生
毕业于郑州外国语学校，2015 年以高考裸分河南省文科前十名考入北京大学。高中时担任班级团支书、学习委员，积极参与学生会及社团组织。性格随和，热心社会公益，兴趣广泛，热爱阅读、写作、钢琴、手工等，曾获全国"百优小记者"称号，在网站进行文学创作，拥有一批忠实读者。

一、关于母校

有些人说郑外的学生都是学习机器，学校实行的是填鸭式教育，管理模式像衡水中学一样严格，其实并没有。我很感激郑外，曾经进校的时候，我只是觉得这个学校一本率超高，食堂的饭很好吃，别的没有太多印象。后来和同学们混熟之后，我开始蹭学校的 Wi-Fi，向好友们求取密码，渐渐地，我对郑外的关注不再仅仅局限于物质条件，而转向郑外独有的更本质的内容。我会被郑外老师的人格魅力所吸引，我会被同学之间的温馨瞬间所触动，我会被曾经发生过的点点滴滴而感动。

高中三年，是很苦的三年，尤其到了最后的疯狂冲刺时会整天整天地埋头苦干，我一直咬牙坚持甚至独自咽下几欲崩溃的挫败。但是，在高考的前一天晚上，我还是选择放下卷子，在"哈佛红"的校园里漫步，抬头看着星星发呆了一个多小时。或许是地处郊区的缘故，郑外夜晚的星星特别亮，我曾经在操场上边跑步边找北斗七星，偶尔真的能完整地看得到七颗星星。当我再去重温这片校园，不禁想起一句词：斜阳草树，寻常巷陌，人道寄奴曾住。等到未来的你功成名就之后,再回到母校,看看那些承载了你青春时光的教室,回味树与草之间发生过的独属于你和同学之间的故事,那会多么美妙,多么令人神往!在不知不觉中,郑外已经承载了我太多情感和记忆。我非常感谢郑外提供给我的学习环境氛围,高尚的老师们和卓越的竞争对手们,是他们鞭策我不懈前行,在铺开的人生画卷上泼墨挥毫,绘出无限风光。

二、难忘经历

1.小语种保送

保送这件事情对文科生来说意义重大,这会是高中继文理分科之后的又一大人生抉择,请大家一定要慎重。前几届有保送清华、北大小语种,后因语种过小且有局限性,在大一休学准备出国的人,也有放弃保送踌躇满志参加高考却名落孙山悔不当初的人。半年的假期的确很诱人,但高考前的冲刺对我们来讲也未尝不是一次铭记终生的历练。我更希望保送能回归其初衷,成为适合小语种特长的优秀学子的绿色通道,而不是为高考逃兵铺就的捷径。

保送失利决定走高考后我心情很失落,从高一就开始为保送做准备的我在那段时间想了很多,我反复问自己学习到底为了什么,我的学习动力是什么,我真正想要的是什么。这些很重要,毕竟学习不能随波逐流,我当下所做的一些都是在为今后目标的实现奠基,我不想在追逐梦想的途中因挫折而溃退,也不想为了旁人眼中所谓的“优等生”称号而绑架自己的行为,使自己循规蹈矩活在他人眼中走不必要的弯路,毕竟大多数人走的路不一定也适合自己。这三个问题有时会影响一个人的人生轨迹,它们看似老生常谈,但想必大多数人从未认真思考过更无法给出非常清晰且坚定的答案。我在此提出,与君共勉。

2.自招

自招需要获奖证明和社会实践证明,这两样资料需要在高一、高二就着手准备，因此需要多参加一些含金量高的大赛。这些大赛的奖项是自招报学校的重要敲门砖，我自招失败的原因就是奖项分量不足，参赛太少是我高中生活的一大遗憾，希望学弟学妹们以我为鉴，积极参与各级比赛收获更多荣誉。关于自荐信的指导和修改，我在这里推荐一个很好的机构——松鼠自招，这是北京大学等多所高校的优秀学生创建的一个自招指导论坛，我当时就有幸得到了北大数院的一位学长的指导，虽然自招没过，但是这位学长确实帮了我很多，不论自招还是高考，他都提供了很有借鉴价值的建议。我的自荐信仿《史记》通篇文言文，个人觉得有点冒险，但若追求独特别致，不妨一试。

很多事情是福祸相依的，保送失利、自荐信石沉大海使我意识到自己没有任何退路，我不能高枕无忧地像保送生一样到处旅游，不能像自招过初审的同学一样拥有加几十分的可能，我也为此消沉过，曾经一整天从早到晚玩手机听不进去课，所幸心态毕竟可以调节，我承认自己的失败，但这并不是一件可耻的事情，于我而言，于失败中屹立不倒本身就是一种突破、一种成长、一种成功。高考，成败就此一战，我清楚地认识到，自己只能从九十多万河南考生中杀出一条路，所以冲刺阶段一定不能松懈，必须镇静，就在这样的状态下我迅速调整状态度过了其他人的浮躁期，高效地度过了备考的黄金时期。

三、一些感悟

在学习中，我最大的感悟就是心态是决胜高考的关键。

高三时面对一次次考试质检，排名的波动使班里人心惶惶。胜败乃兵家常事，分数的浮动是难以避免的。名次需要被关注，但不能过于关注，毕竟未到高考，过早地定位使人不甘。不要为一次考试的失败找借口，考砸不是理由，逃避解决不了问题。卷子的作用是查漏补缺，面对不理想成绩，反思自己的心态与能力；面对理想成绩，总结之前的经验与方法，这才是高三“万卷齐发”的初衷与意义。不要为高考恐惧，即使它尚未到来。高三要做的是踏实与努力，做好应该做的每一件事，然后敬请等待那个水到渠成的结果。

高考来临，很幸运，我在自己的学校参加高考。考前三天我没有回家也没有在学校附近租房，而是和一个室友一起留在寝室里面，有问题就相互交流，学累了就一起看“跑男”，两个人互相鼓励共同面对考前压力，一切按照原来的作息时间来生活，平静地度过了高考。考前紧张是人之常情，其实最好的心态就是考前认真复习，考试的时候不奢求超常发挥，但求不失常，这是日常每个学生都能做得到的事情。因此考前请调整好情绪，找回良好的状态，迎接考试的成功。

四、学法共享

就我三年的学习经验而言，三年的学习重点各有侧重，会减轻课业负担，做到有的放矢。具体来说，高一找准兴趣感受文理科特点力争均衡发展，高二主攻主三科注重积累为保送积蓄力量，高三侧重文综背诵各轮复习大量练习。接下来，我想分科介绍一些较为实用的做题方法，希望对学弟学妹有所帮助。

1.语文

(1)选择题。我假期问一些学弟学妹，他们普遍觉得语文前三道题比较难。刚刚接触论述类文本的时候，我也觉得这道题的三个选择题在整套卷子中难度较高。到后来，经过系统的练习，论述类文本选择题渐渐被攻克，这三道题便不再可怕，大多数学生都能做全对。首先，一个比较直观的办法就是将选项放在文章中进行比对，和原文不一样的就是错的。其次，对于四个选项都与文章不同考查理解的题目，符合全文主旨的就是对的。总之，如果一道题中有两个或多个选项都表述不恰当难以判断，就按照老师归纳的常见易错类型，揣摩出题人意图，根据自己的做题技巧和经验，理性作答。这类题有两个误区：第一，徘徊于两个或多个选项间犹疑不定时切忌钻牛角尖，审视选项得过且过；第二，注重做题质量，有些模拟卷题目粗糙不经推敲，会扭曲做题思路。

(2)文言文。适合大量练习，读一读先秦经典，看一看120个实词，平时多留心，注意积累，并没有什么捷径，难度一般不大。

(3)成语、语病、排序。应系统地练习积累，我们班很多同学最后的积累本都很厚，里面记了成百上千的成语语义用法，你们如果能借到文科学长学姐的积累本想必能有不小的收获。这三类题适合大量练习，培养语感，对以后口语和思维逻辑都有益。需要强调的是要时常练习，手感这种东西真的存在，手一生，选择题正确率会下降很多。

(4)诗歌。读诗是硬功夫，一个比较好的方法就是最开始见一首诗就翻译一首，遇到不懂的字词就按句意推测过去，不必苛求翻译的准确性，只要保证大意不偏离即可，力争整首诗逻辑通顺，坚持一段时间大家会觉得读诗特别容易。此外，有一个学长的做法很值得借鉴：买一套唐诗鉴赏辞典，挑不同风格类型的20篇诗歌鉴赏背熟，赏析能力可获得大幅度提高。我效仿后，发现确实有用，诗歌题虽然我达不到次次满分，但是也成为我的强项，甚至发展成一种兴趣。当一门学科变成兴趣的时候，那么学习热情是势不可挡的，成绩会突飞猛进的。这个题型我建议大家对所做过的题分类整理，思乡分别的、羁旅行役的、咏史抒怀的、闺中怨怼的等等，相同情感的诗特点手法往往有共通之处，这样做能更好地举一反三。对于诗歌情感，请不要将你的情感强加在诗人身上，读诗的时候最好把自己想象成诗人本身。辛弃疾并不是每首诗都愤懑抑郁，苏轼不是每首诗都豁达从容，杜甫也不是每首诗都沉郁顿挫，李清照也没有天天都在闺怨，得具体问题具体分析。

(5)小说、传记、新闻。这一道题同样需要大量的练习。做这道题的时候，应该静下心来感知文字，难度较小的传记和新闻需要的是概括能力，而小说则更多地要求考生的理解能力。老师会总结一些模板，根据这些模板，考生能拿到50%~60%的分数，剩下的内容需要考生自己与文章作者进行精神交流，感知语言的情绪和蕴含的深意。答题思路就是情节、人物、主题、效果四方面，记得要多角度多方面答题，全面撒网，命中率肯定高。

(6)语言文字应用。这里面题型有很多，试题千变万化，但考查的方向不变：概括能力、压缩能力、读图分析能力等。这种题区分度大，需要一定的文学积淀，需要大家在考前勤练保持手感。

(7)作文。考前老师会讲写作的格式，我们要做的就是稳中求新，多看一些优美的散文，做做摘抄，不时地点缀几个深刻的句子或引经据典，在文章中体现辩证思维或联系实际展望未来都可以成为作文的亮点。另外，请字体不够美观的同学注意，在电脑阅卷过程中一个字体好的学生会有非常大的优势，在高考中，字有时候甚至影响一个人的成败，这绝非危言耸听，我强烈建议这些同学在日常勤加练字，认真书写。

很多人觉得语文即使做很多卷子也很难在成绩上有大幅度的提高，其实本来就是这样。高一的学弟学妹做高考卷子有时也能拿到110+的成绩，而高考语文少于110的学生却大有人在，语文的魅力就在于不管你看了多少书、背了多少文章，你都不知道自己在下次考试中会不会考砸。但是渐渐地你就会发现，每每语文考试，总有那么几个人的分数会很突出，而且会相对稳定。这种差距真的是一点一点地拉开的，语文不像数学、文综这种学科考前突击就能提分，所以大家必须要稳扎稳打一步一步向前走，慢慢来，不要急。50套卷子不见效就做100套、200套，现在大家觉得这个数字有点恐怖，但上完高中你会发现，在不知不觉之中你已经做了数量庞大的练习，做上百套卷子是很正常的事情，总会有一种成就感，告诉你自己是一个多么优秀踏实的人。高中期间，我每天一套语文卷子，最明显的感觉就是写卷子速度变快了，别人需要100分钟写卷子我80分钟就能完成，特别是在大型考试中，在较为紧张的状态下，速度快在很大程度上可以缓解紧张保证自己思维流畅，避免有限考试时间对考生带来的负面影响。尤其语文还是第一门考试，对接下来的考试影响比较大，有个开门红是你睥睨考场的重要条件。

2.数学

（1）掌握数学方法。在做题的时候不要局限于这道题，而是要透过题看到考点和方法。所以我不赞同那种一道难题算好几遍直到算出正确答案的行为，掌握方法之后的纯计算无异于浪费时间。当然，计算能力较薄弱的同学还是要算出答案的。一题多解是一种非常好的练习方法，在开拓思维的同时加深对数学的了解和兴趣。郑外有很多数学老师都非常厉害，我曾经见过一个老师在解一道不等式题时想出来了 13 种解法，我对他的 13 种解法研究了很久，之后，不等式的题就全会做了。数学是一种思维游戏，对于文科生来讲，学好数学其实是有点困难的，这是普遍情况。所谓“数学虐我千百遍，我待数学如初恋”的虐恋深情发生在很多文科生身上，但我希望大家能以一颗平常心来对待数学，太厌恶太畏惧都不是可取的心理，让数学回归工具，在我们手中碰撞出思维的火花。

（2）用好纠错本。我见过一个女孩子的数学纠错本编号可以从 1 编到 7，整整七大本数学错题。认真做过纠错的人都清楚纠错是个费时费力的工作，我因她的坚持和毅力而敬佩，但又因她的行为而感到不解，真的有必要吗？难道要每次考前都把本本从头到尾翻一遍吗？纠错本是帮助记录者不再犯错的工具。记录错误原因、易错提醒就足够了，这样既符合自己的实际情况又简洁直观，既达到了纠错的目的且节约时间，又不至于让记录者因厚重的记录而对自己的纠错本敬而远之，一举数得。另外纠错本要归类，不等式、集合、圆锥曲线、数列、导数等不同的题按不同的类别区分，看起来更方便，用起来也更顺手。

（3）大量练习。数学方法贯穿在题目之中，要想熟练运用方法迅速找到解题思路，需要大家海量的练习与思考，见的题多自然能获得更多解题技巧。当然，练题要注重质量，一味地练基础题或过难的题只会事倍功半，在自己的基础上一点点拔高才能取得预想的效果。

3.英语

（1）语法和背单词都要重视，词汇量大的人往往在阅读理解题、完形填空题和短语填空题方面非常有优势。

(2)请同学们关注英文字体,英语作文的书写是文章的门面,直接影响作文的档次评分。

(3)平时保持做题,对于四级水平的同学,一周三套卷子保持手感足矣。

4.文综

(1)请同学们做好背书的准备。虽说很多时候考试内容和课本看似没什么关系,但若肯静下心来研究课本,你会发现课本里面有很多答案的影子及自己忽视掉的知识点。我背了政治的哲学生活及历史书所有必修课本,觉得自己文综有很大的进步,所以我建议学有余力的同学背一下课本。鉴于地理书知识点较零散,背诵前请做好筛选工作,过滤掉书中的废话,里面一些描述过程的语段我推荐所有同学背诵,有时这些重点段落可以直接作为考试的标准答案。

(2)列提纲是系统学文综的有效方法。政史地知识较为零散,课本之间的关联性较大,需要建立框架梳理脉络,对知识建立起整体性、宏观性的理解,详细完整的提纲可以避免知识点的遗漏,便于背诵,也易于考生在答卷时进行快速的知识筛查与迁移。

(3)学文综要有不怕选择题全错的心理素质。中华文化博大精深,特别是历史选择题,很多古文材料说得头头是道逻辑清晰,但就是晦涩难懂令人不得其解。或者几个意群都能大致翻译出来,可是一旦串联起来,句子根本不通顺。我有时候拿这种题去问老师,想找出一个普遍适用的方法一劳永逸,可究其原因在于文学积累的欠缺。于是我又回到文言文的阅读与练习,到后来,文言文的正确率上升之后,古文材料的历史选择题的失误也渐渐减少。所以只要平时功夫下到,从量变到质变只在一瞬间。

(4)希望大家能有丰富的想象力。一个思路开阔的人往往都是想象力丰富的人,联想思维比较发达,知识迁移能力强。我还记得有一道地理题，问的是为什么南方某少数民族穿的是宽腿长裤，大家觉得这道题有话可答，能想到一些要点，如通风透气舒适、防蚊虫叮咬、雨后干得快、便于进行农业活动……结果有一个同学给了一个答案，让地理老师哭笑不得：宽裤腿有利于测定风向。您见过有人用裤腿测定风向的吗？但是无论如何，学生能给出这样的答案起码表明他考虑到了天气对服饰的影响因素。有想象力的人在答完基础答案后常常会给出一些意料之外的补充答案，有些是让人啼笑皆非的，但是慢慢地坚持去想，你的答案会越来越完整，考虑问题会越来越全面，思维会越来越灵活。

以上便是我高中三年的一些感想与总结，希望能给学弟学妹提供有益帮助，也在此祝福学弟学妹们，在高中三年享受生活，收获成长，体味清欢。

作者寄语

细雨斜风作晓寒，淡烟疏柳媚晴滩。入淮清洛渐漫漫。　雪沫乳花浮午盏，蓼茸蒿笋试春盘。人间有味是清欢。

每一刻都在成长

王演习，男

北京大学城市与环境学院城乡规划专业 2015 级本科生

毕业于河南省太康县第一高级中学，2015 年高考成绩 665 分(理科)，自主招生获得 20 分加分。

前言

2015 年，我凭借高考出色的发挥和自主招生的加分优惠最终走入北大，来到这个梦想中的象牙塔。一路走来，老师、长辈和同学们一直都给了我很多支持和鼓励，我们一路相伴一起成长，从懵懂到成熟，说遥远是遥远，但一直的相伴成长，无可忘怀。

一、回忆篇

小学、初中、高中是三个不同的阶段，三段不同的体会。

小学时懵懂的过去，印象中只有几个模糊的画面，一个玩耍，一个趴在桌子上伪装着学习。初中的印象比较深刻，初一刚开学我一直好好地学，所以第一次月考也取得不算太差的成绩，之后就开始胆子大了起来，说话、下课打闹等陋习开始出现。随后成绩也开始下降，最后在学期后半段开始学会考试作弊的小伎俩，在班上成绩中等。就这样度过了初一和初二，初三的再分班对我的打击不小，初一、初二都在重点班安稳地度过，初三被分到了普通班的我一开始不敢相信这个事实，所以我决定不再作弊，初三的变革是我的第一次改变，现实的残酷逼迫我进行改变。初三时刚开了化学课，这是我第一次真正好好学习的开始，这一次也真正懂得了学习兴趣的重要性。初三的普通班生涯因为尖子生较少,我很快成了班里的佼佼者,之后学习开始慢慢进入正轨,中招也毫无忧虑地通过了。

上面是小学和初中的一些简介,这也不难看出未来是可以改变的。接下来便是重中之重的高中了。

1.懵懂的高一

高一的我一进班确实不适应,因为本来我是班里的佼佼者,但在高手如云的高中,一进班就变得很普通了,老师也并不是很关注我,渐渐地我的学习就变成了应付。因为始终在学成绩倒也没有退步,在高一我认识了我要好的朋友们,但仍然有些自卑,慢慢地开始害怕考试,将成绩看得很重,但是我的父母始终如一地支持我,鼓励我。虽然他们都是农民,但他们都很理解我的处境,一直的鼓励让我有勇气不去放弃,也学会了去努力克服困难。

2.进步的高二

高二又分到了一个次重点班,这次我遇到了一群更强的同学,同时他们也是我很好的同伴,感觉很幸运又能遇到一群好老师,在这里不仅仅学会了知识,更学会了如何去和同学相处。在相处中我的成绩开始进步很大,之后我便进了高三的重点班,本来怀着欢喜去高三,没想到“世事难料”成了高三的结局。

3.难料的高三

高三一开始感觉还不错,可是当时自己还没弄清自己的处境,因为高三的重点班是从高一就是一个班,从未做过特别大的变动,只是调出一些人,换一些成绩更好的学生进班,本以为能进入重点班登上了一个更高水平的平台是一种幸运,但偏偏有些适得其反,我刚刚进班时很难融入这个班集体,这很大程度上影响了我的学习,使得我有了一种厌学的情绪,等到后来融入了班级,有所好转但已经晚了,成绩有了很大的浮动,学习上各种各样的毛病开始展现出来,高考又因为过于害怕和紧张而以失败告终。

4.不断成长的“高四”

复读的原因很多,例如对专业不满意、学校不是很好等理由之后是想要掩饰一个真正的原因——对自己的不满意和对命运的不服,不想让高中生活就这样在平淡和失败中结束。这是我内心深处真正的想法,表面的说法并不是虚伪,也不是借口,只是不服当时的自己。很幸运复读的生活也真的如我所愿,让我能够痛痛快快地去实现自己的梦想。

回首成长过程,感想颇多,总结起来,有这样两句话想跟大家分享。

二、感想篇

1.不想再做回原来那个无力的自己

在学习上,我以前总是丢三落四,带着敷衍的心态做事,所以成绩忽高忽低,说白了完全看运气了。但我知道自己已经没有退路了,回想起高三自己度过的特别窝囊的日子,考试时的紧张,卷子发下来时的沮丧,旁边同学的谈笑,老师不关注的态度……种种的画面涌现在我的脑海中,既让我感到伤心,又让我明白必须要改变了。

首先是学习上,我不再只为做题而做题,而是开始去考虑题目考查的知识点到底是什么,为什么这样去做,怎样才能熟练掌握它。

其次我考虑了高考失败的原因:第一,知识的储备和熟练掌握不足;第二,考试的心态不好,老是惊慌害怕;第三,把自己平时的小毛病带到了考场上,如考试分心,答题不规范,审题不清楚,计算能力不好等;第四,不能做到不后悔等。这些都是要改变的错误,也都是复读的任务所在。恐怕很多同学都会有这些毛病,但也是特别难改的。但我已经没有退路,也没有倒退的理由了,更不想再做回原来那个无力的自己。随之而来的第一次月考我取得了优异的成绩,对我来说这不仅仅是一次胜利,更是一种极大的鼓舞和安慰。新的一年有了一个好的开端,我决定对各个学科进行定点突破,以此来改善弱势学科。首先是数学,之前因为高三时的厌学使得数学落下了,这也让我不得不从最基本的开始做起:对待数学老师发的题目开始认真地做，认真听讲并做好笔记，记下老师讲的新方法同时在课下认真回顾思考，多和数学老师交流既让我备受鼓舞又提升了自己学习数学的兴趣。之后我的数学成绩开始有所好转，到后来数学更成为我的强势科目。

复读最大的收获不仅仅是成绩有了很大的提高，同时还结识了共同奋斗的好同学，正是他们让我在书山题海中不至于迷路，也正是他们让我感到我不再孤单，他们教会了我很多事，同时我也从他们身上看到了什么是真正的友谊。也因为他们，成长成了我复读学习生活的主题曲。

2.每一刻都在成长

复读的考试多如牛毛，但恰恰是这让我懂得了很多。顾城曾经说过："执者失之，当我想成为一个诗人的时候我便失去了诗，当我想成一个人的时候我便失去了我自己，在你什么都不想要的时候一切都如期而来。"对这句话每个人都有自己的理解。我认为在追求一件事时，不应当只是渴望事情的结果，我们应当注重和把握的是事情的过程，只有把过程办好才能得到预期的结果。内心只有渴望则往往事与愿违，因为欲望有时会影响个人的判断力，学习也是如此，不应当带着功利的心去学习，不应当只是为了学习而学习，仅仅为了追求成绩而学习往往不会取得想要的结果。因此我们应当以一种平淡的心去看待成绩，做到"不以物喜，不以己悲"，这不仅仅是古人的训言，现在仍然有很大意义。对我而言，考试的经历让我学会了自信去面对，亮出最光彩的自己，其实自信是正常发挥的基石所在。

三、经验篇

接下来就介绍点学习的经验和教训吧，虽然可能不是很好，但希望能给学弟学妹们一些小小的帮助。

1.关于语文

在语文学习中，我认为字体是很重要的，但更重要的还是答题要能抓住题目的主干，所以在答题前要仔细审题，带着题目去阅读往往能省很多时间。语文中的文言文可能会比较难，可以推荐一个小方法，就是准备一个小本子记下考试时自己生疏的文言虚词和实词在考试前或平常多看看，就这样渐渐积累会对文言文做题有很大改善。关于诗歌鉴赏要熟悉资料上的答题方法和理论知识，那些技巧什么的要尽量会背。语文的重中之重是作文，首先是立意要准确，其次是文采要好，这要求要多读些关于写作的素材和常用语段，最好自己多总结些经典语录（包括精彩开头和结尾），之后就要要求字体了，字体不必一定要工笔正楷，但希望做到字迹清晰，工整干净。

2.关于数学

最初时候我的数学也不是很好，但这也是有办法改善的。首先要有自己的计划去攻克自己的弱点，当然这也是以完成老师的任务为前提的，自己在课下的计划在完成之后有必要进行一下小小的总结，来看看自己的收获：有没有学到一些新的方法，自己的常错点有没有改善，还需不需要进一步的训练，等等。除此之外还要注意老师发的习题的总结，发现弱点再去自主训练改善。再说一下数学试卷吧，里面的容易和中等题目一定要保证不错才能有个好的成绩，对于难题要敢想敢做，就算做不出来也不会对成绩影响很大，对于题目要做到遇难不慌，遇易不大意，这是数学得高分的关键所在，此外数学也要注意答题的格式。数学错题集有必要整一下，里面不一定是做错的题，也可以是一些好题，能启发自己的思维方式，课本上的习题也最好做熟练，高考题是源于课本的。还要学会各种方法的联合运用，例如在选择题中要学会特殊值代入、排除、对比等方法。这样在考试中能省好多时间和精力，能够为你赢得时间去攻克难的题目。

3.关于英语

英语单词没有什么理由不去背，但背单词时可以边写边背，这样可能会容易点哦。单词要有计划地复习才能及时巩固，避免忘记。此外英语的语法要学会熟练掌握才能做好主观题，写好英语作文。英语也是要注意字体的，英语作文的得分很大程度上与字体有关，所以对英语的字体也应该予以重视。总之，学好英语词汇是基础，语法是通道。在总复习时我通常会单独为英语准备一个小本子，上面记录着易错的语法和生疏的单词，每次考试前几天都会回顾一下，这样每一天都会找到生疏的地方加以练习，从而减少自己知识的盲点。

4.关于物理

物理学科是一门析万物之理的学科，所以学习物理就要抓住知识的原理和根本。对于物理的学习，课本上的习题要弄清弄透彻，这样才能明白课本上的知识的根本。除此之外还要勤加练习做到熟能生巧，在做练习时应当想想其中包含的知识，这样看似只做了一道题，但通了很多相似的题目，在题海战术中这一类题目可以跳过去（前提是足够熟练了），这样能节省更多的时间去做自己不会的题目，这样就能达到事半功倍的效果了。

5.关于化学

首先要先将课本熟练掌握，课本上的各种讲解都应该熟悉，因为课本上的小知识点往往能成为一个考点。此外化学课一定要好好听，因为化学老师补充的课外知识很有用，既能增长见识又能碰到考点，老师更能把握考点，所以在看课本之余还要注重听讲。化学更重要的是熟练度，化学的难度不是很大，在理综中又占据了不少的一部分，所以如果熟练度上去了，那么在理综中可以为其他科目省下时间，所以化学最重要的还是训练和知识的扩展。

6.关于生物

生物是偏文科性质的学科，起码在高中是这样，所以课本基础知识一定要熟练掌握。对于生物来说，高考考到最后考的就是课本了。生物课本熟练过程中要与资料相结合，在做题前回想一下基础知识，这样能熟悉知识点，做题又能再次巩固，这样就能很好地掌握生物知识了。生物更是在理综中能省时间的科目，只要熟练掌握了就能省下大量的时间去做其他题目了。所以这样的科目贵在熟练掌握的程度。

7.关于考试

考试一直以来是一个敏感的话题,一开始我也是害怕考试,但一年的历练让我成长了很多,发现了高考前的考试并不是为了让我害怕,而是为了能让自己发现现在的缺憾,所以每次考试后我都能写一次笔记记下失误并去改善。每一次考试都能当成高考去对待,所以能在高考前做好充分的准备,以一个自信但不自傲的心态走上考场,淡然迎接考试。

回首过去,无论是高考还是日常的学习过程,都是成长的美好经历。这就是我,也是你每一刻都在成长的青春。最后希望每个学弟学妹能够把握住青春的每时每刻,努力成长,拥有自己的精彩舞台。

Hey,我不愿意活得像一个问号
东张西望找不到自己的跑道
现在我为梦想超速在奔跑
心在燃烧,来吧
唱出感觉 high 出味道,yeah——
……
我的舞台我自己建造
要让全世界看到
我的剧本我自己写好
相信自己永远是个主角

作者寄语

永不放弃,战斗到底。

我的青春，竞赛相伴

朱辉宇，男
北京大学化学与分子工程学院 2015 级本科生
毕业于郑州外国语学校，通过北京大学自主招生录取，曾获 2014 年第 28 届中国化学奥林匹克决赛金奖。

我很荣幸成为一名光荣的"北大人"，也感谢北京大学能提供给我一个享受中国优质教育资源的机会。作为一个通过竞赛进入理想学校的过来人，对于学弟学妹们对当前学习的疑惑，我想与大家分享以下几个方面：悟性、勤奋、好学、积累、机遇、优劣、方法。

一、悟性

关键词：举一反三，交流倾听，自我感悟

无论是对于一个求学问经的学子还是一个工作养家的成人来说，悟性对我们都是十分重要的。

在我们高中的校园里，一块刻有一个"悟"字的石头被安放在教学楼旁一个很醒目的位置，提醒着我们每一个看到的学生要多思多悟。在我们目前的考试制度下，相对有成效的提高成绩的方法是搞题海战术，然而这种学习方式已被现代教育机构和学生所唾弃。我们练习的习题被减少到每类几道题或更少，所以这时就需要我们对题目类型进行思悟，用思悟来代替多余的习题练习，通过举一反三，以达到触类旁通的效果。这样才能在少做题的情况下做会题，拿到高分。

可能有人会问，那悟性低的人能转变为悟性高的人吗？

答案是:可以。这个转变的突破口就在于目前实行的交流与讨论的学习模式。如果想锻炼悟性,就要在与人交流问题的时候多倾听,在大脑里重复别人探究问题、解决问题的过程,有时候一些想不到的思路就会突然而至。再多加以练习达到巩固,久而久之它就会成为你悟性的一部分,长久的交流探讨就会提高悟性了。

在自己的悟性达到一定程度时,自己就可以试着感悟一些事物。比如当下的时事,身边的疑惑,等等。当然感悟之后要有一个求证过程,不要让自己“悟入歧途”。总之,多加思考也能提高自己的悟性。

二、勤奋

关键词:劳逸结合

我想,“勤奋”这两个字大家都懂,也知道勤奋如何重要。我把它排在了第二的位置,正所谓勤奋就是百分之一的灵感加上百分之九十九的汗水。在这里,我也就不再赘述如何勤奋,而是谈谈如何使勤奋变得更高效。

也许大家认为天天看书、刷题,一天耗空几管笔芯就是十分勤奋了,的确如此。但细想来,真正能做到这样的能有几人?同学们都是人,不是机器,这样无休止地疯狂学习根本就是不现实的。要真正做到勤奋,就必须懂得合理地休息。只有劳逸结合,才能使勤奋最大限度地发挥它应有的作用。

中学生的生活应该是丰富多彩的,多运动,锻炼锻炼身体机能,毕竟身体是一切的本钱嘛;多旅游,长长见识,见多才能识广;也玩玩游戏,游戏可以锻炼人的思维,提高人的智力,只是不要沉迷就好。总之,在不影响勤奋学习的基础上,多体验体验生活的美妙,能帮助你更高效地学习知识,掌握技能。

学习是为了应用,如果一味学习知识,不学会与人交流,不会照顾自己的生活,到了小社会一样的大学里,难免会出现不适应,大幅降低进步的速度，甚至造成危险。那些触目惊心的校园案件，也许正是在提醒大家在努力完善知识储备的同时，也要注意心智的健全和人格的完善。

三、好学

关键词：培养兴趣

“知之者不如好之者，好之者不如乐之者。”两千多年前大思想家、教育家孔子这样论述乐趣对于学习的重要性。这个观点延续至今仍然适用。

我的家庭教育，就十分注重对我兴趣的培养。从小学的时候，我爸爸经常会为我买一些数学或物理方面的科普读物给我看，从小不爱写作业的我也会时常翻一些爸爸给我买的书，于是我从小就形成了对自然科学方面的兴趣。上了初中以后，随着对物理、化学学科的接触，兴趣带来的影响也逐渐突显出来，我的数理化成绩明显优于其他学科；同时我也在多种学科竞赛中获取了优异的成绩，在初中毕业后，顺利进入了郑州外国语学校的化学竞赛班。

对化学浓厚的兴趣使我迫不及待地钻入了对化学如饥似渴的学习当中。高中的前两年，学习化学成了我最大的乐趣。在课下，我经常寻找有关化学方面的书籍和资料翻阅，我的知识也不断增长、丰富。对于周末培训，暑假化学补课，我毫都无怨言，甚至是渴盼。功夫不负有心人，在浓厚兴趣的推动下，我于 2014 年冬季在吉林取得了第 28 届中国化学奥林匹克决赛暨冬令营金奖的好成绩，也由此与北京大学签约，高考后如愿进入了北京大学。

由此可见，培养学生的学习兴趣是至关重要的。

四、积累

关键词：积累记忆，融会贯通，涉猎，实践

学习过程本身就是一个积累的过程，如果注重积累，学习就会变得更高效。我并没有一个所谓的“积累本”,因为我认为虽然积累本能辅助同学们做日常的积累,但也会使同学们过于依赖它,从而起到反作用。而如果没有积累本,靠重复记忆去巩固已学知识而不是把它留在纸上,则会使知识更容易被大脑深刻理解、融会贯通。当然这也是因人而异的。

此外,我比较推崇涉猎式的阅读和积累。每个人学习的目的都不应该只为了升学。学习是为今后的生活积累能力,是为日后的工作积累经验。我们高中班主任有一句话说得好:“奋斗是为了改善生活。”只掌握书本上的死知识并不能直接帮助你日后的生活、工作,所以我们还要学会生活中的各种常识。在将来,帮助你的知识绝不仅仅是你的专业课的知识,更多的是其他一些更广阔的知识,这些知识都是我们在平时涉猎的过程中积累到的。

最后,积累并不一定局限于读书、做题的形式,也可以是对所学知识的实践。比如物理、化学学科,自己动手做实验也是一种非常好的能力积累方式,洗衣做饭也是对平常生活常识的积累锻炼。在实践中,一定会有许多在想象中或书本上根本涉及不到的问题出现,解决这种实际问题更是多种思路的积累,也是对所学知识的巩固。让我印象最深刻的就是化学实验中的处理步骤。在讲理论时,只会涉及物质的化学性质,而很少会讨论物理性质(除非物理性质会严重影响实验性质的关键进程)。所以我们做实验时,一定会面临各种很难用理论斟酌的问题:液态反应产物由于气温问题凝固了怎么办?搅拌物如何从产物中取出?……所以,在学习积累的过程中一定不要忽略实践这个步骤,它是知识转化为技巧的关键。

五、机遇

关键词:抓住机遇,信息,实力

机遇,抑或运气,也是人生中很重要的一个因素。虽然我们无法决定我们的机遇,但我们要善于抓住它。

首先,抓住机遇需要一双能发现机遇的眼睛,这要求我们能够处理我们身边庞大的信息。古往今来,对信息的收集、处理能力的强弱已成为决定一个人、一个集体甚至一个社会高度的重要因素。虽然学习不是只为了升学,但优秀的学校的确可以提高一个人学习和知识的质量。我们必须了解优秀学校招生的方式或特点。每年总有足够优秀却未能进入心仪大学的学子。这是为什么?就是因为他们搜集的信息不够或者未能合理处理那些招生信息。

我根据自己的情况,很早就决定我要走竞赛这条路。经过对竞赛信息的收集,我对国家关于各类竞赛的政策都比较清楚,走的路能明确地看到终点,所以心中有目标,走得轻松。而我们班有很大一部分同学没有看清竞赛与高考对自己的利弊关系,有的错误选择了中途退出竞赛,有的执迷继续学习竞赛,致使高中时间没有得到合理应用,与理想的大学失之交臂。所以,只有拥有处理好庞大信息的能力的人才能清楚地发现机遇,抓住机遇。

其次,抓住机遇需要自身过硬的实力。“机会是给有准备的人准备的。”在竞争中,优秀的一定是占优势的。只有在前面所说的四条中提升自我,才能在机遇的竞争中占优势,甚至会使机遇来找你,而不是你去找机遇。

六、优劣

关键词:名额,努力,收获,自主签约

下面,作为一个竞赛生,我想对即将进入高中或已经在高中选择了走竞赛这条路的学弟学妹们谈谈关于竞赛升学的前途及优劣。

首先,教育部今年强行约束了自主招生名额占高校招生人数的比例,这对于竞赛生来说肯定是不利的。这次清华大学就吃了个小亏,依然像往年一样早早就开始招揽学生,结果没有招到精英不说,还浪费了许多自主招生的名额。有了前车之鉴,明年各高校对竞赛生提前招生的名额可能会更少，所以走竞赛这条路会更加艰难。但是，竞赛这个体制是绝对不会取消的。今年我国化学国家队包揽世界前四，我们尝到了甜头，必然不会放弃这个世界最强的头衔，所以我相信教育部约束自主招生比例并不是为了打压竞赛，所以竞赛这条路前途还是光明的。

其次，对于大部分比较普通、没有特别突出科目的学生，恕我直言，竞赛这条途径肯定不是为你们准备的，安心努力地刷题并准备高考吧！由于现在连省赛一等奖都没有优惠政策，大部分没参加国赛的学生到最后并不能得到什么真正的好处，自主招生给的 10 分 20 分的优惠根本补偿不了学竞赛所花的两年时间里在普通文化课上知识的缺失。

对于程度较好、学有余力的同学们，我要提醒你们一点：学竞赛需要付出艰苦的努力。首先需要你有过人的头脑，要能接受远多于高中阶段的知识，并有效地把它们掌握并运用；即使这样，你们也需要付出比别人多很多的努力。对于我们竞赛生来说，运动会、歌唱比赛和校外扩展训练等都与我们绝缘，期末考试前补课是家常便饭，寒假时间是一周，暑假是两周。在最紧张的日子里，一天只有 3 个课间，且一周只有一天休息，还有可能做实验从下午 1 点做到晚上 10 点不休息，晚饭都顾不上吃。所以学竞赛还需要有刻苦钻研、坚忍不拔的精神。

学竞赛的好处首先就是你能接触到普通高中生接触不到的学科知识。现在三大竞赛大部分讲的都是大学的知识，学竞赛之后不管得没得奖，首先你会在大学学习这个学科获得优势，别人都要预习的知识对于你来说相当于复习，所以你应付这门学科所需要的时间更少，你就可以花更多的时间去学习别的课程。

如果你能在竞赛中取得不错的成绩，那么你的收获就更大了。别的学科不说，据我所知的化学学科中，如果你能进入国家前 50 名，你会获得保送的机会，你还可以参加国家队的选拔。如果选上了，你就能代表国家参加世界级比赛，为祖国争光，成为国家的骄傲。如果没选上，就意味着你可以把高中未休的假期全补上了——你的暑假会从 3 月开始计时，你能在这个暑假博览群书、游山玩水等等，总之是自由自在的。如果不是金牌，那么你至少能争取到一个985大学的一本协议（指只要你在当年高考中分数达到本地的一本线高校就录取你的协议）。当然首先你要确保你能过一本线，最好是即使有突发情况如突然发烧、不在状态也能稳过，否则错过就亏大了，因为复读生是不会签竞赛协议的。在高考前这段时间虽然不是放假，但你也完全可以放松自己，干自己喜欢的事，比如我就自己尝试了midi编曲。

对于没进省队的同学，虽然你们算是比较失败的，但你们不要因此气馁，你们一定要抓住一些名牌大学的自主签约，在他们的自主选拔中名列前茅也能有好的大学上，我就有一个没进省队的同学因此与清华大学签了约。总之，就是尽量抓住一切机会利用你这两年学的竞赛知识，否则你回到高考生的队伍中后，你学竞赛的优势将荡然无存。当然你也必须有面临这种情况的心理准备，能学竞赛的一定是聪明的孩子，就算落下的课多些也一样能补回来。我们学校就认为两年的竞赛学习并没有过度影响文化课的学习，而事实上竞赛班与非竞赛班在高考中的成绩也是相差无几，甚至竞赛班的成绩还优于非竞赛班。所以竞赛对程度不差的同学来说总体上还是有利的。

七、方法

最后，我也谈谈对竞赛学习方法的见解。

1.关键词：锻炼思维，练习计算

对于数学竞赛来说，竞赛考试很大程度上就是碰运气。试卷上的题就那么几道，你当时没思路就做不出来，有思路就得分了，所以运气占了成绩的很大一部分。而且一般来说竞赛的题都是新题，碰到以前讨论过思路的题占分不高，所以平时在学习数学知识之余要多注重思维的锻炼，如看一些思维风暴一类的书，或玩一些益智游戏如《2048》等，也可以探讨游戏中的一些问题，有时考试题就是直接从游戏规则中借鉴的，有人甚至由此猜题与原题很近似。另外,就是提高计算能力。数学决赛考试是不允许用计算器的,所以如果计算速度不快,就会影响做题的速度,这是会影响分数的。

2.关键词:注重基础,练习推算,注重动手

对于物理竞赛来说,基础很重要,所有物理题大多都是那几个基本公式导出来的。所以平常多练,做题的时候就会感觉轻车熟路。还有三大竞赛里微积分对物理是最重要的,多练习微积分对物理竞赛也有帮助。另外,物理竞赛需要有较强的对数据处理的能力,应对百变的实验数据要知道如何下手,而且实验中的动手能力也是必不可少的。

3.关键词:记忆力,理解力,注重实验

下面就是我的老本行化学竞赛啦。化学应该是这三大竞赛中记忆成分最多的一科,所以它本身要求一定的记忆力。最典型的就是你总得背元素周期表之类的吧!当然,化学毕竟还是理科,所以化学对于记忆的要求最好是带着理解去记,比如那些元素化学性质的记忆,就可以靠元素在周期表中的位置来理解辅助记忆。但总体来说,化学需要记的东西还是很多的。然后,化学竞赛需要很强的理解力。数学主要学的是可以计算的数,物理一般研究肉眼可见的易于理解的运动,或化为一个易懂的模型,而化学研究的都是肉眼难见的、分子水平的变化,有一定理解力才能学好这有些玄妙的化学。

对于化学来说,不同科目之间一定的联系是必要的,但不同科目的情况也不一样。比如化学原理、分析化学一方面只需要做少量习题,掌握做题法就行了;而元素化学则要多做题,做不同类型的题,因为元素里见得多就是王道,很多答案里的分子不是想想就能推出来的,必须见过才能做题;有机化学则需要习题来锻炼想象力,有机题中的有机分子基本上不会是你见过的,只有想象力比较丰富的才能得出答案。所以化学也是个比较深奥的学科。

化学实验不同于物理实验。物理实验中见到的更多的是预想中的结果，而化学中更多的是想不到的局面，所以化学实验需要过硬的操作和应对意外的处理能力。过硬的操作技巧能提高你实验产物的产出率，而处理意外的能力则保障你的实验的成功。所以化学实验不仅要多练，还要多想，想怎么能尽可能地提高产出率，想怎么能提高产物的纯度。

以上就是我所能分享给学弟学妹们的经验，当然我的经验还仅供参考，每个人都有不同的、属于自己的独特的路，需要走自己的路，自己去悟。但是，走路也要注意随时修正行走的方向，俗话说"既要低头拉车，也要抬头看路"。希望我的这篇文章，能给许多向往北大的学子们一点启发，让更多爱学习、爱思考的同路人选择正确的道路。

作者寄语

带着目标，向自己的未来努力前行。

尽志无悔

赵奕清，女
北京大学信息管理系2015级本科生
河南开封人，毕业于开封高中，高考总分666分（理科）。

虽然我所言不足为训，但我希望它能对你们有所帮助和启发，在如迷宫一般蜿蜒的学习之路上开凿出一条笔直的捷径，帮你们更快地学有所得。

一

我刚结束高中生活，不想再写成高中作文的格式。这里我想先跟大家谈点别的。以现在的满意结果去回忆之前的日子——你们将要经历的辛酸，在正常人看来就像刚测完800米的一批人站在旁边，对着那些站在起跑线上紧张得不行的一批人喊加油，有点站着说话不腰疼的意味。同样地，高三的时候有人就吐槽说，《招生考试之友》上的“他山之石”这个板块就是一群考上北大、清华的人在吹牛，而其他人就笑着在心里默默点赞，然后收起刚发的杂志，继续刷题。

而下笔之前想到我也在做这种所谓吹牛的事，所以我一开始是拒绝的，因为现在的我无法做到畅然开怀，对自己的结果满意微笑。没有感慨庆幸的独到方法，没有平静坦然的心无旁骛，蓦然回首才发现当年我的前辈告诫的比如“不要太看重成绩，不要太在意旁人，不要用多做了几张卷子安慰、欺骗自己，不要只盯着目标忘了投入地脚踏实地……”，我似乎都没做得很好。也许在旁人看来我是考上了理想大学的成功者,可按照我要讲给你们的方法来说,我并不满意自己的表现,也不满意最终的成绩。

但是,不满意,并不代表后悔。

我也曾在深夜无数次笔耕不辍,嘴上说着敷衍爸妈催促睡觉的话语;曾在成绩出来后的夜晚,抹着泪对着日记本自我安慰;曾按着分钟秒钟计算时间,跑着去吃饭、跑着上厕所、跑着到操场、跑着回教室,同时手里还拿着积累本而脑子里则回忆着刚背的内容,有时还因为在去食堂的路上发呆没想什么有用的东西而自责;在湿热的夏季随意抹开脸颊的汗迹,任凭字迹洇湿于纸上;在寒冷的冬季脱下外套穿着单衣保持清醒来做题,没时间照料我那角质层薄的脸颊上冻出的"高原红"……这样的做法也许在很多地方是普遍的,大家敬仰的,但是在我们班,至少有那么一段时间,它被讽刺为"学霸",但现在的我仍为之骄傲。这样的学习方法并不是大家敬仰的,而是为大家唾弃的。我前面之所以说不满意,是因为自己曾因此而迷惘、自卑,收起奔跑的脚步;怀疑自己的方法状态甚至以后的为人处世;伤感似乎没有多少人跟我一起迎接该有的涅槃。也许大家都很聪明,不用过这样苦行僧的日子也能学好,但我只能无奈而自嘲地说,可能我只有这样才能学好。

然后是高三,然后是我的低谷,一次又一次成绩不尽如人意,一遍又一遍别人的鼓励和自己的苦笑,一天又一天高考的临近……记得高三的时候我与一个朋友谈心,我说:"我明白你心中的焦急与迷茫,梦想与现实的鸿沟在时间缝隙的对比之下犹如天堑横亘在眼前。但是高三最大的历练不是成绩的起起落落不尽如人意,不是辛苦地熬夜奋战累月成年,而是受挫之后不能留给自己丝毫感伤时间,抹把泪就逼迫自己继续接淅而行。"

知道自己没有更多时间,不管方法如何,努力总是正确,在每一次受挫之后,来不及疗伤,我们都只能快马加鞭面对现实。我将网名换成了接淅，出自我的偶像苏东坡的一句词“此生长接淅，与君同是江南客”，告诉自己要做好颠沛的准备。

高三不可能对每个人来说都是精彩的，有限的时间，特定的年龄，我们不可能都做到发掘出所有的潜力，都找到把力气使在刀刃上的高效方法。可是若能做到不因虚度年华而悔恨，不因碌碌无为而羞愧，在现在的境况中尽力而为，那么不论现在的你如鱼得水还是身处低谷，不论将来的你被赐良机还是仅得一窗，你都会因为“当初我已做到最好的自己”而心满意足。

正如张爱玲所说，“在这个光怪陆离的人间，没有谁可以将日子过得如行云流水”。你们将要吃的苦，不论你是能将它化为甘甜、自有天地的强者，还是愿熬到云消雨霁、创口为荣的忍者，只要你是在勇敢地迎难而上，它都会成为打磨你性格璞玉的金刚钻，成为你人生的财富。

二

高一应该是我最引以为傲并且能说得出口的一个阶段了，正是那时我的谦虚和拼命让我遇见了自己的无限可能。我入校仅仅是班里的二十多名，在年级就更不用说了。我明白这是市里最好的高中，当然不会再像初中一样轻而易举地成为佼佼者。我对自己说，要重新开始。活动很多，课程很忙，我努力克服自己粗枝大叶的毛病，力争每一项任务都做到完美。除此之外，我庆幸自己学会了自主学习。我每一科都买了至少一本全解，至少一本习题，坚持把每天的五六门新课消化吃透，完成统一作业后必须看完全解做完练习。再以逐渐练成的专注高效的做题习惯一直奋战到 12 点，有几次我到凌晨 1 点才把留给自己的任务做完。与此同时，我的成绩也在稳步上升，百名内，五十名内，年级二十多名，年级第七，然后第一。再后来保持在前十之内。我初中学习就算优秀也没考过第一也没想过上北大，我学习再努力也没这么专注高效有定力。就是在高一，这段很多优秀的同学放松懈怠、丢失了卓越姿态的时期，因为我有面对未知的虔诚，面对空白的郑重，面对困难的拼劲，面对残局的勇气，让我知道原来自己也可以。我当然不是赞成你们不顾身体熬到凌晨1点，高一就这样以后怎么办呢？只是想让大家明白任何时间、任何地点都没有放松懈怠的理由。学习如逆水行舟，不进则退。不要再想像初中那样，轻松逍遥地过两年之后用一年时间秒杀认真三年的学霸，享受到居高临下的快感。高一就像在建高楼的地基，未打好基础的你即使后期将你的大厦装扮得再华丽，种种问题也终会在高考这一严格公正的审判中显露无遗。

所以，我感谢开始时一团糟的自己，给了我重新开始的决心；感谢曾经身边的榜样，成了闭目即是的模范；感谢略略自卑的自己，保有对世界的尊重，怀揣对他人的谦逊，以仰视的角度、俯视的姿态，让我以最标准的姿势登上新的高度。

上了高二，你们的老师就会反复强调高二的关键，比如两极分化会出现，比如有同学努力了一年有些松懈，结果成绩下去了，有同学意识到不能再荒废开始奋斗结果弥补了之前的落后，等等。其实，任何一个时期都是重要的，老师会在任何一个时期强调本阶段的重要性。我不清楚老师对高二的说法是不是真的，也不知道有没有特例，因为我算是焦虑紧张刻意逼迫自己度过了高二，担心着这样还不够或这样方法不对，万一成了那个"下去的"怎么办。我和很多同学一样用一刻也不敢耽误的刷题来填补内心的不安和迷茫，来管住自己很想看看别人情况的目光。你若像这样做到一个普通学霸，那么你的成绩不会有多大下滑，但是你也无法体会到学习的精髓，并找到属于自己的学习方法，体现在成绩上，就是你的成绩可能只是说得过去。这样的你到了高三只会更加迷茫，更加慌乱。所以，高二的你在进行百试不爽的题海战术的同时，要提高吸收掌握新知识和规划复习巩固的能力，注意总结和领悟。多做题的确是灵活运用的基础，但不可毫无计划埋头猛干还以此安慰、自欺欺人。你会发现那时的你很容易按照所做卷子数量来评判成就、与人比较，但你记住有价值的是你填补了多少知识漏洞、掌握了多少做题技巧、提高了多少做题能力。拥有这些的人不一定是做题最多的，但他们总会成为在考试中做对题最多的。

我刚上高三的成绩也从年级前五落到了三十多名。这长期的低谷让从没出过前十的我感到了沮丧与绝望，我真的很努力，我也知道总结和复习，我的分类错题本的整理是最好的，但不论怎样，我都“稳定”地处在十名之外。无论怎样地挣扎，成绩似乎从来没有过起色的时期。也许你们大多数人都将经历，这长久的挣扎就像已经达到沸点的水，再怎样加热，温度都不会升高。以液体状态存在的它于原地翻滚煎熬，气体则以抽丝而升的姿态悄然剥离，但是只有存在质的差异时才被自身发现。所以你很难跳出圈外看清局面。那么请告诉自己：没有挣扎就不会有提高。

后来我开始真正静下心来，反思之前的学习方法和考试状态，发现了问题的关键，并开始制订计划补救。同时我在坚持练题中逐渐走出平台期，有了些做题的手感，比以前更得心应手。之后的一次考试，我终于又进入了前十。任何进步，哪怕再小，不论以多大的努力换来，都让我觉得值得。

从迷茫无措到平静坦然，一路走来，我的高三不顺利也不辉煌，但却给了我太多历练。现在的我考入理想的大学，我相信我学到悟到的还没来得及运用的，都会在今后的人生中助我一臂之力。你们，也一样。正如王安石所说，“尽吾志也而不能至者，可以无悔矣”。你们的高中生活不一定辉煌圆满，但请坚强地直面生活，在你的境遇中尽力而为。明天，明年，后年，或以后的人生，你所学到悟到的，总会发光。

三

繁忙的高中生活中懂得如何保持正确的心态是最重要的，所以接下来我要说一下心态。

第一是谦虚。谦虚使人进步，一点儿没错。我刚才提到，自己高一进步这么大，最重要的原因就是我以“仰视的角度，俯视的姿态”去攀登学习这座大山。你要对同学谦虚。这里群英荟萃，藏龙卧虎，总有人身怀绝技，即使是相处了两年他成绩平平，你也不能断定他不具备在高三成为一匹黑马的潜质。所以要学会谦虚，善于学习。你要对老师谦虚。这乍一听是废话，可是如果你总在课堂上仗着自己已经学会而不专心听讲，哪怕是在做题，这就是不谦虚；如果在你春风得意之时，老师提出建议或意见说你心有浮躁你却不予采纳，这就是不谦虚。你还要对知识谦虚。不要总以为自己已经掌握了所有知识点。先苦后甜，先甜后苦。前期你担心了，在最后你就不会担心；前期你不担心，最后你会忧心忡忡。

第二是专注。含义有二：其一是专注于正在做的事，不被他人干扰；其二是专注于学习本身，而不要总想着成绩排名这些皮囊。它们都是表面的现象，会掩盖正在改变着的本质。你只需关心你学了多少知识，提高了哪方面能力，这次考试所吃一堑是否长一智，就够了。

第三是从容。其一是宠辱不惊。知道胜败乃兵家常事，笑到最后的人，才笑得最好；学会不以物喜，不以己悲。其二是旷达自信。苏东坡曾在《定风波》中写下“三月七日沙湖道中遇雨，雨具先去，同行皆狼狈，余独不觉”。在大家慌乱向前奔走的时候，你若能有自己的节奏和规划，看穿乱花迷人眼的假象，继续从容不迫，按部就班，离独有一片天地的强者也就不远了。但就是有很多人对自己没有信心，目光太过局限于短期成效，在众人刷题奔跑时不敢安心复习漫步，结果完全乱了阵脚。你怎知这众人中没有跟风者？怎知别人刷题前早已完成复习消化？怎知持续的刷题奔跑大军中已换了几批人？你只看到了表象，结果浪费了认清自身情况的时间。

然后我来具体地说一下学习方法。

我们先来谈语文。不知道大家所在班级有没有这样的情况：思维活跃的男生多半不喜欢语文，上课不怎么听，作业不怎么写，但成绩也没差多少，久而久之，班级受到消极态度的影响，对语文学习渐渐不重视了。

语文是理科中可以称作最感性的一门学科，似乎令人摸不着头绪，也正因为如此，很多同学对语文学习望而却步。同时，它慢热的过程靠铢积寸累才会有从量变到质变的飞跃，所以你的努力似乎总是得不到成效，抑或你的懈怠看似无伤大雅，可是很快你就会品尝到你前段时间的果实。那么语文的学习有什么方法呢？

首先，因为它感性，所以你有必要多一些体会和思考。这个体会其实并不难。它就是一个联想和想象的过程。例如在记文言实词意思的时候，找出每个意思之间的联系，思考它为什么有这样的延伸义就能使你记得更快更牢固。再如诗词鉴赏，做到身临其境，推心置腹，将心比心，假如我这样，我会怎样想？如此作者的情感便把握得更准确。

其次要坚持不懈。坚为坚信，坚信努力会见成效；持为保持，保持良好的习惯和心态；不懈是像柏拉图坚持了一年的甩手动作那样，不论难易，毫不懈怠。像文言实词的积累、古诗赏析的朗读、作文素材的背诵均如是。我的作文本来很普通，总是四十多分，但不懈的努力最终让它有了很大进步。所以积累的路虽很长，但坚持下来，定能苦尽甘来。

接下来谈数学。高中重难点函数放在高一学，的确是难为大家了。因为它跟初中的思维不是很一样，会让很多人受挫，包括初中数学很好的同学。所以我建议多练、勤问，尽可能打好基础。但是若真的没有弄懂弄透，也别心急失落，跟着课程学好下面的，这一节往后可以慢慢补，最终你的数学思维肯定能体现出来，其他的也是这样。到了高二的时候你们可以尝试分类总结了。当然每个人的方法不同，而且需要总结的科目也不一样，需要你自己摸索。我是高三的时候开始总结的，数学、理综都用活页本当错题本。这样分专题记录错题，可以很好地逐一攻克难点，提高弱项。同时数学和理综还有记录零碎知识点的本子，既是总结，也便于随时记忆。我数学其实并不很好，还总是粗心出错，所以我觉得学数学关键在多练和严谨。值得一提的是数学最重要的计算，这是基础，当然要杜绝计算器，我认为这无须多言，因为如果计算基础不好，不仅不易拿到难题的分，容易的分也会抱憾而失。

英语我想是没什么捷径的，对于单词、短语、句型的记忆还是很重要的。跟好老师的步伐，认真完成口头和书面作业，就不会有大问题。值得强调的是，单词能多记就多记，能记多牢就记多牢，同时英语字体越早开始练习越好。建议手写印刷体。

物理一定要细心、严谨，因为它考的是你的思维逻辑性和严谨性，所以要多练题，尤其注意总结题型。生物和化学的知识比较零碎，我的方法是备一个记录零碎知识点的本子，知识以简单要点的形式呈现，便于随时记忆。对于化学，高一时要打好基础，因为化学的知识框架是一点一点累积起来的，如果有薄弱之处，一定要靠多练、多问来弥补。初学化学对一部分人来说会有些吃力，需要你做好准备，多花些时间来消化，并且熟能生巧。生物也是高一学的要点多些，难记些，同样也要保证理解和熟记。大家可以尝试找出适合自己的总结办法，将它们梳理成简单的纹路，这会事半功倍。

我没有低谷过后成功逆袭最终拥有骄人成绩的精彩故事，但我依然很感激在我痛苦的时候，给我鼓励安慰的老师、父母和朋友，让我走出了内心的阴霾，勇敢地直面挑战。你们也要学会向他人倾诉，互相帮助，实现成长与蜕变。

另外，高中的文娱活动是丰富多彩的，特别是体育方面，我很支持你们积极参加，劳逸结合，去享受有汗水浇灌，有笑声陪伴的高中生活。

最后，祝你们拥有一个充实美好的青春，一展宏图，美梦成真！

作者寄语

这个世界上，没有什么事是不可能的。

天道酬勤，但问耕耘

陈得春，男
北京大学国际关系学院2015级本科生
来自驻马店市汝南县，毕业于汝南县高级中学。高考总分619分（文科，含自主招生10分），其中语文117分，数学138分，英语139分，文综215分。

午后时分，独自一人坐在树荫下，听着风声，看着阳光。树叶的缝隙像沙漏，将阳光一点一点地漏下，漏了我一脸的光影，仿佛一世的璀璨年华。就在这一刹那，我想起了很多很多，想起了云从天边稍纵即逝留下的剪影，想起了那个如火夏日的知了声声，想起了那些被岁月藏匿的童谣玎玲，想起了黑板擦和粉笔交替的日子，想起了最后一课老师的声声叮咛，还想起了毕业照上年轻的脸上透着未来光晕的自己……

然而，时间在我们不经意间就跑出了好远好远，那些从前的日子我用力去抓紧，却还是一点一点留在了回忆的深处。此时此刻，故乡的天空幽远，而等着我的将是燕园的璀璨星空。

时间交接之际，我想用王国维的三种人生境界来缅怀三年的高中生活。

一、昨夜西风凋碧树，独上高楼，望尽天涯路

在我们县高中，接近二十年没有出过北大生，2008年全校的一本升学人数还只有16人！而且几乎都是往届生，所以即使身处最好的文科班，也从没有敢想过上北大，但我就是要做那第一个吃螃蟹的人。高一分科，我毫不犹豫地选择了文科，冥冥之中我认为这就是我实现梦想的方

向。“我要去北大!”从我说出这五个字开始,不知有多少人嘲笑过我,但我从未因此而动摇过,因为我知道三年后那红色的录取通知书才是回击那些嘲笑的最好武器。

俗话说:要想得到别人所不能得到的,就得忍受别人所不能忍受的。就这样,我一个人独自踏上了追梦的旅途,虽不比匡衡凿壁偷光、孙敬头悬梁、苏秦锥刺股那般艰辛,但却有夜以继日、无所畏惧的拼命三郎的精神。在追梦的道路上,虽步步艰辛,但却步步坚定,从未放弃过。

马云说过:梦想还是要有的,万一实现了呢?所以我们应该有梦想,敢于有梦想,只有那样,我们的人生才有希望。世界不是过去,人生都是在现在与未来间穿梭,在现实与希望间磨合。我们无法回到过去,但可以迎接未来的到来,这便是梦想的力量所在。身负梦想,纵有西风当道,亦可无所畏惧,坚持向前,踏尽天涯路。

二、衣带渐宽终不悔,为伊消得人憔悴

倘若与别人比天赋,我并不比别人强多少,勤奋才是我唯一的资本。我一直认为,要想比别人优秀,就得付出十分的努力。只有付出十分的努力,并且能够坚持到底的人,才能比别人优秀,才能先于别人取得成功。每天4:50起床,跑步、早读成了我的必修课。中午只有5分钟的休息时间,让自己的大脑完全放松。晚自习在宿舍里学到11:30,我不爱熬夜,但每天我会比别的同学多学将近三个小时,虽少但时间长了就不容小觑了。

在这衣宽人憔悴的时期里,同样也在学习上收获了不少,下面在这里和大家分享一下我的学习体会吧。

对于文数,我想有以下几点:

1.同学们都说课外练习最重要,但是我感觉课本还是同样必须重视的。课本是教授和老师们的总结,同样也是数学的精髓所在,所以学好课本是高考决胜的关键。对于课本上的例题我们不能单纯地只追求把题做

完，而是要分析解题思路，寻找解题方法，学会举一反三，以例题带练习。大部分的高考数学题都是以课本例题为原型的，只是在例题之外加了一层“外衣”而已，而要想在考场上迅速地脱掉这层“外衣”，就需要课外的练习了。

2.对于课外练习题，题海还是要有的，但也不能盲目地练习。有时候做一本练习题可能就只有一两道有价值的题，所以就要学会取舍，多练题，练精题，才会有所提高。

3.对于自己薄弱的环节，建议专门买套专题卷进行集中训练，而且这个练习要尽可能地提前，在高二时解决，或高三一轮复习时解决，千万不可以往后拖，因为后期复习的作业量很大，很难有时间进行这样的集中训练。

4.在高一、高二时一定要打好基础，才能在高三复习时游刃有余。如果你现在身处高三，而你的数学基础又比较差，那么你可以试试先把课本知识再学习一遍，但这个学习的时间一定要在课余，不可以打乱正常的复习计划。基础打好，才能步步稳健高升嘛！

5.我建议学有余力的同学可以适当找些自招、竞赛的好题来提高自己，培养自己对高考难题的适应度。我在高三时看了一些高数，感觉对高考数学压轴题挺有用的，有时候虽不能用来解题，但可以让自己很快得出答案，进而可以从答案来分析解题方法。这个真的很有用哦！

对于英语，我感觉最主要的就三个因素：单词、语法和语感。单词是其中最基本的要素，就好比盖房时打好地基是盖好房子的关键，没有这个基础，其他一切都无从下手，所以足够的单词量才是学好英语的关键。对于学习英语，我感觉以下的方法很不错。

1.坚持每天都要给自己留出点时间来记忆单词。这个时间不需要太长，10分钟、20分钟左右就可以，但是一定要记得天天都要记，只有日积月累才有成效。千里之行，始于足下；水滴石穿，绳锯木断嘛。

2.记忆单词的方法可能因人而异，有的人可能喜欢默写记忆，但有的人可能就喜欢音标记忆。我感觉联想记忆和关联记忆都很不错，就是根据一个单词，然后联想记忆出一大串与之相关联的其他单词，词根、词缀都是衍生单词的基本方法，所以找到这点，记起单词来就会游刃有余。

3.用心来记单词，扩大自己的课外单词摄入量。做课外练习、阅读理解和完形填空的时候，肯定会遇到许多不认识的单词，这时你不用苦恼，因为每篇文章里肯定都会有不少陌生单词，这时你需要做的就是继续做你的题，但也不是不去管那些生单词，而是在你做完整张试卷后，在课外抽出时间来专门查这些生词的意思，然后通过例句和英译来了解它的具体用法。还可以找一个笔记本来专门记录这些生词，然后在每天自己记忆生词的时间来集中记忆，第二天再复习巩固，反复记忆才能根深蒂固。这就是我学习英语的方法。

然后就是文综了，因为高一、高二都是分开考试的，那我就先分开来讲讲。

1.对于政治，我感觉最好的方法就是构建知识体系，按框架来学习。对于政治课本的学习，一定要注意看课本前的课文目录，每一课重要的知识点都会在那里体现出来。在这里我要纠正一下大多数人的错误观点：很多人认为政治多背就可以了，实则不然，政治是需要理解记忆的，不能死记硬背。对于课本知识，一定要在理解的基础上进行记忆，这样才会有事半功倍的效果。像必修二、必修三、必修四这几本知识体系框架明显的课本，一定要学会在理解课本的基础上自己列出本课或者整本书的知识体系框架，然后根据知识体系框架来复习，就能以一串三，高效复习。政治主观题的答案一定要条理清晰，语言简洁，学术化，不能用我们的大白话。主观题答案可以用序号来分开，下一条答案另起一行，才能让老师快速找到你的得分点。还有最重要的就是一定要记得结合材料来分析你的答案，做到材料与理论相结合，这样政治主观题就不在话下啦！对于政治选择题有一个小窍门，就是组合项选择的时候，当你排除一个还剩三个的时候，里面肯定有一个正确的选项，当你拿不定另一个的时候，可以再读一下那个绝对正确的选项，因为两个正确答案之间一定有某种关联，然后就可以轻松找出答案了。

2.对于地理，我感觉多做题、多看图比较好。做地理题还是应以高考题为主，因为高考题里都会涉及主要的地理考点和地理位置，要多总结自己做题过程中常出现的地理事物。每天一定要给自己留出时间来看地图，可以在你背书背累后，可以在你吃完饭进班后，也可以在课间休息的10分钟里，总之每天都要让自己接触到地图。让自己的脑海中出现地图画面，才会在考场上见到图时迅速搜索出它的具体方位，快速答题。还有就是一定要在做题的过程中注意总结主观题的答题模板，对于不同的主观题问法可以有相同的答案，只是个别字换一下而已，所以总结出那些常见题的答题模板可以让自己在学习时省下好多精力，也可以在考场上自由应答。再有就是地理主观题一定要有条理性，分条作答，才能答出满意的答卷。

3.对于历史，课本知识一定要记牢，而且那些小知识点也必须要熟记。历史书的学习要学会融会贯通，将三本教材的知识点衔接在一起，第一本政治，第二本经济，第三本文化。经济决定政治，经济、政治又决定文化，所以将前后的因果联系起来，就能通过联想记忆记住许多知识点。要知道一件事情的发生是多种因素共同作用的结果，所以分析一件历史事件要结合三本课本的基础知识，从政治、经济、文化等方面来分析才能更全面地认识这一事件。对于历史选择题，千万不要拘泥于自己在课本上学到的知识，一定要论从史出，根据题目给出的材料来解题，也许有时候会和课本上的或者我们之前所听说过的历史知识点有出入，但是材料反映的才是出题人的观点，你只要充分地解读材料就可以了。还有就是历史主观题的答题，历史主观题很少有课本上的知识，但答案都是从课本的基础上来的，主观题的答案一定要从材料里解读出来，然后用自己的方式进行简洁的概括，分条列述。

虽然人憔悴了，但这个过程是幸福的。

三、众里寻他千百度，蓦然回首，燕园却在灯火阑珊处

对于北大，初闻名于“一塔湖图”。对于北大的向往从来没有停止过，就像贺舒婷学姐说过的那样：“我曾经无数次梦想过，陌上花开的时候湖边折枝的人群里会有自己的身影。”我也想在那未名湖畔、博雅塔前有自己的存在，我也想在北大那恢宏的图书海洋里遨游，我也想成为北大的一员，同样也想为北大的发展贡献自己微薄之力……所以高考时我就想着不管今年的题难易，北大我是去定了！也许这就是自己的自信吧，因为我有那么多年的努力放在那里，我相信我付出了，结果就一定不会差。

高考后我也并没有放松，而是积极投入了自主招生的准备中。在北大考试的那两天，我见识到了北大的美，北大的自由气息，北大的文化底蕴，那时我就想着：北大，等着吧，9 月我会再来的！

当收到北大的录取通知书那一刻，我知道我做到了，我真的做到了！我也真正明白了“天道酬勤，但问耕耘”的真正含义。

也许现在你的梦想仍然遥遥无期，也许现在你的能力还很有限，也许你的努力还没有成效，但请不要放弃，你只需要去努力，去奋斗，去拼搏。因为“天道酬勤，但问耕耘”，这是经过实践检验的真理。翟鸿燊老师说过：你就是你想要成为的那个人。所以你应该知道自己该如何做了吧。

加油，等你在北大！

作者寄语

勤奋是生命的译码，译出你壮丽的人生。

回首高中路

程焜，男
北京大学物理学院 2015 级本科生
毕业于河南省漯河市高级中学，2015 年以高考裸分被北京大学物理学院录取。曾获北京大学博雅计划降分优惠。

一说要写这样的文章我就感觉无从说起，因为和周围的同学相比，我绝对不是一个“刻苦”的学生，我也不太好意思介绍所谓的成功经验，所以我就如实介绍一下我高中三年的学习生活，经验什么的就在其中。我争取言简意赅，围绕教育、成长、奋斗的话题，分享我的经历，也谈谈我的看法。

一

高中三年就从高一说起，我把初中懒散的习惯带到了高一，用同学的话评价，就是不好好学习，就是爱玩，美其名曰“劳逸结合”。一般我考差了也没怎么伤心，自我安慰：“宏志班高手如云呗。”直到期末一不小心考了个第一，才意识到，哎呀，原来我也能考第一啊，于是乎自信心暴涨，开始和同学拼，你学到晚上 11:30，我也能学到晚上 11:30。然而结果略坑，早读时那真是睁不开眼，几乎达到了站起来读书都想睡着的地步，有时老师从身边飘过，我便猛的一下子惊醒，然后又继续睡……当然，都这么“刻苦”了，要是再退步就不合适了。可是一天到晚都累成这个样子了，却进不了年级前十。这就令我很不满了。还是“劳逸结合”舒服！于是我下定决心，坚持晚上 10 点就睡，毅然决然抛弃刷题模式！睡自己的觉，让别人刷题去吧！这时我的成绩突然——当然不是突然上升了，哪有那么随意，不过也没下降，自我感觉也差不多，高一就优哉游哉地过去了。

高二，懒省事的我自然选择了我认为不需要读背的理科。然而，毕竟我的“学习态度”不好，尽管少了文科拖后腿，浮躁的我成绩还是没有上升。某日，我做题时注意到了一个作文素材，主要就是说唯有凭借不喜不悲的心境，才能经历人生中的大喜大悲……看完后，我这个向来讨厌鸡汤的人竟然有了点感触。品味一下，感觉这话有点熟悉，仔细一想发现那什么“不以物喜，不以己悲”“举世誉之而不加劝，举世非之而不加沮”“定乎内外之分”“非宁静无以致远”这么多名言貌似都有点这意思。当时比较有瘾，回寝室就开始写反思，反思过去，计划将来，结果一不小心就写到了12点，最后我总结了一下：要心如止水，要淡定地看一切，说得通俗点就是要有大师风范。可以说从那开始，我的性格变了，当然，我也没有太做作地装深沉，不过我真的变了。写反思时我也制订了个计划，决定只做学校发的题，把别人刷题的时间都用在睡觉和看课本上，有人该说课本有啥看的，一会儿就看完了。那就举个例子，圆锥曲线的统一方程与光学性质你知道吗？苯是谁发现的你知道吗（先明确说，不是凯库勒）？话说这反思反思自己挺有效，我慢慢把自己的心态调成淡定模式后成绩波动小了，还略有上升了，我保持在年级前十名的目标也实现了。然而，考了几次班级第一后有点飘了，不那么淡定了，结果又一考瞬间被一群人超越，回到解放前。确实要从内心做到宁静的境界不是那么随意，我只能继续努力。

好了，不再开玩笑了，下面着重说说高三。高三的话，私以为本校的复习方式不错，我就介绍一下。

先是一轮——不刷题的一轮。我们老师反复强调，一轮不要刷题，一轮是“到边到沿”地复习。我校一轮复习非常详细，时间很长，占一学期左右。以生物为例，简直就是把所有课本一字不差地过一遍，说一字不差一点也不为过，小字内容、章头语、章末总结语……全都得会背。如果你没这样背过课本的话，可以试试翻开2014、2015年的生物高考题，那里面一定有课本上的内容，而你却答不出。一轮复习中，我印象最深的是我们化学老师的几句口头禅："研究对象要清晰""过程分析法、逐字逐句分析法""用离子的眼光看问题"等。这些话的确给了我不少启发，一会儿我再多说说"研究对象要清"这一句。

然后说寒假——为刷题热身的寒假。寒假期间学校给我们准备了丰厚的春节礼包：数学、物理发的专题练，相当于为二轮做好准备；化学、生物则发了近五年高考卷，供我们整合试卷信息、了解高考动态、分析命题思路、预测命题方向……（老师想得很多，但很多同学仅仅刷完了事……）然而寒假还有一件极为重要的事情，那就是确定理综的做题顺序。我们期末第一次开始考理综，所以寒假就是练理综。各种做题顺序都多试几遍，感觉感觉自己最喜欢、最适合什么。没有最好的，只有最适合的，不过要是都试几遍那也得好几套了，但闲着也是闲着。

再说二轮——跳入题海的二轮。一轮结束时，我们老师就说："原来不让你们刷题那都是过去的事儿了，现在'可以'多做题了。"二轮我们是专题练，做一个专题的题做吐了，就差不多该进入下一个专题了。当然，这时学校发理综卷子发得也相当猛烈。就我个人而言，我当然是反感刷题的。举个例子吧，在别人疯狂刷题的刺激下，我头脑发热买了本理综53金卷并决定一星期两套；后来清醒了点定成一周一套；再后来感觉还是啥时候有空啥时候写；再后来——就高考了……但是，我认为学校发的题量还是能忍的，那些题我倒是做了。用我们老师的话说，外面卖的卷子都是商业性质的，他们绝对不在乎题的质量，赚到钱就达到目的了。所以，我认为不需额外买卷子，就算买也最好买高考题。

最后三轮——跳出题海的三轮。跳出题海有个前提，那就是跳入题海。反正三轮时发的题我已经做不完了，也就不再挣扎了，果断放弃。我们老师是这样说的："这时候题做不完很正常，你要是做完了，那就不正常了！"所以就跳出题海，进行三轮的任务——查漏补缺。通过考试发现问题，及时整理、解决。三轮时间很短，它是建立在一二轮复习很好的基础上的。如果一二轮复习不好，到处是漏洞，那么三轮就无法进行。

二

高中三年的流水账我就这么粗略地记了一下，然后说说我对学习的一点看法。

先说笔记吧，我的错题本、笔记本、积累本都不分那么清，高考考四场，我也就弄四个本。我个人认为，分板块整理比较方便，比如数学本有导数与函数、三角函数与解三角形等，每块既有知识积累也有错题整理，每块中再分各种题型，这样翻看起来比较方便。说到笔记本，我就又想到那句话——研究对象要清。因为我认为分板块整理笔记的目的就是弄清研究对象。理化大题就那么几种题型，也就那么几种解题思路，如果把这些都整理了，那么考试自然不会有云里雾里的感觉。那就顺便说一下“研究对象要清”这句话在数理化三科中的重要性：数学就以函数为例吧。函数在大小题中都常作为研究对象，遇到具体的函数，如果先把它的图象画出来，那答案基本上就能猜出来了，然而画图还是慢，如果能把一些常见函数的图象记在脑子里就更好了，如 $y=x\ln x$，$y=\frac{\ln x}{x}$，$y=xe^{x}$，$y=\frac{x}{e^{x}}$，它们的极值、公切线、大小关系都应了解，我是直接把它们的图象都画到本上了。物理那两道大题一个运动、一个电磁，电磁那个只不过是多了点力，说到底还是研究物体的运动，这样研究对象就很明确了，那么研究对象的受力、运动状态都应清晰，尤其是运动状态，在计算前就应定性分析一下。至于计算就那几种方法，积累就该蹦出来了，这样看物理大题就极为随意了。化学就以实验题为例。实验题中的研究对象就比较多了，所有试剂瓶里头的东西还有导管里的气儿都是研究对象，这要想做到研究对象清晰就得很细心了，记住这句话就行，没啥说的，错得多了积累得多了就不错了。最后，做到研究对象清晰还要从大局出发。举一个具体的例子，今年理综第 25 题那个运动学，计算量是不小的，在整套卷子计算量都较大的情况下，算完这一题真的够呛，如果看完题不加思考，埋头就算，在极为紧张的考场中，那么估计是越算越绝望；但若先把两个物体的运动状态定性分析一下，发现它们的运动过程其实极为简单，紧张的心情肯定会有所放松,同时也就自然而然地意识到题的难点在计算上,这有助于调整心态一举算对。笔记要是整理得好,并且这样弄清研究对象,各种知识点都在掌握之中,那么看待理化大题就有一种居高临下的感觉,这感觉在紧张的考试中可是相当爽。

再谈谈刷题吧,这也是个热点话题。以刷题为标准我感觉能分为四个等级:懒货、正常人、很激情、刷题狂魔。我目测估计一下,前三等级的同学各个分数段均有分布,除了懒货在班级前几名分布较少,那两个等级的同学几乎是均匀分布。然而刷题狂魔成绩分布却异常集中,几乎都在中等偏上水平。这让我不由得想起一次模考材料作文中的一句话:“究竟是位置决定了行为,还是行为决定了位置?”这确实是个值得思考的问题。很显然,刷题能提高成绩,但同样显然靠刷题提分会遇到瓶颈。做题是为了提高熟练程度,查漏补缺,我感觉大多数刷题狂魔做不到“做过一道题,弄通一类题”,因为他们没时间研究做过的题。当然,高三了对刷题就不能持完全否定的态度了,那就说说我对刷题的看法。我感觉刷题有这些好处,比如提高做题速度与熟练程度,找到更多问题,见更多题型,自以为做了很多题也能有效地增强自信。弊端也不少,最主要的就是令人思维僵化,还有就是浪费时间。综上所述吧,我认为刷题时注意几点:首先,适可而止;其次,少刷套题,成套的题隔一段时间做一套,保持手感就行了,应该刷专题,哪一个点不清楚就专做哪一个,直到突破;最后,提高计算能力,达到无论多变态的数都敢算、都能算对的程度。至于怎么提高,这就不用多说了。

然后说说心态。心态主要就是说看待考试的心态了,我感觉有两点:拿得起放得下;别麻木。“考试是检测学习效果的工具”这一句话谁都会说,不过说了基本上也都是白说,不管说多少遍,该不淡定的还是不淡定,此话基本已成废话。说得高端点就是那句话——举世誉之而不加劝,举世非之而不加沮。当然,用不着那么高的境界,“考得好不加劝,考得烂不加沮”就行了。就这样也是说着容易做着难,类似的话老师肯定说过。到高三后，考试相当频繁，基本上这次测试结果没出来，下次的卷子就发下来了，这时候考得好考得烂真心是没感觉了。所以说有第二点——别麻木。要是对自己的成绩都麻木了，尤其是考得不好的时候，那考试也就没意义了。还是那句话，考试是检测学习效果的工具，要用好这个工具。对待成绩，别过喜过悲，也别麻木，要客观地看待，认真分析才行。总之，我认为这两点的哪一点都不容易做到，但是不容易做到也得努力做到。提到心态就想到了"劳逸结合"，这和心态倒是经常放到一起说。我个人的看法是，最重要的还是吃饭睡觉，吃得好，睡得好，心情好，心态也好。处理好课内学习与课外活动、个人爱好之间的关系当然也很重要，而我感觉现在的学习压力固然大，但还没到除了吃饭、睡觉就只剩学习的地步。比如学校有每周两节的体育课，既然学校都给体育课了，难道还会说去运动运动、玩玩会影响学习吗？个人爱好也不必舍弃，比如放假时，我们经常到学校来打打球，学得累了就得玩一会儿嘛，只要别忘了玩后还得继续学习。

说了这么多，其实可以总结为两个字——客观。对待难题要客观；处理学习与兴趣、课外活动的关系要客观；还有刷题要客观。不识庐山真面目，只缘身在此山中，当局者迷，旁观者清。要走出庐山，跳出困局，做自己的主人，不被自身的情绪和外在的情境牵着鼻子走。

最后不多说，希望明年燕园见！

作者寄语

天道酬勤，功不唐捐。

梦在北大

杜青，女

北京大学国际关系学院2015级本科生

河南信阳人，毕业于河南省信阳高级中学。高考总分616分（文科），其中语文124分，数学143分，英语144分，文综205分。

一、回首：时光荏苒

2014年6月25日，这是一个开始，也是一个结束。高中三年的努力换得一个并不完美的结局，曾经的志在必得、豪情壮志都在那个苍白分数的衬托下显得格外可笑，时隔一年我依旧清晰地记得那时的我，像是自暴自弃一样荒废了将近一个月，没有方向，丧失动力，不知所措。那个闷热聒噪的夏天，梦想似乎渐行渐远。这是一个匆匆的结束。

然而这也是一个崭新的开始。在那段浑浑噩噩的日子里，父母、老师和朋友给我最大的支持，他们的安慰与鼓励让我对自己又有了信心。还记得班主任对我说："为什么不再给自己一次机会？为什么遇到点儿挫折就没有勇气坚持自己的梦想？你的梦想就是这么不堪一击吗？我一直觉得你是个倔强不服输的女孩，为什么不再倔强一次？"那一刻，我想起藏在心底的从未忘记的对北大的向往，想起高三一年无数个日日夜夜不知疲倦的学习，想起一遍遍在日记本上写下的小心珍藏的梦想，我不愿让我所有的付出最终都化为泡影，我不愿让北大仅仅是我难以触碰的梦想。我下定决心复读，无论结局如何，至少要再试一次，才能无愧于心。

诚然，复读很难熬，但对北大的执着成为我坚持下去的最强大动力。复读生无疑是勇敢的斗士，深谙高三的艰辛却还是毅然选择从头再来：需要付出多少汗水，又会在多少个夜晚发愁难过；需要完成大量作业，又会在大量的考试后迷失方向；需要不断为自己加油鼓劲，又会在不断的排名打击中茫然；需要无数次坚定梦想，又会无数次感到现实的残酷。身体的疲惫永远抵不过内心的厌倦，濒临放弃的那些瞬间，如今却成为我逐梦北大的最美的风景。

压力是难免的。自我否定和别人的质疑，大起大落的成绩和心情，拼尽全力又怕徒劳无功……所有矛盾复杂的心理，没有经历过高三的人恐怕永远无法理解，而我则用两年的时间去深刻感悟。这份感悟是高考给我的最好礼物，我坚信它会让我的未来更加宽阔，让我在以后的时光里坚强勇敢面对挫折。这就是所谓的“祸福相依”吧，曾经我是那么看不起复读的人，曾经我是那么憎恨自己的复读生身份，如今又无比感激这多出来的一年光阴。它让我如愿走入北大，让我不敢再对任何不了解的人抱有偏见，让我的心理素质不断提高，抗压能力不断增强。

每当情绪不稳定时，我会听听歌，或励志或伤感，都能渐渐让我找回自己找到方向。如今的我闭上眼回忆高考，满脑子都是在学校小院里边慢跑边哼歌的场景，歌声与脚步声构成无比和谐的旋律，伴着我走过那一段青葱岁月。我无比怀念与我的小伙伴们在一起的日子：一起堆的雪人，打过的雪仗，拔河时的呐喊，晚会上的欢笑，失落时的安慰……高考不是一个人的孤军奋战，正如一句谚语所说：“如果你想走得远，就和同伴一起走。”如果你想在高考中赢得胜利，那么就和小伙伴们并肩作战，感受集体的力量。我很感谢那个温暖的班级，贴心的老师，友善的同学，他们学习的激情让我不再懈怠，他们幽默的话语让我感受到快乐，他们及时的鼓励让我远离迷茫。一年相伴相随，一路欢笑收获。

我还想起每个深夜，拖着疲惫的步伐走出校园，迎接我的是父母关切的眼神，回首是依旧灯火通明的教室，仰头是布满星辰的夜空。每当这时我心中都会涌起莫名的感动，为父母无私的爱，为同学们的坚持，为自己的梦想。以后的人生中再也不会有那样美好的时刻了，心中只有纯粹的信念,单纯地奋斗着,爱你的父母、老师和朋友都默默陪伴着你,见证你破茧成蝶逐渐成熟的点点滴滴,为你每一天的进步感到开心,也安慰你的每一次失落。

时光荏苒,白驹过隙。两年匆匆,珍惜为梦想奋斗的每一刻。

二、展望:路在脚下

2015 年 6 月 25 日,知道成绩那一刻,我内心五味杂陈,总算自己一年前的选择是对的,自己一年的努力没有白费。高兴,失落,委屈,惊讶……我久久难以平复,也曾在成绩揭晓前的几个夜晚辗转反侧思绪万千,也曾在查分数时犹豫不决失去所有勇气,但最终都得偿所愿,等来了算是圆满的结局。有人说:结果决定过程的性质,我是不赞同这句话的,但旁人对你的判断确实都看结果。很少人会陪着你见证你的付出,当你失败了,也很少有人站出来为你辩护说你其实很努力,你的汗水、泪水,你的坚持不懈,你的害怕怯懦都在失败面前变得毫无价值。成功了自然有无数人祝贺你,失败了就只能一个人默默承担,有些人会指责你的不对,更多的人是无视你的存在。所以任何时候我们都要保持强大的内心,胜不骄,败不馁,就算千万人怀疑,也要勇往直前,这样才能越走越远,玻璃心只能在高考面前破碎成渣。

我曾看过一段话:"人只有一条命,在高三那年为梦想耗费了半条,那么希望我们每个人都能在接下来的人生里奋发向上,不负当年拼了半条命努力的自己。"对于我们来说,北大不应该是终点,而是更高的起点,安于现状不思进取绝不是北大学子该做的事情。高三的我们为了梦想不怕艰辛,以后的我们要为更高的梦想勇往直前,这样才对得起自己曾经的付出和汗水。北大无疑是更好的平台,在这里我们可以学到更多的知识,接受大师的熏陶,形成正确的世界观、人生观和价值观。我们都见过太多这样的人,他们被名校录取后自以为人生从此一帆风顺,懒散懈怠,荒废学业,最终一事无成。这样的人生很可悲,浪费了社会的教育资源,也浪费了自己宝贵的青春年华。诚然这样的悲剧其实是高考的副产品,被高考压抑久了的我们,面对自由的大学生活,很容易被诱惑而丧失自制力,没有了方向。但主要原因还是我们持续学习的能力太弱,并且习惯了被老师逼着学习的模式,没有学习的热情和动力,仅仅是为了分数去学习。应试教育下的我们,不应过多去抱怨高考抱怨社会,而应注重自我修炼与成长。绝大多数学生都是在这种教育模式下长大,可依旧产生了许多优秀的人才。抱怨改变不了什么,唯有行动能说明一切。

北大是一块“思想自由,兼容并包”的学术圣地,我相信我会在这里找到自己的兴趣,提升自己的能力,让北大见证我的成长与蜕变。有人曾说:北大正在培养一批精致的利己主义者,这句话我不敢苟同。众所周知,在国家和民族生死存亡的紧要关头,北大学子总是义无反顾地挑起大梁,走在时代的前列。我所了解的、接触的、期待的北大人心系社会和国家,努力学习报效国家,不怕流言蜚语,为社会贡献力量。而我,不管未来如何,我都会把握在北大的每一天,珍惜韶华,用自己的奋斗回报北大、社会和国家,让北大的五四精神发扬光大。这是身为北大人的责任,也是身为北大人的荣光。

北大也包容我们所有的梦想,为我们提供实现梦想的条件,没有嘲笑,没有质疑。就像《星空日记》中的主人公那样,拥有一个说出来会被别人嗤笑的梦想——摘星星。但是从小到大一直被压抑的渴望在北大得到释放,在老师的指引下,在梦想的召唤下,他最终摘取了心中的那颗最美最亮的星。青春之所以被无数人追忆,就在于青春的我们,拥有实现愿望的无限可能;青年之所以朝气蓬勃,就在于青年不惧失败,勇敢筑梦;北大之所以成为北大,就在于北大让无数青年找到归属,放飞梦想。是的,北大鼓励你一切看起来不切实际的想法,只要你肯坚持自己的信念,所有梦想都能在这里实现。

展望未来,路在脚下。青春不再有,且行且珍惜。

三、寄语：勿忘初心

没有经历过高考的人生是不完整的，很多人如是说。是的，没有高考的洗礼，我们就少了一份成熟和稳重，少了一份面对失败的坦然与坚强。但高考也没有很多人渲染的那么严肃可怕，如果世界上有一件事大部分人都要去经历，那这件事就称不上艰难，我们也没必要去刻意夸大它的重要性。我并不赞成全民高考这样的现象，每年6月都像是全民高考月：迟到下跪，考题难易，成绩揭晓，省市状元，各大名校……所有关于高考的话题都成为热门，却只能徒增学生的压力。我只希望莘莘学子永远保持一颗纯粹的心灵，学习并不是为了浮夸的功名、虚妄的褒扬，仅仅是一次自我修炼与提高。当你不是功利性地学习时，你才能在单调的高三中找到乐趣，才能不被成绩排名束缚，保持良好心态，才能在战略上看轻高考，发挥出自己的水平。单纯地学习和付出，抛却一身杂念，才能得到你想要的结果。

不要轻言放弃，你所能坚持的程度远远超过你的想象。“如果你觉得走得累，说明你还在走上坡路。”累和厌倦是持久的，但换个角度去思考我们每天重复呆板的生活学习，这也正说明了你在进步。切记不要刻意放大自己的负面情绪，陷入自怨自艾的小世界里，学会管理自己的情绪，每天都精神饱满地完成各项任务，这样才有效率和乐趣。也许你会时常陷入孤独，感到孤独就对了，通往高考的过程就是持续孤独的过程，很多时候，我们内心的那种难受和恐慌是不能用言语表述的，他人也很难切身体会你的心情，即使是你最亲的父母，最尽责的老师，与你并肩作战的同学，他们都无法理解。在尚且年轻的岁月里长久地品味这份孤独吧，它会教给你更多的东西，以后的你会感谢现在孤独着依旧拼命的自己。

不要总和别人比，记得和过去的自己比。只要每天你都学到了知识，不断地提升自己，这就足矣。总会有比你更牛的人，我们是应该向他们学习，但切记不要演变成恶性竞争。向上并不代表逞强，一味地和别人比只会让你心很累，怀疑自己的实力，无心学习，被负面情绪缠绕。这样的恶性循环最终会让自己垮掉。曾经的我就是如此，太好强，活得太用力，以至于不停地患得患失，高考失利。记住要祝福别人的成功，争取自己的进步，这才是强者的姿态。“你高考成绩的高低取决于你的对手有多强大和你的心胸有多宽广。”这是我非常喜欢的一句话，它陪我走过复读的每一天，让我时刻保持良好的心态，积极乐观地学习和成长。

上天总是眷顾那些勤奋的人，保持良好的心态后，我们只需要持续地付出了。刚上高中时，数学完全跟不上老师的节奏，每次考试都在 100 分左右徘徊，而在我的两年高三里，我不停地刷题，做过的数学资料已经数不清了，只记得暑假整理书本的时候，放眼望去全是数学习题，这样高强度的做题，让我的数学从弱势学科转变为优势学科。我从不相信天赋，至少不属于我，我只相信天道酬勤。不要埋怨为什么别人那么轻松，而我却要这么刻苦，付出都会有收获的，踏实勤奋是颠扑不破的真理，你学得的知识都会渐渐转化成继续前进的能力。“世界上只有两种生物能够登上金字塔，一种是苍鹰，另一种是蜗牛。”能成为苍鹰的人少之又少，可许多人却眼高手低，连蜗牛都做不到，所以最终在金字塔上的人总是精英。高考就像金字塔，最终胜利的，绝大部分都是勤奋的蜗牛。愿所有高三学子都肯踏踏实实地像个蜗牛一样前进，向着金字塔尖奋进。

很多人都会问我学习的方法，这时我总是略显尴尬，然后说：“做题。”其实方法是靠自己去摸索的，就像很多人即使刷再多的题依旧学不好。我见过许多学霸，他们并没有做很多题，而是重视错题的价值，重视总结和思考。我也见过许多同学，他们在不停地听取别人的建议中迷失了自我，成绩越来越糟。每个人都不一样，所以永远不要迷信别人的经验，那都是泛泛而谈。借鉴绝非抄袭，我们应该做的是学习他人，然后转化为自己的独特方法。适合自己的才是最好的。当你在找自己的方法时，你独立学习的能力也在增强，而这种能力是不会随着时间的流逝而减弱的，它会使你在以后的学习和工作中受益。

还有就是善于思考，勤于提问。不要成为一个只会接受老师想法的学生,而没有自己的思考。学习时不仅要记住结论,更要理解结论是如何得到的,因为结论是大家都知道的常识,而得到结论的过程才代表学习和创新的能力。只有理解了过程,这个结论才能在你脑海里根深蒂固,为你以后的做题考试打下牢固的知识基础。没有听懂要及时与老师交流,学习最怕似是而非,课下遇到疑问也要尽快向老师反馈,勤学好问对文科生来说尤为重要,可以说比盲目做题更有用,更有效率。

练得一手好字在高考中会无形中为你争得优势,阅卷老师青睐工整的字体并可能因此多给你一两分,这也是人之常情。每道题都多一分,你的优势就很明显了。也许会有很多人对这种细枝末节的方面并不在意,认为只要努力学习就好了,然而很多时候我们就输在细节上。当你已经做好充分准备时,细节真的是成败的关键了。

最后只想说:勿忘初心,方得始终。

梦在北大。未名湖畔,博雅塔前,再聚。

作者寄语

勿忘初心,方得始终。

吾坐而论道，君起而行之

方立阳，男
北京大学考古文博学院2015级本科生
河南遂平人，毕业于北大附中河南分校。高考总分653分(理科)，其中语文119分，数学135分，英语133分，理综261分，少数民族加分5分。

庄子曰："人生于天地间，若白驹过隙，忽然而已。"十几年求学之路，十几年拼搏，十几年奋斗，转眼如过眼烟云。其间，有欢笑，有伤悲，有成功的经验，亦有失败的教训。在这里，我将把自己求学中的经验和教训一一分享，与君共勉。但要牢记，吾于此坐而论道，君务必起而行之。

一、为学贵以专

专者，心无旁骛也。专注，是古往今来成功者共同具备的优秀品质。忆往昔，铸剑大师们闭门数载，钻研铸炼之术，如欧冶子，如干将，潜心几载，终得传世之名剑；匠人们亦是醉心于各种技艺，如公输班，尽机关之巧变，达鬼斧通神之境界。看今朝，不论伟人，且说那些让我辈学子羡慕万分的顶着北大、清华光环的学长学姐们，亦是能够专于所学，方才靠自己走出一条通天之路。说实话，我辈学子正处于个性跳脱的年纪，很难静下心来专心学习，但这绝对不能成为不专者为自己辩护的理由。我们虽然尚未成熟，但已经有了一定的控制力，是能够让自己不受外界的干扰的。换句话说，若是连这点自制力都没有，何盼大事能成？荀子《劝学》中有云："蚓无爪牙之利，筋骨之强，上食埃土，下饮黄泉，用心一也。蟹六跪而二螯，非蛇鳝之穴无可寄托者，用心躁也。"可见，专注是一种多么强大的内在力量，它能够帮助我们摒弃杂念，从而到达理想的彼岸。

为学者，贵以专。朱熹说过："心不存，虽读万卷书，亦何所用。"可见，学而不专，等于在做无用功。因此，在学习生活中，专注应该成为一种常态。在课堂上，专心地听讲，紧紧地跟着老师的思路，不被任何因素打扰，旁若无人便是最高的境界。任凭窗外的风景多么美好，任凭枝头的鸟鸣多么悦耳，任凭同桌口若悬河、滔滔不绝，我自专心听课，其他一切下课再说。两耳不闻身边事，一心只读圣贤书是也。这样，课堂上那短短的几十分钟便能得到最高效率的利用，也就为自己节省了不少课下的时间（毕竟课堂上 10 分钟学习的内容，课下自学一个小时都不一定能学会）。而省下的这些时间又能去完成一些其他的事情，比如预习新课等，就这样事事比别人快一步，自然能够领先。

接下来，我还要继续介绍我对"专"的第二层理解：专攻。《鬼谷子·本经》中说："欲多则心散，心散则志衰，志衰则思不达。"高中的学习是分很多科目的，对这些科目，在那么短的时间内想要全面提升是比较困难的，但是又不能有一项是偏弱的，因为在高考中任何一科的失误都会使我们与自己的理想失之交臂。我的建议是，在各个科目均衡发展的同时，集中剩余的精力去专攻一个科目，达到精通为止，然后剑锋一转，改攻其他科目，就这样各个击破，效果更佳。《孙子兵法》中有曰："故形人而我无形，则我专而敌分。我专为一，敌分为十，是以十攻其一也，则我众而敌寡；能以众击寡者，则吾之所与战者，约矣。"细细想来，古人所言的确于我们大有裨益。如果能够专精于一科，那么用在这个科目的时间势必会减少，而就有了更多的时间去学习其他科目；而且，对科目的专精能够给自己带来一定的优势，专精科目的优异成绩也能给自己增加信心。就拿我自己来举例吧，我在高一上学期就预习完了整个高三的化学课程，而且对知识能够进行简单的应用，于是化学这个科目就给我带来了很大的优势，其他科目被别人拉开的差距，在这个科目上能够轻松地补回，甚至能够甩开别人，而且在接下来两年半的时间里，我对化学所用的时间也不是很多，节省了不少时间。

专攻这个方法的确有很大的可行性，但是诸君一定要看清，我说的是在保持各科均衡发展的前提下去专攻，而非不顾其他地去专门学某一科目。

二、为学须得法

法者，将兵之剑也。诚然，良好的学习方法之于我辈学子便如利剑之于士兵，它们能够帮助我们在坎坷的求学道路上披荆斩棘，让我们战无不胜，所向披靡。当然，好的学习方法的选取和使用也是一个优秀学生的必备技能。就如同那飘忽不定的剑术，学习方法也是灵活多变的，而且每个人都会有一套独特的只适合于自己的学习方法。但这些方法比较小众，几乎没什么参考意义，因此，我只介绍一些我认为比较大众的学习方法。

对高中三年的学习经历，甚至是从小学至今的十几年学习时光，总结起来也就不过是这几个字：看、记、背、做、结。做好这五件事是我们学好一门学科的基础。

1.看。看，自然就是看书。但要怎么去看呢？我的建议是，拿到一本书，不论是课本还是学习资料，有时间一定要把它通读一遍，就是事无巨细地浏览一遍，不论是正文还是前言或是后记，抑或是书页下的注解，甚至是一些边角料的内容，完完整整地看上一遍。我现在还能清晰地记得我们生物老师那幽默的话语："我会让你在你那本破旧的生物书上发现许多崭新的地方。"这是因为有的知识点并非在正文中出现，或在正文中非常不明显的地方，而这样的通读却能让你对这本书了然于胸，如此便能做到任你出题如何刁钻，我自岿然不动，对答如流。

2.记。记，是有思想地记忆。听起来是挺容易的，毕竟只是记忆，有个大致的印象就行了，比背诵容易多了，但是这一项却是最复杂最难完成的一项，因为要记的东西实在太多太杂了。所有常用的知识点都要去记忆，比如公式定理、英语的语法、化学的方程式等，很多人会认为这些是要背的,其实不然,因为它们常用,你有更多的时间去熟悉,只要记一下就行了,用着用着自然就熟悉了。除此之外呢,还有你在完成看的时候感觉到有用的东西,还有老师有时会补充的一些小结论,还有自己做题时碰到的一些比较新颖的补充说明内容,甚至是一些常用来出题的母题……只有你想不到的,没有你不能记的。当然,付出得多,收益也就大。记得多了,以至达到博闻强记的地步,不管做什么都是手到擒来,那种感觉,不亦快哉!

3.背。背,就是花力气去机械地记忆。这是五个字中最无脑的一个,只要简单地去背,背完了用的时候能拿出来就行了。语文课本上那些要求背诵的东西及英语单词都是要背的,此外,理综中有的题目的答题模式十分固定,把答题模式背一下,做题时就像代入公式一样套一下就好了。我不得不承认,背诵是一件枯燥透顶的事,可是,最终的回报,不只是分数,还有我们磨炼出的耐心和坚韧。

4.做。做,自然就是做题。做题是每个高中生高中生活中必不可少的一个内容,而且占的比重也相当大,我感觉就不需要太多地介绍了,只给一点建议:高三复习做题时特别是做套卷时,最好不要整套去做,比较浪费时间。我建议把类型相同的题目抽出来当作专题去做,更值得注意的是,要狠抓弱项,只有把弱项增强,才能每个拳头都硬。

5.结。结,全面系统地总结。这项内容是紧跟着上面的做来进行的。当你做完题目后,尤其是出现错题后,总结就必不可少,如何有效地总结便至关重要。相信每个高中生都会有一个错题集,都会把自己的错题整理到错题集上去。但是千万不要为了给自己心理安慰而去整理错题,完事之后就把错题集扔到书堆里不管了,这样根本没有任何提高。我就是一个这样的反面典型,每次写完错题后就再也不看了,导致同一道题错了五六次。诸君试想,考试的时候看到一道熟悉的题,而且清晰地记得自己整理过它,但就是想不起来怎么做,最后做错了,那是何等的悲催!所以,有了错题或不会的题一定要全面地总结,不但要把这道题弄懂,还要能够举一反三，将此类题的内在规律找出，并能从多种不同的类题中获得有益的启发。所谓“结”，其实更多在于“思”。

三、为学须心宁

心宁者，宠辱不惊也。良好的心理素质是成功者不可或缺的要素。《史记》中有云“顺，不妄喜；逆，不惶馁；安，不奢逸；危，不惊惧；胸有惊雷而面如平湖者，可拜上将军”，宋代苏洵的《心术》中亦有“为将之道，当先治心。泰山崩于前而色不变，麋鹿兴于左而目不瞬”的说法。为学之道，当同此理。为将者要保持一颗平常心，才能时刻做出准确的判断和决策，同样，为学者亦要保持平常的心态，才能保持清醒的头脑、畅达的思维，减少某些非正常原因的失误。有人说高考是一场对知识熟练度的比拼，其实并不全面，高考并不仅仅是对个人知识能力的考查，还是对个人有无良好的心理素质、有无处变不惊的能力的检测。有的同学平时成绩异常优秀，但一到大考就失误连连，这就是心理素质不好的表现。笔者的好友平时一直是处于完虐本人的状态，但高考成绩却令他自己大失所望。所以，一定要调整好自己的心态，不要给自己太大的压力（虽说有压力才有动力），平时成绩不错不要骄傲浮躁，平时成绩不好也不要泄气甚至放弃，说到底，高考才是整个高中三年的定鼎之战。只有保持好的心态，才能正常甚至是超常发挥出自己的水平，才能不负这三年的辛苦拼搏。

下面我给大家介绍一下我曾试过而且效果还不错的方法，仅供大家参考。

1.运动发泄法。心情郁闷或者压力太大时，去操场上跑步，跑到累得跑不动为止，上限为 10 千米。

2.心理暗示法。例如，考试失利时如此安慰自己：不就是考砸了一次嘛，反正这次考试也不是高考。

3.求真务实法。考试成绩公布后，不去和别人比较，因为总是会有人的成绩比你要优秀，比来比去只会给自己增加烦恼和压力。要求真务实，和自己作比较，看看自己与上次的成绩相比进步与否，这是个人认为比较实用的方法。

4.睡眠治疗法。心情不好时盖上被子蒙头大睡一场，据说睡醒之后内心十分平静，有一种飘飘乎如遗世独立，羽化而升仙的感觉。

5.目标转移法。人的精力是有限的，不可能把精力投入所有的事情上去。因此，当我们在为某一件事情烦恼、惆怅的时候，不妨强迫自己转移注意力，不再去思考那件事情，那么我们的烦恼就会减少很多。比如，你可以做几道题来转移注意力，如果实在无心做题，那不妨去读几篇英语文章或看几篇语文作文等，都可以很好地帮助自己调整心态。

6.求助亲友法。如果实在没有能力去调整自己的心态，那么不要犹豫了，马上去向自己的亲人、师长、同学、好友求助吧。我们的父母和师长都是成年人，看问题的角度和深度都要优于我们，我们要相信他们一定能够给我们提供一些很好的解决方法；而我们的同学和朋友能够给我们提供一个无所顾忌、畅所欲言的聊天环境，通过相互之间的交流帮助我们解开心结。

压力作为一种心理状态，它存在于每个人的身上，只是每个人对压力感受的程度不同。有压力也并非全是坏事，毕竟适当的压力能够催人奋进，成为人们不断努力的动力。但是压力过大就不是什么好事了，它会诱导出许多不好的状况。关键就在于我们如何去调整自己的心态，去消减自己的压力。当你被压得喘不过气来的时候，你向上帝求助，是你相信上帝的能力；上帝没有帮你解决，是上帝相信你的能力。不要因为压力和烦恼就低下了头，只要我们拿起梦想的剪刀，用坚强去剪碎它们结成的网，就能冲出心的牢笼，到那时，你会发现，天空格外地美丽！

四、为学须勤奋

业精于勤荒于嬉，勤奋自是学习的第一要素。千百年来，多少勤学的典范成为我们学习的榜样：悬梁刺股、囊萤映雪、凿壁偷光、闻鸡起舞……

又有多少劝人勤奋的诗句、格言、谚语在华夏流传。把这最重要的一条放到最后，一是用来压轴，因为没了勤奋，前面所有的所有，不管是专注还是方法抑或是心态，都成了真正的空谈；二来也考虑到这个问题非常重要，重要到了不能不谈的地步，但一旦提起，内容必是老生常谈，所以放到最后来一笔带过，不去长篇累牍地介绍那些早已老套的东西。好了，点到为止，因为大家都知道勤奋的重要性。

求学的道路上的确充满了艰难和险阻，但还不至于如蜀道一般“黄鹤之飞尚不得过，猿猱欲度愁攀援”那么恐怖。吾于此坐而论道，君务必起而行之。只要用专注抵御干扰，用方法利剑斩开拦路的荆棘，用宁静平和的心态面对成功和失败，用勤奋作为自己永不停息的拼搏的动力，没有比脚更长的路，没有比人更高的山。我相信，诸君定能在6月绽放自己的理想之花。

谁谓前路苦难满，横刀誓把荆棘斩。待到诸君登顶日，梦想之花在眼前！

作者寄语

有志者，事竟成，破釜沉舟，百二秦关终属楚；苦心人，天不负，卧薪尝胆，三千越甲可吞吴。

地平线

郭笑遥，男
北京大学外国语学院德语系 2015 级本科生
河南漯河人，外语类保送生，毕业于郑州外国语学校，曾获河南省三好学生、郑州市优秀学生干部、创新英语大赛全国一等奖等荣誉。

偏爱这样的景色——登上山峰极目远眺，群山影影绰绰地显出轮廓，极远处化作黛青色的剪影，被收进了天地交会的那条地平线；或是立足草原，静静观看太阳从草叶间猛地跳出，思忖地平线是起始还是终极：它送走了奄奄余晖的落日，也带来了冉冉升起的朝阳。“地平线是美妙的逃逸线”，它带来无休止的关于希望的想象，终结了过往所有内心的谣言，这是我不论回忆抑或展望都必须清楚的事实。

一

关于我的性格至今还是个谜团。小时候不嫌害臊经常跳到大人面前蹦跶不知名的舞步，长大以后却不怎么喜欢参与讨论而更愿意沉默。我猜想这样的转变是从小学开始的。我就读的小学在全市以素质教育闻名，我也因此有了各种机会去接触新鲜有趣但却会分散我学习精力的事物，结果入学头两年成绩不尽如人意，挨了不少批评。我在学习方面的不良势头惊动了家里的文化权威——我的爷爷，之所以这样说是因为他曾是高中老师，令人称奇的是九门课程中除了英语和物理，另外七门他都曾教过，堪称知识库。对于当时的我而言，他是近乎神的存在。太上皇的旨不敢不接——于是爷爷仗着他的地位，“胁迫”我在小时候养成了许多基本的学习习惯，譬如天塌下来也要先完成作业(一直到现在一看到空白卷子我就有必须快快地写完的本能冲动)，实则是教给我轻重缓急的道理。再比如做完习题要检查——七八岁的小男孩做起加减乘除是很吓人的，简直胡画，爷爷就一边逼我检查，一边用好吃的做奖励，这个习惯被我坚持了下来。虽说有时候效率不高，但总体上还是受益匪浅，这是戒骄戒躁、三思而行的谨慎，不单单是做题本身，更是做人的道理。

跟着爷爷奶奶的时光回想起来是很幸福的：隔代亲免不了溺爱的成分，于是我再过分的要求也会被满足，再无理的取闹也会被原谅，就这么疯疯癫癫地过完了懵懂的童年。我猜想小孩子的世界大概就这么简单，真正的无忧无虑指的应该就是这段日子。人若无知，就是幸福，这也是乔布斯说 stay hungry，stay foolish(求知若饥，虚心若愚)的原因之一吧。了解了这个世界的秩序规则乃至运作原理后，会看到许多不愿直面的现实。从这个意义上说童年就是另一座象牙塔，那些摔卡、拉火车、三个字，都是孩子们用以抵御现实冷酷的武器。另外印象深刻的便是家乡母亲河旁的一座游乐园，其实它并不算严格意义上的游乐园，设施大部分是木制，形式无非过桥通关，但这对于孩子而言就是天堂。可惜的是上初中之后进行了河堤改造，现在那里成了一个风景区，绿化和布局都非常漂亮，夜晚会有橘黄色的灯亮起。我却感觉怅然若失，再也没有一口气玩一下午，然后坐在小山坡上看太阳慢慢遁入大地的兴致了——时间在改变一切，而我只能努力追寻那道曾经的地平线。

二

其实性格在这时已经初露端倪。三年级分了班，前期习惯的力量开始逐渐显露，我开始朝着“该是一个好学生的样子”的方向迈步。四到六年级得到的评价不外乎腼腆、文静、害羞不敢说话，而这明显不是父母想让我成为的模样。于是我“自愿或被自愿”地参加了不少活动，从校委竞选到诗朗诵舞台剧——最开始很抗拒站在台上的紧张感，但慢慢也克服了所谓的 stage fright(怯场)。把贪玩的精力收回来专心学习,成绩也稳下来。后来六年级时数学老师很看重我,任命我做数学课代表,又嘱咐我每天找奥赛题在班里讲。毕业考试时某个企业出赞助要奖励全校前两名,结果出来落了第三,班主任笑话我你平时第一名的水平哪去了,我只低头用脚驱地上的土,无言以对。

不得不提的是我从三年级暑假开始正式接触音乐:学习钢琴和葫芦丝。不敢说对音乐多么有天赋,但它对我却是归宿一样的存在。从那个节点到如今的漫长岁月里,我曾无数次地重申它是我的生命,也无数次地用行动证明这句话。它为我打开的窗子让我得以更深入地窥见自己的心魂,保送假期里正经投入精力的事业,多半也与音乐有关。它给我力量了吗?初三备战中招和高三保送考试之前一直挂着耳机睡觉,由此 *YOU RAISE ME UP* 成了本命,我想是歌手与歌本身给我力量,而音乐这个宏大的概念实为信仰,它被灌注在我的生命里,就像不管在哪儿听到熟悉的歌都会不由自主地跟着哼唱,感觉到强烈的节奏会有扭动身体的欲望,它就飘浮在空中,无处不在。有了音乐做后路的感觉是极为安稳的,我可以放心地接受挑战然后放心地失败,接着宽慰自己我还有后路,听上几首歌满血复活不服再战。也幸好爷爷奶奶教导开明,而明白山外有山,人外有人的道理也很重要。至于在社会的多变情景中如何操作,又是一门需要觉悟的艺术了。

三

现在想来似乎关于我内心和性格的变化有一定的往复规律可循。初中入校的分班考试人品爆发,背负极大的期望入校。可没有金刚钻怎揽瓷器活?初一整年不上不下,也不上心。带班的年轻老师天天带我们疯玩,学累了在班里放电影,冬天去操场上打雪仗。那时候还是在操场上疯跑一圈都觉得开心的年纪,哪里分得清 90 分跟 120 分的区别?在能疯能嗨的时候交了不少朋友,也有几个撑过了时间的淘洗,算是万幸。我幸福地把除了语数英之外的其他科目统称为副科，在各种各样的课本上画画，画得最多的是一棵树，站立在悬崖边，满树绿叶摇摆，勇敢坚强。那棵树的原型大概是生长在教室窗外的一株广玉兰——我曾在那个角落坐了大半个学期，走神的时候总爱往窗外瞟，一眼就能看到它：叶片大而厚实，淡淡泛起蜡的光泽，花朵白色，落下点点阴影，混杂了阳光与花瓣的香气最为缠绵。几年后我才明白，我一定是在羡慕它的姿态：站立在阳光下，敏感而纤细，却又有挺拔的身躯，坚硬的骨骼，"心有猛虎，细嗅蔷薇"，可以坦然面对得失，又以欣赏的目光打量生活，同时看得到大目标与小确幸，堪称人生的模板。这一年我也写随笔，教语文的张老师不用固定的模式扼杀我们的灵感，她很善于发现思想与灵感，像扩写《石壕吏》这种脑洞大开的文章都有她非常细致的评语，我对语文的兴趣大半是她的功劳。紧接着升入初二，在分水岭理论的步步紧逼下终于开始仔细地审查自己的学习情况，发现问题奋起直追。生活变得无聊，但有意思的是，当心情变得寡淡，反而更能看到一些以前常常忽略的东西。那次期末考试，我在作文里写到了母亲给我在杯子里泡的茶，从夏天的杭白菊到冬天的枸杞，明明很平凡的东西却一下子抓到了老师们的泪点，我被拉进语文组，在突如其来却异口同声的赞美中乱了阵脚。这一年大概都是这样的状态，战战兢兢，如临深渊，如履薄冰，稍有逾界便拉响脑中的警报："注意你的举止！"于是故事的走向渐渐趋向相同。直到初三——新班主任开始修理我内心潜藏的自傲与不守方圆。他在课堂上把最稀奇刁钻的问题留给我，待我默默无语时不留情面地嘲讽我，他改完作业把我所犯的每一个细小错误传播给他带的每一个班级，于是大家都知道了我可笑地把氨基酸当成了葡萄糖。我很委屈，却也只能忍着。后来他批评的次数逐渐减少，我的心态竟越发平和，中考才算是正常发挥。现在回想，多亏他磨掉了我身上那些尖利而无用的棱角，让我达到真正意义上的沉静，不去理会外界的丝毫。那一年十分单纯，无时无刻不在做题、总结、背诵，我的语文在那一年打了不错的底子，各科也摸索出比较科学且适合的方法。不想说话的时候就去看书,“做一个寡言,但心中有海的人”,这是他带给我的改变。高二时读到巴尔扎克的句子:一个年轻人,心情冷下来,头脑才会变得健全。没想到几年前的自己早就实践了这句话。静常与冷搭配,孤独是人与自己沟通的必要方式,是这样的吧。

四

中招后去外语参加选拔测试,顺顺利利地通过,在残酷竞争中幸运地走进郑外。太阳重新在哈佛红的校园里升起又落下,又是全新的世界与全新的地平线。在之后的两年半里我又无数次地看到这样的景象,在心境的悄然变化中完成了成长的蜕变与“三观”的建立。郑外的这三年无与伦比,许多关于选择和考验的命题呈现在我面前,也算是过五关斩六将,勉勉强强给自己一个合格。走出象牙塔依旧长路漫漫,保持希望、保持饥饿才好。

高一从外地生过渡到郑外模式,好奇地面对缤纷多彩的社团活动,忍不住都想试一试,也跟班里的同学们打得火热。玩得最多的大概是音乐和模联。准备北大会时连续翘掉了两周的自习,天真地把一个奖看得比天大。那次惨败的成绩如一记重拳让我清醒很多,所以北大不仅是我的梦想,也是我一个成长节点的重要见证者,准确来说,正是这次见证,我坚定了她作为梦想的存在。在爱得越多伤得越深的普适预言中我悄悄做了决定。

比起放弃我更喜欢舍得这个词,有一种决绝悲壮的意味。准备保送时被搭档问到用一个词概括你的高中经历,我脱口而出。这两个字互为因果,是我一路走来的真切体会。高二放弃了最爱,彻底封闭了自己,世界登时又冷寂下来,我只是默默做笔记刷题,把自己结实地淹没在卷子中。在本子上天天写些东西,告诉自己坚持下去,不要停止相信。去图书馆借书,看史铁生的《务虚笔记》,边看边抄,感叹他的寂寞更为浓郁壮烈。与书为伴的日子里整个人都变得清明,色彩虽被抽离出来轮廓却越发清晰。就这样一步一个脚印艰难却坚定地走到下学期，颜色重回手上——是音乐。一群志趣相投的少年因为音乐聚在一起，每分每秒都是无比幸福的时刻。他们带着音乐闯入我的生命，告诉我接受本真的我，我微笑点头默许：几个人围坐在夜晚的操场上，在黑暗中啃着汉堡的情景依旧历历在目。之后的2014年世界杯，德国拿到了24年久违的神杯，让我有理由相信上苍的眷顾。我似乎是一个轻微的宿命论者，相信收获与付出的关系，因而坦然接受失败之后更会加倍努力。最喜欢的是星云大师的一句话"养深积厚，静待时间"，你要耐心地等下去，等那个只属于你的时刻，而在那之前，守住初心，舍得付出，一切就好。面对得失这样的心态尤为重要。后来保送考失利，在我下定决心备战高考时又峰回路转拿到资格，一路顺利过关，更使我坚信所有经受的苦难不会被辜负。

高三备战保送，是三年中最努力的一段时间了。每天早上换掉倒计时的小纸条，疯狂地刷卷看书。晚自习结束跟同学一起回家，一路上插科打诨或者讨论课上的难题，心烦时候跟他吐吐苦水，现在想想也是多亏了他的陪伴。那时候一连串的失利打击得我措手不及，一个个问号打在成绩单上却无路可退，"几度心死几度重生"，现在回想起来依然心有余悸。拿到资格之后每天只到班里上早读，打着哈欠和寒战走在去阅览室的路上。长桌子上铺排着高高的几摞书，做改错做到心塞但越心塞越觉得要接着做，先秦诸子读着读着一头栽进书里睡着了，从网络上抄各种各样的书评鉴赏装订起来复述，自我介绍改了一遍又一遍。每天从行政楼回家，走过喷泉广场晒着太阳，会突然忘记这个肃杀的氛围，生活美好，脚步安稳，没有值得担心烦恼的事。抱着这样的心态，回家吃一顿母亲做的烧鱼，美美地睡上一觉，下午又是一条好汉。傍晚出校门买面包时阳光总是金灿灿地洒了一地，回头只看到自己渺小的背影，天地间仍有令人泫然欲泣的磅礴力量，偶尔有哭出声音的冲动。"我不相信手掌的纹路，但我相信手掌加上手指的力量。"毕淑敏如是说。所以说命运还是可以改变的啊，在那道地平线之后，仍有许多未知等待着我。

五

半年的保送假期乱七八糟地做了不少事，核心似乎是体验与经历。也逛了不少地方，想体会行走四方的流浪感。在青海湖看过日出，也在木兰围场观了日落，地平线依旧深邃得让人摸不着头脑。即将和熟悉的生活分离继续走上旅途了。那就走吧，趁着晨光熹微，收好祝福与不舍，遇到前路的你们。

过往属于身后的地平线，它就在那，不离不弃；未来却在前方，有待我脚步的丈量。而我，满心欢喜，只待启航。

作者寄语

真正的英雄主义，是在认清生活的本质真相后，依然坚定地热爱它。

课内与课外的结合与压力的面对

韩嘉琪,男
北京大学信息科学技术学院 2015 级本科生
毕业于许昌高中。高考总分 680 分(理科),其中数学 139 分,语文 124 分,英语 138 分,理综 279 分。

我本人经过还算拼搏努力的高三,终于如愿以偿地进入了北大——这个我向往的校园。我认为自己的经历和体验可能会对学弟学妹们有所帮助,在此讲述一下。

既然要讲经验,那么必定要根据自己的特点来谈一些实用的东西。我本人在北大的自主招生中取得了 60 分加分,而自主招生所考试的内容与学校里学的内容的契合度不大,所以我首先要谈一下课内知识与课外知识的结合。另一方面,高三下学期成绩较大的波动给我带来了巨大的压力,我很幸运通过一些对自己的调节得以正常地学习,故我还要谈一下高三时期如何面对压力和对自己进行的调节。

一、课内与课外的结合

知识是没有那么严密的划分的,课内与课外知识只是因为有了课本才有了划分,实际上它们是一体的,不可分割的。这就决定了我们不可能只去学习课内的知识而对课外的知识置若罔闻,这样做的同学在未来是一定会吃亏的。如果说课内知识是一片湖泊,那么课外的知识就是整个大海。大海固不可弃,所以我们应该将课内与课外的知识有机地结合起来,才能最大程度提升我们自身。

课内的知识是教育工作者长期以来总结出来的适合我们中学生学习的知识,我们一定要熟练掌握它们,而课外的知识则是对我们的拓展,是我们之所以能够脱颖而出的原因。适当地接触与学习课外知识对我们是有莫大好处的。

因为大家对课内知识的了解和学习方法的认识已经比较多,我下面主要讲讲课外知识。

接触课外知识的途径有很多,但不外乎网络、报刊、书籍等几种方式。我觉得我的高中语文老师做得就很好,值得推广。学校的生活是很封闭的,不带手机的同学对外界信息的认知非常少,通常外边发生了什么都不知道。我的语文老师给他教的每个班里都订了几份报纸,帮助我们获取资讯,让我们在高三封闭的生活里获得了一条和社会相连的信息通道。报刊上的最新资讯、要闻等可以作为我们语文作文的素材使用,也可以让我们了解时事,从而加深思考,这些思考对高三同学可能会参加的自主招生考试会有所帮助。

我觉得课外知识的接触可分为在校和在家两个时间段。

在学校的时间,主要是用来学习课内知识,所以留给接触课外知识的时间其实是比较少的。但少不代表没有,如鲁迅先生所言,时间就像海绵里的水,只要愿挤,总还是有的。吃完饭到上课前这一段时间我们应该好好利用起来,这段比较长的时间做什么都很方便。

我们可以阅读报刊、名著书籍(条件允许的话读一读外国的英文原著,对我们英语可能会有所帮助,前提是有耐心)、诗词文章(《史记》等二十四史都是我们可以接触的)、现当代诗(徐志摩、戴望舒、艾青、卞之琳、泰戈尔)等。在阅读这些文章时,我们应该把课内使用的研究方法应用到这上面,这样才能最大限度地获取其中的知识,也在无形中提升了我们的课内水平。

上面说的大多是语文、英语的知识,但理工科的知识如果我们不去刻意寻找,学习生活中我们的接触是少之又少的。一些搞竞赛的学校的学生会大量接触课外也就是大学的理工科知识,还有一些学校会组织学生参加自主招生的培训(比如我们学校),通过老师专门收集这些知识。这些知识既是课内的拓展,又各方面齐全。

至于没这些资源的同学,我觉得最关键的是兴趣。如果你对一个东西感兴趣了,克服这些途径上的困难的难度会大大降低,因为你会努力去获取与你感兴趣东西相关的一切事情。在兴趣驱使下去获取课外知识会事半功倍。

在家的时间可以是课外知识的天地,我们可以继续学习学校里接触的东西。寒暑假的大把时间,周末的两天休息,没有给我们任何限制。加上网络的普及,大多数同学家里都有电脑,它是我们获取信息的一个便利途径。但需要注意的是,网上信息准确性较差,上边一些题目的解法完全就是错误的,这需要我们去甄别,最好能够找到一些权威的网站,这些网站的可信度较高,可以减少花在甄别信息上的时间。假期时间,图书馆无疑是个好去处。安静的环境有助于思考。我们可以花几天时间去读一本好书,钻研馆藏的一些学术资料,这些对课外知识的拓展都是很有帮助的。我们可以根据自己的兴趣在图书馆里找寻,无须对成绩有益,只随心便好。找上几个小伙伴一起是个不错的选择,伙伴之间可以互相监督,互相帮助,互相比较,会比独自一人学习有更强的持续性。

高中三年,高一、高二是一个阶段,高三又是一个阶段。两个阶段差异性明显,所以在对课外知识的获取上也应有不同。高一、高二阶段,同学们的课内作业不多,学习时间不紧张,课余时间较多。这一阶段同学们可以在给课内知识留出一定的时间后随心地去接触课外知识。高三阶段是升学的关键时期,家长与老师给予我们的压力注定我们没有那么多的空闲时间,这时我们接触课外知识的时间就应适当地减少,一星期抽出一节自习课去阅读就是不错的选择。

课内的知识与课外的知识是一体的,高中阶段关键是将它们有机地结合,做到既注重课内知识,又拓展了课外知识。有的同学对课外的一些知识特别感兴趣，于是放弃了课内的知识转而去专攻课外知识甚至退学，最后成就大才。这些经历是不可复制的，慎之慎之。同学们可以根据自身特点决定结合的方式，将课内与课外的知识相结合，对之后的自主招生考试有很大帮助，也是提升自身修养气质的好方法。

二、压力的面对

高三时期，由于各种各样的原因，大部分同学会承受巨大的压力。有来自家长的压力：对子女考上一个好大学的期望；有来自老师的压力：对自己学生美好未来的期待。还有更多的是同学们自己给予自己的压力：我如果考不上理想的大学怎么办？同学们的成绩都在稳步提升，我的呢？为什么我一直努力却一点进步都没有？就在这一句句的逼问中，一个个为什么中，同学们沉默下去，饭变得难以下咽，夜变得那么难以入眠。精神恍惚，再也没有学习的激情，没有了自信，有的只是对自己的质疑。有的同学根本不自信，有的是自信之后却被成绩下滑剧烈地打击，最终陷于压力洪流之中。

我的成绩在高一、高二一直平稳，可能因为没什么压力，追求的动力也不大，所以成绩一直在前十名或者十几名。高二到高三的暑假，我参加了北大的信科夏令营。我感受到了大学的魅力，那里什么都好像不一样。我知道是时候去努力了。因为我的上一届师兄里只出了一个北大的，所以我认为，只有紧紧抓住年级第一的位置，才有可能在高考中有较大的把握进入北大学习。所以我努力拼搏，在暑假也给自己制订计划去做题、学习，把自己淹没在题海里面。努力应有回报，所以我在高三上学期刚开始的几次考试中稳拿了年级第一。好的开始给了我信心，我认为自己有能力继续抓住这个位置。但在一模中我拿了第二，接下来的考试我在前五名里徘徊，只能偶尔拿到第一。可我还是一样努力，我想，是因为别人也努力了吧？是我的天赋不如别人吧？曾国藩天赋一般，但通过努力也成为了让毛主席都敬佩的人，所以我加倍努力的话也一定可以成功的。然而高三下学期的一次考试我直接跌到了12名，我拼尽全力查找漏洞去弥补，下一次，14名。这样的成绩，离北大是那么的遥远，我觉得我没有希望了，要与北大失之交臂了，甚至怀疑自己可能根本就是智商不够。那段时间我不想学习，觉得没什么用，一些没我努力的人成绩都可以比我好，这不是证明努力没用吗？我的同学安慰我，我的老师开导我。我意识到我是陷在压力之中了。一味逃避根本不会起任何作用，只会越来越糟，只有去勇敢地面对困难才会有解决的可能。于是我积极地去面对压力，调整自己，改变态度，只有这样才能发挥出自己的水平。我自己思索方法，学会了放下，学会了释然。高考越来越近，我的心越来越平静。直到高考，我得到了年级第二的成绩，也实现了我的大学梦。

不止我自己，我的同学或多或少都有这些类似的症状。这里我整理了几个方法，供大家参考。

1.转移注意力

同学们压力的来源不外乎升学和成绩。平时感觉到压力就是因为自己一直在想自己的成绩不好、升学无望之类的事情。我们会发现，在不想成绩和升学的时候，注意力在其他事情上时，我们的烦躁会少很多，情绪比较稳定。所以我们发现自己在想一些对自己有很大压力的事情的时候，不妨有意识地转移自己的注意力到一些小的、无关紧要的事情上。比如专注去做几道数理化的题，看一篇文言文或英语的阅读理解，甚至是聊天，这些都需要思考。转移注意力之后自然而然地就不会再回过头去想一些压力大的事情了。

2.改变心态

大家遇到的问题一般都是这几类：我很努力成绩却上不去；我的成绩和理想大学差很远；我的成绩和理想大学差不多，但万一我高考没考好怎么办。一些同学的心态不太好导致压力异常大。学习努力成绩就一定能上去吗？实话说，不一定，但学习不努力成绩就一定上不去。这是可以相信的。在我艰难的时候我找到一句话，“不问收获，只问耕耘”，不记得出处，但确实指引了我方向。只要努力，就一定有收获，可能不是现在，也不用去想收获，它总有一天会来。这样想的话，学习期间就少了自我质疑，我们就能够把精力都投入纯粹的学习中。对于能不能考上理想大学这个问题，最好能够想开一点。我只管努力学习，尽人事，听天命。就算考不上又怎么样，考不上就算了，至少我拼尽了全力。高考确实有一点的运气成分在里边，有的人考试状态好，有的人不好，这和运气有关，但人生不因运气而有太大的改变。有能力的人，即使高考失败，他依然能够东山再起。所以在学习生活上要放轻松，只有轻松才能发挥出自己的实力。就像我的一个同学，他平时不算努力，对待成绩淡然，说高考是重在参与，过得挺开心，这个我甚至觉得他不会考好的人，却因为这个好心态，高考超水平发挥，被西安交通大学录取。由此可见，一个好的心态是多么重要。

3.寻求帮助

有些同学自己不能控制自己，会不由自主地给自己施加压力。这时就需要一些外界的帮助。我们可以和同学、家长或老师交谈。我们最重要的是应该和老师多沟通。经验丰富的老师遇见过各种各样的学生，这些学生也遇到过各种各样的问题，总有一些解决方法和成功案例可供我们参考。不要害怕与老师沟通，老师也是平常人，老师在压力这方面也愿意给我们解开心结。有压力、烦躁的时候不妨与老师多沟通，或许会有很大帮助。

4.和同学交流

课余时间和同学交流一下关于压力方面的事，心贴心地说话，说出自己的难处，会让自己好受许多，压力外放后，自己会觉得身体一轻。同时，你也会发现，不止自己有压力，大家都有，自己不是多么特别。也可以和同学交流抵制压力的方法，互相学习，共同奋战，聚精会神，只关注学习，不关注成绩，一起走向成功。

压力人人都有，或大或小。适当的压力促人前进，给人努力的动力，但人如果承受过重的压力就会出现各种各样的情况。应对的关键在于如何去面对压力，消减压力，缓解情绪。有了压力不一定是坏事，就像我的老师说的一样，这就是上帝考验你的时刻，让你更加成熟，更加百折不挠，学会应对困难。一切困难都应是上帝的礼物，它们比成功教给我们更多东西。一时的失败不算什么，它是我们弹起更高的基础。马云成功之前的经历是失败加上失败，华罗庚只有初中文凭却凭借自学成为大数学家。明白这些，就能放开自己，摆正心态，在高三活出自己的青春。

总的来说，我的高三是充实的，最终也获得了比较好的结果，到了自己心仪的大学。我的这些所谓的经验不知道能否为学弟学妹提供一些指导，稍微作为参考便好。每个人都不一样，就像中国要走中国特色的社会主义道路一样，适合自己的才是最好的。希望大家能走出一条有自己特色的道路，通向光明的前方、心仪的大学。

作者寄语

不问收获，只问耕耘。

寂静时光里的成长

李文，女
北京大学光华管理学院 2015 级本科生
来自河南许昌，毕业于河南省许昌县第三高级中学。2015 年高考河南省文科第 2 名，总分 636 分（文科），其中语文 134 分，数学 148 分，英语 143 分，文综 211 分。曾获河南省三好学生、河南省优秀学生荣誉称号。

单纯的高一、迷茫的高二、匆匆的高三，终于都成为我生命中的回忆，或浓或淡，或喜或悲，宣告着一个阶段的结束。不过还好，在不多不少、正恰当的年纪，我播下了梦想的种子，付出心血和汗水，努力地去触碰梦想的光芒。不管是曾有过多少个气氛沉重、只有翻书和写字的声音的炎热下午，多少回觉得北大如此遥远，恐怕只能仰望的酸酸的感觉，多少次因为压力和总不见提高的成绩而苦恼的叹气，我都坚持了下来，坚持到曾经渴望来到燕园的梦想成为现实。

这样的一个下午，因为夏日炎炎生生染上了几分慵懒，而我的血液里却偏偏叫嚣着一种渴望，是了，就是这种感觉。想要去认真回忆过去的这三年，却发现好像什么也没有了，连一些片段也变得模糊，但成长的脚步是独独瞒不过人的，这种感觉，可能不清晰，却无比深刻。

打开三毛的《雨季不再来》，这样两句话是我无论如何也不能忘记的——人之所以悲哀，是因为我们留不住岁月，更无法不承认，青春，有一日是要这么自然地消失过去。而人之可贵，也在于我们因着时光环境的改变，在生活上有所长进。岁月的流逝固然是无可奈何，而人的逐渐蜕变，却又脱不出时光的力量。

没错，生命的意义不在于长短，或许只在那一瞬的光芒，这是我们在时光流逝中获得的力量。这恰似我过去的三年，在不安与决绝中成长。

一、想到

我们读书到底是为了什么？

也许有人会说，读书本就是学生的职责，况且“书中自有黄金屋，书中自有颜如玉”，想那么多干吗？

我的母校是一所县城高中，没有形形色色的课外活动，于是，在日复一日枯燥的学习中我常常会问自己这个问题，渴望能有一股力量让我更好地走下去。

记得从高二开始，我们班就在老班的带领下矫情地开始一周一次的畅想大学活动，说是矫情，其实这只是我起初的想法，以为这纯粹是形式，心目中的大学，岂是想想就能考上？以前的我，总喜欢用活在当下来标榜自己，不去谈未来，甚至不敢立下一个拼命触碰就能实现的目标。而这一切，都在一个寒假参加冬令营的经历中发生了改变。那是一个什么性质的冬令营呢？也许就是一帮成绩不错，多多少少对北大、清华志在必得的追梦少年聚在一起，去体会心中的神圣。寒冷的天气似乎阻挡不住心中的热情，冬日的燕园也格外安静、纯粹，我就这样一步步走进她的怀抱，清楚地听到自己的心跳。在最后的离别晚会上，我坐在同行的朋友间，听到相处了多天的小伙伴们激动地讲出自己的梦想、自己的决心，忽地就湿了眼眶。对了，自己一直寻找的，不就在这里吗？当我再次回到熟悉的教室，走上讲台去畅想我的大学，心中已然没有了茫然与不屑，因为我已明白我的付出是为了成就更好的自己，编织更美的人生。而我，更渴望能在燕园实现心中所想！

文科班的传统向来是把北大当作最高的存在，于是《燕园情》成了我们的誓词，日日从口中传出，激励每个人尽力向前。我们都不该低估梦想的力量，我相信它是每个人高三最好的信仰，这就好像一束明亮却不刺眼的光,静静照在心灵的某个地方,时时刻刻成为我们坚持的动力。所以,我们要为自己设立一个哪怕是很小的目标,一点一点去努力,努力成长为自己想要的模样。

二、做到

想到和得到中间还有两个字,那就是做到。

学校为我们高三的同学单独准备了一栋教学楼,独立的小院,大片的树木,风一吹,真是沙沙作响,着实让浮躁的心也跟着安静下来。从走进它的那一刻,同学们好像都感受到了握在自己手中的所谓的命运,嬉笑声少了,教室里有时凝重得只剩下翻书写字声。那一年,有谁不是在试着拼尽全力呢?

对我来说,高三最重要的就是调整。

首先是调整学习方法。一般来说,高中三年,高一、高二是学习新内容,高三就是复习、巩固和强化。不同的学习目的,自然要求不同的学习方法,不及时调整就无法达到很好的学习效果。说是复习,其实大部分时间是在重复,无效的重复又有很多。那么,我们要做的就是去了解自己的学习情况,在大量的练习面前,对烂熟于心的知识点不再做无谓的重复,对掌握不好的知识点勤加练习,对之前忽略的知识点反复记忆和运用。这样区别对待既能查漏补缺又能提高学习效率,但前提一定是我们对自己所学知识的准确判断和把握。不过在这里我想提醒一下学弟学妹们,特别是文综,不要走进误区。我们都知道文综的学习少不了大量的背诵,常常会有人抱怨要一遍一遍去记忆课本,心生倦意,自然会产生"这些知识我早就知道,干吗还要背来背去"的想法。其实,最好的方法是学会用思考的方式去背书,多问自己几个为什么,因为再熟悉的课文中都可能有等你来发现的新内容,不问不想,便不觉不解;一旦发现,却大有发现新大陆的新鲜和满足感,给昔日的枯燥染上明媚的色彩,何乐而不为呢?

其次是调整学习方向。所谓审时度势,因利乘便,学习上大抵也如此。每次阶段性的考试后，总会有一段时间被空出来，很多人都会在对过答案之后小小地放松一下，其实这也没什么错，最起码让紧绷的神经得到了休息，换来之后的饱满热情，再说在知道答案后的低沉心情影响下，学习效率一般都很低。但我觉得不如用更好的方法来代替，通常我就会用这些时间来调整学习方向，以每次正规一点的考试为节点，查漏补缺。所以，我总会把不管写得是好还是坏的试卷精心整理，在老师讲解之前自我反思，拿起课桌上厚厚的字典，查文言文字词，查英语单词短语，或翻开课本，回归基础。等在卷子上做了密密麻麻的笔记后，我再结合考试情况总结前段的学习，及时调整努力方向，并为自己做出下步计划。莫名其妙地，在做完这些事情后，考试成绩好像已经不那么重要，因为我知道我已经在为更好的自己去努力。

最后是调整心理状态。所谓人无压力轻飘飘，有压力本身不是件坏事，紧张的情绪也纯属正常，但是有许多同学过分地关注自己的心态，小事化大，反而得不偿失。高三这一年，各种大大小小的考试特别多，当成绩排名向你涌来时，千万要学会正确看待。记得有一段时间，我好像进入了瓶颈期，成绩不仅起色不大，更是大幅度地起起伏伏，甚至还没有我在高二的状态好，看着越来越靠后的排名，我心情沉重，不知所措。后来，老师看出我的状态不对，就把我喊出教室，帮我分析我的状况。我们的谈话很长，有很多我已经记不清楚了，但有一句话让我彻底走出了迷途，老师说："也许，你现在要做的不是关注你的成绩和排名。考多少分、是第几名其实无所谓，考试的意义本身就是检测学习情况，只要能通过考试发现自己的不足，这就够了。"是啊，正所谓过程即是享受，因为努力过，所以就不曾后悔。

仍记得从初三暑假开始就被老师家长反复渲染的"高三苦累说"，让我一度惧怕高三，甚至偷偷去观察当时高三学姐学长的表情动作，说来也奇怪，明明应该是那么苦那么累，却总听见他们精神饱满的读书声，看见他们下课铃声响起后冲向食堂时脸上挂着的笑容。当我也在两年之后成为这一群体中的一员，我忽然明白，在这可以说因为繁重的学习任务而变得寂静的时光里，快乐也有那么多，足以冲淡苦和累。

三、得到

高三的快乐有很多种，有两种我体会得最为深刻。

那是和同窗一起为梦想奋斗的快乐。终于入夏了，倒计时牌上的数字触目惊心地提醒着我们高考真的要来了，大家也变得更加沉默，唯一不变的是那个执着的梦想。其实高三的生活简单得不能再简单，对于真正努力过的人，就算有过苦和累，也因为纯粹的拼搏而满是充实感。在一个偶尔起风的下午自习课上，我静静地放下手中的笔，去看那窗外的翠绿，摇摆的树木让我出了神，多宁静美好的韶华，因为努力过，所以不负我们的高三，不负我们最初的梦想。也正因为这样，我能在考前同学齐声高昂的宣誓里获得满满的力量，平和自信地迈进高考考场，一笔一画地为这段时光写下不悔的答卷。

那是钻研知识、享受学习的快乐。面对高考，有人感谢，有人咒骂，但不能否认，中小学教育体制正在经历改革，就像我们也在经历成长。但就算是目前形式的高考，也没有剥夺我们钻研和学习的自主权。没错，我们当然要跟上复习和练习的节奏，当然要做更多的题，但我们唯一不能忘记的是去享受知识，发现乐趣。语文课上，我和同学会为了晦涩难懂的科技文与老师争论不休，也会被中国古汉语的博大精深折服；数学课上，我总是乐于挑战各种难题，即使是紧皱眉头毫无思路我也会一拼到底；英语课上，我们在英语阅读中欣赏佳作，关注最新的报道和科学发现，妙趣横生；地理课上，大自然的种种奇妙让我们叹为观止，为自己能用所学知识解释其中奥妙而激动不已……相比之下，如果真为了高考放弃了对未知探索的好奇，只知道埋头做题，参加考试，总觉得会给自己的青春留下不小的遗憾。

清清楚楚地，我感受到了自己的变化。高三的最后一段时间，我的成绩又出现了下滑，接连几次的发挥失常让老师都有些担心，我不去看老师的眼神，只是静下心来告诉自己，在这件事情上，你只有靠你自己。尽管时间已经所剩无几，我还是给自己充足的时间去自我治愈，不去计较自己少做了几道题，因为我深知，这场没有硝烟的战争，需要我用最旺盛的斗志去迎接。还好还好，最后两次的考试我慢慢把失误降到最低，给了自己一个不大不小的安慰。高考前一天的下午，我和同学们一起去看考场，拿准考证，检查，验证指纹，我静静走完所有的程序，坐在贴着我的资料的课桌前，试着静下心来去写些什么，突然间刚刚还忐忑不安的心情慢慢平复下来，我呼出一口气，在心底里给了自己一个大大的微笑，加油！

两天的考试里，不紧张对我来说真的不可能，翻来覆去不能安心歇息的中午，不停出汗甚至微微弄湿了试卷的手心，最后 15 分钟提醒时慌乱的心跳，遇见难题时一刹那空白的大脑，但这些都不是问题，只要我还能稳住心神，尽力专注地回答试卷。数学考试后也许是大家心情最不好的时候，接我们返校的公交车上，有许多同学偷偷抹眼泪，沮丧不已，但高考就是高考，没有下一次，更没有回头路，能做出的最后决定就是尽快调整，投入下一场考试的考前热身中。所以，没有人再陷在后悔与恐惧里，没有人再提起已过去的考试，我和大家最后一次大声背诵着政史地笔记，那样一个晚上我觉得会永远留在我的记忆里。第二天下午，最后一场考试，最后一道题，最后一分钟，在最后象征结束的铃声里，我放下笔，恍恍惚惚地站起来，有些不敢相信我的高中就这样画上了句号。

现在离那场考试已经过去了很久，再去回想高三，有太多情绪，却没有适当的言语。这或许就是一个追寻的过程，追寻中，我学会了勇敢，立下了目标；懂得了坚强，跨过了沟坎；体会了乐趣，遨游了学海；拥抱了友情，收获了阳光。蓦然回首，我虽已走完这段岁月，却拥有了一生的财富。于是，在回忆里，我获得了继续前进的力量，我想带着这份感动一直走下去。

《永远的校园》中有一句话被印在装着录取通知书的信封的背后，读起来很是有感觉——“一旦佩上北大的校徽，每个人顿时便有被选择的庄严感，因为这是一块圣地，百余年来，这里成长着中国几代最优秀的学者，他们从这里眺望世界，志向未来”。要成为一名合格的北大人，我要努力的地方还有很多，借用一下王小波的话：“我希望自己也是一颗星星：如果我会发光，就不必害怕黑暗。如果我自己是那么美好，那么一切恐惧就可以烟消云散。”

那么，就收好行李，背上行囊，在金秋九月里，迈进我心心念念的燕园，继续我的成长，不管以后的时光是寂静，还是喧闹。

我沉浸在自己的世界里
写着无关是非的歌谣
点蓝的笔触
划过了年轻的天空
一只飞鸟带走我的青春
还我，岁月沉淀的帽子
轻声说道
年轻总不是永远的借口

作者寄语

就这样向着阳光，在最美的年华做最好的自己。

我的高中学习方法

李一博，男
北京大学信息科学技术学院 2015 级本科生
来自南阳西峡，2015 年毕业于西峡一高。

高考已经过去，自己也得到了想要的结果。回首这三年的高中生活，也算是有一些自己总结的学习方法，在这里与学弟学妹们分享，希望能为你们铺路。

一、心态调整篇

1.上进之心，必不可少

每个人的心里都藏着个强大的自己，只是有人将它释放出来，而有人将它永远地压抑着罢了。上进心可能是支撑我走过高中三年的最重要的精神支柱了。谁不想有所成就，成为班里乃至学校中的佼佼者？正是这种心理让我能够不断学习提高自己，来超越其他人。正是进取心使我获得努力的动力，从学习中得到乐趣，不断进步。

但这也是一把双刃剑，当你进取心过度，也就是过于争强好胜时，它会变成嫉妒伤了你自己。记得高二时学校开始实行一个培优方案，针对学校前几名，对他们有一些特殊照顾，比如定期专门检查他们的作业。由于好胜心作怪，我心中不免有些嫉妒。我经常会因为他们被老师叫出去而想来想去，使自己很长一段时间之内不能静下心来学习，结果成绩一步步退了下去。

一次又一次的失败让我意识到自己正被好胜心蛊惑着，我意识到，与其在这里嫉妒他们享受的特殊待遇还不如自己努力超过他们。要知道这种待遇都是自己挣来的，嫉妒起不了任何作用。于是我端正心态，把心思放回到学习上，没过多久成绩就开始稳步提升了。

2.远大目标，前进动力

《孙子兵法》有言：求其上，得其中；求其中，得其下；求其下，必败。是啊，有了远大的目标，为之奋斗，即使最后目标没能实现，至少也会得到不错的结果；而将目标定得很低，不仅仅是不自信的表现，也是懒惰不求进取的表现。懒惰之心一生，做事也就不行了。

刚进高中时成绩大概排到学校50名左右，对高中、对高考、对未来没有什么概念，只想着像初中一样随随便便学习，能维持到学校四五十名，最后进一个不错的211院校就行了，所以在高一上学期的学习也就没有尽全力。而高中里高手如云，不尽全力怎么行呢？我的成绩一退再退，高一上学期结束，我已经到了年级里100多名了。我意识到我不能再这样得过且过了，如果继续这种学习状态，我可能就永远地沉沦下去了。我给自己定下一个目标：考入上海交大或者以上的院校。一定下目标，我感觉学习就有了方向，也更加努力。我开始疯狂地补高一上学期的知识，买回一本本资料开始看，把高一的知识搞得很扎实，为后来高三的复习打下了良好的基础。后来成绩也按我分解的小目标一步步上升，从一百多名到五六十名再到二十多名再到前二十名，目标离我越来越近，我也从进步中找到学习的乐趣，越学越有激情。

3.平和心态，戒骄戒躁

学习，有一个平和的心态最为重要。在学习中如果不能保持一个平和的心态，因为小小的成绩而沾沾自喜，以为自己很有能力，从而懈怠下来，对自己接下来的学习生活是极为有害的。

这点想必大家都深有体会，但是如果你有这个毛病，它却又是极为难改的。我在高中生涯中就曾长时间被其困扰。高一时连续两次周考的好成绩就让我激动得不成样子，自满的情绪就起来了，以为自己随便学学就能考出不错的成绩。于是在接下来的课程中就多了几分懈怠,上课就没有过去那么认真,作业完成得没有以前那么及时。一少了努力,成绩自然而然就下来了,下一次周考直接就出现大的退步。这才惊醒我,促使我回到了正常的学习状态。

出现这种情况的主要原因是自己对自己最终的目标不够清晰。就如同龟兔赛跑的兔子一样,因为一时在乌龟前方就以为乌龟不会超过自己而去睡觉,导致乌龟最后超过自己,发现乌龟超过自己后又急了,又拼命去追赶。其实高中最重要的一次成绩就是高考的成绩,平时的成绩仅仅是显示你最终成绩的期望罢了。平时成绩好,高考成绩好的概率也就越大;平时成绩一般,高考成绩好的概率略低一些。所以一时的成绩并不代表最终的成绩。因此对于平时的考试成绩,不必太过在意,我们要做的只是从中查找自己的薄弱点,并努力改正就可以了。

二、综合方法篇

1.反思感悟，提升境界

高中的课程到了高三,难度有了大幅度的提升。如果还按过去的老套路,只听老师讲,而缺少自己对知识深入的理解,就会觉得高三的知识学习起来很吃力,很努力却又不能取得一个令人满意的成绩,学习就逐渐失去信心,最后放弃。而如果你能够从高一开始就学会反思感悟,从老师讲的知识中提取出关键的思想方法,并逐渐将其应用在自己解决问题的过程中,就能让自己的学习更加轻松,更加高效。

我们高中的“三疑三探”(设疑自探、解疑合探、质疑再探)教学模式无疑就培养了我们反思和感悟的能力,当我们抬着头等着老师给我们讲解标准答案时,老师却将课堂的主动权交给了我们,让我们自己解决问题。经过自己的思考,经过小组各个成员的讨论,大家看待问题的思路更广了。本应由老师讲解的标准答案被同学们各种各样的思路所代替,课堂也活跃起来,变得更加生动有趣。

在高三的时候,大家做的题越来越多,学会反思感悟,把同类题型中蕴含的共同思想提炼出来,并加以理解,就能做到举一反三,再遇到同类型的题目时就能做到胸有成竹,毫不畏惧了。

学习的过程,就是一个个人能力提升的过程。这种提升主要来自自己的思考,来自每一次静静地参悟知识点,来自每一次深刻地剖析概念,来自每一次积极地总结做题方法。一次次深入的思考,会逐渐地提升我们的境界。当你能够站在一个相当的高度做题的时候,你会发现,题目似乎没有那么难了,做起来也顺畅了许多。这便是积极思考的神奇之处。

2.知识总结，查漏补缺

我在学习时常遇到这样的情况,就是学习过某一部分知识,去做那部分的题目的时候游刃有余,但要是有人问你这章都学了什么,却是一时毫无印象,什么也说不出来。这样到了复习的时候就会感觉到自己似乎全都会了却又好像什么都不会,想要查找自己不熟的地方却又无从下手。

这个时候我们就要学会对已学的知识加以总结,可以用一些表格或树状图来将所有的知识列在一个大的框架中,做题或者看书的时候遇到没有总结到的就及时补充上去。慢慢地,自己的知识体系就会趋于完善,因为知识不熟造成的失分也就能越来越少,自己的成绩也就能有所提高了。保证知识上不留漏洞,是我们复习时追求的首要目标。

3.细节决定成败

马虎大意是我们从小学时候就可能有的毛病,这一点对我们影响很大。早在高一的时候老师就提醒过我,要注意那些非智力因素的失分,而那时我却没有放在心上,以为不过是几分的事,从没有真正狠下功夫去改。高三有一段时间的状态不佳,一次又一次地考试失利,让我产生了极大的不自信。后来老师带着我的卷子一科科地给我分析,这时我才发现自己因为审题不清、计算失误失分竟有 50 到 60 分,我开始急了,但越是想认真,这些错误却变得越多了,逼得我开始疯狂地刷题来练自己的准确度,但并不起效。后来我改变了方法,开始记录自己的错误点,下一次再遇到同样的错误点时就格外注意，经过两三个星期的努力，我的非智力因素失分就已经减少了很多，降到一个相当低的水平。

其实，细节问题就是你学习态度的问题。当你认为它无关轻重而忽视它时，它就可能出来报复你；而你太过急躁时，不能静下心来解决时，马虎也会萦绕着你，而且越急情况就越糟糕。只有以一个平静的心来对待，才能克服马虎大意的缺点。

4.学会纠错，灵活利用

纠错，整理错题，似乎是所有高考成功者的经验。但是如果大家不会纠错，或者被学校或老师定的死的规矩所拘束，纠错非但不能为你的高考助力，反而会成为你的一个累赘。这样的纠错，不做也罢。

大多数学校现在都实行纠错制度，而且把这个制度定得很死，要求每个人多少时间必须写多少页，或写多少道题，或者所有的错题都必须纠正。这样的规矩是很不合理的。比如有的学生写字比较慢，纠正一道题，只抄写题目就用了半节课，再思考思考，把一道题完成，一节课就过去了。而高中时间又是比较紧的，能腾出两三节课来纠错就已经很不错了，以这个速度显然是完不成老师的要求的，于是为了挤时间放弃那思考时间，在题目后面胡乱写点，纠错就结束了。可这样的纠错根本没有达到原有的目的。

其实纠错这种事，大可不必拘泥于形式，只要达到自己纠错的目的就行了。如果你记忆力比较好，又不愿意抄太多的字，你可以直接在卷子旁边写上错误原因，写上这道题的解题思路、渗透思想之类的即可。然后再在资料上面找相关题目加以练习，当作此题变式来加深理解就可以了。

三、各科学习篇

1.语文、英语

作为两个识记量较大的科目，对内容的记忆自然就是搞好这两个科目的关键。而我平时背诵这方面最大的不足就是记住的内容很容易忘记。解决这一问题的唯一方法就是反复复习。刚开始学习的时候,我也发现早读背的内容在下午基本上就想不起来了。但后来英语老师在课堂上提问的这种模式启发了我,因为在老师上午提问过后,一直到第二天我对昨天背的东西都印象深刻。因此后来每天早读的内容我都会在本子上记一下,吃过早饭后,在自习课上再过一遍,到了周日我就再统一过一遍,这样就将知识记得很牢固。

但是这两门科目也不仅限于读背。语文需要熟悉各个类型的题目,记住一些答题的模板,这样就可以解决遇到问题无从下手,或者不知道怎么组织语言的问题。英语则需要大量的训练,培养自己的语感,提升阅读能力。建议长期坚持做阅读理解或者完形填空,保持手感。

2.化学、生物

这两个科目有个相似的特点,那就是知识点多且碎,一个又一个点让我们在回顾的时候很没有头绪,到最后发现自己似乎什么都已经会了但又好像什么都不会。要解决这一点,我的方法是在复习的时候列出知识框图,以求把尽可能多的知识放在一个图中,然后一点一点去检验,看看哪一点已经掌握不需要再强加训练。同时我也很注意在做题时暴露出的问题,如果出现哪个生僻的知识我不了解就会把它记录在一个专门的小本子上,然后将本子带在身边,一有空就拿出来看,逐渐完善自己的知识体系。

3.物理

高中物理,在分析问题时,一定要将整个过程把握清楚。一步一步来,绝不能急躁。即使是像分析能量守恒之类不需要将过程搞得很清楚也要对物理过程有一定了解,不然就很容易误入歧途。还有就是要记住每个公式的用法及它们的组合可以解决哪一类问题。这样在解答一些过程复杂的问题的时候就能思路清晰,将大的问题分解成一个个小问题,逐个击破。

另一点要说的就是结合生活实际。高中物理绝大多数问题都与生活息息相关。在考虑问题时结合实际，能让你对一个物理情景理解得更透彻，对其印象更深刻。

4.数学

学习数学，第一是要有想象力，很多时候你会发现一个问题可能你一眼看上去根本没有任何头绪，觉得无从下手。但你只要认真观察，可能就会发现它的形式和哪一个方面的知识相同，然后你再从那个知识点入手，问题可能就会迎刃而解。第二是要严谨、细心。这两点说着容易做着难，我曾经有一段时间陷入一种 1+1=2 之类的问题都能算错的窘境，自己很着急却不能从那个奇怪的状态中钻出来。后来老师给我一个方法，就是强制每天训练 15 分钟就只做这种简单的题目，一直训练了一周终于把状态找了回来，之后很长一段时间就很少再犯这种错误了，同学们有兴趣也可以一试。

我的学习方面的方法大概就这些。当然了，适合我的不一定适合所有人，希望大家能选取感觉适合自己的方法尝试一下，有用则用，无用则弃。总之，找到适合自己的方法才是最重要的，在以后的学习中才能越学越好，越学越顺利。

最后，祝大家能够圆梦高考，在高考中金榜题名！

作者寄语

有志者，事竟成。

愿青春无悔

李昀臻，男
北京大学元培学院 2015 级本科生
来自驻马店市上蔡县，毕业于上蔡县第一高级中学。

拾起笔默默地看了几分钟，却仍写不出一个字，虽然脑海中在学校演讲的稿子仍熟稔于心，却怎么也写不出来。

不知道在大家的眼中高中是什么样的，而高中又应该是什么样的呢？我希望每个人的高中都是生动而充实的。

大家都说，高中是受苦的三年，高中是除了学习什么都可以抛弃的三年。其实，对我来说，高中是青春最美的三年，是追梦最幸福的三年。

其实高中真的不应该只有枯燥的学习。生活就像水墨画，留白就是充实最好的伙伴，生活离不开充实的工作，同样也离不开淡雅的留白。正如有了光明，才会有黑暗，正因为黑暗的存在，才更显得光明的可贵。

高一，我刚进班级的时候，班里的同学我一个都不认识，也可能是因为我比较不爱说话，当班里同学都已经相互熟识的时候，我还是默默地坐在角落里做题。可也就是在那个时候，我第一次学会了画一幅素描，我第一次跟着同桌学会了唱《老男孩》，也是在那个夏天，我们用手机见证了林丹夺冠的瞬间。虽然当时我们的成绩都不太好，但是我交到了高中的第一位挚友，在高中课业还没有向我压来的时候，我能拥有一点悠闲的时光。细细想来，这种感觉，要比多做几道数学题更令人怀念。

高二可以说是我在高中过得最为惬意的一年。青春期的我，无可救药地爱上了写一些诗和散文。更为幸运的是，我遇到了一个同样感性的同桌。有一次语文老师在上面讲着《蝶恋花》，我们两个在下面写出以“蝶恋花”为调的词，写完之后我们还会相互借阅，赏析词句，玩得不亦乐乎。相似的场景很多，每每想来总有一种淡淡的幸福感。我们也会在某个中午午休的时候，偷偷溜到学校的花园里，躺在嫩嫩的草坪上，享受中午温暖的阳光，说起来，又好像是一首好词。或者有时在某个雨天，忘记那是一节自习课，写一首伤感的小诗，叠成飞机飞到窗外，或压到笔记本里，带一份陶醉，与那些字句一起长眠。这样可能会显得矫情，但我不得不说，这些与学习无关，在学习和考试计划之外的东西，往往能有效地调节情绪。它们不会占用太多的时间，更不会让你在其中无法自拔，却能让你调整心情更好地去学习，更是一份美妙的回忆。

在大多数人看来，高三就像是地狱，无法忍受，更谈不上回忆。但是，我觉得高三的生活是最幸福、最值得日后仔细回味的。是啊，在高三，每个同学都会自觉地少说几句话来多背几个单词，每个同学都会把起床闹钟设定早几分钟，把晚上熬夜看书的时间再延长几分钟，整个班级都沉闷闷的，好像有一层乌云在笼罩着。可是，换个角度看，高三，是我们可以和其他人真真正正地公平竞争的时候，是我们可以为了目标奋斗努力而且很快能够看到成效的时候。这样的高三，给我的是一种莫名的幸福感。对于跋涉的人来说，能够看到远方的目标，并可以看到自己身后的脚印，还有什么比这个更让人有幸福感？在紧张的学习过程中，我常常会抽出一点时间，可能是自习课，也可能是放学后，在班里静静地写上一篇日记。写自己的烦心事，写自己对于青春和生活的感悟，再写自己学习中的事情，站起来会突然发现，一天劳累的心情会变得轻松许多，仿佛把一天的压力化作文字，写进了日记里，自己便获得新生一般。在家睡个好觉，第二天重新开始。

看到这里，可能会有许多人说我高中不务正业。在他们看来，高中的每一分每一秒都应该用在学习上，每一秒的浪费都是不应该的。我不能说他们错，但是，在我看来，生活就像一本书，我们人生的每一个阶段，写在书上，就是一个章节。我相信，没人会希望自己的章节只有一个段落。文章讲究留白，同样，学习之中也要留一点空白，才不会显得忙忙碌碌。

其实高中完全没有那么单调无趣，不是说整天把自己埋在题海中，就体会不到生活精彩的一面。在高中，再怎么说，我们也是奉献了整个青春最美丽的几年。学习，其实也是一件快乐的事情，像语文，像文字，都会带给我们清新的感觉。世界上不是缺少美，而是缺少发现美的眼睛；无趣的不是学习，无趣的是我们劳累冷却的心。

二

聊聊梦想吧。你有梦想吗？

如果你看到这个词的时候，渐渐陷入沉思，我希望你能够找到可以称作梦想的东西。如果你能坚定地说出自己的梦想，我希望你坚持。但如果你对此不屑一顾，我希望那是因为你成熟，因为你不依赖梦想也能够向前进发，而不是无所事事、庸庸碌碌戒掉了梦想！

即使在许多人看来，“梦想”是一个再缥缈不过的名词，它不能带来名誉，不能带来财富，但一个勇敢追梦的人在任何时候都是值得尊重的。有些人，为了实现这个遥远的梦，奋斗了许多时日，换来的却是从头开始。所以，有人放弃梦想，有人鄙夷梦想，这我都理解，但是，他们当中不应该有你们。因为我相信，他们都是在追求梦想的路上，畏惧艰难，变得麻木，停下脚步，才最终被生活、被自己的梦想所抛弃；而你们，却还没有经历过冷峻的生活，还没有真正遇到泥沼遇到黑暗，你们就更不应该对梦想失望。我相信你们有梦想，更相信你们正在追求梦想的道路上前进着。人们说，人在社会上行走，终究会被各种挫折磨平了棱角，人会累，会变得麻木。但我知道，你们还不是！毕竟你们还年轻，还在青春期，青春的熊熊烈火，是不会因失败而熄灭的，失败的存在，只应是用来证明我们的坚强。

而正是因为年轻,我们敢于承认每一次失败,敢于在失败后重新站起,敢于一次次地下定决心,敢于一次次地追寻梦想。

宫崎骏说,梦想不会逃跑,会逃跑的是我们自己。我也想说,梦想不会放弃我们,而是我们放弃了梦想。追梦人是孤独的,因为很少有人去支持他们,但他们绝不可悲,因为他们时时刻刻能够感受到来自自我的温暖,以及那种来自自我的不可言说的幸福。所以,请收回懦弱,收回不屑,至少尝试一次,至少勇敢地迈出那一步,去坚持自己的梦想,我相信,现实终将被你们改写。

"宁可壮烈地闪烁,不要平淡地沉默,别问这是为何,因为我曾和恶魔,斗过几回合,就算它极端恐吓,不握手言和,因为曾去日无多,才懂我想成为的我,捧着心,面对火,害怕却不退缩,所有置我于死地的,也激发我胆魄,狠下心,蹚过火,重生在缝补过的躯壳,当得起每个失而复得,凭着我够执着,我是短暂的花朵,也是最长久的琥珀,总有美好要借我寄托,深爱的都难以割舍……"这时候,就突然想起来了姚贝娜的这首歌《心火》,这是我最喜欢的一首歌。每每听到这首歌,它就像姚贝娜的火热的心一般让我抬起头,感觉浑身充满了力量。我们新青年,就应该有这样的热情和勇敢,任何困难都不能打倒我们,任何恶魔都不能使我们妥协!

三

梦想是要有的,万一实现了呢?但实现也绝非偶然,方法、方向都是很重要的。下面谈谈我高中时的一些学习心得。

在高中的学习中,有两个字是非常重要的,那就是"自觉"。在初中的时候,大家已经习惯了老师的提拉式教育,已经习惯了老师每时每刻的监督。但是,到了高中,大家就会发现,所有的老师突然变得那么"不负责任"。在课堂上,老师不会特别去注意你是否认真地在听,自习课上,老师也不会每节都来辅导。这时候,其实是最考验一个人的时候,能否更快更好地适应高中快节奏更自主的学习方式,决定了你是否能够在高中前期取得好的成绩。在课堂上虽不一定要按老师的思路来，但不要浪费每一分钟，你可以比老师快，然后更早地去做题，也允许跟不上老师的脚步，但要在课下及时补上。在自习课上，或专研，或纠错，或默诵，或练习，抓住每一分钟，学会自主地安排时间，学习才不会显得枯燥无味。

另一个很重要的环节就是把握好自习课。课堂，是老师亲自传授给我们知识的时候，而自习，则是我们把这些知识理解消化，融会贯通，并且举一反三的时候。正如在盖一座高楼，老师们亲自教会我们地基应该怎么建，怎么样才会使地基更牢固，而剩下的具体细节，则要靠我们自己去琢磨。自习课，就是我们如何将自己的知识大厦建得高大漂亮的时候。在自习课上，有些同学会紧紧咬住一个难题花费好几十分钟吃透；有些同学会抓紧时间完成老师布置的练习作业；有些同学会增加训练的强度，自行买辅导资料去做。这里面没有绝对的对与错，或者说，都是对的。因为自习课就是一个自主学习的过程，同学们自己决定要怎样度过，自主安排自己的时间，这同样也是同学们形成自我意识和观念，树立自主形态的时候。大家都在为自己的大厦而思考而努力，有的人，盖成了摩天大楼；有的人，盖成了艺术地标；有的人，盖成了庄园别墅；有的人，盖成了公寓小楼。每个人都会发现自己的选择，而每个人都可以按照自己的规划去学习去成长。在我看来，或许在某种意义上，这是自习课相对于提供专门的学习时间更大的意义。

特别地，对于那些学习成绩十分优秀的学生，当老师的说教已经无法满足自己的求知欲的时候，就要加倍地去重视和争取自习课的时间。这时候，它能给你的已经不在于学习的时间了，更多的是你可以有更多时间去思考，思考自己的学习方式，思考自己的风格，思考自己的心态，思考自己的路。有些时候，甚至可以向老师提出申请，将一些课程换成自习课。无论怎样，我要说，适合自己的才是最好的，自己的时间怎么样安排自己应该最清楚。

学习的生命，在于对时间的把握，在同样的效率下，如何能将自己的生活安排得更充实,正是学习的关键所在。常言道,一寸光阴一寸金。在自己精力允许的情况下,我们则应该学会压缩时间,让自己的学习变得更充实,这样,我们既不会感觉太过劳累,又能感觉到收获的满足。每天早上上学的路上,我会听一段英语录音;在早读容易瞌睡的时候,我会主动站到教室外面,让清凉又有些刺骨的晨风拂去困意,这样读书才会更有效率;中午的时候,我不会吝啬那十几分钟的学习时间,我通常拿来去睡觉,因为我知道,这样低效率地学习十几分钟,换来的不过是下午上课时几十分钟无法集中注意力。英语小册和古诗文小册更是常放在口袋中,学习的时间,不就是这样一点一点挤出来的吗?有许多人,每每看到别人作业写得快,背书背得快,就爱发牢骚,其实是因为别人过着更加充实的生活。

我认为,天赋什么的对于学习的帮助实在有限。有些人看到问题,思考片刻,就能解答出来,而有些人苦思冥想,却束手无策;有些人学习并不怎么努力,却能每每考出好成绩,而有些人,他们的努力大家有目共睹,但就是在考试时发挥失常。我要说,天赋并不重要,积极地思考才往往决定了学习的高度。遇到问题,无论是在考试中还是在练习时,我们首先应该抓住题眼,进行分类,从已学到的知识中找到对应的解决方案,这就是积极地思考。有的人在思考的时候,总是不能有序合理地想,而是胡思乱想,注意力不集中,在别人看来他们是在思考,而实际上不过是在浪费时间罢了。

进入高中,看到毕业典礼上的许多学长学姐考入各种重点大学,我相信很多人心里就会埋下压力的种子。当初,我也是这一群体中的一员。看到考入清华、北大的学长学姐们个个意气风发,我就暗暗起誓一定要考出好成绩。其实,在高中,就算是个成绩并不好的同学,也会承受家长期望的压力,而成绩好一点的同学,更要受到来自家人、同学、老师甚至自己的压力。在许多时候,有压力才会有学习的动力。记得高三下学期的时候,我某几次考试成绩比较好,结果在下次考试中明显退步,老师让我写一封信交给他,就当作是倾诉,或者是检查。我在信中说:“老师,我知道,在这次考试中,成绩退步的主要原因就是缺少压力。老师,在接下来的几个月中，我不求别的，只希望你能给我足够的压力。我知道，自己绝不是一个会被压力打倒的人，更大的压力，只会激起我更强的反弹。所以，老师，不要再顾虑了，就剩下这几十天，我什么都不要，给我压力，就足够了。”我这样的做法，虽然有些偏激，但是对于当时的我，这不失为一种很好的解脱的方法。最终老师很配合我，把我找出去谈了几次话，也给了我适当的压力，而我自己也在不断给自己施压，买了更多的复习资料，每天要背更多的单词，就在这样疯狂的压力下，我才逐渐找回了感觉。

也许这样的方法并不适合每个人，毕竟不是每个人都会如此疯狂。每当压力很大的时候，大家也要学会缓解自己的压力。我虽然喜欢压力学习法，但是我不喜欢压力太大压得我喘不过来气的情况，这时候我往往会做一些事情。比如，写几句有文采的话，叠成飞机飞出去；故意在下雨的时候去淋雨；在放学的时候独自在班里写日记；在放学的路上和同学聊天；等等。这既不会降低我学习的热情，也不会让我在巨大的压力下变得神经兮兮。增加压力与缓解压力，太过极端了都不会好，所以我们要掌握的就是平衡的那个度。

我不想那么明确也无法给同学们指出一条路来，我能做的，就是告诉你们，在我自己跋涉的时候，什么样的鞋子最合脚，怎么样的步伐才算好。真正的追梦者，他的路在自己的心里。他不会说，我将来怎么怎么样，他什么都不会说，他只会一步一步走，当他登上一座山峰，回头看看自己的历程时，他才会说，啊，原来我就是这样走过来的！

冰雪的寒流，来得永远都是那么悄无声息，就像高考一般，来得理直气壮却又给人以出人意料的结果。只有那些做好准备，或者内心火热的人，才会在寒冷而迷茫的雪夜中，发现自己心中的热火，找到自己的路。

最后，愿大家找到自己的路，拥有一个无悔的青春！

作者寄语

非淡泊无以明志，非宁静无以致远。

岁月缝花

李照清，女
北京大学中国语言文学系 2015 级本科生
来自河南省安阳市，毕业于安阳市第一中学。

威尔逊曾说："我们因梦想而伟大，所有的成功者都是大梦想家：在冬夜的火堆旁，在阴天的雨雾中，梦想着未来。有些人让梦想悄然绝灭，有些人则细心培育、维护，直到它安然度过困境，迎来光明和希望，而光明和希望总是降临在那些真心相信梦想一定会成真的人身上。"很庆幸自己成为后者，能够守护梦想直到它开花结果。

与梦想同行的三年，无关风月，远离尘嚣。不可否认，这实在不算是一段太好的时光。但我想，这也一定不是一段太坏的时光，因为人生或许再没有这样一段时光让你能心无旁骛地追寻自己的梦想。

谨以此文怀念那刻在我生命轨迹中的三年。

一、梦想

梦想是什么？当第一次在明信片上看到美丽的湖光塔影时，我想，这就是梦想。梦想在大师身旁聆听教诲，梦想在未名湖畔诵读诗书，梦想在燕园一角仰望星空。想去体验兼容并包的学术氛围，想去感受思想自由的人文情怀。

怀揣着对北大的憧憬，我一路来到高中。

在适应高中生活的同时，我也暗暗为梦想积聚力量。一年的时光悄然流逝,转眼间,文理分科的号角已然吹响。

分科,意味着人生的另一种选择。不想因为重理轻文的现状而屈服,不想因为所谓的面子而违背内心的选择。当我不顾父母的反对,在同学异样的目光下将文理分科表交到老师手中的那一刻,我觉得自己是生活的主人。我无法掩饰自己对人文学科的热爱,到北大学习关于人文学科的系统的知识是我不变的梦想。即使不被所有人看好,我也始终告诉自己,遗憾比失败更可怕。纵使未来的道路有太多的不确定,我也想放手一搏。

文科班轻松活泼的氛围使我很快地融入了新的集体,准确地找到了自己的定位。就这样,我安然度过了高二,几乎包揽了所有的第一名。在高二的尾巴,在氤氲着盛夏气息的校园里,我接到了北大抛来的橄榄枝。我作为学校推荐的唯一一名文科生,成了体验营的一员。这是我第一次来到北大,第一次近距离地碰触自己的梦想。五天的生活使我下定决心,一年后我一定要考入北大。当拿到通知书的那一刻,我想,我做到了。

二、奋斗

苏格拉底曾说:“世界上最快乐的事,莫过于为理想而奋斗。”诚然,为梦想而奋斗的日子是美好的,需要你全心全意地投入、忘我地付出、勤奋刻苦地学习。但是,这并不意味着横冲直撞,一味地拼时间、打疲劳战。找到适合自己的学习方法,才能够保持高效的学习。下面我谈谈自己的一些方法,希望对大家有所帮助。

1.语文

语文学习是一个日积月累的过程,非一朝一夕所能完成。有人常抱怨语文成绩难以提高,于是便听天由命,疏忽语文学习。这其实是犯了语文学习的大忌,是不了解学科特点与学习规律的错误做法。正确的做法是要做好日常,注重积累。

语文考试有七大题型。

我首先说一下科技文阅读。科技文阅读是难度系数最高、最易丢分的题型之一了。这一题型的训练其实没有非常明确的做法,我觉得最重要的就是刷题。一天一篇或者两天一篇,保持手感,对正确率的提高有非常好的效果。但刷题不能过于盲目,建议大家及时总结。因为文章篇目普遍较长,所以建议大家把文章剪下来贴到本子上或者只摘抄错误集中的一些段落或语句。科技文阅读主要考查对概念的理解和对逻辑关系的判断,所以可以简单运用数学集合的知识来简化。比如说,A 包含 B 和 C,所以 A 包含 B、A 包含 C 都是正确的,题目中问 A 包含 B 是否正确,答案自然是肯定的。

文言文的话,最重要的可能就是积累。我有自己独立的文言实词积累本、翻译本。对每一次考试文言文中的生字词、题目中的生字词、得分低的句子都会摘录总结。遇到高频实词或多义的实词会查字典把它的所有意思和例句抄下来。我的工具书,尤其是字典,往往是班里带得最全的,需要查找的时候会非常方便。

古诗鉴赏也是得分率非常低的题型。最重要的就是多做题、多总结、多记忆。牢记各种答题模板,规范答题步骤。可以多积累一些常见意象、典故、专有名词等。

至于默写,现在高考考查的是情景式默写,老师会发一个总结,上面几乎涵盖了所有的考点。平常考试的时候把做错的题或者新的补充上去就行了。每天早读的时候,读一读,记一记。

现代文阅读建议大家选择实用类文本阅读,即人物传记或新闻。原因很简单,题型相对固定,答题套路好找,难度系数较低,得分率较高。但想拿高分其实也不太容易,平时也需要多做题和总结。人物传记一般为一道选择题(五选二)加三道解答题,程度较好的同学可以只练多选和 8 分的探究题,容易与他人拉开差距。注意时间,一道完整的题做下来应控制在 30 分钟以内。总结应该分题型和例题。比如:这一人物的性格特征有哪些?例题详见《五三》第几页第几题。

语言运用得分率较高,建议大家多背一些优美文段,多积累一些好的语言。

作文的话,大概是整张卷子最容易拉开差距的了。如何写一篇优秀的考场作文?第一,要有整洁的卷面、工整的字体。建议大家多和老师要一些空白答题卷,平时可以练练字。第二,要有清晰的结构。我一直奉行的是"5大段,13小段"的原则。开头(3个排比);结合材料+点明主旨;举例论证(三到六个);结合实际;结尾(也可以用排比)。第三,要有较为精练的语言。最好的方法就是写排比句和引用名人名言。排比最好采用四字格的形式。比如:疾风劲摇,猛浪似奔。人言扰扰中,判断需由自己来做。既有美感,又能够点明主旨。名言最好用一些不常见却很精辟的、富含哲理的。比如,林清玄曾说:"我有明珠一颗,照破山河万朵。"第四,要有切合题意的、较为新颖的人物素材。可以常备十个你较为熟悉的而又不是很常用的文化名人,以备不时之需。比如:辜鸿铭、杨绛、王国维等。

2.数学

文科数学总体比较简单,最直接的就是刷题+总结。建议专题和套卷结合着来。可以有专门的专题总结本和错题本。可以利用课间10分钟刷一道压轴题,也可以花一节课刷一套小题狂练。题目短的可以抄下来,长的剪下来,经典题、易错题可以做标记时常翻阅。一周尽量抽两到三个固定的时间来重新做以前的错题,不要只抄不写。

3.英语

英语的学习方法和语文非常类似,但英语的难度系数更低,也更容易提高。英语学习的根基在于词汇量。课后单词表要全会背是最基本的,一些重点词汇需要查字典知道它的所有用法和搭配。我举一个简单的例子。ill这个单词常见意思是"生病的",为表语形容词。但它作"不好的,坏的"讲时,可以作定语,比如:ill health。此外,可以多读一些英文报纸、小说来扩大自己的词汇量。闲暇的时候,可以看一些英文电影来培养语感,同时也得到了放松。我平时看电影一般是中英双字幕,会随身带着纸和笔,把不认识的单词记下来。还可以学习一些经典的英语教材,比如新概念英语。新概念3和高中英语有许多重合的地方,而且新概念3有很多文章非常优美,适合背诵。完形填空和阅读理解需要刷题,可以总结一些题型,掌握答题的套路。作文的话,好好练字,建议练习写印刷体,速成而且得分高。

4.文科综合

文综是一门容易让人抓狂、崩溃的科目(一节更比三节强),非常锻炼人的心理素质。因平时的锻炼,我才能在高考文综考试只剩25分钟结束,而历史还没写的情况下笑得云淡风轻,默默低下头狂赶(这是反面教材)。那么,文综如何才能拿高分?

(1)熟悉课本,扎实基础。政治、历史最好能抄几遍,争取连小角落也不放过。我就曾经抄过满满一本子的"历史纵横"。地理的话,熟悉课本知识脉络就行了。

(2)深度剖析,灵活运用。要善于理解运用学过的知识点,懂得知识迁移,看到题目要迅速地对号入座。

(3)卷面整洁,条理清晰。文综大题很多,字很密集。如果字很潦草或者卷面很脏会影响老师的印象分。每道大题,尤其是政治,可以上下浮动一分。如何在非常短的时间内写下尽可能多的内容和保持工整的字体,还需要大家练习。每道题都要分条作答,最好每条可以另起一行。建议内容上可以发散思维,从不同角度、不同方面来回答。把得分点、总结的话往前放,材料分析往后放,防止误判、少得分。

(4)合理安排时间。选择题连做带涂卡控制在35分钟到45分钟之间,手慢的同学也不能超过50分钟(我高考选择花了55分钟,所以历史大题答得很仓促)。大题尽量按顺序做,防止漏题。政治、历史花的时间相对长一些,一个是字多,一个是题难。最好能留出3分钟来检查涂卡情况和个人信息或者对已写的答案做一些补充。

学习固然重要,但我也反对把所有的时间都用来学习。要知道,高三是一场马拉松比赛,坚持到最后的才是赢家。合理安排自己的生活,学会调节自己的情绪才能使你安稳地度过高三。

首先,要保持合理的作息。高三非常忙碌,无法保证充足的睡眠时间,所以需要提高睡眠的质量。在我看来,盲目地熬夜、压缩自己的睡眠时间是不可取的。晚上睡得太晚或早上起得太早致使自己精神不振,在课堂上注意力无法集中,甚至呼呼大睡,这便是因小失大了。适时地调整作息,尤其是在考前,可以适当地减少学习的时间,多补充睡眠。

其次,不能忽视的是要加强体育锻炼。高强度的学习和漫长的学习时间会使我们身体的免疫力下降。每天放学后可以在操场上跑几圈,既能够振奋精神,又能够锻炼身体。下课后也可以到教室外走走,呼吸一下新鲜的空气。我因为缺少锻炼,在高考前的一个星期患了重感冒,险些影响了考试。再者,如果你身体不好,经常因为生病而请假,那么一定会耽误很多课程,又怎么能够保持优异的成绩呢?体育锻炼的重要性不言而喻。

再次,学会适当地放松。适当地放松并不意味着放纵自我。在完成自己规定的任务的前提下,可以做一些自己喜欢的事情,舒缓一下紧张的情绪。

最后,要保持平和的心态。高三大大小小的考试很多,成绩起伏再正常不过。我就曾经从年级第一名跌至年级三十名开外,我常自嘲自己的成绩简直就像是过山车,老师也常调侃我的"六脉神剑"。但是,请不要因为考试成绩而有过多的情绪,平和地看待每一次考试,把它们当作自我展示的平台,借此来查漏补缺,才会得到成绩的飞跃。面对激烈的竞争也不要焦躁不安,既然我们无法逃避,就应该勇于面对。而且,竞争总能激发我们的潜能,给我们意想不到的收获。

三、挫折

追梦的旅途从来都不是一帆风顺的,高三的压力曾一度使我崩溃。我也曾因挫折而颓唐,独自在夜晚舔舐伤口;也曾因他人的不解与嘲讽而悲伤落泪；也曾因未来道路的不确定与梦想实现的渺茫而焦躁不安；也曾因身处单枪匹马、孤立无援的困境而尝尽寂寞的苦涩；也曾因难以突破的瓶颈而崩溃大哭。但是，当一切都已尘埃落定，我却无比怀念那段为梦想而痛苦挣扎的日子。正如白落梅所说："人只有将寂寞坐断，才可以重拾喧闹；把悲伤过尽，才可以重见欢颜；把苦涩尝遍，就会自然回甘。信了这些，就可以更坦然地面对人生沟壑，走过四季风霜。"唯有承受过那些不易承受的疼痛，历尽沧桑，才能云淡风轻地面对今后的生活。

如何缓解高三学习生活中的压力？我想方法无外乎两种，即自我调节和对外倾诉。

1.自我调节

可以采取转移注意力的方法。当你为即将到来的考试惶恐不安的时候，可以听一些柔和的音乐，看一些温馨的电影、一些优美的散文。我曾经在自己烫伤脚的时候为缓解疼痛而看一些自己喜欢的综艺节目，效果还不错。但是，请不要把这当作你放纵自己的借口，当成变相的娱乐。也可以采取自我宣泄的方法。闷着头大哭一场或者到操场上跑步都是不错的方法。疯狂的宣泄过后心情往往会重归平静。

2.对外倾诉

找一个良好的倾听者。这个人可以是你的父母、老师或朋友。但在向他人倾诉的同时请顾及他人的感受，在不妨碍他人的前提下进行。

如何面对追梦旅途中的挫折？我想说的是，跌倒并不可怕，可怕的是你没有勇气站起来。我也曾有连续多次考试成绩不理想的"低气压"，也曾想过放弃。但我始终告诉自己，考得差并不可怕，可怕的是你因此而沉沦。没有经历过挫折的人生不完整，经历挫折才会使我成为更好的自己。高三最后的日子里，我一直不断地激励自己，最后终于守得云开见月明。

四、感恩

感谢追梦路上的同行者，感谢所有为我的梦想添砖加瓦的人。

永远不能忘记感恩父母。他们甘愿做你过河必须投下的石子,煮茗需要的薪火,夜归照明的路灯。高三的我们承受着巨大的压力,但其实父母并不比我们轻松。在我挑灯夜读的时候,他们总是陪伴着我,直到我房间里的灯灭了才肯入睡。不要把父母当作你情绪的宣泄桶,不要把经历高三生活的你想象得多么特殊,不要把父母当作你的敌人,家才是你永远的港湾。

永远不要忘记感谢你的老师。是他们为你插上梦想的翅膀,是他们从未怀疑你的能力,是他们细心聆听你的倾诉,是他们为你解答疑惑。老师是最了解你学习状况的人,经常与老师交流能使你迅速地发现自己的问题,少走许多弯路。

试着学会感谢你的同窗。他们不只是你的竞争对手,更是你的朋友。正如巴金所说:"友情在我过去的生活里就像一盏明灯,照彻了我的灵魂,使我的生存有了一点点光彩。"假如把高三的生活比作漫漫长夜,他们无疑给了你一抹光亮,提着灯与你一同穿过黑暗。同学在某种意义上是最便利的学习资源,有时候同学之间的互相讨论比自己苦思冥想要有效得多。他们也会分享你的喜怒哀乐,让你在繁重的学习任务之余感受到丝丝温暖。

岁月缝花,我想,用它来形容高中三年的生活再合适不过。我用三年的时光为自己缝了一朵花,名为梦想。

作者寄语

也许一个人要走很长的路,经历过生命中无数突如其来的繁华和苍凉才会变得成熟。

梦·人·思·法

李志杰,男
北京大学信息科学技术学院 2015 级本科生
来自河南省项城市,毕业于河南省项城市第一高级中学。高考总分 679 分(理科),其中语文 121 分,数学 143 分,英语 141 分,理综 274 分。河南省项城市理科第 1 名,裸分考入北大。

言及北大,总有无限感慨,总是会想起那些曾经做过的梦,那些曾经陪伴着我的人,以及那些我曾经的思考。追梦路上的坎坷与喜悦,以及发自内心的一些想法,我都将在这里一一道来。

一、追梦之途

梦里花落知多少,先说说梦吧。在刚上高中时,我就梦想着北大了。不仅仅是因为她有名气,还因为她有着其他学校无法比拟的魅力。无论是那令人向往的未名湖,还是博雅塔在月夜下的倩影,都充满着古朴的气息,都是那么的令人神往,令人陶醉。

梦想是可以给人以无穷的勇气和力量的,而这勇气和力量可以帮助我们战胜一切困难。在学习上有困难情绪失落时,梦想是最能给人希望和战胜困难的勇气的。因为有梦,考试的失败只是如同一阵风吹来罢了,谁的青春不曾有风吹过?因为有梦,全神贯注于应做之事就要战胜自己的软弱,为何自己要软弱而不是成为强者?因为有梦,哪怕遍体鳞伤我们也能满血复活,又有谁会说你是失败者?在生活中有困难心里不安时,梦想也是最能给人以力量战胜困难的。因为有梦,与同学的一点点不和只是如同水中的涟漪,片刻就能归为平静;因为有梦,与家人的一点点误会只是如同秋日的落叶，缓缓而落；因为有梦，身体上的不适只是如同夏日的蚊虫叮咬，转瞬即逝……

梦固然总是有美丽的一面，可是，还要时刻提醒自己谋事在人，成事在天，因为谁也不能保证梦一定就会实现，真正重要的是追梦的过程中自己付出的努力和汗水。或许会跌倒，会彷徨，会痛苦，会失望，或许所有的努力和汗水都终会化为泡影，可是啊，梦就在前方，不前行的人永远不会到达，追寻过的人没到达也没有遗憾。千里之行，始于足下，而所有的挣扎都是在向着梦的方向一步一步进发，不是吗？

然而，现实多坎坷，怀揣着美好梦想的我也会做一些噩梦。曾经梦到过在重要的考试中失利大幅退步，曾经梦到过因为试题太难而交上白卷，曾经梦到过高考考场上突发意外导致无缘梦想，也曾经梦到过成绩出来后却比预想的低很多很多，甚至在成绩出来之后我还梦到过就差一分而进不了北大，梦到过投档了却又被退档……可是啊，梦醒之后，我却并不会害怕，因为我相信，付出过一定会有收获。哪怕最终还是一败涂地，却不会后悔我也曾努力过。还好，梦想终究实现了。梦想的实现并不会给我的追梦之途画上句号，新的梦想又会出现在脑海中，助我不懈前行。

非常喜欢陈欧的那段广告词：梦想是注定孤独的旅行，路上少不了质疑和嘲笑。但那又怎样，哪怕遍体鳞伤，也要活得漂亮，我是陈欧，我为自己代言！或许太过鸡血，太过励志，可是说出了很多追梦人的心声。

梦想花开，如今，进入北大，梦想也将再次起航。如同叶子从痛苦的蜷缩中挣脱，我也要从以前梦想成真的喜悦中解脱出来，追寻着新的梦想和方向，勉力前行。我也希望后来者也都怀揣着梦想，因为，梦想就如同天上的星光，照亮前行者的路；就如同海边的灯塔，指明航行的方向。唯有有梦之人，方向才会足够明确，才能事半功倍，从而成就自己。

二、伴我之人

说完梦想，当然就要说说那些陪伴着我走过追梦之途的人了。

首先当然是我的家人。无论是父母还是姐姐，都帮助了我许多许多。为了最大限度地让我投入学习，他们几乎帮我做了能帮我做的一切事。无论是帮我买需要的学习资料，还是给我做饭送饭，抑或是每天早上五点催我起床去学校，他们从不对我说累。真的很感谢他们。

其次便是我的老师和同学了，与老师、同学和谐相处是学习高效率的基石。回想高中三年的时光，老师们的身影在我的脑海里不断浮现：还记得考试不顺心时，老师对我的体贴安慰；还记得课上不小心走神时，老师对我的善意提醒；还记得成绩进步时，老师脸上的笑容；还记得做错事时，老师的宽容理解与批评……与同学们的相处相对而言就更加轻松肆意了。友好和谐，相互礼让，相互帮助，同学们都会成为你的朋友。还记得发烧头疼时，同桌递来一杯水时的感激；还记得成绩不尽如人意时，周围同学自发来安慰自己时心中的感动；还记得一起去吃饭，谈天说地时心中无尽的快乐轻松；还记得高中毕业一起照相时大家脸上如阳光般灿烂的笑容……

然而，伴我之人却未必都认识我。比如励志成鸡血的"叫兽"易小星，用作品带给了我快乐，伴我闲暇时光；又比如学校往届的高考之星，用高度带给了我压力和动力，伴我学习之时；再比如追梦成功的马云，用魄力带给了我信念；还有《网球王子》中的乾贞治、《火影忍者》中的漩涡鸣人，用坚持带给了我前进的勇气……

窗外的梧桐树叶落了三遍，树下的月季花艳了三次，我也由三年前的青涩日渐成熟，而家人、老师、同学以及那些并不认识我甚至并不真实存在的动漫角色，就是那些伴我成长、看着我成熟的人们啊。

三、学习之思

或许真的是我找到了学习的方法和乐趣吧，高中阶段我一直感觉学习并不是什么特别困难的事，只要全力以赴坚持到底，都能取得不错的成绩。在学习上，我有以下几点思考：

首先,对于听课的思考。爱上老师们的课对于一个学生而言或许有时候不太容易,可是,这也许就是学好这门课的最简单方法。或许,你会感觉老师们一直在重复讲一个地方,听腻了,不想听,可是那里或许就是重点,是老师们不希望你在需要用到时忘记的地方;或许,你会感觉老师讲得太低级不能吸引你的兴趣,不愿听,可是那或许只是表象,老师要讲的是背后的真相;或许,你会因为没做好预习而感觉老师讲得像天书一般,听不懂,可是已经落后了的你又怎么能继续浪费课堂时间……但这并不代表所有的课都一定要听。根据情况,判断自己要不要听,这也是一门功课。

其次,关于问问题的思考。至于问问题,我觉得是学习的重要组成部分,有些地方你不问或许永远都搞不明白。比如生物必修三的神经传导那一部分,不同离子在不同阶段的穿膜过程是比较复杂的。神经冲动时,钠离子、钾离子分别以什么样的方式向哪个方向穿膜而过?静息电位时又是什么离子的跨膜运输造成了膜内外的电位差?由神经冲动变回静息电位的过程中,钠钾泵耗能不耗能?诸如此类的问题只是听一遍看几遍是难以搞清的,需要找老师仔细地讲解整个过程。唯有如此,才能真正地理解掌握这些知识。

再次,关于做题的思考。这也是高中阶段不可缺少的一部分。首先要明确一点:做题永远不是什么提高成绩的万金油。曾经听一位学长说过关于刷题的事儿,他说:“一切无目的的刷题都意味着低效。”或许他所说的过于绝对,可是却不无道理。偏离了最初目的的刷题意味着无法达成目标。我身边也有许多刷题的人,他们做过的题甚至是我做过题的两倍,然而并不见得他们成绩比我好,也并不见得他们做题比我快很多。总之,做题是很重要,但是有目的地练习比刷题要高效。这便是我在做题方面的感受心得。

最后,关于心态的思考。平时学习时的心态,考试时的心态,对成绩的影响是非常大的。平时心中浮躁慌张,必然导致学习的不专注、低效率,这点大家都很清楚。而考试时的心态对一个学生成绩的影响就更大了。我们很多人都会有这样的感觉：考试前 15 分钟没有后 15 分钟过得快。然而，事实上我们都知道时间是相等的，只是心态不同罢了。刚开始时，因为时间还很充足，我们自然心平气和地做题。而当时间只剩下 15 分钟时，我们就会开始变得紧张，尤其是还没做完题时。人一旦紧张，思路就将难以打开甚至满脑空白，不知所措。所以说，一个好的心态对于高中学生来说，重要性不言而喻。

四、学习之法

每当被别人问到学习的方法，我总是会说没什么方法。可是，事实上，没有谁真的没有任何学习方法。当然，我也不会是例外，只是每个人的方法都是独特的。所谓的不同的方法只是若干种不同小细节的排列组合，所以说，借鉴方法只是借鉴一些学习上的细节罢了。下面我来具体地说一下我的一些学习方法，或许会有可借鉴之处呢。

首先是语文。语文对于我这样的理科生来说，从来不是什么强项，但却是非常重要的科目。大家都说语文对于理科生来说可以说是命脉，语文好的人总是会占有优势。语文最重要的莫过于文学素养了。有很多人以为，在应试教育的模式下，语文想要得高分只要多做题，找到解题规律罢了。可是啊，这种想法一定是不恰当的。语文的学习最需要的是对语文的感觉，对语文的爱。比如说作文，如果不喜欢文字，不喜欢写作，无论怎么背所谓的范文，都是无用功，也永远写不出动人的文字。所以说，要谈语文的学习方法，首先就是爱上语文，然后就是一些细节性的问题了。比如说做笔记，将所有知识性的内容汇总在一起，就是一本独立的笔记，不需要太有秩序，按照自己的习惯做就行。还有就是摘抄，就是把自己喜欢的、有感觉的文字记录下来，记录时最重要的就是慢慢写，不要粘贴，用自己最好的字体写出来就好了。其他的背诵问题就都是自己的了。

其次是数学。数学对于理科和文科的要求是不同的，我在这里谈一下自己对理科数学的理解吧。理科数学最重要的就是思维、观察力、想象力以及总结规律的能力。所谓思维,就是解决问题时的思考过程。有的人缺乏理性的思维,面对一个问题时总是会思考以前做过的题,想要找一个一样的题往上面套,这样的人永远都只能做做过的题,无法解决新的问题。想要学会自己思考问题,就要先学会观察。观察就是对一个问题表象的思考:为什么会是这种形式?为什么会是这种问法?是不是出题人故意想要自己往这个方向走然后出错?观察就是对类似问题思考的过程。如果真的没有看出什么,想象力就变得重要起来。想象一下可能的结果,可能的解题方法,可能会遇到的问题,还有就是想一下某些做法的复杂性,对它们进行比较分析。做完了之后就是总结规律的过程,但是要提醒的是,千万不要尝试记住题目。那些想要记住题目的人往往会在做新题时迷失在过去做过的题中,这会使思维受到很大的限制。

再次是英语。最近几年英语在考试中的地位在不断降低,这可以说是一种必然。语言的学习当然就是听、说、读、写四个方面,而我们如今考试中最多的却是写,这不能不说是我们教育的一个错误。但是对于面临高考的学生们,会写依然很重要。首先是字体,一手漂亮的字绝对会对成绩有利,所以从高一起就练字是个不错的想法,可是这并不意味着高三才练字就晚了,什么时候开始都不晚。只要全身心投入其中,只需要一个月的时间就足够让你被自己美丽的字体惊呆。还有就是单词、语法的记忆了。单词的记忆是一个漫长的过程,我一般会将平时遇到的看起来很简单却又不认识的单词记在一个小本上,睡觉前看一遍,第二天早上再去复习性地记忆,效果还是不错的。至于语法,我一直以为知道一些基本的语法,不犯低级错误就够了,因为我认为语法真的不是高中生应该仔细研究的内容,相比之下语感才是最重要的。没有语感,文章读起来就是死的,读不通的地方无论怎么想都难以通顺;有了语感,读不懂的地方也可以大概知道意思。而语感的培养就是阅读的问题了,可以从《英语周报》之类的材料开始慢慢练起来。英语的学习大概就是如此了。

最后我来说一说综合。由于我是理科生，所以我就谈一下自己对物化生三科学习的思考。

物理可能是绝大多数理科生害怕乃至惧怕的学科了，因为它是多种物理规律的集合，题目也是千奇百怪。可是，就像学习数学一样，物理的学习也要有思维、观察力、想象力。思维就是思考，观察就是找题目中的关键句，想象就是在脑海中再现物理情景，把物理过程想清楚。下面着重说一下观察。观察就是对题目的翻译过程，一些关键词是解决问题的关键所在，尤其是一些临界状况的描述。比如说复合场问题，恰好不穿过、恰好原路返回等都是解决问题的关键词。把这些关键词对应的物理过程想清楚，解决问题就变得容易了。

生物与化学就比较像了，都是在记忆性方面偏重的学科。记忆绝对不是什么死记硬背，而是理解性记忆。比如说免疫反应这个过程，如果直接去记诸如浆细胞是唯一不具有识别能力的细胞，吞噬细胞是唯一不具有特异性识别能力的细胞这样的总结的话，是很容易记混的。所以说要先理解整个过程才行。想要辅助自己记忆知识点，还可以准备小本——我是不建议整理错题本的，数学除外。小本是用来记那些自己在做题时忘记的内容或者是突然发现的问题的，也可以用来总结自己在学习中发现的问题。比如说高中阶段用到的显微镜，只有质壁分离实验中用的是低倍镜。再比如，不同的实验中用到的酒精、盐酸的体积分数、浓度不同，在各个实验中用的是哪种？诸如此类的问题，只有认真记过小本的人才更容易发现的吧。我还有一个习惯就是在小本的两面同时记，却记不同的内容，对于化学就是一面记知识点，另一面记方程式。这个就和个人习惯有关了。

无论是梦、人、思还是法，都只是我个人的一些想法，或许在将来它们还会是支持着你前进的不竭动力。与每一位追梦人共勉！

作者寄语

领略新的光芒，收获新的成长。

我的北大路

卢亚敏,女
北京大学地球与空间科学学院地质学系 2015 级本科生
来自安阳市内黄县,毕业于内黄县第一中学。2015 年通过博雅计划加 30 分,高考总分 683 分(理科),其中语文 123 分,数学 133 分,英语 143 分,理综 254 分。高中三年,先后获得河南省三好学生、河南省文明学生、安阳市优秀班干部等荣誉称号,曾夺得全国高中生数学联赛一等奖、中学生数理化能力展示活动二等奖。

自从知道自己被北京大学录取后,就不断有人问我如何才能考上北大。说实话,我真不知道该如何回答这一问题,它包括了太多太多。在细细思索了我这十几年的求学生涯后,我想它应该主要包括三个方面:梦想、行动与心态。

一、梦想

从初中开始,我的梦想便是北京大学。我希望有一天自己能佩戴上北大的校徽,能漫步在未名湖畔,能在北大的图书馆中尽情遨游。林语堂先生曾经这样说:"梦想无论怎样模糊,总潜伏在我们心底,使我们的心境永远得不到宁静,直到这些梦想成为事实才止;像种子在地下一样,一定要萌芽滋长,伸出地面来,寻找阳光。"是啊,一个人的心中一旦有了梦想,又怎甘于无为?

梦想的力量似乎就在于,即使很遥远,即使要经历风吹雨打,甚至伤痕累累,你却仍能站起来继续前行,一步步接近它。对于刚刚步入高中的我来说,考上北大几乎是一个近乎奢侈的梦想,除了我自己,应该没人相信我能考上北大。但我并未因此放弃追梦,相反,这个梦想变得更加耀眼。每每看到北大的图片,我便热血沸腾,斗志激昂,甚至我觉得北大在向我招手。就这样,在梦想的激励下我终于让自己有实力冲进北大。

进入高三,我对北大的向往达到了近乎痴迷的程度,我的眼中似乎只剩下了北大,我的世界里也只有她。更为幸运的是,在高三开始前,我作了我校理科生代表参加了北京大学 2014 年全国优秀中学生体验营活动。几天的北大生活实在难忘,我更加坚定了信念:一定要考上北大。这就成了我的高三的美好的开始。上天似乎是怕我无法始终坚持梦想,才为我的高三送上这样一份美好的礼物,及时地鼓励我。

真正的高三来了,躲都躲不掉。记得我的日记本首页写着两句话,第一句是“我的高三,我的北大,我的梦”,第二句是“17 岁的雨季我要在北大度过”。是北大这个梦想支撑着我,让我在略显单调的高三生活中看到缤纷的希望。梦想的大学殿堂在等着我,我怎敢懈怠?在这个追梦的年纪,又有几人会甘于平庸?这美丽的梦想在高考一天天逼近的过程中散发出愈加耀眼的光芒,除了它,一切皆黯然失色。为了梦想,我甘愿放弃所有让我分心的东西,因为我知道梦想比其他的一切都更宝贵。我寝室的墙上、班里的课桌上都被我贴上了写有“杀进北大”四个字的纸片。同学曾开玩笑说:“卢亚敏,你杀气过重。”但于我而言,高考就是一场战役。我愿为了北大这个梦想浴血奋战,与对手鏖战一场。

然而,高三一次次的考试无情地打击着同学们的自信心,本说好携手追梦的同行者不断地退出。同学们在考试面前纷纷变得现实起来,一步步地降低自己的目标。我很庆幸自己始终未曾放弃最初的梦想,坚持到底。即使在那些灰暗的日子里,我所想的仍然是梦想的美好、未来的光明。记得有一位高考状元曾这样说:是永不放弃的梦想照亮了我的求学路。对于我同样如此。哪怕仅是将梦想说出来温暖一下自己,也足以支持我风雨兼程。

梦想诚可贵,坚持价更高。无论你的梦想是什么,它或大或小,请一定要坚持。追梦的道路少不了困难挫折,也少不了质疑和嘲笑,用你自己的坚持打败它们,相信你的梦想一定会在你的坚持中美丽绽放!

二、行动

梦想不能只在梦里想想,它的实现需要的是沉淀和积累,是行动。当你的实力还撑不起你的梦想时,你就应该静下心来学习、历练,用自己的行动为梦想助力!

我爱极了冰心的一首小诗:“成功的花,/人们只惊羡她现时的明艳,/然而当初她的芽儿,/浸透了奋斗的泪泉,/洒遍了牺牲的血雨。”没有人可以随随便便成功,那背后永远都是不为人知的努力与苦楚。

我只是一个普通的县级中学的高中生,为了自己的梦想,我除了拼尽全力,别无他法。北大的录取通知书背后是一千多个日日夜夜的汗水与付出,是熬至半夜还不愿停下的笔,是高中三年所做的 2 米多高的试卷……或许这世上真的有所谓的天才吧,他们可以不用非常努力就能考入优秀的大学,就能创造美好的未来。但我不是,我可能在智商和反应方面比不上别人,但我愿做那个最老实、最勤奋的学生,竭尽全力为自己博一个美好的未来!

每天早晨我和室友 5:20 准时起床,与其说叫醒我们的是闹钟,不如说是那炽热的梦想。迷迷糊糊中就已经拿着资料利用跑操前的几分钟强化知识点记忆,跑着操心中还在默想着前一天学习的单词。面对一沓沓纷飞的试卷,虽然嘴上有抱怨,但仍老老实实地完成。也曾想过潇洒地撕掉试卷,但真的做不到,我不敢拿自己的未来开玩笑。四本生物教材已被翻了不知多少遍,五颜六色的标记已经让课本面目全非。理综试卷更是多到无法计量,有段时间我看到理综试卷就神经性地恶心,真想把它们都塞进垃圾桶!但我默念“北大在等你”,心情便会平静下来,继续我的练习。那个时候,咖啡是我杯中的常客。这样的生活或许在一些人看来有些不可思议，但这确实是我和我的同学们的普通的高三生活，我们就这样一天天地走了过来。当时的自己并未感觉到生活得多辛苦，习惯真是一种可怕的力量。那时我们习惯了努力，习惯了做题，习惯了早起晚睡的作息，习惯了为了梦想而不断拼搏！

到了高中，尤其是到了高三，时间显得尤为宝贵。时间过得实在是太快了！我们不能有一丝一毫的懒惰，倏忽间你就可能被别人超越。我的时间安排始终是精确到分，让每一分钟都得到最大限度的利用。身为一名高三学生，浪费任何一分钟都会让人产生负罪感！所以合理的时间安排就格外重要。

我每天都有自己详细的时间安排。我习惯在睡觉前安排好第二天的学习生活，从5:20起床至晚上11:50入眠。我会把时间表放在手边，完成一项任务就用彩笔画掉一项，并画上一个笑脸激励自己，一天之后未完成的任务即为第二天的首要工作。当然，我一般不会让这种情况发生，今日事今日毕才是应有的做事习惯。我尽量压缩学习以外的时间：吃饭时间为10~15分钟；课间10分钟也会见缝插针地安排一些小工作，比如做几道语文选择题，同桌提问单词等。鲁迅先生说过："时间就像海绵里的水，只要你去挤，总是会有的。"这句话对高中生来说实在是恰当至极。不要忽视点点滴滴的时间，把零星的时间加起来，那将会是一个让你吃惊的数字。你也会因为利用好了这些时间而在竞争中脱颖而出！

一些同学做了时间安排，但似乎没什么效果。这也许就是因为那些安排局限于在哪个时间做几张卷子，甚至规定一天必须完成多少试卷。这些是断不可取的。你的安排应该为恰当的时间学习某一科的某一块内容，比如明天11点至12点复习物理带电粒子在磁场中的运动。最忌讳的是每一科平均用力，更不能花大量时间学习自己本就非常拿手的课程。你的时间是有限的，要把时间花在弱势科目上，否则偏科将会严重影响你的高考成绩。时间同样应花在刀刃上。另外，一些同学的安排做得太死，既不能完成，还让自己的心情受到影响。俗话说"计划赶不上变化"，的确如此。在我看来,最重要的还是跟着老师的节奏,毕竟他们比我们有经验得多。时间安排也要灵活,及时更改,适应自己现实的学习生活。

事实上,学习没有过多的方法可言,所谓的方法不过是前人的一些经验而已。那我在这个行动的板块姑且谈谈自己的一点学习心得。对于语文,重要的是在早读时多背一些古诗词,教材上的那仅有的一点是远远不够的。一方面,这能促进你对古文和诗词的理解,那些题目就不成问题啦;另一方面,“腹有诗书气自华”,你作文的语言也会有所进步;更重要的是,你的文学素养得到提升,使你受益终身。一举多得,何乐而不为呢?此外,也应读一些素材及优秀的议论文,为作文服务。我个人认为语文不必做太多的题,适当练习保持手感即可。但每周至少也要写两篇文章,毕竟作文占据了语文的半壁江山。数学和物理则必须通过大量的练习,提高做题的速度和准确度。我的方法就是一轮轮地练习,纠错,总结,反思。通过做题查找问题,并在总结反思中让自己的水平得以提高。请一定不要为了做题而做题,那样你会很累而且没有效果。是你要做题,而不是题要你做。选择最适合自己的习题,一套试卷中有一道值得你思考的题,那这套卷子的价值就足够了。切勿每道题都不放过!但如果是为了训练速度,建议做完整的套卷。数学和物理的错题本一定要经常翻看,并且要动手做,这样才不会眼高手低。至于英语,读和背是相当重要的。由于平常只在英语课上说英语,所以早读一定要大声朗读,和同学对话,增强语感。语感一旦养成,英语一定没问题。建议准备一个小本记录单词和短语等,随身携带,想起来时翻出看看,绝对是一件法宝!我习惯于每天做一套英语试卷(包括作文),使自己不至于手生。顺便提一句,语文和英语都有作文,字体非常重要。即使做不到美观,工整和干净还是要有的,要让老师感觉到你的认真。化学和生物是偏文科的两门学科。尤其是生物,知识点完全记牢就没太大的问题。但是一些语言组织类的题目,就需你积累一些固定答法。建议把生物和化学上的这些固定答案写在小本上,方便翻看,比如化学中常见的洗涤、沉淀问题。这样你就能尽量避免因作答不规范而失分了。日常学习中做好笔记很重要,一定要自己用心整理笔记。整理笔记的过程也就是你重新回顾知识的过程,一定不能直接抄别人的。

以上即为我的一点学习经验,希望对大家有用,但更重要的是要找到适合自己的学习方法。

三、心态

高考需要的不仅是知识,还需要良好的心态,既有日常生活中的心态,也有真正坐到高考考场时的心态。正如这世上没有两片完全相同的树叶一样,也没有完全相同的两个人。人与人总会有运气、智力、成绩等的差别,因此拥有良好心态的第一要素就是不要和别人比。每个人的人生道路都是不同的,你又何必要和别人比?要学会和自己的昨天比,和理想中的自己比。看看自己与昨天相比有哪些进步,离理想中的自己还有多大的差距。这样你会发现生活是多么美好。

在高中,考试是最常见的,而那一次次的分数则成了同学们喜与忧的原因。“得失平常心”,这是我的老师经常说的一句话。可是说起来容易,做起来难。在高中,同学们都觉得那鲜红的分数将直接决定自己的去向,谁能真正做到“不以分喜,不以分悲”?可是要想取得高考的胜利,你就必须逼自己朝着这个方向努力。我曾在高二下学期一度焦虑,屡次考差,那是我在高中最黑暗的日子。我觉得自己离梦想好遥远!但是我主动去找班主任谈心,让他帮助我,最终我摆脱了烦恼,重新夺取了胜利。我讲这件事是想告诉大家,每个同学都会有烦恼的日子,不要怕。自己解决不了的问题一定要学会寻求帮助,向你的父母或老师。我个人不建议大家找朋友帮忙。首先,他们和你同龄,你的问题他们可能也存在。其次,你这样做很容易使自己的情绪影响到别人,相信这并不是你所希望看到的,并且每个人的时间都是宝贵的,如果别人耽误你的时间你肯定会不愉快,所以,“己所不欲,勿施于人”。

下面我想讲一下我自己的一点调整心态的方法。方法一:写日记,写完撕掉。日记绝对是你最忠实的“垃圾桶”！把自己的不愉快写出来，撕掉它，你就会觉得烦恼也被消除了。方法二：运动。以我自己为例，我不开心时喜欢跑步、打羽毛球。运动完，烦恼就随着汗水流走了，还能锻炼身体，是个不错的方法。方法三：发泄出来，拿枕头撒气。晚上回到寝室，捶几下枕头，对舒缓心情非常有帮助。方法四：大声唱歌。我和室友在熄灯前偶尔会高歌一曲，有益身心健康。

以上所讲皆为平时调节心情的方法，考试前和考试时的心态也非常重要。高考前，大家不可避免地会紧张，我有一个小妙招。我和同桌准备了一个小盒子，每人每天写一句鼓励对方的话放进去。这样我们每天早上都会以一种积极的姿态迎接新的一天，心情不好时拿出来看看，很有帮助！有兴趣的同学可以和你的同桌试一试。考试时突然紧张，最好的处理方法是进行心理暗示，告诉自己：“我很棒，没问题！”还有就是要考完一科忘一科，绝不能影响接下来的考试。我高考时，考完理综，一出考场，我的眼泪就流了下来。理综考试实在让我很伤心，发挥得特别不好。但下午还有英语考试，我不能就此放弃。我就默默地哭了一会儿后，正常地吃饭、午休。虽然有老师和同学安慰我，但在那个时候，那些安慰还不如自己哭一会儿管用。所以，即使你真的在高考中发挥不好，也不用害怕。自己发泄一下，然后忘了它，积极准备下一场考试，毕竟高考成绩没出来，谁也不能断定自己考差了。

最后，我想再送给学弟学妹们几点建议：珍惜身边的每一个人，珍惜同学情、师生情、亲情；即使在高三，也不要放弃阅读，读书、读报和摘抄对你的人生大有裨益；不要放弃体育课，多运动。

我的北大路就是平凡的求学路。我还会一如既往地努力，在北大，在遥远的未来，继续追逐梦想！学弟学妹们，我在北大等你来！

作者寄语

既然选择了远方，便只顾风雨兼程。

高中六大锦囊

孟浩瀚，男

北京大学地球与空间科学学院 2015 级本科生

毕业于河南省滑县第一高级中学。高中期间积极参加各种科技竞赛，荣获第 28 届河南省青少年科技创新大赛一等奖、第 31 届全国中学生物理竞赛二等奖，被评为河南省优秀学生、河南省三好学生。

收到了北京大学的录取通知书，心情激动是肯定的，但我在高兴之余，还想借此机会，与大家交流我高中的一些学习感悟，希望能够为学弟学妹们走进理想的大学殿堂提供一些帮助。

一、志存高远

志存高远就是要有一个远大的理想。作为和平年代的高中生，我们可能不会像毛主席那样发出“粪土当年万户侯”的豪言壮语，或许不会像周总理那样立志“为中华之崛起而读书”，我们现阶段的理想更可能是考上一所自己向往的大学。但即使这样，我们的理想仍然需要远大。正所谓立大志者得中志，立中志者得小志，立小志者不得志，没有远大的志向就不会有澎湃的前进动力，目标就很难实现。

我在中招考试中仅仅取得了全县第 23 名的成绩，在别人看来，这孩子将来能上 985 院校已经很不错了。但我不这样认为，既然存在排名，那么每一位学生都有争夺第一名的权利，我为什么不能戴上第一名的光环呢？有了这个想法，我便迅速开始适应高中的学习生活。因为有了当第一的野心，我在每天的学习中都感觉精力充沛，毫无松懈之感。功夫不负有心人,我逐渐成为班级第一名,又慢慢成为年级第一名。

幸运之神总是青睐优秀的人,我被学校推荐参加2014年北京大学全国优秀中学生体验营,得以近距离接触北大。我徜徉于燕园,聆听那里的一砖一瓦、一草一木诉说的传奇故事,心中更是对这所百年名校充满向往。特别是感受了阎步克、王余光这些大师的风采,更让我坚定了上北大的信念。

于是,上早操时我大声喊出"北京大学"来开启一天的学习生活,想要松懈时也默念"北京大学"来激起斗志。这个理想成了我的指路明灯,在我的成功之路上发挥了巨大的作用。

二、脚踏实地

汪国真说:"既然选择了远方,便只顾风雨兼程;既然目标是地平线,留给世界的只能是背影。"已经树立了远大的目标,剩下的就是脚踏实地地努力。

刚上高中时,学习方式的改变让我略感不适,调整之后,我决定就跟着老师的节奏来。

首先是上课之前一定要预习,这样不仅能够缓解听课的压力,而且能锻炼我们独立思考的能力。课前预习了,上课才能从容不迫,轻松把握课堂。其次是上课时要专心听讲,不要觉得我预习过了,没有发现难点,这节课我就不用听了。那么这就大错特错了!老师的讲课就是一个与学生面对面交流的过程,这个过程中他们不仅仅传授知识,更重要的是教给我们思考的方法,使我们下次能够独立解决问题。另外一点是课后要及时复习。我们都听说过艾宾浩斯遗忘曲线,我们学过的知识会遗忘,而且最初遗忘速度很快。要想做好学习的记忆工作,是要下一番功夫的,单纯注重当时的记忆效果而忽视后期的保持和巩固,学习效果不会令人满意。孔子云:温故而知新,可以为师矣。及时复习不仅有助于加强记忆,还会使我们对知识产生新的理解,在学习上更上一层楼。

我的高一、高二就是这样按部就班地走过来的，脚踏实地地学习，感到每一天都收获满满，成绩自然是稳步提高。

到了高三，更要静下心来，踏踏实实过好每一天。高三要经历三轮复习：第一轮复习为巩固基础知识阶段。我们的班主任常说：基础不牢，地动山摇。一轮复习一定要踏实，摒弃浮躁，全方位、无死角地梳理知识并构建网络。高考题大部分考查基础知识，而且难题也需要经过若干个基础知识点互相结合才能解得出来，所以一定要打好基础。第二轮复习为查漏补缺阶段。发现自己的不足，然后想办法弥补这些漏洞。我们必须把自己的知识网络编织得天衣无缝，才能更好地迎接高考的洗礼。因此，第二轮复习仍然需要我们沉下心来，弥补自身的不足。第三轮复习为考练阶段。这个时期我们会面临铺天盖地的试卷，这个时候我们一定不要狂躁，而是要认真完成老师为我们挑选的试题。只有见识了各种题型，我们才能知己知彼，在高考时方能从容迎战。需要注意的一点是，第三轮复习肯定会遇到各种各样的难题，但我们决不能畏缩，而是要耐心地啃下这些硬骨头，只有这样，我们的能力才会迅速提升。

经过高中三年的踏实学习，我信心满满地走向高考考场。最终，我以一分之差未能夺得第一名，但是我感到问心无愧，因为我已经脚踏实地地过好了每一天！

三、劳逸结合

列宁说："会休息的人才会工作。"《礼记》中也讲道："一张一弛，文武之道也。"这些都强调了劳逸结合的重要性。

在我看来，学习时间大致可以分为高效时间、低效时间、无效时间和有害时间。在各个时间段内学习，其效果是大不相同的。很多人一谈到读书学习，必然强调勤奋、手不释卷、焚膏继晷，以及"一寸光阴一寸金，寸金难买寸光阴"之类的，这些固然不错，但我们更要注意处理好学习和休息的关系。有些同学，加班加点学习，甚至怕课间操、课外运动耽误了自己的学习。然而,他们的考试成绩仍然不佳。究其原因,就是他们在用低效时间和无效时间学习,因此收获甚微,在有害时间学习,甚至会把自己的身体搞垮。

那么如何使自己高效学习呢?一个很有效的方法就是主动休息,即每学习一段时间,身体尚未觉得疲惫时就休息。主动休息可以使头脑保持清醒,提高学习效率。学习适当时间之后,尽管还不累,也应该闭闭眼、伸伸懒腰、做做深呼吸,这种方法可以快速缓解疲劳,为接下来的高效学习打好基础。

在这里,我还要跟大家分享一下我的具体办法。第一,不要长时间学习同一门功课。若持续学习某一门功课,我们很容易产生疲劳,降低学习效率,所以一个较好的方法就是交叉学习多门科目。第二,我们还要保证每天七至八个小时的睡眠,晚上不熬夜,按时就寝,中午坚持午睡,只有这样,我们才能以饱满的精神迎接学习。第三,要坚持体育锻炼。身体是革命的本钱,没有健康的身体,怎么能全身心地投入学习中去呢?因此,无论学习多么繁忙,都不要忽略锻炼身体。

四、摆正心态

在高中阶段,我们的情绪波动很大程度上与考试成绩有关。然而我们必须明白胜败乃兵家常事。我们常把高考看成一场至关重要的战争,把平常的模拟考试看成一个个小型战役。既然是战斗,就应该有勇气去接受战斗的结果,应该以正确的态度去看待得失。

我就用自己平时的感受来谈一下如何摆正心态。

在日常的学习过程中,我们会遇到不同层次的练习题。当面对容易题时,不要忽视它,看自己是否能够完全做对,不留瑕疵;当面对难题时,不要轻易放弃它,也不要抱怨,而是静下心来仔细思考,找出解决办法。这才是日常学习应持有的态度。

在考试过程中,更要调整好自己的心态。当考试题目容易时,千万不要掉以轻心，而是要仔细甄别题目中是否有陷阱，争取拿到满分；当考试题目难时，不要情绪低落，你应该明白，你觉得难的题目，别人做起来也不会顺利。所以你要耐心地分析题目，多做出一道就比别人多一道题的分数。如果那一道题目经过苦苦思索，仍无结果，那就果断放弃吧！不要影响其他题目的作答，毕竟顾全大局才是最重要的。

考试结果公布时，摆正心态尤为重要。面对骄人的成绩，你需要保持谦逊，多想想这次胜利的经验是什么，以后怎么样才能保持优势；面对惨淡的分数时，不要伤心绝望，考虑一下自己哪些地方做得还不够周全，以后应该怎么改进。这些都是正确的做法。有了这样的平和心态，你才不会在胜利时趾高气扬、目空一切，在失利时垂头丧气、一蹶不振。

当别人的成绩飞速提高时，不要只想着羡慕嫉妒恨，你应该相信，别人的成果一定是汗水浇灌出来的，与其羡慕别人，不如自己努力。当自己苦苦拼搏一段时间而不见成效时，你应该明白，学习是一个艰辛而漫长的过程，只要一点一滴地积累，我们的奋斗终能换来累累硕果。

我的班主任常常说态度决定高度，我相信这句话也是前人的经验，必有其道理。那么，我们何不以端正的态度去走过艰辛的学习历程呢？

五、注重细节

人们常说细节决定成败。有一首民谣这样说道：丢了一个钉子，坏了一只蹄铁；坏了一只蹄铁，折了一匹战马；折了一匹战马，伤了一位骑士；伤了一位骑士，输了一场战斗；输了一场战斗，亡了一个帝国。写到这里，我不禁想起了“失之毫厘，谬以千里”这个成语。韩非子也告诫我们：“千丈之堤，以蝼蚁之穴溃；百尺之室，以突隙之烟焚。”由此可见，我们要想成就一番大事业，要有所作为，必须从我们身边的小事做起，尤其要注意细节。然而，就我们学生而言，有远大理想的人很多，但愿意把小事做细的人很少，这就决定了很多人的抱负难以实现。

往往最不起眼的细节决定做事的质量。事实证明确实如此。我们学校2014届有一位女生，特别擅长学数学，成绩也不错，就是容易在细节上失分。在一次模拟考试中，这位学姐数学得了140分，那么分数丢到哪里了呢？核对之后发现，竟然是选择题第1、2题错了！难道说第1、2题很难吗？还不是因为没有注意到细节才丢了这10分。倘若这是高考，因为10分，这位学姐的人生可能会是截然不同。

这就是细节的巨大威力。我们的老师常常讲，高考大部分都是基础题，那么这些基础题的区分度就在于对细节的把握了。所以，对于我们而言，做题不要只选择偏题、难题和怪题，多从基础题入手吧。把握好每一处细节，提高学习成绩就是水到渠成的事情。

六、备战高考

如果明天高考就要来临，今天该如何备战？我就结合老师、同学的经验谈一谈。

首先，考生应在高考前调整好作息时间。改变平时熬夜学习的习惯（但也不要睡太早，个人觉得晚上10点就可以了），保持精力充沛，并且使自己的活力在上午9点至11点30分、下午3点至5点达到峰值，以便在高考时精力充沛，正常发挥出自己的实力。

其次，考生应该注意在高考前及高考期间合理饮食。在炎热的夏季，不要贪图凉快而食用冷饮，避免肠胃不适，出现腹泻，进而消耗体力。此外，考生应该适当摄入营养。营养不足会导致大脑供给营养不足，影响思考；若营养过量则容易引起考生困倦，降低神经系统的兴奋性，降低反应速度，同样会影响考生的正常发挥。因此，考生应适当选择一些含蛋白质、卵磷脂较多的且易消化的食物，主要的饮食习惯最好基本不改变。

近期也有许多学弟学妹问我高考期间是否需要复习，我的个人看法是要适当复习。适当复习就是简单翻翻课本，看看笔记，再拿几道题练练手，毕竟有些知识一段时间不接触会陌生的。另外，复习时着重看一些不太难的东西，禁止钻研难题，以免影响自信心。还要注意的是，复习时不要定下太高的目标,以免任务无法完成而造成心理压力。其实,知识储备到高考前已经基本完成了,考前复习只是求个心理安慰罢了。

最后,也是很重要的一点,保持良好的心态,适度紧张。人们常说,高考考的一半是实力,一半是心态。经历数年的积累,我们的实力基本已成定局,所以这时候心态就成了关键因素。不要过于重视高考的结果,高考只是人生中的一个转折点,但并不是唯一的。无论结果如何,它都是我们用汗水浇灌出来的,既然已经奋斗过、拼搏过,我们问心无愧,青春无悔!还有一点是要适度紧张,过度紧张可能会让我们难以发挥出自身的实力,而过于放松可能使我们丧失动力,难以激发潜能。所以,请正确对待高考!

最后,祝愿学弟学妹们顺利征服高考,进入理想的大学(当然,来北大就再好不过了),开启人生新篇章!

作者寄语

过去属于死神,未来属于自己。

记忆深处是花香

潘良智,男
北京大学化学与分子工程学院 2015 级本科生
毕业于河南省新县高级中学。高考总分 682 分(理科),其中数学 145 分,英语 141 分。曾获得河南省三好学生荣誉称号,在全国中学生物理、化学竞赛中曾获二等奖。

一、十年寒窗度,回首倍思量

十载风雨,今朝梦圆。往事历历在目,一经回首,便安然浮现眼前。

记得小学四年级时,由于父母的工作原因,我转学到了浙江。那里的小学非常重视英语课,而英语课在我老家的小学形同虚设。所以,本来成绩还不错的我,一到那里,便叫苦连天。第一次的英语测试,我考了全班倒数第三名。不堪打击的我回家就哭了,跟爸妈说我不愿意继续在那里上学,虽然我知道这不可能。回到学校,一段时间的消沉以后,我发现我并没有想象中那么脆弱,反而被失败激起了斗志。我开始和同学比着背单词、背课文。第二次的测试,我比上次多了 1 分,也进步了一个名次。这样的进步让我心头一阵苦涩。没办法,我告诉自己,再坚持坚持,没准再过一段时间就好了呢? 连续的失败,我都用相同的话安慰自己。面对老师严厉的批评,我也只能默默忍受。也正是这段时间,让我对待学习的心境变得坚韧了许多,不再轻言放弃。也许真的如那句话所说吧,“苦心人,天不负”,一个学期的努力过后,我的英语成绩已经进入全班前五名。这个学期,可以说是我学习之路的转折点。

初中时,我又回到老家的一所镇级学校。那里每一届学生只有 200

多人，竞争自然不强，每年大概有20人能够考入县重点高中。不紧不慢的三年过后，我进入了高中，这才蓦然发现，自己初中的眼界实在太狭隘。在镇里数一数二，到了县里却成了百名开外。以为自己已经不错，可人外有人，山外有山。开学后看中招成绩，在我们班50人中，我竟然排在三十几名，又一股深深的挫败感油然而生。至今我仍清楚地记得询问同桌的成绩，听到他的回答那一刻心中的刺痛感。我立刻下定决心，将他作为第一次考试的目标。我当时在班里也没什么认识的人，第一个月就毫不放松地抓学习，那一个月可以说是我整个高中最有动力的一个月。心中想的是，初中能取得的成绩，我高中也能做到。也许是运气爆棚，也许是我更习惯高中课程，第一次考试，我就让全班同学震惊了，自己更是激动得睡不着。看到了希望的我信心倍增，不断攀登。

到了高三，老师告诉我们，在我们学校每三四年才会出一个考入清华、北大的。我想，我为什么不能成为这其中的一个呢？算算时间也有三年了吧，我偷笑。然而这份轻松并没有持续多久，属于高三的压力还是如期而至。重压之下，我的身体开始出现负面反应，变得厌食，经常反胃。去医院检查，结果是浅表性胃炎伴胆汁反流。医生说，压力大是一个主要的病因。然而我始终没能调节好心态，尤其是最后的几个月，更是变得非常浮躁，成绩也由之前的平静开始起了波澜。而越是波动，就越是不安，我知道这是一个恶性循环，可就是做不到超乎其外。这样的心态让我在自主招生考试和高考中连续失利："北约"自招180的分数线，我考了153.5分；高考成绩653分，被上海交大录取为国防生。这样的结果带给我的是一段时间的低沉，我在复读与否这个问题上面来回纠结。也许是母校的极力挽留，也许是相信"只要心里还存着不甘心，就还没到放弃的时候"，在最后关头，我决定迎接又一年的金戈铁马。毕竟，最想去的地方，怎能半路返航！

复读这一年，老师为了减轻我的压力，每次我的大考成绩都不会公布。我也很清楚，这一年与其说是查漏补缺，倒不如说是调整心态。我告诉自己，人生所有的努力无非两种结果，见笑或者见效。要做好迎接前者的准备，做好遇见后者的从容。我想，就算考砸了，怎么样也能考上一个“985”吧，再退一步，我也可以选一个化学专业好一点的大学，比如北京化工大学之类的，以后也有很大发展空间。做了最坏的打算之后，我对结果反而不那么看重了，转而开始注重一点一滴的过程。正是这种心态，让我在复读的一整年里，一直稳居年级第一，直到高考。这就是古人所说的“壁立千仞，无欲则刚”吧。不只是高考，我在自主招生中也有着类似的经历。抱着“广撒网，多捞鱼”的想法，我同时在北京大学的博雅计划、筑梦计划和清华大学的普通自招、自强计划中报了名。我原本的期望是，只要四个里面能通过一个就行。结果自强计划和筑梦计划同时通过了初审。面对这意外之喜，我又想着，只要能获得一样加分就好，就算只是 10 分也足够了。高考之后，我带着这样“命里有时终须有，命里无时莫强求”的心态，先后参加了自强计划和筑梦计划的考试。自主招生考试成绩出来时，我自己也吓了一跳：自强计划获得降 60 分优惠，筑梦计划获得降 30 分优惠。忐忑不安的我终于迎来了柳暗花明。没有过多的犹豫，我带上自己的化学梦，迈向了燕园。这一年，是我心态的转折点，于云淡风轻之中逐梦天涯。

学习之路，曲径通幽。唯有此心，不曾怨尤。

二、向来少经略，妄论点江山

书山有路，事在人为。追过梦的放肆，而今总结，多少有几点经验。

首先，我非常重视自己的错题本。从高一时，我就开始慢慢积累，整个高中一共有十一本。从前往后，抄写错题，不是说错了就一定抄，也不是说对了就一定不抄。那些由于粗心大意做错的，自己觉得下次能做对的，就不需要抄；而有些题，虽然做对了，但思路非常巧妙，能够对自己有启发的，也应该抄。遇到一题多解，也最好一一记下。题目的答案后面，最好加上自己的总结和思考，便于以后翻阅时迅速抓住重点。错题本从后往前，用来积累一些知识点。这些知识点包括平时老师上课时无意间提到的，自己看课本时在某个角落发现的概念，看习题解析时其中给出的结论，做题时自己的总结，等等。在每次考试之前，拿出错题本翻一翻，回忆当时的心境和思路，每一遍都有一种收获。

其次，我不主张题海战术。可以很负责地说，我高三一年做的题，还没有班里有的同学半年做得多。但是，每做一套卷子，我都会仔细审视它的价值，不放过每一道有价值的题目。我觉得，如果卷子一套接一套地刷，而不去仔细思考的话，得到的收获是很有限的，甚至还有可能适得其反。当然，做题的比重少了，思考的比重就应该相应地增加。比如说，当碰到一道比较复杂的题，看过答案之后，如果我觉得答案很好，就会应用答案，如果我感觉还有更好的方法，就会尽我所能地去思考，直到找到自己的方法，所谓难则思变。当然，这样的情况发生在我身上的次数很少很少，可是这代表了一种态度，一种积极思考、敢于突破的态度。另外，我们也要学会在一个学科的不同板块之间，甚至不同学科之间建立联系。比如数学的解析几何有时候可以用平面几何的方法来做，再比如，我无意间发现，物理中的楞次定律和化学中的勒夏特列原理存在着很大的相似性。一句话，每个人都应该形成属于自己、适合自己的思维方式。

再次，我想分享一下自己用来打基础的方法。在学习新课程和一轮复习时，我们手头上都会有成套的资料，每一本资料本身都是一个系统，借助这个系统，我们能够将知识连点成线，串线成面。课程每前进一节，我就会找到资料上与之对应的知识填空，一个空一个空地往下填。填不下去的时候就拿出答案，换一种颜色的笔抄上去，抄完之后继续往下。填完之后，自己薄弱的地方就一目了然了。根据这些薄弱的地方再去翻看课本，有针对性地进行练习，效果自然不言而喻。平时读书时再把那些薄弱的地方多读几遍，加强巩固。基础打好了，知识的大厦才有足够的砖瓦。

接下来，我想说的是心态。前面提到过我个人主张一种无欲则刚的心态，但这并不代表不作为。前者是做最好的准备，做最坏的打算，而后者则是一种颓废的表现，两者有着本质的区别。我们要在欢乐的艳阳天里学会冷静，在忧伤的黑树林里看到光明，时刻维持内心的那一抹淡然。在学习的过程中，是翻山越岭，还是涉水乘舟，一切全凭自己。不必让自己背负太多，淡淡听风，才会走得更远。当然，面对压力，每个人都有自己的缓解方式。对我来说，课间唱唱歌，课后打打球，能让自己得到最有效的调整。在学习的过程中，我们会经常碰到非常浮躁的时候，这一点谁也不能避免。看着手中的题而意兴阑珊时，我们不妨尝试换到自己感兴趣的、喜欢的学科，借此来恢复自己的状态。“脉动回来”以后，再切换回去。这样不仅调节了自己，也让时间得到了充分利用，不至于在焦躁之中浪费掉。

最后，我想说说课内学习和课外活动、兴趣爱好的关系。我相信每个人都不想成为“书呆子”，都有自己的爱好。就我自己来说，我喜欢篮球、乒乓球、羽毛球、跑步。每天早晨起床，我会拉上同学一起到操场跑两圈；每个星期天的休息时间，我会约几个球友酣畅淋漓地打上一场球。既锻炼身体，又放松心情，一举两得。但是，大家身边都或多或少会有这样的同学，他们沉迷在自己的爱好里，乐不思蜀，甚至连学习时都在想着怎么带球过人，游戏里的“大招”如何华丽……这样无疑会给学习造成很大的负面影响。把握好课内与课外的关系，关键就在于一个度，该学的时候学，该放松的时候放松，做事一心一意。当然，最难的是做到一心一意地学习，这需要我们有很强的自制力、自控力，很惭愧我自己也没能真正做到。每次学习之前，可以先给自己制订一个计划，要求自己按时完成，这样能给自己些许的紧张感，从而降低走神的可能。一言以蔽之，学就要学得踏实，玩就该玩得痛快。

学习之路，求同存异，适合自己的才是最好的。希望上面有那么一两句话能给大家带来一丝启发，从而走出自己的学习之路。

三、此情每追忆，遍地是花香

风风雨雨，一路相随。是你们的陪伴，温暖我心，让我能乘风破浪。

小学四年级时，我遇到了一位让我终生难忘的老师——沈建坤老师。沈老师是我的班主任，教我们数学和体育。(如果你问我：你数学是体育老师教的吗？我一定会回答：对啊！)在那之前，我的字写得很难看，经常因为卷面被批评。沈老师在每天一节的练字课上，从偏旁部首开始，一点一点地教我们。他在黑板上写，我们在回宫格里模仿着写。他还亲自写字帖，印刷出来发给我们。一年下来，我的书写已经有了很大的进步，在期末的书写考试中由最初的三级提高到了六级。沈老师非常关心每一位同学，经常进行家访，单是我家，他就去了不下三次。他会认真了解每一位同学的家庭情况和学习状态，因材施教。另外，我印象最深刻的一件事是在五年级时，我加入了学校的象棋队，沈老师偶尔会在体育课上跟我下棋，这让我觉得师生关系变得近了。后来由于家庭原因不得不转学时，沈老师又来到家里极力挽留，对我父母说，如果有什么困难，他愿意尽力帮助。我们一家人都深受感动。作为学生，能遇到这样的老师，我无疑是幸运的。

回忆初中生活，不得不提的是我的班主任高秀琴老师，我觉得她的教学理念别出心裁。初二时，我们班有 64 人，高老师把班里学生分成八个小组，每个小组的成绩不分伯仲，然后每个小组任命一个组长。每次考试，各个小组之间互相竞争，胜出的、进步的小组会获得老师提供的奖品，掉队的、退步的则会接受惩罚。这样充分调动了同学们的积极性，形成了良好的学习氛围。每次换座位时，她只指定每个小组的位置，至于小组成员的具体座位，则由组长决定，这就轻松解决了让很多老师头痛的座位问题。当时的我担任第一小组组长，在这段时间里让自己的领导能力、协调能力得到了充分的锻炼。初三最后复习的时候，高老师采取了一对一帮扶措施，根据成绩、性格等因素进行匹配，让我们互相帮助。事实证明，这样的措施是有效的，我们班当年考上重点高中的人数占全校的三分之一。老师的方法和态度，对于学生成长而言，也是一种重要因素。

高中是最绚丽多彩的季节，也是我收获最大、感悟最多的季节。在高中，每位老师都教会了我太多太多；也是在高中，我才算是真正地成长了。伴我四年的班主任吴玉来老师，对待我就像亲人一样，无微不至。他平时不苟言笑，但始终都能保持一种淡定的心态，真正是“泰山崩于眼前而不变色”，因而被我们戏称为“找到真我的人”。古井无波的面庞下，他的心始终系着全班同学。他帮我们打扫卫生、修理门锁，大大小小的事总是亲力亲为。他会竭尽所能为我们争取资助名额，他会不辞辛苦为每个同学写推荐信，他会起早贪黑伴我们风雨同舟。他的口头禅是：“厚德载物，‘德’不厚，就载不动‘物’。”从他那里，我们获益良多。英语老师郑薇静是我们良师益友的典范。她的课堂生动活泼，课下也经常和同学们聊天交流，深得民心。她的早自习下课后，我总会和她一道走出校门，边走边聊一些有趣的话题。高三有一段时间，我们还曾利用课余时间在楼顶上打羽毛球。同学们有事情也愿意和她交流。化学老师吴集兵对待每个同学都严格要求，对待工作更是兢兢业业，认真负责。记得高二那年暑假，我们几个同学要参加化学竞赛，但学校里根本没有先例可循，他就从网上一点点地查找资料，一页页地打印出来发给我们。他还说，暑假里如果我们遇到什么不懂的地方，可以去他家找他，一起探讨。这并不是他分内的工作，但他还是毫无怨言地做了。对于他，可能有人在校时不说什么，可毕业后大家一定会念他的好。

太多恩师，太多恩情，实难枚举。每每回忆，遍地花香，此生不忘。

往者不谏，来者可追，回忆是为了创造更好的未来。燕园路上，我会携回忆做动力，伴我一路前行。

作者寄语

努力过了，才有资格说自己不幸运。

等你在北大

祁柏寒，男

北京大学光华管理学院 2015 级本科生

毕业于河南省濮阳市油田一中。高考总分 687 分(理科)，其中数学 146 分，英语 143 分。

有人说，成功需要有老鹰般的眼睛，竹子般的韧性，宗教般的虔诚，大海般的胸怀，傻子般的运气。我并不敢妄言自己在这些方面做得有多么出类拔萃，因为我在考前都不敢确定自己一定能上北大，但至少我能对我做过的一切说一声不后悔。考上北大是上天的眷顾，但机遇只眷顾有准备的人。所以，借此我想跟大家分享一下我的“准备”的经验。

学习的过程类似于修道的过程，要求我们能够“致虚极，守静笃”。但是，以我的一孔之见，学习并非一个十分艰巨的任务，也非一次枯燥的苦修，而是一项劳逸结合的人生体验。劳逸结合，那肯定是有努力学习的时间，也要有休闲娱乐的项目，还应有一定的为人处世的经历。所以，下面我会就这几方面来和大家分享一下我的学习经历。

一、努力学习

高中的学习，说易也易，说难也难。你要想像蜻蜓点水一般，走马观花一样观其大略，那高中的知识其实非常简单。但是，相信有远大志向的你们一定不会以这种态度来应付你们人生的第一个巨大考验——高考，所以你们要像做学问一样去对待高中学习，像宗教一样虔诚。就个人而言，我把高中学习分为四部分：课堂，考试，自习，放假。

1.课堂

课堂学习，当然要以老师和课本为主，所以有的同学为了能领先别人一步，会选择去预习。我并不是一个非常勤奋的学生，甚至我有时候会上课迟到，所以我把一些能省的时间都省了下来（我不会告诉你们我把它们用在了玩上），其中就包括预习的时间。在我看来，有的预习是完全可以省下来的，因为那些内容老师在上课的时候会给你们讲得很清楚，甚至会用一整节课的时间来讲一个知识点，所以这些知识点我觉得完全没有预习的必要。相反，那些冷门知识老师在上课时会一带而过，而我正是会抓住这些知识进行预习。这样，既能为其他的项目节省下来很多时间，又不至于失去对新知识的兴趣，一举两得，何乐而不为？

上课时，思路还是要紧跟老师的步伐。老师的话不可能是废话，其中肯定有你还没有考虑过的内容，或者是你生疏的内容，不要觉得老师讲的内容简单而自己去干别的事。举个例子，高中大部分学生都能通过自己看课本和教辅书把知识学会，但为什么考出高分而去清华、北大的却只是凤毛麟角？答案很简单，是熟练度。熟练度并非只要求我们不断地练习，它还要求我们对老师讲过的东西举一反三。那么，通过自学学会的内容，你是否能够举一反三，能够无中生有，能够在时间紧促的考试中把它们一一反映在考卷上？恐怕不一定吧。只有通过上课跟随老师的思路，才能更有助于抓住知识的本质，把学会变成学通，提高对知识掌握的熟练度。所以说，上课紧跟老师的步伐才是通往清华、北大的直线通道。

那么问题来了，上课时是否要把老师说的、记的所有内容都搬到笔记本上？其实，我觉得不是很有必要。我虽然听课十分认真，但并没有成本的笔记本。我觉得，有的内容你听完全能记住，因为它是公认的重难点，你肯定不会掉以轻心。但是，像那些二级结论，老师的新奇的解法，这些内容我是建议要记下来的。这些东西是老师根据数十年教学经历而总结出来的解题方法，所以如果把这些结论记下，好好理解，那么在考试时能比别人少用很多时间，能在紧张的考试中占得先机。

上完课肯定是要复习的，但是复习也要有一定的策略。个人建议还是不要复习得太频繁，否则学业将如同滚雪球一般堆积，到那时你即便穷尽一日之时间，也难以将前面的知识复习完，更不用说去抽时间巩固当天所学内容，预习之后的内容了。就时间来说，用早读时间去复习语文的必背诗文、古文词语、优美句子和英语的课文、词汇、语法，用晚读时间去略读生物、化学、物理和数学，这样的安排既不会打乱你的时间表进度，又不会影响你的复习。当然，有的同学喜欢总结错题，这是个非常好的习惯。错题当然是要一天一总结，但是错题的回顾就不要一天一进行了。个人建议可以在大的假期到来时进行一次复习，反思回顾总结，看看自己能有什么新思路。温故而知新，这也是一种收获。

2.考试

虽然我们提倡的是素质教育，但现在的考核模式还是要求我们要有一定的应试策略。就每次的小考而言，它们只是对你平时单元学习的评估，所以不要有太大的压力，平常心对待，考后好好总结就可以了。如果是期中、期末考试的话，我觉得你们也不必有过多的准备，跟好老师的脚步就可。等到高考前，建议你们在每次模拟考之前做一套卷子进行练手，激发出自己的考试状态，如果这个习惯养成，那么在高考前你做一套卷子，不仅能激发出你最好的状态，还能给你以极大的自信，让你在考试中攻无不克。考试时，如果你有不会的题，卡住超过 5 分钟，就不建议你再去做它了，跳过吧。因为有可能是你的能力还不够去解决这道题，如果继续的话，不仅依然做不出这道题，还会影响后面的时间，让你没有时间去做那些你会做的题。还有可能是你大脑在考试时突然短路，如果这样的话，你先跳过做几道容易题，等冷静下来，大脑平静了之后，再看这道题，也许你就能有灵感去解决它了。考完试，要及时去对答案(高考除外)，和同学讨论，和老师分析，把错题加以总结，这样你的考试才有效果，你的能力才能有所提高。

3.自习

针对晚自习而言,我建议同学们先写完老师布置的作业,之后如果还有时间的话,可以去写写自己买的资料。关于资料,我觉得高考题是最优选择。因为高考题是最权威的教辅资料,它紧紧围绕教科书和考试大纲,是全国众多名师花心血编写出来的,具有很强的创新性。其出题模式和解题思路也往往新奇独特,绝非许多模拟题能比。做高考题非常有利于自己规范性思维的养成。有些学生只喜欢做模拟题,他们虽然很有解题能力,但最后高考的时候却很容易考不好,这并不是他们能力不足,而是他们的思维是模拟题的惯性思维,做高考题时他们的思维绕了弯,这样的话又怎么能考好呢?所以,在做完老师布置的作业之后,可以适当做点高考题,不要觉得自己有的题做过就不做了,温故知新,只当巩固一下也是好的。

4.假期

在假期里,如果有条件的话,建议同学们还是去学校或者图书馆学习。在家的话,诱惑太多,不利于我们的学习,在学校,那个气氛会罩着我们不自觉地去学习。我寒暑假时去学校学习,每次开学都能有一个大的提升。学习的话,还是在跟上进度之后写一些题比较好,这样思维不会断层,开学之后能迅速进入状态。

二、各科经验

最后谈一下我的各科学习感受。

语文、英语:我觉得这两大主科不是很容易学,因为它们都没有什么窍门,都要求背诵。所以,早读时候就不要偷懒了,扯开嗓子吼吧。语文更要求我们对文字的掌握力和文学的素养,所以我们要多读各种课外书,就近几年的趋势来说,更要注重对国学的了解。这不仅有利于你古文、古诗上的拿分,也能在你作文时为你的文章增彩,让你的作文更容易获得老师的青睐。英语要多读多背课文和单词,多练题,训练量上去了,分数自然能够上去。这两科还有一个共性:要求字漂亮。在这个狂热追求颜值的时代,我们也要在字体上下大功夫。没有好的字(就像我),在分数上肯定是要吃大亏的。

生物、化学:这两科号称是理科中的文科,所以看课本背概念是必不可少的。辅以一定的习题,多读书,多注意课前内容、课后知识、课后题的拓展,同学们在这两科上取得理想的分数还是很容易的。

物理、数学:这两科嘛,大家都懂,都是让人头疼的学科。有无数的同学对这两科有着无限浓厚的兴趣,然后分数死活都上不去。个人觉得,这两科对于课本的要求并不高,它们要求的是我们对于知识的理解和灵活运用,所以死记硬背对于这两科是收效甚微的。所以,这就要求我们要多去练,多去见识新题型,总结二级结论,夯实基础题型的掌握。速度上去了,我们才有更多的时间去写难题,才能在面对难题的时候不发怵,才能让自己的分数有一个大的飞跃。

三、休闲娱乐

对于那些有志于清华、北大的同学,假期肯定不能完全用来休息,用个百分之五六十也就可以了。周末的话,建议大家在周六下午留出 2 个小时去运动,学习的同时也要强健体魄的嘛。篮球、足球什么的,玩什么都行。如果是寒暑假的话,建议大家隔两三天就去运动一次,不要一直宅着。如果是在上课时,早晨建议大家多睡会儿,尽量睡到 6 点半。很多同学早晨喜欢起得很早背书,其实我个人觉得没有太大必要,因为你要背书的话有早读,不缺这一会儿时间,但是你多睡一会儿的话可以保证一上午都有精神,这样你上课不会犯困,学习效率提高了,对于学习也不会有损失。中午的话,我同样建议大家不要学习,因为学习会让你过早地兴奋,这样下午和晚上就容易犯困,得不偿失。下午放学后在食堂吃饭的学生,建议你们吃饭前也不要再去学习,去操场走一走,慢跑一下,放松放松,给晚上保留充足的体力,但是不建议你们去进行剧烈运动,像篮球、足球这些剧烈活动消耗体力太多，晚上容易犯困。（这都是学长们的亲身经历）晚自习回家我是基本没有学习过，看少量电视，读读书，听听音乐，让自己有一个良好的心态，以迎接第二天的学习。所以说，我个人觉得，开夜车是完全没有必要的（其实我每次熬夜都是因为玩过了）。周末的话，周六晚上不建议大家进行大规模的学习，你们可以玩会儿电脑，看会儿电视，看场电影，做做女红……总之，做点自己想做的事，但是一定不要熬夜，和平时一样准时睡觉就行。假期的早上可以多睡会儿，但不要超过 8 点。很多同学喜欢玩手机，我以前也喜欢玩，但是这对学习的影响实在太大，所以建议同学们能戒的就戒了，实在不行放到寒暑假玩，平时上课的时候一定不要玩。

四、为人处世

我写这个并不是要教同学们变得世故圆滑，我说的也并非严格意义上的为人处世，只是想告诉大家一些与同学和老师交往、对待考试成绩、对待学习的方法。

“持而盈之，不如其已；揣而锐之，不可长保。”锋芒毕露之后，往往是强弩之末，所以同学们一定不能盛气凌人，不能骄傲自满。“金玉满堂，莫之能守；富贵而骄，自遗其咎。”谦虚的学生一直在进步，骄傲的学生则难以再有所突破。“自见者不明，自是者不彰，自伐者无功，自矜者不长”，说的就是这个意思。

“人非生而知之者，孰能无惑？惑而不从师，其为惑也，终不解矣。”很多同学碍于面子，有问题也不愿请教老师，我觉得这很不利于学习。我个人是经常往老师办公室跑的，有时候问问题，有时候只是和老师聊聊。老师见识毕竟比你多，多向老师请教问题，对你的学习是非常有好处的。心中有不悦之事，学习有不懂之处，或者成绩不理想之时，都可以去找老师倾诉一下。我们班主任就鼓励我们去找他谈谈，我们也觉得受益匪浅。所以说，多去找老师是大有裨益的。

"飘风不终朝,骤雨不终日。"即便是大自然,也无法让这些长久。所以说成绩出现浮动是一件很寻常的事,不要太过在意。有些同学成绩稍一退步便垂头丧气,这是完全没有必要的。我自己有时也浮动了好几十名,很多成绩很好的同学也会出现浮动。就像正弦函数一样,没有向下哪有向上?没有谷底哪有顶峰?不必羡慕那些成绩从来不变的同学,也许他们的成绩已经没有向上波动的空间了。

"跂者不立,跨者不行",踮着脚尖的人不能长时间站立,想跨大步行走的人难以行走。学习也是这样,贪图快的人,难以取得进步,反而是那些一步一个脚印的同学,能够取得长足的进步。以前我十分关心自己的数学成绩,总因自以为能力很高但分数很低而十分心急,总想着有什么捷径,但成绩一直没有提高,一直保持在 120~130 分之间。一段时间后我意识到,原来进步是一步一个脚印积累成的,量变之后才会有质变,于是我开始进行大量的练习,淡化成绩,强化练习总结,最终质变之后我的成绩有了大幅提升,能够维持在 148 分左右,还考过很多次满分。所以说,一步一步坚持不懈,才是成功的王道。

凡事无绝对,只要心够决。无论你在高一、高二考得多差,成绩有多不好,只要你有考好的决心,有学习的韧性和勇气,只要你敢付出努力,你就一定会有所收获。我们已经见识了无数学长学姐在高考中比平常提高 150 多分,既然别人可以这样,那我们为什么不行呢?我也是从 609 分提高到 687 分的,那么,更加聪明的你们,一定能够比我考得更好!

Don't be shy, just try.学长在北大等着你。

作者寄语

跂者不立,跨者不行。自见者不明,自是者不彰,自伐者无功,自矜者不长。

涵容博大，守正日新

孙若铭，男
北京大学心理系2015级本科生
来自河南省商丘市，毕业于河南省商丘市第一高级中学，通过博雅计划被北京大学录取。曾获全国中学生生物学联赛一等奖、全国高中数学联赛河南省预赛一等奖、中国化学奥林匹克竞赛河南省一等奖、河南省第6届"英语周报杯"中学生英语综合技能展评一等奖。

我现在正对着电脑屏幕构思，而不是握笔沉思。坦白讲，自从高中生活结束后，用笔的机会寥寥无几。曾经在理综卷子上奋笔疾书，和金子般珍贵的时间做斗争，写下一个个激扬饱满又飘逸的文字，而现在自己签个名都要首先在空中比画比画才能下笔。如果学弟学妹看到这里，希望你们明白，我不是说高考完之后的生活多么颓废，而是希望你们在高中（最好是三年）这个目标明确、动力十足的时期，把最饱满的热情、最昂扬的斗志，毫无保留地挥洒在笔下，不用顾忌，无须踌躇，哪怕你的生命值只剩百分之一，你也有3个月的时间加血，原地复活，跋涉去远方那所你向往的学府继续修炼！

高一开学分班时，我就进入了宏志班，并且一直留在这个班里学习生活了3年。这其中并不是没有波澜起伏，分班考试时我以班里第7名的成绩进入这个班级，高一的第一次月考我却考了班里33名。那一段时间我的心里一直有两个字在跳跃：不服。其实每个进入"零班"的学生在初中班级里都是成绩相当好，进入一个学霸聚集地后受到打击也很正常，就像我正要进入北大接受五湖四海牛人的碾压。但是碾压和打击并不是结束,重要的不是你碰多少壁,跌倒多少次,而是你能在跌倒后站起来多少次,重新去面对的勇气是无可压迫也是至关重要的。因为考差了而被扔到最后一排的我在后来的一段时间里似乎有着卧薪尝胆的感觉,我迫切地想证明我没有那么差,我还可以继续优秀。在接踵而至的期中考试中我就如愿考了班里第一名,一次第一虽然不能证明你实力有多么强,但能带给你无比强大的信心和底气。我希望每一个同学从高一开始就能有拼一把的勇气,能有博大怀远的气度,下一次考试也许你就会惊艳到自己。

一直到高二,我的成绩还在不断波动,最差的时候我甚至考了班级里倒数 10 名,我心里也像时刻挂了块石头一样。说真的,那个时候我的目标不是什么北大、清华,就想着不要被分出“零班”就好了,而这种阴影如乌云般一直萦绕在我心头。直到那次转折,也就是在高二下学期,那时我们开始跟高三的学长学姐们一起参加联考,前三次考试我接连考了三次第一。我后来回想那一段时间,为什么我能取得如此成绩,我发现,并不是我比别人多学了多少的知识,也不是那种要挑战高三学长的念头,而是有一种轻松的心态,让我发挥得格外好,老师们分析是因为我接受新事物快,此事且按住不表。所以我认为,在平常上课时,要有“谁能挡我”的霸气,抓住知识就不放过,发现有疑问就敢于去问;在考试时则要有“打打杀杀,真没意思”的轻松,放下所有的包袱去考试,你会有意想不到的收获。随后,我便获得了去北京大学参加优秀中学生体验营的机会,这让我小时候就神往的文化底蕴丰厚、思想兼容并包的北大在我的心中扎根,让高三的我,每一天都有一个热切去远方的眺望。

在体验营里的 4 天过得非常充实,我也终于体验了一把在中国顶尖大学生活的感觉。班里的 30 名同学,都是河南省的佼佼者,这一点在高考的成绩上体现得也异常明显,从他们那里我也会有所学习有所提升。在北大,可以听学长分享心得;在北大,能够听教授骄傲地介绍北大,介绍自己的院系;在北大,看不完的是美丽的风景,读不完的是北大的精神。多么希望去北大的机会来得更早一点,让我更早有目标,更早有前进的动力，即使日子平平淡淡，我也丝毫不会疲倦。我想，这大概就是精神的魅力吧！

高三就是完全枯燥的日子了，这时各路大神开始分道扬镳，我的学习方法可以叫“吸星大法”，因为我去观察、学习每个人的方法，并且试着用在自己身上。有刷题的大神，还有心如止水的笔记狂人；有总结大师，也有小技巧控……每个人身上都有亮点，而我都可以从他们那里获得学习之道，但是否适合自己就要亲身体会测验了。学习方法这个东西我真的觉得是因人而异，没有某种学习方法可以适用于所有人，也很难有人有完美的学习方法，所以我不会去谈语数外理综各科的学习方法，你从身边的人那里得到的会比我说得更加丰富、有效。高三的考试也数不胜数，三天一小考，五天一大考，就是要考到你适应，考到你麻木，考到你习以为常，考到你无懈可击。我的成绩大部分都稳定在年级 10 名以内，但只有一次第一。班级第二考了不知道多少次，而其他同学波动会很大，考完第一也许下次就跑后面去了。不管是过于稳定，还是过于起伏，都有好有坏。对于尖子生来说，考试成绩不应该是最重要的，心得、错误、经验、感受才是更重要的。就我们这一届来说，也许谁都不会猜到高考的排名会是这样，这和我们平时总评的排名可以说是大相径庭。优秀的人会更有信心，不满足的人会激起动力，但自甘堕落的人看不到出路。即使还不突出，也不要被成绩打败，高考留给你的机遇是前所未有的，是最公平的，也是最冷酷的。

在高三的日子里，老师们就是父母。你也许忘了你这一科的成绩起伏，任课老师会记得；你也许只顾着刷题，丢掉课本忘了本，老师会提醒你；你也许考试失利，沮丧失落，老师会安慰你。我永远记得高考前几个星期，我的英语作文上吴小英老师的批语：Surely you will get what you deserve.May you succeed！那段时间，我的作文分数老是在班里垫底，老师也努力帮我做出改变，换了一种字体，写得更小一点，老师公认很优秀的作文却在联考里一次次得到最低分，这种情况在联考里是会很常见的。吴老师便鼓励我不要放在心上，相信自己，用这两句话，以最突出的职业特点，诠释了什么是关心，什么是师德。录取结果出来后，我还和老师提起这件事，老师坦诚地说，到最后了，感觉也没什么能帮我的了，希望这些话能鼓励鼓励我，不要没有信心。虽然是简单的话语，却让我受益匪浅。

目标在高中尤其重要，如果你还没有一个心仪的大学，可能还是因为不了解，希望在闲暇时学弟学妹们能多接触一些高校选择介绍方面的知识，选择最适合自己的大学，并为之奋斗。我在高三时期的座右铭是一本讲述北大校史的书名，我也希望以它来激励你，希望你在修身、治学方面能够做到这八个字：涵容博大，守正日新。

作者寄语

你带着花季的笑容、青春的自信走进了高中校园，你更应该带着绅士的风度、淑女的风采和智者的学识走出高中校园。在最美好的时光，请不要吝惜追梦的汗水。

寻找迷失的自我

王嘉宇,男
北京大学信息管理系 2015 级本科生
河南省郸城县人,毕业于河南省周口市郸城县第一高级中学,2015 年高考总分 687 分(理科)。

不知不觉已经度过了高中,心中不免有许多感慨,其中有过辛酸,有过欢乐,但更多的是内心的磨炼与成熟。来到北大,又是一个新的开始,我相信平凡的我定能创造出不平凡的人生。

高中是学生时代最艰辛的阶段,之所以说它是最艰辛的,因为你即将要面对人生中第一个大的转折点——高考。确实,谈及高考无数学子都心含畏惧,因为这个名词包含了太多的含义,家庭、未来……这些足以让每一个学子都"压力山大"。当然我也不例外,下面我就来说一说迷茫中的我如何发现自己的吧。

高一,作为一个什么也不懂的小朋友,整天天真地以为只要好好听课,认真完成老师布置的作业就可以了。但是一次次考试彻底浇灭了我的满腔热血,第一次考试我考了年级 200 多名。当我看到名次,恨不得晕了过去。我找到班主任问他我该怎么办,班主任说你考这么差,无非就两个原因:一是你没好好学,二是你没找到对的学习方法。我仔细思考了一下,发现我的学习方法是未知数还需实践,但是我够努力吗?答案是没有。别人为了多学习晚上泡在自习室内,而我早早地回到家中看那些不知名的电视剧,这就是差距。我是一个缺乏毅力的人,我没有办法去克服它,尽管我知道这是一个很大的缺点,但是当时确实没有太大的决心去改正。直到高一下学期的一次考试彻底令我醒悟。当时考完试之后，我们都在漫无目的地对着答案。我在对答案时发现许多不一样的，我不以为然地对课代表说："哎，这答案是不是发错了！"他看了一下说没有啊，答案没错啊，我同桌也附和道没有啊，这下我傻了眼，这次考试的结果可想而知了，我陷入了深深的自责中。也许是打击太大了吧，我这个人完完全全地改变了，从一个马虎大意的人变成了一个小心谨慎的人，连我自己都感到吃惊。这也直接影响了我以后的道路。之所以先说态度，就是我认为态度决定高度，没有正确的态度就没有你应得的高度。

关于学习经验，其实这都得靠大家自己去摸索，在这三年里我得出这样一条经验：课内抓效率，课外抓广度。

高中的学习关键在于提高效率。高中的学习内容很多，各科学习时间每天平均下来就很少，而一天中较多的学习时间都是在课堂上，那么要抓紧时间学习就应从提高课堂效率入手了。如何提高呢？我以为必须在课堂上集中精力，并努力把自己的思维积极性调动起来。课内 45 分钟极为有限，而我们要做到在有限的时间内收到高效益，就必须使自己的思维主动，听起课来方能入神。要做到这一点，首先我们应在每堂课前保持清晰的思维状态，随后一上课便精力高度集中地投入课堂听讲中去。其次，在听讲的过程中要紧随老师的思路，对问题、文章讲解分析的步骤、技巧细细领会，同时注意理清老师在讲述过程中的上下各步之间的逻辑关系，这样不仅能掌握住知识，同时还能训练自己的思维逻辑能力，有助于独立思考能力的加强。因此，在课堂上，我努力使自己的情绪与老师接近，尽量使自己完全处于同老师思维并进的状态之中，在老师分析题目前自己先略加思索，然后再听老师的分析，从中找出自己思路上的障碍，加以重点解决，从而逐渐提高自己独立思维的能力。这个方法用到数学课的听讲中，效果最好。当老师出题时，思维迅速启动，看看自己如何下手，随后再听讲解，在讲解的每一步结束后，自己又要迅速思索下一步的解决办法，看能否想到老师要讲到的那一步，这样下来，解题的方法和技巧就容易掌握和运用了。有时在听讲中会遇到一些难以理解的问题,这时,切莫停下来仔细去想它而中断听讲,忽略了后面老师的讲解过程,否则就会“捡了芝麻,丢了西瓜”,因小失大了。每当这种时候,我就把问题记下来,等到课后问老师,再仔细想一下效果较好。其实,有时前面的问题在后面老师的讲解过程中也可以得到解决,大可不必当时停下来费时去多想它。我用这样的方法进行课堂听讲,对知识的理解比较透彻灵活,因而在每次期中、期末的考试中,都能取得好成绩,在班上名列前茅。

在有效利用了课堂时间之后,我在课余的大部分时间里就注重解决知识全面性和广泛性的问题。这主要包括两个方面:

一是对课本知识进行前后连贯、更深更广的补充学习。在课后,我先把当天的课程掌握住,然后从中找到线索,做前联后引的工作,最终课程学完后,在头脑中有较完整的、系统的知识网络,这样就为考试前的复习带来了较大方便。

二是广泛阅读课外书籍。针对当今社会对知识需求越来越大的现状,我在闲暇时抓住零碎时间进行报纸、杂志的阅读,不仅丰富了课外知识,而且从中寻找一些与课本知识有关的信息加以联系,这对巩固与补充课内知识也大有好处。

经过不断的摸索总结,我找到了以上两种学习方法,而且在学习中使用这两种方法。我不仅完成了学习任务,而且学习了许多课外知识,常参加一些报纸、杂志的竞赛活动,丰富了我的学习生活。因此以上两种学习方法,就是我高中学习生活的最深体会,同时也是我以后学习的重要途径。

英语是我的弱科,进入高中,你会发现高中的学习与初中的学习有很大的不同。初中的学习也许还有老师的引导,而高中的学习大部分就要靠自觉了。其实高中这种学习方法的培养,有利于对大学学习的自主性的形成。那么对于高中英语,我们应该如何学习呢?提醒各位同学,高中英语学习,首先不如闲来无事唱首歌:不管是英语课前还是你开始学英语之前,你都可以唱首英文歌来热身。当然要选择那些容易理解的歌。这个简单有意思的活动会帮助你放松自己,迅速使大脑集中在英语上。因为在学习英语的时候,保持放松的心态是非常重要的,它可以帮助你激活你的创造力,而创造力会帮助你在操练英语的时候想起更多的例子。其次写一段英语练练笔。如果你马上要开始复习英语了,先别急着翻开书本,而是随意写一段英文,可以是关于你的朋友、你的一天、你的爱好等,什么都可以。和唱英文歌一样,练笔可以帮助你很快进入英语学习的状态,同时也可以巩固你的知识。再次读一本好的英文书。小说可以帮助你了解西方文化,杂志可以帮助你接触到最鲜活的语言。不管读什么都可以帮助你提高英语能力。注意,不要选择太难的读物,遇到生词的时候也不要立即停下来查字典,而是设法根据上下文猜测词义。即使你非常想知道某个词的意思,也要等到读完一页或一个章节的时候再查。最后激活你的词汇阅读能力。词汇只有通过使用来巩固,因此无论是口语还是写作的练习中,有意识地使用刚刚学过的词汇是非常重要的。比如你想说说关于度假的话题,就可以先回忆一下上次你是在哪里度假的,你最喜欢的事情是什么,有哪些词汇可以描述风景、心情,又有哪些词汇可以把动作描述得更为准确。通过这些办法你会发现英语很有趣,从而爱上英语。

数学是一门重要的学科,相信大家都想学好它,下面我想和大家分享一下我的学习方法。首先要课前预习。以前在初中时,没有课前预习的习惯。后来上高中了,发现没有预习只是带着课本到课堂上听老师讲解,目标很不明确,听课时便会处于被动的地位,要么盲目地去记笔记,要么就是茫然不知所云。这样有时记下了很多教材上原本有的内容,累得要命却没有价值,如此一来只能是事倍功半。当尝试预习后再听课,觉得不再是茫然不知所云了。如果时间不多,我会在课前 2~3 分钟预习一下上课即将讲的内容,提前进入状态,争取主动权。其次要认真听课。听课不是听就行了,而是要认真听,要把注意力集中,跟着老师的思路走。有些同学不把上课作为学习的中心环节,一心想用课后的时间来弥补,我觉得这其实是本末倒置了,因为错过了课堂上的第一时间吸收,有的东西以后自己理解起来就很费劲了,就像捡了芝麻丢了西瓜那样。再次要认真做练习。有时候由于时间紧迫,我便马马虎虎地完成练习,等老师评讲时,对于那些没认真思考过的题目,只能两眼看着老师板书,有时思路跟不上,后面老师所讲的根本听不明白。认真做练习还可以让自己在解出来正确答案的同时,知道方法是否准确或解题步骤还欠缺什么,免得考试时白白扣掉一些不该丢失的分数。练习册中的例题也很好,里面还总结了一些学习方法,有时间应该看一下。最后要多看错题本。很多同学有错题本,但他们几乎不怎么看,我也是这样,导致一些题目一错再错。

以上都是我个人的想法,希望大家参考一下,我认为关键还得靠自己。高中是一个磨炼场,磨炼我们的锐气,培养我们的耐心。马上要迈进大学了,我将以崭新的姿态去迎接每一次挑战,用青春的激情去感染身边的每一个人。

作者寄语

在高中学习中,虽然有许多的迷茫和纠结,但也算是在黑夜之中摸索到了一条自己的路吧。漫长的黑夜之后是美丽的黎明,再多的辛苦都会在成功之后化为喜悦的朝阳!

回望过往，不负青春

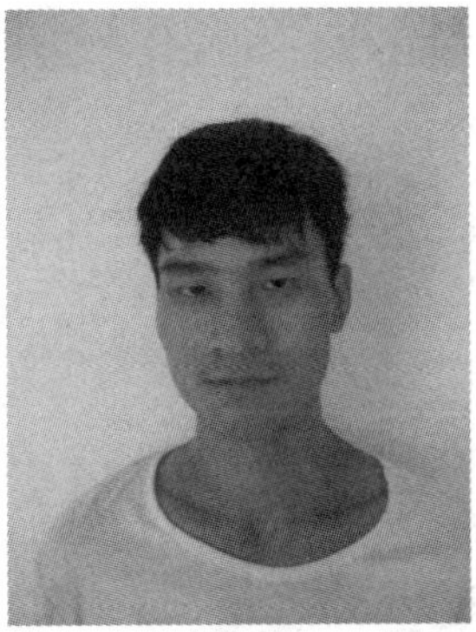

徐亮，男
北京大学工学院航空航天专业2015级本科生
来自安阳市安阳县，毕业于安阳县第二高级中学（理科）。曾获得河南省数学竞赛二等奖。

十几年的求学之路异常艰辛，但正是这些艰难困苦让我们对生活有了独到的见解和深刻的感悟，也积累了一些适合自己的学习经验。知识只有在经过传播之后才会对人类文明的进步做出巨大的贡献，不传播的知识几乎没有任何意义。在这里我希望通过对我自己一些经历的回忆呈现出一些我认同的学习经验，真心期盼可以给学弟学妹们一些帮助，使你们在求学路上取得更快的进步。

学须静也。或许学校是一个圣地，不会如外边复杂的世界那样令我们内心充满杂念，但是专心致志地不停学习只是我们无数学子的理想状态，即使是学校这样的圣地也会时而使我们变得浮躁，因为当我们看到那些优秀的学长学姐们头上顶着清华大学和北京大学的光环时，不少人的心中会起波澜。而且我们还没有脱离好玩的年龄，当我们看到同龄人在玩耍时定会动心，但我想说的是，我们当前最主要的任务就是学习。学，则须静，则须学会耐得住寂寞，则须懂得一种同学皆乱我独静的境界。正如一代国画大师黄宾虹所说的那样，读书人要耐得住寂寞，寂寞是人心定，定则心静，静则心安，安则心明，明能明白一切事理。高中的生物老师刚教我们时就在黑板上写下了一个“静”字，他说，静者，青争也，能心静之人，自然会青出于蓝而胜于蓝，能心静之人，自然会在竞争中脱颖而出。

高考，比的不仅仅是对知识的掌握程度，还有人的心理素质，能做到心静必定会对自己的高考起到莫大的帮助。距离高考还有一周时间时，校长去我们班与我们交流，他指出，高考固然重要，但你们要按平常考试去对待，不少学生会在高考前几天变得焦躁不安，我要送给你们的只有一个字——静。古之名将，凡遇大敌必能临危不乱，必能心静如水。而我们也需要做一个面临大敌的将军，指挥千军万马而心如止水。如此这般，方能势如破竹。

人们都说命运掌握在自己的手中，我相信这一说法，但我同样相信，无论是坎坷还是平坦，无论是痛苦还是欢乐，一生都是最好的安排。

高中四年，带给我的好多好多。

天真，懵懂，无知，我像一个小孩一般进入高一。我经历的第一件事便是学长考入清华大学在大会上发言。听着鸣炮，那时的我只感觉到学长头上的光环好光鲜好亮丽，却并没有意识到考上一个好大学对自己有多大的意义，更没有明确自己到底想上什么学校。高一前期，我像初中一样学习，没有方向，没有忧虑。而高一后期，我莫名地感到无尽的恐惧，我开始害怕前进，现在想来，高中的转折点似乎就是这里。或许是上天的安排，就在这时我的心中产生了强烈的好胜心，它始终支持着我，于是，我开始学会奔跑。我试着去尝试那种冲刺终点线的感觉，我知道只要再努力一点，即使是撞线之后倒下，也会将奔跑的痛苦转化为胜利后的喜悦。在这种与自己的斗争中，我结束了高一。

高二，等待我的是更大的困难。命运似乎在和我开一个很大的玩笑。高一的那种恐惧并没有消减，反而更加厉害。而这时高一支撑我的好胜心也不起作用。一年，整整一年，我仿佛被命运完全打败一般，矛盾、恐惧时时陪伴着我。我用尽了各种方法去摆脱，可最终都不见成效。我经常会想到这样一种情景：我趴在悬崖上，在我苦苦挣扎想要爬上去时，还是掉下了深渊。恐惧更加深了，而这种状态自然影响到我的学习，于是我的成绩一落千丈，就这样我在痛苦中度过了高二。命运真的很奇妙，到了高三，以前的那种恐惧感减少了好多，我开始致力于学习，成绩逐渐有了起色。然而这时的我却不知道应该有计划地学习。我像一只无头的苍蝇一样，经常不能各科兼顾，但让人欣慰的是，我从未放弃过努力。高三，即使经常被一些事情困扰，但我懂得了努力。

一直到了第一次高考。高考成绩出来的当天晚上，在知道成绩后，我很高兴，班级第三名。但使我感到高兴的并不是成绩，而是我认为上天真的很公平。就日常的表现来看，我排在第三理所应当，我心服口服。然而这个成绩与我期待的相差很远。因为成绩的原因，那个夏天我想了好多，天真的我总是想象自己可以做得更好，于是，我决定给自己一个复习的机会。高考是个神奇的东西，经历了一次高考会发现自己成熟了好多。我感觉自己的机会来了。

带着自信与希望，我进入了复读。相同的场景，有两个北大的研究生来我校讲座，看着他们意气风发的样子，我明白，他们头上的光环再亮丽也不属于我，我需要做的就是安静地积蓄力量，因此，听着他们的讲座，我并没有激动得热血沸腾，而是心情异常平静。那种感觉，似乎从来没有过。而这种安静伴随了我一年。看来，一生都是最好的安排，高中前三年所经历的和所学到的都在我复读时帮了我好多，"高四"我开始制订计划，小到每一天，大到每一个月，我竭力让自己的头脑变得有序。我开始制定每一次考试的目标，我开始总结自己的不足，就这样我开始进步。我不再畏惧困难，我开始像高一一样奔跑，但我的心始终很平静。即使在学习成绩有了低谷，我也并不在意，因为我相信上天是公平的，平时的努力会使自己在高考中有一个满意的成绩。于是，复读这一年我从未放弃，每天学习到深夜成为我的习惯，我不再怕苦，而是随时准备迎接每一次挑战。就这样又一次高考，我对自己这样说：无论结果如何我无悔，因为复读这一年我学到了好多，很值。

第一次高考结束后，我会想到这样一个画面：我站在一个大城市的中央，任大水将我泼倒，然后我再站起。第二次高考结束后，我不再有这种想法，因为我学到了好多，学会了处理困难。

年轻气盛的我们定喜欢和上天竞争，然而拥有一个满足的心态，无论遇到什么都相信是最好的安排，在简单满足中有一个比较轻松的心态，一定会有助于自己的学习。

首先学会思考。我思故我在，没有思考的人生注定没有色彩，学习同样如此，只有学会思考才会明白自己在哪里存在不足，也才会知道自己究竟需要什么。确实，刚上高中时我像一只无头的苍蝇，经常会乱飞乱撞，对未来的学习一无所知，只是学到哪里算哪里，结果学习成绩有时会一塌糊涂，但随着自己慢慢地成熟起来，我逐渐养成一种习惯。我喜欢自己静静地在一条田间小路上散步，我会试着想一些问题，比如自己上一星期学会了什么，下一星期自己还需要做些什么，怎样做才会做得更好。就这样，我对自己的学习有了更加深刻的把握，也可以培优补差，学习成绩渐渐地有了起色，在学习中找到了快乐。一个会思考的人是一个智者，马云曾说，聪明的人用脑袋讲话，养成学会思考的好习惯，将会使你的学习更加容易，更加顺利。

其次做好自己的学习规划。直到现在我仍然十分佩服一位同学，因为他刚上高一时就对自己的整个高中生涯做好了充分的规划，知道自己高一做什么，高二做什么，高三做什么，以及自己最终想上什么样的大学。我努力学习他这一优点，开始制定自己的规划，我发现这样会使自己的头脑变得异常有序，而如果没有规划，自己的脑袋会像一团乱麻，只会降低自己的学习效率。但是做好规划只是做好了第一步，更关键的还是要坚定地执行下去，就像没有执行力的命令如同一纸空文一样，没有执行力的规划只是一种摆设。我想告诉大家的是，登山时准备登山工具是必要的，但更为重要的是迈出自己的脚去攀登。在学习的过程中，我会努力按照这一点去学习，即使有时候学到的很少我也不会太担心，因为有规划并坚定地执行会让自己的学习充满节奏感，这样的话，无论最终的结果如何，自己都会过得很充实。

我总是感觉自己是幸运的，因为从小到大我所在的学校总是充满了无尽的温暖。老师是温暖的,同学们是温暖的,而这种温暖常常会带给我很大的触动,有时甚至会支撑我的学习。或许我的老师教学水平并不是最出色的,但他们始终关心自己的学生,我可以把老师的教学理念总结为两个字:爱人。而他们的爱人,我相信不仅可以教出成绩优秀的学子,而且对学生的人生观也会产生潜移默化的影响。我很幸运,可以经常感受到老师对我的爱。每一次静思冥想,心中总有一股暖暖的触动,我希望这些将是我心底美好的回忆。

或许班主任多出的一种任务就是管理班级,但我认为班主任多出的一种任务是关心。我的班主任对我们班同学的照顾总是无微不至,大家学习上有困难时会去找他谈心,而他也经常会提出许多有建设性的意见,然后我们的学习就更有方向。在我们学习疲惫时,他有时会领我们出去吃饭放松,当我们问他问题时,他从不会自己坐着讲,因为在他心里我们不是师生关系,而是地位相等的兄弟。我们的物理老师是最勤奋的,他会把他的课程安排得有条不紊,还经常在我们跑操之前赶到学校,使我最感动的是他一直都相信我们,总是相信我们在高考中会考好。我们的数学老师是一个老小孩,他会经常与我们说笑,但他也会生气,那是我们不遵守纪律,他有点恨铁不成钢的时候。他是教我们时间最长的老师,我们之间有很深厚的感情,他会时时刻刻地关心我们,而我们也把他当作特别好的朋友。我们的英语老师是最温柔的老师,她的话语总是如春风般温暖,学生问她问题时,她会很有耐心地为大家讲解,从不会因为学生简单题不会做而生气。英语老师也会经常询问我们的学习计划,然后会因各自的情况向我们提一些建议。语文老师是最有成就的老师,他会在我们把任何问题都弄明白后再向下进行,即使有时候我们弄明白后他也会再讲解一次。我们的生物老师是讲课最有方法的,也是最幽默的老师。他精通好多方面的知识,有时会在课堂上逗得我们哈哈大笑,有时还会在课堂上向我们讲一些课外的东西,往往会使我们听得很着迷。

我们的六位老师各不相同,但有一点是相通的,那就是爱人。正是从他们身上我们体会到了学习的乐趣，也更加体会到了不一样的爱。在学习的过程中，有过欢笑，有过哭泣，这些爱将始终是我们的支撑，让我们体会到酸甜苦辣之后依旧坚定地向前。学校就是我们的第二个家，无论如何，家是补充养料的地方。老师的教育也更让我们明白，有爱就有希望。我相信，在今后的人生之路上，我们会永远记住这一份爱，努力向前。

我爸妈是农民，而且只是普通的农民。他们的文化水平不高，在孩子教育方面也没有什么突出的方式，但爱自己的孩子是父母的天性，而我相信这便是最好的教育。我相信大家都可以体会到。常常使我感动的是我爸妈经常会最大限度地给予我自主权，让我去做自己最喜欢的事。他们很少责备我，我清楚地记得，六年级的那个暑假，我骑着自行车和小伙伴在街上玩，却在一个十字路口和一个骑电动车的人相撞，结果把自行车的后轮撞得变形。爸妈知道后并没有责备我，只是在询问完我的安全情况后把车子推去修车处修理，我经常会觉得这是我爸妈最大的优点。他们的宽容，他们的谅解，是我做一切事的最大动力，我很幸运，我可以做我自己喜欢的事情。我渐渐地开始觉得，每个人做事情都需要有人来支持，父母的支持将会是他们送给我们的最好礼物。

至于父母对我们的爱，我相信任何人都是说不完的，只能是我们自己慢慢地去体会。父母、老师之间可能想法不同，但互相又不冲突，因为他们爱着同一个人。这种爱不可言语。原来，有爱的集体就有希望，有爱的集体便会一往无前。我很幸运，时常与充满爱的人在一起，他们对我潜移默化，润物无声。

思考可以让我们变得更加成熟，回忆可以让我们记住多彩的过去。祝福每一个在思考中前行的求学者，相信你们一定能圆梦高考，不负青春！

作者寄语

一生都是最好的安排。

天道酬勤者，学思皆关情

徐银槚，女

北京大学元培学院 2015 级本科生

毕业于河南省郑州市第一中学，2015 年高考以河南省第 13 名的成绩被北京大学录取。高考总分 626 分（文科），其中语文 133 分，数学 135 分，英语 137 分，文综 221 分。

2015 年的高考硝烟已然平息，手捧北京大学红色的录取通知书，我不禁为录取通知书上的一席话所感动："一旦佩上北大的校徽，每个人顿时便有被选择的庄严感，因为这是一块圣地，百余年来，这里成长着中国几代最优秀的学者，他们从这里眺望世界，志向未来。"北京大学，这座巍然屹立百年的中国最高学府，历久弥坚、守正创新，被无数学子仰慕向往。自然我也不例外，在踏入高中时，便在心中默默许下了一个北大梦。然而当时的我未曾预料到的是，为实现这个梦想所要走的路竟是如此跌宕而精彩。如今愿望终成现实，除了激动和欣喜，我更想把高中三年的经历与感悟分享给大家，希望能够帮助更多优秀学子圆梦北大！

我来自中原名校郑州一中，自身最大特点便是文理兼长，文科突出。高一阶段各学科均表现优秀，高二分科时因兴趣和志向选择文科，并最终以省第 13 名的成绩顺利进入北京大学元培学院。雄关漫道真如铁，回首高中，我最想送给学弟学妹们的便是天道酬勤者，学思皆关情。

一、滋兰初生犊，文理并蒂开

郑州一中的楼宇名字别具匠心：高一楼名曰滋兰楼，取"滋兰九畹"

之意；高二楼叫树蕙楼，源自“树蕙百亩”之典；高三楼为积山楼，即“积土成山，风雨兴焉”。初入高一，课程门数多，但每门功课的知识又相对基础和浅易，故在学习中就应该注意均衡各科时间，同时抓住基础核心知识点。具体说来，主三科的时间应予以保证，每天早读时要分配语文和英语时间，同时也可以背诵难记的数学公式。预习、听讲和作业三位一体：提前预习，此时重点是课本主线；做好每一科的课堂笔记以便课后复习，但要紧跟老师思路，切记不能因做笔记而耽误听讲；课后作业要注重质和量，即保证高效作业且练够一定的题量。对于理科（理化生）的学习，方法总体类似但细微处有差别：物理重在模型的归纳，化学难在物质及其性质的递变总结，而生物则需要一定的记忆背诵。总之，学好这三科都离不开扎实的计算训练和严密的逻辑思维。对于文科（政史地）的学习，则要关照知识与现实，将两者紧密地结合起来，多关注时事；同时做好课内知识的背诵理解，这些对于高一课程而言就已基本足够。

刚步入高中，学习习惯的养成也十分重要。郑州一中的主体课堂模式在帮助我形成好的学习习惯的道路上助力良多。它秉承“学生为主体，老师为主导”的理念，要求课堂高效：课上将时间五五分开，即有 20 分钟自学讨论时间，这时我可以提前将预习中的问题抛出，有助于对知识的消化理解；另外 20 分钟由老师精讲，老师将重点难点一网打尽，效率很高。与之配套的是充足的自习时间，我利用这些时间进行了有效的复习和系统的习题训练。这样的学习模式使我养成了良好的学习习惯。在相对轻松的学习节奏中，我多次取得九科年级第一，并在高一期末考试中取得郑州市第一的好成绩，在实现北大梦的征途上迈出了第一步。

二、树蕙择方向，学思两相宜

经过漫长而溽热的暑假，我们搬入了绿竹掩映中的树蕙楼。更让我感到新鲜的不只是全新的教学楼，而是新的同学和老师：高二分科，我成为郑州一中少有的“选择文科的年级第一”。郑州一中向来擅长理科，文科师资相对少，所以在选择文科之始，很多老师都劝我三思。但我仔细分析自身特点和高一成绩状况，发觉自己的感性思维能力很强，加之数学成绩优势显著，在选择文科后成绩方面有保证；同时自己很喜欢政史地与现实的紧密联系，从兴趣角度也更适合文科。“路曼曼其修远兮，吾将上下而求索。”搬入树蕙楼的教室时，看着墙上的标语，我不禁热血沸腾。

高二文理分科后，学习主科变为语数英政史地。首先，语数英的学习一定不能松懈，因为处在文科班的氛围中，同学们自认为具有较高的文学素养，所以有的同学便松懈了对语文科目的学习，甚至于在课堂上自己安排课外阅读，轻视作业练习。这样固然能提高一定的阅读量，但书籍浩如烟海，高中时光即便全部用在读书上也未必能有系统的认知提升，更何况没有科学的阅读指导，长此以往必将使自己对语文课内知识及考试技巧有所生疏，反倒使语文成绩下降，这就是很多平时语文素养看似很高的同学在高考语文中折戟的重要原因。对于高考语文，需要积累之博、发挥之巧。所以我建议不妨从高二开始就将近五年全国高考语文题目汇总作为自己的阅读资料，在提高阅读速度及鉴赏水平的同时也可以有效提高自己的应试水平，可谓一举两得。另外要注重字体的训练，抓好卷面能够给你的语文成绩增色不少。

至于数学，高二开始，数列、圆锥曲线这些高考重难点开始与你见面。我建议学有余力的同学可以在这时了解一些理科数学中类似的知识，因为这样可以帮助你深入理解有关概念，使你有一览众山小之感；同时有利于应对考试中的新概念一类的试题，不至于被它们“恐怖”的外表吓唬住。数学成绩的提高，重在题型的训练和总结，多见题、善总结，就一定能有突破。

高二下学期，考试次数单调递增，分数与排名齐飞，肩上压力也越来越大。进入 5 月，看着对面积山楼上的学长奔赴毕业典礼高喊着口号时，忽然感觉高考竟如此切近，又如此捉摸不定。高二时每个人都面临抉择及抉择之后的落差，所以很容易产生这样或那样的心理问题，这时一定不能把自己埋进题海忽略内心的真实想法，而是要及时正确直面问题，学思并举，认真反思每个小时间段（每周、每月）的学习得失、思想变化，敢于突破思维定式，敢于创新学习方式，就一定会学思并进。在这里我想把弗罗斯特的《未选择的路》分享给大家：每个人都在生命的不同阶段经历着不同的选择，路有千条，却只能择一而行。当你做出决定的那一刻，已无退路可走。坚持下去，前路柳暗花明。

2014 年 6 月，送走了积山楼上高三的学兄学姐们，我们成了这里的主人。空荡荡的教室里白色试卷堆积如山，心头充斥着激昂与迷茫。高二的结束是如此匆匆，回首看，才发觉正是在高二，我完成了文理分科时的艰难抉择，克服了文科学习的惰性，实现了真正的自主自律，并学会将思考与学习结合。择路谨且毅，学思总关情！

三、越雄关险道，攀积山高峰

积山楼前的绿竹长得正旺，笔直向上，直插云霄；兄弟湖上的荷花秀叶亭亭，袅袅动人。然而，教室内的我们却无心顾及这窗外的佳景，而将自己埋进试卷的海洋。高中的最后一年，我过得单调却笃定，痛苦却快乐。

每天早上 6:50 早读开始，我允许自己睡到 6:35，然后快速洗漱冲向食堂，在 6:45 之前坐在课桌前。早读 35 分钟，我将它分为三部分：前 10 分钟温习昨天遗留的背诵问题及习题精华，中间 15 分钟重点突击今日任务，最后 10 分钟完成明日任务布置和预习。这样，就把昨天、今天、明天有机结合了起来，效率倍增。课堂上，我采取"两线作战"策略：当老师所讲授内容是我已经充分掌握的，我便略听而精做自己布置的任务；但如果老师所讲的确是未掌握的精华，我便会集中精力听讲。这样既充分调动了主观能动性，又不至于孤军奋战而走弯路。课后，我根据自己情况有详有略地完成作业，每天能够保证在 23:30 之前睡觉，且中午有一个小时的午休时间，节省了精力体力，蓄锐待发。课下，我非常喜欢解答同学们的问题，并积极参与疑难问题的交流，并且非常喜欢和老师进行切磋，经常就一些具有探究性及延伸性的问题发表看法，也无形中提高了自己的临场解答问题能力。

临近高三上学期的期末，各学科一轮复习结束，我们面临着一检的考验。这时，我的各科都已建立起较完整的知识体系，在过硬的基础支持下，郑州市一检中我考出了全市前十名的好成绩。但我十分清楚地认识到，一检成绩并不能说明所有问题，模拟考试的难度和思路与高考水准相差甚远，考场状况与自身心态又不尽相同。而且一检成绩也暴露出我英语及文综字体的劣势。于是，我下定决心要更进一步。寒假里，每天早上6:00，随着清脆铃响，我睡眼惺忪地从床上爬起，以最快速度清醒过来。北方的冬晨寒风凛冽，独自一人行走在空荡荡的校园里，眼中只有一个目的地：自习室。在寒假期间自习室暖气并不开放，我每上50分钟自习，就不得不到户外运动10分钟来使自己暖和起来。熹微的日光中我一次次跳起又落下，整个楼道里只有这回声与自己相伴，心中是孤独，但更多的是感动——为自己的笃定而感动。我会感到那"一塔湖图"的召唤，我会坚持自己的初心。人生为一大事来，此时不搏何时搏？至今回首仍感激北大种在我心中的那颗充满着理想主义的种子，是它支撑着我度过高三最寒冷的冬天。

进入高三的最后一学期，一切都突然变得十分简单了：白热化的考试复习使每个人看惯了成绩名次的浮浮沉沉；我们麻木着又渴望着，幻想2015年6月8日的狂欢，幻想天堂般的大学。但我更清楚地认识到，越到最后，就越要脚踏实地、注重基础。两轮复习过后，学校开始了题海战术，每天刷六七套试卷是家常便饭；很多同学深陷其中，在不停做题中获得一种满足感和成就感，同时也患上了题瘾——只能通过不停地做题来检验自己的复习效果。这样看似很有效也很靠谱，其实不然。因为林林总总的模拟题没有尽头，一旦埋进去便永无解脱时；模拟题的出题人并非高考命题者，其思路、考查方向与高考题往往相差天壤，一味练习不仅不会对复习有帮助，反而会使复习思路偏离主线。我的建议是，模拟题可以做，但一定要在老师的指导下做高质量模拟题；练习模拟题量不宜过大，每周每科 2~3 套足矣，但要严格按照考试时间去练习；对于练习模拟题时的错题，也需要总结到错题本上，但不要死脑筋地迷信模拟题思路，权当是开阔眼界即可。

而对于文综学习，我在高考前 3 个月总结出的最有效的复习方式便是将高考题与考试大纲结合起来。在备考过程中，做高考题是非常有必要的。很多文科同学都有相似的感受：文综题目主观性太强又看似没什么技术含量，往年高考题普遍都在"五三"、金考卷一类的辅导书上见过，思路有个大概印象，所以高考题没什么训练价值。实话说，我也一直秉承这种偏见很久，但长时间的模拟题训练令我觉得很疲惫且提高并不明显：很喜欢刷题而不喜欢看书，文综题看了答案感觉都会，实际上上手却发现根本调动不起来知识；模拟题考分很高，但高考题的答题要点却总是找不准。这就给了我很大的教训，让我意识到高考题目的重要性。因此我学会了深入分析历年高考题目，将其一层层剖析开，与考试大纲结合起来，给自己一个完整的复习思路。

高三时光，很多问题需要自己直面。当处在状态低谷时，我常会在傍晚独自去操场上慢跑，边跑步边和自己交谈：与内心的交流是最真实的交流，要能够认识你自己，无论外界是如何光怪陆离。自省的力量是强大的，在一次次对自己的追问和思考中，找准了自己的问题：太患得患失，为一次的名次和分数而焦虑；过于程式化和麻木地过日子，看似勤奋却并无核心动力。经过反思，我对自己的学习模式进行了调整：精做试卷，以质量和收获为最高目标，分数在其次；把细节做到极致，时间规划到以小题计算，评估更看重个性化的思考。这样，我在高三最艰苦的日子中完成了一次蜕变，即从题海中跳出来，去认真审视自己的学习状态和方法，细致且持续地钻研历年高考题，最终也取得了突破：我开始发现其中的共性与递变性，就好似元素周期表的同族元素性质一样神奇美妙！状态的转变带来了成绩的高层次飞跃——我在 4 月份的郑州市第二次质量检测中取得郑州市第一名的好成绩并甩开第二名 20 多分，创造了郑州一中文科近几年来的最好成绩。

优异的成绩并未冲昏我的头脑，因为我深谙质检考试和高考之间差如天壤。在最后的两个月复习中，我仍然按部就班地学习和休息，作息很规律，每天晚上 11:30 之前一定入睡，保证了好的精力和心态。同时因为我在 2014 年北京大学优秀中学生体验营中获得了“优秀营员”的称号，也获得了参加 2015 年北京大学自主招生的机会，这更加坚定了我实现北大梦的信心。

6 月，兄弟湖畔的荷花怒放，未名湖畔是否一样美丽？我徜徉在郑州一中绿荫蓊郁的长廊下，脑海里一遍遍模拟着明日高考的画面：入场、发卷、答卷、收卷。一切对于我来说既熟悉又陌生：这是我的第 N 次模拟，这是我的第一次高考，而我更希望这是一次绽放。

高考的两天，天气晴朗却不太炎热，似乎没有想象中的那样紧张，我睡到了自然醒，坐着爸爸的电动车到了 16 中的考场，答完了自己的青春答卷。虽然也有一些小小失误，但我觉得自己的高考状态与最终成绩也体现了自己的真实水平。全省裸分第 13 名，一切尘埃落定，并无太多惊喜，也算预料之中。之后清华、北大的招生老师都慷慨地伸出橄榄枝，权衡再三，我放弃了清华大学领军计划的加分优惠，投报北大，圆了我三年的北大之梦。

回想高三往事，感谢于自己的坚持与反省，得益于稳定且淡定的心态，付出韶华和汗水，收获成熟的心智和优秀的成绩，着实不枉拼搏一次。“靡不有初，鲜克有终”，如果你心怀梦想，就请一定持之以恒，长记天道酬勤；如果你彳亍于途，迷惘不前，请静心反思自己的状态，将学与思结合起来，自主地解决问题，实现状态的良性转变。

天道酬勤者，学思皆关情。愿明朝的你能与我在燕园相遇，诉说属于你自己的追梦故事！

作者寄语

但行好事，莫问前程。

剑锋所指，所向披靡；问心无愧，载誉而归

杨程旭，男
北京大学信息科学技术学院 2015 级本科生
毕业于河南省漯河市高级中学。2015 年通过自主招生考试被北京大学信息科学技术学院录取。

我是 2015 届漯河高中毕业生杨程旭，今年被北京大学录取。这个题目是当初我们 2015 届“百日宣誓”时候，我作为学生代表发言讲稿的最后四句话，当时这 16 个字对我的鼓励特别大，在这里也送给有志冲击自己理想大学的同学们。

在这篇文章中，我打算从知识、能力、品格、心境四个方面介绍一下自己对高中生涯的体会。

一、知识

1.鸿鹄之志

所谓“燕雀安知鸿鹄之志”，鸿鹄之志说的是大志、是方向、是目标，我不得不承认“目标”这个话题已经烂得不能再烂了。是的，谁都知道要有目标、要立大志、要为之奋斗，但又有多少人真正做到了呢？但是我还是要谈，而且会放在第一位去谈。

高中三年过去了，我对“志向与目标”的感触最为深刻，我的体会是挫败感的打击与井底之蛙的震惊成就了鸿鹄之志。我举两个例子。

高一入学时，我中招考试的成绩并不理想，顶着 600 分出头的成绩进了宏志班，初中时期的优越感瞬间被挫败感淹没，但感觉自己并不应该仅

仅是这样，由此告诉自己不能这样简简单单地就完了，我必须证明自己。进班之后学得很疯狂，中午不午休，晚上也熬夜。累不累？当你承受过打击，有一个明确的目标，想要证明自己时，不累。

下一个例子，高一老师让填理想的大学，当时的自己并不自信，对大学也没有明确的念想，最终填的是哈尔滨理工大学。直到后来在高二暑假参加了北京大学的体验营，说真的，当时真的是在受挫中明白自己见识有多浅。在北大校园里，且不说与你擦肩而过的可能是某个领域的大牛，就仅仅是一同参加体验营的同学，都足以让我惊叹、让我膜拜。几番体验过后我最终爱上这所学校，内心也坚定了非北大不上的信念。如果有人问我是什么支撑着你熬过高三，我也许会回答——高二那年在北大受的虐。

刚才所说的鸿鹄之志，不仅仅是大志那么简单，这是那种给你动力、逼迫你为之努力、让你在朝向她前进时感到充实快乐的志向。再次强调——挫折不可少，目光同样也应该放长远些。

2.熟能生巧

这四个字应该很直白，天才毕竟是少数。为什么一开始刚接触理综根本写不完？为什么高中三年英语考试剩下的时间越来越多？为什么高二年级前十几名参加高三的模拟考试连前100名都进不了？这些都是熟练度的问题。也许现在并不鼓励刷题，但我还是认为，没有量变的积累，就谈不上质变的飞跃。我们班主任常常讲：刷题要有策略，要有选择地刷，找自己薄弱的题目刷。总之，题要刷，刷多少，刷哪些还是要看自己。这也就到了我要谈的下一部分内容。

3.自成一家

身负北大光环，我父母的许多同事都让我给他们的孩子传授学习方法，我是很乐意的，但同时我认为，每个人都应该有自己的学习方法。以听课为例，我上课时认真听，会抢着回答问题，但很少记笔记，也有位同学不回答问题，把笔记做得很棒，还有位同学上自己班主任的课都会写作业。在这三个人中，我考上了北大，另外两个去了隔壁。我举这个例子嘛,也不是说他们的学习方法不好就去了隔壁,但毕竟每个人的情况不同,找到适合自己的学习方法才是最好的。

以前在高一听励志演讲的时候,记得演讲人说:“如果你有目标,真的不愿意落后,学习方法自然会有。”那么我也期待着各位同学有你们自成一家的时候!

二、能力

1.什么是能力

能力不仅仅是学习能力。高效课堂(漯河高中所采取的一种教学模式)上展讲得好是一种能力;社交广泛、左右逢源是一种能力;班级活动中号召同学、带动气氛是一种能力;站在台前演讲,也是一种能力。

曾经看过一篇文章,说现代社会最推崇的是一种“U 盘式人才”,什么意思呢?作者把一个人的能力、技术比作 U 盘中的内容,这类人才往往最为抢手,随插随用,给他一个平台他就能发挥才能,不需要过多的培训,走到哪里都可以一展身手。我觉得这个比喻是很贴切的,所以如何丰富你 U 盘中的内容呢?

2.能力何来

你要付出时间,抓住一切可以锻炼自己的机会。直接举例子吧,一位郭姓同学,我们是小学到初中 9 年的同学,可以说我一直生活在他的“阴影”之下。你说学习好就算了吧,书法还得过奖;钢琴 10 级就算了吧,葫芦丝也 10 级;英语好就算了吧,德语也好……我就在想这么多令人羡慕的地方从何而来呢?后来经过一件事我明白了,初三时候模拟考试,都快开考了才看到他匆匆忙忙地进场,后来考过之后一问才知道他前一天晚上去郑州考级了,当天早上才回来考试,再后来那次考试他考了年级第一……

所以,想要锻炼自己的能力,就要付出时间,抓住一切可以锻炼自己的机会。

3.获得能力的快乐

我有一个黑皮本，里面记录的是从高一到高三历次演讲的手稿。小到班级班会，大到学校活动，一页一页记录，三年下来已是满满的一本。虽然字不好吧，但每次翻开总有一种满足感和成就感。

打个不那么恰当的比方，就好比你玩RPG（角色扮演类）游戏，当你辛辛苦苦锻炼了自己，有足够的能力，在你打开你的人物菜单，查看你的技能树的时候，你一定会为自己的成长而欣慰、而满足。

三、品格

责任，责任，还是责任！为什么要说三遍呢？因为重要的事情要说三遍。

从我高一入班，我的班主任就给我们强调“做人，做事，做学问”。做人是第一位，而我对一个人的品格最看重的就是责任。平时多问问自己：你是否对自己负责？是否放弃了机会，放弃了努力？你是否对班级负责？运动会上、元旦晚会上、大扫除时是否有你的身影？你是否对家庭、对学校、对我们的中国梦负责？

有一段视频，是说“80后”和“90后”的，我看过之后很感动，在这里将其中的一些话与大家分享：

前几天看到一则新闻，一个少年劝导几个成年人不要在人行道上停车，反被责骂说读书读傻了吧。少年伤心地哭了，我看了心里也特别不是滋味，一直以来，很多人批评“80后”“90后”如何思想堕落，如何离经叛道，如何扶不起来，还有人说他们是道德毁掉的一代人，是“垮掉的一代”，我特别不理解。

自顾自跳广场舞扰民的不是他们；不让座就拳脚相加的不是他们；碰瓷耍赖的不是他们；炒高房价的不是他们；开黑心食品加工坊的不是他们；建小工厂乱排污的更不是他们。是谁自己道德缺失却反过来教育下一代人说这是现实呢？是谁自己跌倒了还要反讹把自己扶起来的年轻人呢？这到底是谁扶不起来？

当然，那些值得尊敬的长辈们给“80后”“90后”树立了榜样，让他们不断成长不忘自我反省，于是我们能看到身边的大多“80后”“90后”都能遵守公序良俗，他们会主动地让座，会羞于插队，最坏的行为也就是在电梯里面按亮所有的楼层。

如果要给绝大多数的“80后”“90后”一个整体印象，我可以这么说，他们是刚一就业就被延迟退休；他们是干二十年都买不起房、结不起婚，却每天努力工作的一代人；他们是吃着各种黑心食品长大，却每天还在茁壮成长的一代人；他们是顶着恶劣的就业环境、自然环境，顶着高高的房价，住在北上广的出租屋里，却没有怨天尤人，每天还在追求自己的理想，追求自己想要的生活的一代人。

如果谁硬要说他们是“垮掉的一代”，那也是被现实压垮的，然而，即使是跌倒了，前方的路，他们也会一起走完！

我们要始终清楚自己的使命，自己身上的责任。即使周围的树木都倒下了，你也要向上生长，撑起你的梦想，撑起周围人的期望，撑起一个民族的蓝天。

四、心境

高考是对一个人综合素质的考查，良好的心态必不可少。在这里送给大家三句话，与君共勉。

1.不以物喜，不以己悲

这是我最喜欢的一句话，不因外物所获与个人所得而喜，不因外物之劣与个人之失而悲。这是我一直追求的，也是尚未达到的。用在这里是希望大家无论是面对众多考试，还是面对外界各种起伏，都要保持一种豁达淡然的心态。

2.不为彼岸只为海

这是我在高三时，听上一届清华、北大学兄学姐演讲时记下来的。我是感觉这个境界已经很高了。有时我就在想，现如今，从家长到亲朋好友，从同学到老师，从学校到各种媒体，外界给考生的压力是空前的。我依然记得我的妈妈给我讲述的她的高考：自己骑着车去了县城，临走前就是简简单单地跟家里说："走了啊，两天后就回来了。"这与现在的家长、老师在考点门口蹲守形成了鲜明的对比。也许现在上大学较之以往容易了许多，但当初学生所承受的压力却难以与现如今的学生所承受的压力相匹敌。

回到这句话上来，也许当前的我们并不能改变高考千军万马过独木桥的现状，但我们却可以把自己的心灵武装好。高中生涯是三年，不是两天。高考不会是一锤定音，相信一个全心全意付出的过程，会收获一个让人满意的结果。如果让我送给各位一句高考标语，我不会送"十年磨一剑，今朝试锋芒"，我也不会送"提高一分，超越千人"，我送给大家的是"不为彼岸只为海，相信功到自然成"。

3.让自己成为自己的信仰

这句话就不只是说高考了。我也听过很多的演讲，听闻过许多的思想、方法，但一个真正伟大的人应该是有主见，有自己思想，对自己深信不疑的人。我记得我们高二时开过一个班会，叫"青春正能量，我的中国梦"，其中有一个环节是让同学上台站到凳子上，大声喊出："我是×××，我相信，我可以！"我当时也上去了，确实那是一种居高临下的感觉，一种突然觉得自己可以做到的感觉，一种对自己产生莫大信心的感觉。

此次有幸征文入选，让我有机会与大家交流，给大家讲述我的经验、我的想法，但是，你也应该知道这些仅仅是一己之见，最重要的还是你自己。我一直在强调一个人的主观能动性：你逼迫着自己，你就一定可以。总之，我也相信每个人都能成为思想上的强者，学习上的霸者，都能让自己成为自己的信仰！

作者寄语

努力不一定能实现梦想，但是曾经努力过的事实却足以安慰自己。

理科学习经验谈

袁博，男

北京大学外国语学院 2015 级本科生

毕业于濮阳市油田一中。高考总分 672 分（理科），其中英语 146 分，理综 274 分。

拿到北京大学的录取通知书后，回想自己这些年的经历，我得到了许多人的帮助与指点。一路走来，我认为我也有责任分享一些自己的经验和想法来帮助学弟学妹们，希望对大家有所帮助。

一、心态

心态是很重要的一方面，在高中三年的历程中，我们会面临各种各样的问题，也终究会找到很多解决问题的办法，但如果心态不好，什么事情都处理不了，即使有能力也发挥不出来。

首先，我们要学会摆平自己的姿态。就算取得一些成绩，也不要自以为很厉害，否则会导致虚荣心膨胀，蒙蔽自己的双眼，导致自己不能清醒地认识到自己的不足，从而无法取得进步，只能原地踏步。成绩差的时候也不要自卑，要相信自己通过努力一定能够更上一层楼，将真实水平展现出来。

其次，生活和学习中要学会冷静处事。处理同学关系、生活琐事，或者是遇到学习上的难题的时候，一定要学会冷静。这样就能避免情况恶化，避免琐事影响心态与学习。在学习过程中，冷静下来能帮助你从容分析问题，这一点在考试中尤其明显。考试过程中所有人都不可避免地会紧张，谁能最快地冷静下来谁就赢得了主动权。头脑清醒的人更能细心认真地分析问题，避免失误，接近完美。

最后，不要急于求成。很多时候，我自己也很想尽快做出一些成绩，但所谓慢工出细活，慢慢地去努力，才能取得长远的进步。急于求成有时候会让人走一些弯路，比如有些同学为了迅速提高短期成绩就大量刷套卷，一点也不考虑学习的阶段和自身的实际情况。这样往往事与愿违，一旦没能在短期内取得成绩，很容易让人丧失信心，完全放弃。因此要学会循序渐进，拒绝浮躁。

二、各科学习经验

学科一：语文

对于语文的选择题，不管是论述文还是后面的语言知识应用，都需要一定的语感，仅凭老师的技巧讲解而不去训练肯定是不行的。所以在听课之余要多加训练，两者结合，就能拿到一个比较满意的分数了。

古文需要积累一定的古汉语词汇，不过不用花费大量时间刻意去做，首先要把课本上的注释全部掌握，剩下的词汇见一个补一个，就已经基本达到了高考的要求。同时也需要一定量的训练，毕竟古文阅读需要语感，翻译句子要做足够多才能达到所谓的信、达、雅。而对于古诗来说，大家需要多见识一些古诗，要注意把同类型题目放在一块儿比较，最好能抄下来总结一下。另外要学会研究答案，对比设问与答题，还是有一定的技巧性的。还有就是牢记基本知识，比如表达方式、表现手法、抒情方式等专用名词，要能熟练区分开，并准确答出专业术语。

语言应用题要分模块训练总结，题目类型包括图文转换、语句衔接、情景模拟等，这些都是要靠训练才能熟练掌握的。不要以为自己随随便便答上去的就是差不多的，语言不严谨或者格式不对都是很严重的失分点，如果你想追求高分的话，练习和总结必不可少。

最大的一部分是作文，这一方面我深有感悟。我不推荐刻意去记素材，因为现代的很多素材，你记了印象也不会深刻，用来论述也难以娴熟，真正用起来舒服的还是那些出名的、典型的素材。我不是说不要积累素材，而是要在平常多看些东西，只有这样，视野开阔了，有感而发，才能应用娴熟，写出优秀的文章。参考资料我首推《作文素材高考版》，有素材、有事件、有例文，对自己作文水平的提高很有帮助。还有就是加强练习，如果能做到每周一篇作文，等到高考的时候就能很娴熟了。写作的过程就是对素材的强化记忆，对写作风格与格式的逐渐摸索，以及审题的训练。不要仅仅做纸上谈兵的人，要搞实战，养成习惯后，就不是什么太难的事了。高三后期我作文基本没下过 50 分，也得益于长期的训练。

总之，语文必须写上足够的题、做足够的总结才能保证熟练与准确，不要以为随随便便一写就能应付语文了，只有你认真地对待，它才会给你满意的反馈。

学科二：数学

我认为学习数学的方法，简单地说就是练题加总结题型。尤其要强调的是独立解决问题，只有通过独立思考，才能实现自己思维与能力的提升。

我举个简单的例子：初学者看解析几何，是一大堆变量与图形，然后东拼西凑运气好给解了出来。见识过一定量的习题的人，看到的是总结或见识过的一个个题型与解题思路，通过嵌套组合可以做出来大多数题目，但有可能在遇到创新性题目时就束手无策。再深入，见识足量的习题并进行了深入总结的人看到的，就回归原始，只剩下变量与图形，通过条件与设问，从变量代换与图形信息出发，能很快寻找到解决问题的方向与方法。如果你的基础足够扎实，对各种解题方法掌握娴熟，最终就一定能够达到这个层次。

另外就是刷题，作为走过弯路的人，我希望大家理性看待刷题。练题不应该单纯为了题量，但没有一定的题量是绝对不行的。怎样处理好这个度的问题便需要每个人根据自己的实际情况去思考。每做一道题，都要做精，做透彻，要真正学到其中蕴含的知识、方法和思路。如果单纯为了刷题而刷题，看似见识了好多，实则水平长进甚微。所以要思考性地去做题，这样才能渐渐培养完善的数学思维。

总之，我希望大家在学习数学的过程中要学会总结、思考。看到一道题，除了答案与过程，还要想想这道题的思想和方法。当然囿于我们的知识和眼界，有时候一道题不一定能看得很透彻，但对于一些经典的好题要反复琢磨，得其精华以提升自己的水平。

学科三：英语

首先，我认为英语课文要尽量背下来。很多单词和语法都在课文里，背会单词并理解课文，主干知识就掌握了。同时，重点词汇要掌握用法，只要把课本配套资料或者一轮复习资料上的总结认真记忆和背诵就没什么问题了。有关词汇量问题，高考要求是掌握 3500 个词汇量，为了达成这一目标可以采用各种方法，中英对译着记，一遍一遍反复地记。这里我建议大家可以拿一个小本记录自己未掌握的词汇，这样反复记忆的时候针对性更强，不至于翻来覆去重复早已掌握的词语而浪费时间。

其次，有关英语短文阅读。我们英语老师很明确地告诉我们：老师帮不了你们，要想提高阅读水平，就只能自己去练，去培养语感。所谓的揣摩命题思路、语句上下连贯等方法，真的要靠做题才能领会。

最后，英语作文的提高，我认为可以采取背范文的方法。每周挑出一到两篇优秀习作，熟读至背诵的程度，这样坚持下来，自己的水平会潜移默化地受到熏陶。优秀习作中一般会使用一些高级词汇和复杂句型，多读多背会让自己的语言自然而然地变得更优美，句式更加丰富多变。练习写作是提升硬实力，我还想强调另外一个软实力——字体。跟语文作文差不多，英语作文也要重视字体的练习，学习写出那种扫描上去看起来很舒服的字。印象分在作文的批改中十分重要，卷面是否整洁，字体是否工整直接影响到作文的最终得分。我们学校要求我们从高一就开始坚持练字，到高三之后一手好字是值得每个人骄傲的资本，也是高考英语中一个获得高分的秘诀。

学科四：物理

物理的学习可以参考数学，因为思路和方法与数学比较接近。见识过一定量的习题之后，你看到的就是总结或见识过的一个个题型与解题思路，只要多思考就能有所收获和进步。

这里我想着重强调一下攻坚心态：我们要尽量去做些难题，不要总是见了难题就拐弯。很多难题并不是不可逾越的，攻坚很重要，一方面它能大幅提升你的思维，训练你的能力，更重要的是，随着攻坚，你能逐渐确立信心。很多人怕难题，久而久之对于比较绕的中档题都会怕，只敢做直来直往的简单题，这样还怎么能考高分？也许难题我们不能全部攻克，但至少我们敢思考，这样才能拼尽全力考出自己比较理想的分数。

另外我想提醒一下：学物理最重要的是情景分析，要理性去分析，不要太靠感性地想当然。这是培养理性思维很重要的一环。如果看着一道题，你没有任何依据地就靠自己主观感受认为它“应该”是这么运动的，这叫感性分析，是违背理性的。严谨的分析不应该从感性出发，而应该从情景出发，运用物理知识去推导，看这个题目究竟是怎样的情景。有的人不看情景直接列方程，有的人分析情景带有感性，一旦把情景理解错了方程也会列错，那么做这道题目肯定就会出问题。

学科五：化学

化学有点文理科综合在一起的意味，要背的东西很多，主要是课本的实验步骤和重要术语，这些死东西必须吃透吃牢。然后是理科性的，主要集中在离子反应、氧化还原反应、综合金属与非金属的知识，需要分析、计算、配平方程式等。这个方面就必须要大量练习了，只有通过足量的习题训练，基础知识才可以掌握得更牢固，对各种解题方法的掌握也能更加熟练。

另外，分析的结果也需要严谨完整地表述。在回答化学问题时，一定要注意语言表述的严谨和完整。很多时候一些细节性问题都需要我们格外地小心。特别是在化学实验题中，实验步骤及现象都需要十分精准地描述，这就要求我们细心认真，不出一丝差错。很多时候分析一道题目花费了很长时间很多精力，但是最后因为表达而被扣掉了一些分数，这样就很不值得了。

总之，要想学好化学，既需要数学、物理那样的练习题目训练思维，也要像文科那样记忆一些东西，像语文一样注意措辞，让表述严谨而完整，最后就一定能取得满意的分数。

学科六：生物

生物是最偏文的一科，首先要做的事情就是背课本，这个记忆量要比化学大得多。因为要记忆课本上的重点知识、实验知识、各种小字，甚至某段里的一句话、一个词都可能成为考点。举个例子，“神经中枢的作用是：对传入的神经信号进行‘分析’与‘综合’，并发出神经冲动”。这句话估计不少人都不会在意，如果考试中问到神经中枢的作用，就很容易出现要点的遗漏，这说明背课本要认真细致，不放过任何一个可能的考点。

然后是做题，生物想提高成绩只靠背也是不行的，特别是有关光合呼吸、遗传、创新实验等方面的题目，很多都是要把记下的东西进行多次强化训练才能熟练应用的。所以这一点上生物还是有理科的性质。不过，生物训练量可以没有数学、物理那么大，重点还是在于先背好课本，打好基础。做题首先要把课内的作业保质保量地完成，如果有薄弱环节再单独做些专题的提高。

三、纠错总结经验分享

纠错本的工作量确实是比较大的，但是真的很有效，特此提出。

首先，不要每一道错题都往上抄，很多题目是重复的，而且抄了那么多最后也看不完，这样只会冲淡主要问题，浪费时间还收效甚微。如果抄题过多，要看一看你抄的错题是不是重复类型的多了，如果是，就选择一道有代表性的即可。但如果错题到了抄都抄不完的地步，是不是有点太多了？会不会是因为基础不牢就刷题导致错误连篇？这时候需要反思一下这方面的问题再找找原因，不要盲目为了整理错题本而大规模抄错题，这样就舍本逐末了。

其次，整理方法可以灵活，抄题目可以换成剪裁，这样可以省去大量时间。很多一轮、二轮复习资料和试卷，将来都是要扔进废纸堆的，剪下来利用最大化也无妨。这样可以节省时间，纠错本的目的是要纠错而不是作秀，所以我们要选择最节省时间又最有效率的方法。

最后，错题本需要反复回顾。这才是纠错本存在的关键意义，不及时回头复习怎么能将错误的思维扭转过来呢？建议大家养成固定的时间点回顾纠错本，对于已经掌握的题目，可以把那道题画掉或做出自己能识别的标记，以免以后回头再看时在这些题目上浪费时间。

因为每个人情况不一样，所以不希望我的方法会干扰大家寻找属于自己的、适合自己的方法。记得原来给一个基础不太好的朋友出谋划策，因为我根本难以理解他当时的水平与情况，即使听了他的描述也很难像他本人一样掌握自己的实际情况，所以给他提出的很多建议都是按照我自己的情况来说的，结果收效甚微，对他帮助并不大。所以请大家从上文中自取所需，记住一定要学会自己去摸索，这也是学习进步的一个关键过程。不要照搬，这样的懒惰注定是达不到理想的结果的。希望这篇文章能帮到大家，祝大家在高考中金榜题名！

作者寄语

博雅塔前宜聆教，未名湖畔等你来。

回首高考路

张博雅，女
北京大学元培学院 2015 级本科生
毕业于河南省新乡市第一中学。2015 年通过北京大学博雅人才计划获得 30 分加分，最终以河南省第 26 名被北京大学录取。高考总分 687 分（理科），其中语文 128 分，数学 132 分，英语 142 分，理综 285 分。曾获得河南省三好学生、新乡市三好学生等荣誉称号。

说实话，面对这样一个话题，我有些无从下手。在这么多年的奋斗之路上，我同你们一样，读过了太多的高考励志文章，也听过了太多学兄学姐的学习经验交流会，甚至连我自己也给学弟学妹们分享了不少学习经验，但是，关于如何成功地学习这个命题，我还是无法给出一个肯定、确切的答案。

但是无疑，这一路走来，面对高考，我是有着真切且深刻的体悟的。

一、高考不是人生的全部

高考，是一个每年 6 月都会占据各大媒体头条的话题，它牵动着无数人的神经，不仅仅是考生，还有考生背后的整个家庭，甚至是老师和学校；高三，是一个如同地狱般的存在，在我尚未踏入高三之前，已经有一任又一任的老师向我描述了高三的惨烈场景，甚至包括初中老师、小学老师。我们把衡水奉为高考神话，一遍遍地复制衡水模式，一声声地喊着让人胆战心惊的“只要学不死，就往死里学”的口号。

高考成了一个太过严肃甚至沉重的话题，它在人们心中的地位太高太高，“一考定终生”“千军万马过独木桥”，甚至于一个孩子要参加高考，全家齐上阵，一个院的邻居都知道。但物极必反，当事物走向一个极端之后，势必被拉向另一个极端。《周易》有云："日中则昃，月盈则亏。"每年夏天，高考高分考生都是最为风光的，他们备受追捧，得奖励、做报告、受采访，"状元经济""状元营销"大行其道。但与此同时，高分考生在大众心目中的形象也越来越差，近年来，与高分考生"昔日风光，今日落魄"有关的文章层出不穷。在考场上如鱼得水、游刃有余的学子们似乎越来越难以适应这个社会，"高分低能"似乎成为一个常态。我们所谓的"高分考生""高考赢家"，口碑已经趋向了两极化。一方面，我们受欢迎的程度不减，家长、学校、企业需要我们，甚至于陌生人听说某某某考上了北大，也要极尽赞美之词，羡慕得不得了。另一方面，我们也饱受诟病，我们的其他能力也受到了多方面的质疑。

这是应试教育的痼疾。诚然，教育改革已经很大程度上改变了以往的教育模式，越来越多的学子做到了全面发展，尤其是大城市，已经把教育的重心逐渐地倾斜到了综合素质上来。但不可否认的是，应试教育的阴影还在，甚至还将持续很长一段时间。

譬如，我曾看到过这样一幅图片：一个刚出生的小女孩儿，她的旁边竟然挂着一块高考倒计时牌，上面是鲜红的数字，提示着这个孩子还有她的父母，他们的时间有多么"紧迫"。不知该佩服孩子家长的未雨绸缪，还是该悲哀应试教育的波及范围之广。为了高考，我们已经付出了太多太多，我们牺牲了无忧无虑的童年，牺牲了节假日，甚至牺牲了健康……我想，这肯定不是教育真正的目标，这肯定也不是教育者们想要见到的结果。说到底，我们还是把高考看得太重。

高考，也许并没有我们想的那么重要。还记得今年高考结束，马云写给落榜生的那篇长微博。两次高考失败的马云如今的成就早已让当年的高分考生望尘莫及。先贤曾云："有些事可以影响你一生，但没有任何事可以决定你一生。"别把高考想得太重要，条条大道通罗马，高考不是人生的全部。少些负担，轻装上阵。"得之我幸，不得我命。"我能考出骄人的成绩,考上理想的大学,固然很好,但是就算结果不尽如人意又能怎样?明天太阳依然升起。你在奋斗路上培养的软性的能力,远比你最后那张纸上取得的硬性的成绩重要。

二、内向性格的力量

内向,不知道从什么时候起,成为一个贬义词。在大多数人眼里,内向意味着木讷、无趣。身为一个内向的人,每次别人介绍自己都要提一句:“就是太内向了。”

在别人每天出门聚会与朋友打成一片的时候,我更愿意安静地待在家里,读一本好书;在课堂上同学们为某一个问题讨论得热火朝天的时候,我更愿意选择沉默,自己默默地思考。

我试图摆脱自己内向的性格,但每次都是徒劳。我一直认为,内向是一个缺点,对自己一直持否定态度。从小到大的教育也告诉我,外向的人比内向的人更优秀,更受欢迎。如今的教育模式,越来越偏向那些外向的人。没有人知道,课堂上老师要求小组讨论时,我内心的别扭;没有人知道,上台展示之前我做了多少准备,只为了内向的自己能够不在全班面前出丑。

有幸,我听了苏珊·凯恩的演讲《内向性格的力量》。苏珊告诉我,内向并不是我的错,没有必要强求自己去变得外向,顺其自然。在这个世界上,三分之一到二分之一的人都是内向的,也就是说,每三个人甚至每两个人之间就有一个内向者。而占这么大比例的内向者,在现实生活中,却是不被认可的。内向和外向,本只是两种不同的性格而已,却非要分出优劣。我相信每一个内向的人在成长的道路上都会被告知:“你的宁静和内向的性格并不是成长道路上的必需品,你要努力转换身份去成为一个外向的人。”内向的人似乎变成了不合群的人,受人排斥。

事实真的是这样吗?达尔文拒绝了晚餐派对的邀约,选择一个人漫步在小树林中,进行伟大的创作;西奥多·盖索选择在一座孤独的束层的塔形办公室中进行自己的创作，他甚至害怕与孩子们见面；而加夫列尔·加西亚·马尔克斯正是选择闭关 18 个月，潜心创作，才拥有了《百年孤独》这本历史巨著。

不可否认，人是群居动物，团队精神的确值得赞扬，但请停止对于协作的执着与狂热。现代心理学告诉我们，当我们和一组人待在一起时，我们近乎本能地模仿他们的意见与想法，甚至是看上去私人的、发自内心的事情。既然这样，那么内向者的独立、深入的思考和创作的能力便是应被允许存在的，甚至是必需的。

为什么我们现在的教育要给予内向者这么大的偏见呢？我们并不是不具备社交技能，我们只是习惯安静、独处的环境；我们并不是不愿意与老师、同学交流，我们只是习惯一个人思考、解决问题。性格不应该存在歧视。

如今的教育更应该给予不同性格的人适合他们发展的充分自由，而不是把所有人变成同样的性格。也许同我一样内向的学弟学妹们，不必那么愧疚，这个社会需要内向者，需要你们。

三、高考教会了我

如今，在即将踏上大学这辆列车之时，蓦然回首，高三、高考到底带给了我什么，是手上的这一纸北大录取通知书吗？

不知是什么时候涌上心头的一种感伤，很想重走一遍高三路，或许有人会报以嘲笑，评价说“又是文青的矫情”。的确，身在高三的时候，每天都在数着日子，看还有多长时间才能逃离这地狱。幻想着最后一场考试结束的铃声响起时，自己该是多么兴奋。

然而，事实是怅然若失。

回首我的高三路，一开始便是巨大的动荡，学校重新组了一个班级，“大神”云集，全新的老师，全新的同学，彻彻底底地“水土不服”。没办法，只能是学生改变自己，适应老师，不可能让老师适应学生。所以，唯一的选择就是，调整自己的状态，重新适应，适应新的教学模式，适应更加努力的自己。很快，第一次考试成绩出来了，还不错。顿时自信心爆棚，人就是这样，一件很小的事就能让人的心情跌入谷底，也能让人瞬间满血复活。一次小小的成功，让我跟打了鸡血似的，充满了学习的动力，整个人都是积极的。

我一直坚信，学习的状态很重要，只有状态最佳，才能效率最高。当你陷入瓶颈之时，自己给自己以鼓励，尽可能争取一次小小的成功，它会让你重拾久违的自信。

新东方董事长兼首席执行官俞敏洪评价马云时说过："突破很简单，在于有没有一瞬间的勇气，需要突破的勇气。自信，哪怕盲目的自信，也比懦弱和考虑周到要强百倍。"马云为什么会成功？正是这近乎盲目的自信。因为盲目自信，所以他能飞快地从挫折和自卑中走出来。马云自己讲过，他进了杭州师范学院很自卑，但是只自卑了一瞬间，就给自己定了三个目标：第一个目标，必须把专科变成本科；第二个目标，必须变成校学生会主席；第三个目标，必须跟杭州师范学院的校花谈一场恋爱。看似遥不可及的目标，但是马云毕业的时候，三个目标不仅实现，而且是全部超期待地实现，不仅是校学生会主席，还变成了整个浙江省学生会主席，不仅和校花谈恋爱，而且还把人家娶回家。但自信绝不等同于好高骛远，他虽然自信，但他把自己的目标切切实实地转化到了行动上。

即使结果并不理想，努力的过程依然有它存在的价值。不强求最后的结果，但要保证中间的努力。因为，时间会以严格的姿态检阅每一分努力，任何的侥幸都逃不过它的审视。

我一向认为，知道怎么学习比学习本身更重要。但知道怎么学习并不意味着找到了捷径，努力有可能不会成功，但不努力一定不会成功。曾经的班主任告诉过我们："鄙视题海战术的不是天才就是蠢材。"话可能有点夸张，虽然我不支持一直刷题，靠刷题刷出成绩是机械的，但不能否认，对于理科来说，一定的练习是必要的，一定的付出是必要的。但是绝不能沦为高考的学习机器，做题贵在质，而非量。做题过程中，融入自己的思考很重要，是你在掌控知识，而非知识掌控你。

高三那年，我目睹了一场场梦想的沦丧。

新的集体，每个同学都格外优秀。原有的格局被打破，原有的棋盘被打乱。在一次次的打击下，慢慢地，有人开始重新定位自己，“原来我没有我想象得那么优秀”，理想开始转变，从北大、清华到“985”，从“985”到“211”，从“211”到一本。

记得曾看过某年的高考状元写的一篇文章《北大是我美丽而又羞涩的梦》，北大也是我心中美丽而又羞涩的梦。小时候，北大、清华几乎就是我对大学的全部定义。懵懂的孩子，并不知道“北大”这两个字意味着什么，也不知道那其中包含着父母多少期望。后来的后来，我知道了，北大是李大钊，是陈独秀；是冯友兰，是茅盾；是邓稼先，是杨振宁；是李克强，是李彦宏。北大，这个词被镌刻在了脑海中，梦想的种子在一个个伟人名字的浇灌下逐渐破土、发芽，直到长成参天大树。

高三那年，在一次次考试中奔波，在一个个成绩中伤神，无数次离梦想越来越远，但好在它一直都在我心里。尽管可能最后的最后，我没有能够完成梦想，但我至少要一直为之努力。后来，我如愿以偿地参加了北大博雅计划考试，因为名字是“博雅”，老师们还开玩笑说，这仿佛就是为我量身定做的，或许可以称之为宿命，看来是注定要上北大了，那时的我，离梦想更近了一步。

梦想不会逃跑，会逃跑的永远是自己。感谢那时的自己，勇敢而坚定，不曾把最初的梦想丢下。“最想要去的地方，怎么能在半路就返航？最初的梦想，一定要到达，实现了真的渴望，才能够算到过了天堂。”

追逐梦想并不意味着不允许失败。

高三上学期，我考了一次全班倒数，人生中第一次被请家长，之前的所有成绩都被老师否定，梦想好像变得遥不可及。自那之后的一段时间，我完全丧失了学习的动力，整日浑浑噩噩，连课也听不进去。我的好朋友看不下去了，甚至对我说：“难道之前的成绩都是你靠运气换来的吗？相信你自己的实力！”

人总不能一直沉浸在过去之中，也许正是失败才赋予了我们变得更加优秀的机会。在失望中积蓄，在绝望中等待。我相信，所有的失败都会成为一笔财富。经历过这次失败之后，我甚至变得更加平和，不再患得患失，不再为成绩和名次斤斤计较，反而能够更坚定地朝着心中的理想努力奋斗。日子一点点地在考试和刷题中过去，就这样，高考真的来了。

一开始难免有些慌张无措，因为我还没有做好充足的准备，甚至在高考前的晚上，还在临时抱佛脚。其实，在高考前拼命复习还不如多花点时间调整自己的状态，缓解紧张的情绪。在真正迈入考场，拿起笔开始答题的那一刻，突然之间你会发现，所谓的“突击”根本没有用，反而是那时“扑通扑通”乱跳的小心脏对你影响更大。这是我的切身体会。在高考即将到来的时候，不妨多花些时间在调整心态上，每天坚持跑步，压力大的时候就听听歌，打打游戏，不必为了高考放弃所有的爱好。拥有一个好的心态，高考就成功了一半。因为，在高考之中，发挥正常就意味着发挥超常。

感谢那年陪我奋斗在高三的同学；感谢那年对我们说“即使你们高考少考了几十分又怎样，若干年后对你们的人生没有任何影响”的年级主任；感谢高考教会了我自信，教会了我选择，教会了我对梦想的坚持，教会了我宠辱不惊。回首高考路，不是庆幸自己逃出了牢笼，而是单纯的付出与努力，满满的成长与感动。

张爱玲曾说：“在这个光怪陆离的人间，没有谁可以将日子过得行云流水，但我始终相信，走过平湖烟雨，岁月山河，那些历尽劫数、尝遍百味的人，会更加生动而干净。时间永远是旁观者，所有的过程和结果，都需要我们自己承担。”也曾想背起行囊，到远方寻梦；赏过多少繁华如画，看过多少过往云烟，我们总会在经历中懂得，在梦想中展望，在红尘深处，守望生命如初的美丽。学弟学妹们，不管你们将来选择一条什么样的路，请勇敢而坚定地走下去,不求结果,勿忘初心,莫让青春苍白了颜色。若是你们选择了北大,请坚定地追寻那“一塔湖图”。正如马尔克斯所说:“平庸将你的心灵烘干到没有一丝水分,然后荣光才会拨动你心灵最深处的弦。”

此时的我已踏入燕园一个多月,高考仿佛是很久远的记忆了。大学对于我来说就是一个全新的世界,它跟我想象中有点不太一样。上了大学之后,很多同学在抱怨怎么大一比高三还累,我想,也许是我们对它的期许太高。大学的生活的确是更加丰富多彩的,然而并不轻松,你的身边都是“大神”,你的世界中努力依然是主旋律。所以,如果你选择了优秀,就请你一直努力地优秀下去。

作者寄语

不忘初心,砥砺前行。

依依旧事，助明朝风华

赵莹钰，女
北京大学中国语言文学系 2015 级本科生
毕业于河南省太康县一高，2015 年通过国家专项计划被北京大学录取。曾获得河南省三好学生称号。

在寂寂深夜写下这般文字，万籁无声，唯闻落笔沙沙，指尖流淌。一任思绪万千，穿梭光阴之中，纷纷扬扬，竟生出隔世之感。古典桥段看多了，不由觉得此间场景倒有一番悠悠古韵，仿佛自己正是那素衣少年抑或长发女子，立黄昏面西风，回想如烟往事，不知是喜是悲。

尘埃早已落定，我却迟迟未能动笔，每每提起都思乱如麻，只得无奈放下。这十几年的人生虽简短而平静，却曾缓漾涟纹，波光之间，故事些微。一直喜欢写字的感觉，也曾留下散碎的片段，但这样静下心来，细细思量，写下这十几年的人生轨迹和心路历程，还是第一次。希望这些散落的文字能够诉说那依依旧事，为明朝试锋的学弟学妹们尽绵薄之力，愿你们绽放属于自己的风华。

一、以梦为马

被北大录取后，班主任对我说，有志者，事竟成。我笑了笑，很赞同。平心而论，我不是一个喜欢张扬的人，然而我却不止一次宣布，我要上北大；我不是一个偏执顽固的人，然而我却未有一次动摇，我要上北大。这样地期求若渴，只因在我心中埋藏了多年的梦：北大。说来也怪，在我脑中还几乎没有“大学”这个概念的时候，一次北大之行却在我心中播下了种子，小小的心从那时起就宛若朝圣般面向了北大，再未更改。

也许有人会嘲笑我是书呆子，没有明确的人生方向，只知道削尖了脑袋挤上应试教育的独木桥。然而我知道，北大就是方向。向往北大，不是为她头上耀眼的光环，而是为她百年学府厚重的底蕴，为她兼容并包博大的胸襟，为她仰望星空不移的信念，为她脚踏实地坚韧的步伐，为她星汉灿烂大师的荟萃，为她民主科学爱国的情怀……我知道，在北大，我将会有一个无比宽广的平台、一个拥抱世界的视野、一个更好的角度来为人生刻写坐标。

怀着这个梦想，我一路追逐它的光芒，如同枝芽面向太阳，不断成长。整个高三，我都在为梦而战。一次次，在繁重的作业中抬起头来，憧憬一下美好的燕园生活，微微一笑，继续低头，奋笔疾书。一次次，在班级的梦想栏上写下：北大，我来了！然后热血沸腾，斗志昂扬。一次次，在想要偷懒耍滑的时候，提醒自己，为北大，竭尽全力！而后不再懈怠，继续努力。曾几何时，我在桌前写下：让梦想之光，照耀不息。现在回想起那段为梦想拼搏的时光，虽辛苦单调，却纯粹美好。

还记得升入高三之后的第一次考试，语文作文给了一段关于追逐梦想的歌词，我突然间就感动得热泪盈眶，写道：此刻，我看到了梦想闪耀的光芒。在答题纸上，我写下誓言：高三，为梦想，竭尽全力！数不清有多少次，北大梦提醒我不可懈怠，督促我不能懒惰，让我能够于现在感谢那时努力的自己。

分科的时候，我毫不犹豫地选择了文科，但情况并不乐观。由于种种原因，我们那一届的文科学生不太理想，我在文科生中可以说是一枝独秀，几乎没有竞争对手。这实在不是什么好事，缺乏竞争会使人逐渐自满、懈怠。按理说，一枝独秀的局面不会持续太久，幸运的是，我没有对手，却有梦想，它弥补了缺乏竞争给我带来的不利因素。虽然有时也会得意自满，但大多数时候，我没有因为拿了第一而沾沾自喜，也没有与其他人做无谓的比较，而是与自己纵向相比，寻找自己与北大的距离，从而不断努力，才没有“泯然众人矣”。

不是没有想过，如果与北大注定无缘，如果高考的结果不如我所愿，付出那么多的努力和牺牲，值得吗？想过之后，觉得会有遗憾，但一切都值得。我依然会感谢北大，让我曾经有梦想，有希望，不迷茫。正是因为想通了这一点，我在高三心无杂念，没有顾虑，一直以良好的心态为梦奔忙，不断进步。因此，梦想在我求学生涯中的意义，非比寻常。

收到录取通知书后，我发了一条动态：我听到梦想绽放，宛若天籁。那时，我抬头微笑，仿佛能看到空谷中的树树花开，甜蜜而幸福，那是一种实现梦想的无比满足。2015 年毕业季，中文系的毕业致辞说：诗酒年华，仗剑天涯；踏遍青山，以梦为马。就学习而言，梦想会是我们最大的动力和助力，永远在前方闪耀，引你奔跑。如果心中有梦，那就让它燃烧成火种，让梦想照亮现实。

二、书山小径

在此，我想分享一下自己在学习中的心得。也许这不是被大量验证过的经典方法，但至少每一条都是我从亲身经历和实践中获得的经验教训，希望能让大家借鉴一下，少走弯路。

首先，在整体的学习上有以下几点：

1.根据实际情况对学习方式进行灵活调整

要知道，学习方法是不需要你从头坚持到底的，因为除去自身学习状况的变化外，不同阶段需要完成的任务是不一样的，学习方式自然不能一成不变。试想一下，假如你刚开始计划每天用一节自习课的时间默写古诗词，一个月后你的古诗词默写几乎全是满分，那就不用再每天花费一节课了，必须把时间用到更需要的地方。很简单的道理，在你不同模块的掌握程度对比发生变化时，你所投入的时间、精力就要相应地改变，否则，学习的效率就会受到影响。很多人看起来每天都在勤勤恳恳地学习，但效果却不太理想,我觉得很大的一部分原因就是因为他们没有进行正确的调整,从而导致效率不高。就高三而言,一般来说一轮打基础,二轮提能力,三轮搞冲刺,其间还有大大小小多次考试,我的建议就是根据每一阶段的复习计划,制定不同的学习目标。比如一轮的时候把主要精力放在基础知识上;二轮就是分类训练,提高能力;三轮则要进行大量的模拟训练,同时再次回归课本。特别需要注意的是,要根据每次考试的测验结果所暴露出来的新的知识弱点对学习方式进行调整,以便能及时补上薄弱环节。最后提醒大家,如果发现自己的学习方法有问题,就要立即做出改变,把损失降到最低,当然,最有效的检验方法,就是一次次的考试成绩。

2.计划好,效率高

相信大家都做过学习计划,这件事情的重要性也是没得说的,计划好了,学习效率会提高不止一点两点。我认为做计划要注意三点:细、活、实。

计划要细。计划得越细,效率就越高。我最常做的是每日计划,在明确好阶段任务后,大致计算一下每天需完成的量,以此为参考进行计划。我都是在晚上列好明天的计划,主要根据每天的课程和任务进行安排,最好能细致到分钟,这样能最大程度地节省时间,又能给自己造成一种紧迫感,提高效率。

计划要活。虽然列计划的时候要尽可能考虑到各种特殊情况,使计划有一定的灵活度,但我们无法准确预知第二天会发生的事情,也许突然多了或少了一节自习课,也许老师临时发了几张试卷,留了一些作业,这时我们自然要分出轻重缓急,对自己的计划进行修改。在这种情况下即使我们完不成计划,也不必苛责,毕竟事出有因,只要不是故意拖延就好。

计划要实。这个"实"有两层含义:一是要有实际意义,要有一定的挑战性,当然要在自己的能力范围之内,既不能过于简单,又不能难度太大,不然无论是否完成,都没有什么意义。二是要落到实处,不能觉得计划是自己定的,完不成也不会怎样,这样只会助长自己的惰性,所谓的计划也就没有什么用处了。要有“计划如山”的认识，尽最大的努力去完成，这样才会有效果。有一种情况，我称之为“自我欺骗式假性学习”，这种情况有时连自己都意识不到，但危害是极大的。具体表现为部分学生在一定的时间内看起来和旁人无异，都在努力学习，但这种学习带有一定的欺骗性，倒不是说他们装模作样，而是指他们把时间花费在了不必要的地方，比如学习的内容是自己已经掌握熟练的，不需要再花费时间，或者是高考考查力度很小、不需要花费过多精力的内容。这样的人不是不用功，是他们放纵了自己潜意识中的惰性，有意无意地避开了自己没有掌握的内容，而是选择了可以少花力气的东西，而且还会觉得自己用功了、努力了，但其实这种学习是没什么效果的。要避免这种情况发生，最好的办法就是计划时做到“实”这一点，内容适当执行严格，不是临时决定、随意散漫。

3.永远不要丢掉课本，永远不要轻视基础

《孙子兵法》中有一句话：善胜者不阵。以此做比喻，“善胜者”就是平时成绩比较好的学生，这些人可能不太注重基础知识，也不太清楚自己为什么能考好，可能每天就是随着老师的步伐写写作业、考考试，但这样其实是很危险的，说是危如累卵都不为过。因为他们“不阵”，也就是没有系统全面的基础知识，甚至不知道自己的弱点在哪里，一旦考试中出现没有掌握的内容，就容易方寸大乱。此外，在高三后期，做过大量的题之后再次回归课本，就会发现很多东西，一些困扰自己的题型都能在课本中找到蓝本。当然，如果到那个时候才认识到可能会有点晚，来不及补救，希望大家一开始就能注意。

另外，使用新课标卷的考生，无论你们用的是不是人教版课本，最好都能找一套看看，尤其是政史地课本，如果仔细看的话，会在书中找到许多答题的基本思路和方法，对文综拿高分作用极大。复习时看课本，需要边看边回忆，回忆有没有在这里出过错，当初老师是怎么讲的，自己是怎么理解的，有什么样的考查方式，等等；边看边联想，与其他章节、模块甚至是别的科目的内容相联系,这样能帮助自己形成良好的思维习惯,构建完整的知识网络。

在高三的复习中,尤其是一轮复习时,千万不要有轻松的感觉,很多人会觉得已经学过了,又重新复习一遍,还很基础,题也简单,很容易就过去了。如果这样想,就是在浪费整个一轮复习的时间!正确的做法是,一轮复习中,在巩固基础扫除盲点的同时,将知识进行拓展,把书读厚,让自己的思路变宽,视角变准,做到高屋建瓴,而不是简单地再听一遍,形成一个不深不浅的印象。不要以为这是二轮、三轮的事情,这是一轮时要做的,因为基础是一切前提。还需要注意的一点是,在训练中不能一味追求题目的新颖和难度,偏、难、怪题高考不考,基础题才是王道!这话说给所有的学生,就说2015年新课标1卷文科数学,对于水平较好的同学来说,栽在第19题上的可能性恐怕比第21题更大些。

4.在平时的训练中养成良好的习惯

在平时的训练中,我们需要养成规范答题、限时训练的好习惯。可能有人觉得这样是在浪费时间,认为做题时写写思路就行了,整张试卷只拣有难度的题做。这种方法在专题训练强化弱项的时候可以用,但如果在模拟训练的时候也这样做,一味追求速度,只能是得不偿失。毕竟高考的不确定性很大,谁都不知道题目会出现什么样的变化,因此,在最后的训练中,我们需要把眼光放长远,不是拘泥于某一道或几道难题,而是要放眼整张试卷,这就要求我们做到规范答题、限时训练。具体做法就是在平时做题的时候绝不能偷懒,该动笔时不含糊,比如数学大题,要训练自己步骤的完整性、准确性,写完之后要比对参考答案,看看哪些步骤缺少了,哪些步骤又是多余的,只有经过这样的训练,考试的时候才不至于因为写多了而浪费时间,写少了而被扣分。

至于文综,很多同学只是做做选择题,后面的大题懒得动笔,认为大题拉不开分,只要写满就行了,还有人觉得做题再多又怎么样,有时得分还不如那些做得少的同学,这些都是侥幸心理。的确,文综题的尺度不好把握，做得多不代表分数高，但其实哪一科都是这样，只是文综表现得更突出而已，如果因为这样而放弃练习，那就对自己太不负责任了。

这里所说的练习，不是简单地刷题，而是对自己答题思路的整理和格式的规范。在做题的时候，不是想到哪儿写到哪儿，而是要系统回顾课本上有关这一考点的内容和这一题型的答题模式，使答案条理清晰、思路完整。另外，要重视与参考答案进行比对，看看自己的思路有什么不足之处，及时补充，使自己的答题模式更加完整准确。还要打磨语言，向一些比较好的参考答案学习，更重要的是要学习、模仿甚至直接引用课本语言，使答案显得简洁、准确、专业。

至于限时训练，它的作用是使自己养成较强的题感，时刻保持临场的感觉，等到真正上考场的时候，能够做到思路顺畅，不至于突然卡壳，影响心态，导致题目做不完、准确率下降。做到了这两点，就能从整体上提高答题水平和得分率，所以想从这里省出时间去攻克难题的同学只能是得不偿失。

5.积极听课很重要，很重要，很重要

重要的事情说三遍，我绝不吝惜再说三遍，因为这件事情太重要了：积极听课能使你的学习效率提高十倍、百倍！积极听课是指上课时紧跟老师的节奏，积极配合，认真记笔记，踊跃回答问题，敢于当众展示自己的思路方法等。很多高中学生大多数都没有做到这一点，只是听听而已，觉得这样就行了，没必要费这么大力气，甚至认为老师讲的自己已经懂了，索性直接不听，做自己的事情。我只能说，这样做的结果是得不偿失！可能“认真”听一遍和“积极”听一遍在短期内没什么差别，但等到时间久了就有区别了。积极听课者的记忆要深刻得多，甚至无须再复习，过了很久仍然记忆犹新。原因很简单，积极听课的时候，动耳、动脑、动口、动手，甚至有当众回答、质疑、争论、展示的经历，比单纯听一遍的同学的记忆不知深刻了多少，还会理解、掌握得更准确，而且这样做还能使大脑兴奋，上课不困。

以上这些,说不上是锦囊妙计,只是经验之谈,巍巍书山之中,羊肠小径而已,若是能对大家略有帮助,荣幸之极。

三、心灵修行

平和,自信,阳光,感恩,带着这样的心态走过高三,仿佛走过一场和风花雨,纯净温暖,充实满足。没有经历过高三的人或许会觉得它黑暗可怕,而事实并非如此,也许这段时光单调辛苦,但微笑面对,身累心不累。

高三有大量的考试、测验,面对我们成绩的起伏,进步退步,只有以平和的心态去面对,才能最大限度地减小情绪波动给学习带来的影响。这并不是要求大家心如古井,波澜不惊,毕竟高三的一次次考试最能牵动我们的神经,它们所带来的泪与痛、笑与歌是我们成长中珍贵的印记。面对考试成绩,进步了,我们可以由衷地高兴,进而增强信心,努力拼搏,但不能骄傲自满、止步不前;退步了,我们能够总结经验教训,化失落为动力,争取下次取得好成绩,但不能因此气馁,萎靡不振。一次小小的考试代表不了什么,我们不必太在意,给自己施加过多的压力,平和面对就好。

一般来说,每个人的成绩大致是稳定的,在一个固定区间内波动,有时高点,有时低点,但不排除低谷期。每个人都有低谷期,在那段时间里,无论自己怎么努力,成绩都不尽如人意,仿佛遇到了瓶颈。这可能是自己学习中的一个转折点,也许就是在从量变向质变转化,过了这个时期,自己的能力就会更进一层。我们应该对自己的成绩有一个正确而自信的认知,要有足够的信心认为考得最好的一次就是自己实力的反映。处于低谷期时,不能因为几次考试就丧失信心,要积极寻找方法,调整自我,尽快走出低谷,迈上新的高峰。

心中洒满阳光,世界才会透亮。在高三,我们要有积极昂扬的心态,不彷徨不迷茫,不偏激不偏执。不要纠结我们学这些知识有什么用,且不说知识、学术是不能用实用主义的物质性眼光来看待的,就算把现在的所学当作我们步入大学、放眼世界的桥梁,也是值得的,更何况我们所学的知识多一点，谈吐气质就升华一分，人生底蕴就深厚一层。也不要质疑高考的合理性，认为一考定终生、唯分数论等这不公平那不公平，纠结于辛辛苦苦最终只得到一个数字有什么意义，又能代表什么。是的，我们不能仅凭一次高考成绩就一锤定音，但在高考中取得好成绩的人，我总觉得必然大于偶然。我觉得高考是一种合理性很强的选拔制度，它考验的不仅仅是我们的智商，还有情商。想一下，高考要发挥好，首先得有良好的心理素质，其次要有扎实的基础知识，这又要求严谨认真的素质和坚强的意志。另外，若是处理不好与家长、老师、同学的关系，也会影响到学习。由此看来，高考制度有它长期存在的理由。况且，既然我们选择了高三，那就心无杂念，奋力一战；既然我们走向了高考，那就坚持到底，一往无前；既然我们无法去改变，那就尽最大的努力，不负青春华年！

如果心存感恩，就会发现高三多出了许多温暖，真挚感人：父母的殷殷期盼，老师的谆谆教诲，同学的守望相助……这样一群可亲可爱的人陪伴我们走过难忘的青春，那一个个动人的瞬间都在记忆中定格，再难消散。轻松愉悦的心情对我们的学习帮助很大，让我们带着感动上路，把爱与欢乐注入学习与生活。

最后，希望学弟学妹们步履坚实，走过高三，收获属于你们自己的珍贵记忆和丰硕果实。

作者寄语

靡不有初，鲜克有终。

后 记

从中原到燕园，我们胸怀天下，负笈求学；从燕园到中原，我们心系家乡，恩报桑梓。在北大求知的日子里，来自豫州大地的我们始终对家乡魂牵梦绕。我们渴望用在北大汲取的营养，为中原学子做些事情，为家乡建设贡献一分力量。怀着同样的对家乡深沉的爱，不同专业、不同人生轨迹的我们走到了一起。让来自河南籍北大人的心意能够传达给家乡人民，激励、帮助更多的河南学子来到燕园，加入我们的队伍中，成为北大中原人的一员，这是我们筹划本书的初衷，也是你我共同的期待。

作为本书的主要策划者，我们见证着一部书由几篇零散的文稿到洋洋洒洒近五十篇数十万言再到结集付梓的过程，内心欣慰兴奋的同时也略有忐忑不安。欣慰兴奋的是这本经过长期筹划的凝结了北大中原人心血的书终于要走向家乡，走近家乡学子，忐忑不安的是书中难免存在不足之处，而我们总希望能够做得更好一些。正像我们一直以来所做的每件事情一样，尽管力量微薄，但我们笃信，千里之行始于足下，点滴努力聚沙成塔。

本书的编写源于实践，尤其是北京大学中原发展研究会策划的“燕园豫心返乡励志报告”活动。2014 年以来，每个寒暑假都有一批来自河南的北大同学自发组织行动起来，深入河南各个县市，与高中的学弟学妹们谈人生、话理想。至 2016 年寒假，我们的足迹已经遍布河南省 18 个地市的 70 多所学校，共举办 120 多场励志报告会，受众逾 4 万人，成为目前全国规模最大的学生社团返乡报告活动。与励志报告活动相配合的还有面向广大河南考生的微信公众号“燕园豫心”,线上发布北大河南同学的原创文章,并每周定期与关注的同学们互动答疑。报告团招新时,北大外国语学院 2015 级同学袁博在申请理由中这样写道:“至今我还清楚地记得,去年寒假来自北大的学兄学姐在我们高中做励志报告的场景,他们的话语朴实却充满力量,让处在高三低谷期的我重新鼓起了勇气。如今我来了,我想像他们一样为家乡做些什么。”这让我们在感动之余,更清晰地感受到“薪火相传”一词的分量,更深刻地体会到励志报告的意义。寒假励志报告活动开展前,我们组织了三次培训,每个人就讲稿内容、演讲技巧、语言风格等方面不厌其烦地琢磨、调整、练习;对于来自“燕园豫心”公众号的每个问题,我们力求有问必答……春秋时节,我们深自砥砺,忙碌在北大校园的日日夜夜;冬夏时节,我们马不停蹄,行走于中原大地的每个角落。

幸运的是,我们的点滴付出得到了高中学弟学妹们、老师们和家长们的认可,也促成了《燕园豫声》一书的问世。在 2016 年寒假励志报告活动中,许多队员反映,很多高中师生在励志报告后请求留存一份讲稿。这让我们意识到口头分享虽然更有感染力,但难免存在保存时效上的缺陷。之后的一次发现又极大地触动了我们。2016 年寒假,一名队员在母校做励志报告时,经过教学楼的走廊,发现下课时很多同学挤在公告栏前看上面张贴的文章,这些文章正是“燕园豫心”微信公众号整理的励志报告讲稿。学校老师反映,讲稿饱含智慧和激情,对于高中生不啻黑暗中的明灯,为了让更多人受益,学校就每周把更新的文章打印出来,贴在公告栏里。这让我们进一步认识到,网络平台传播虽然更加快捷,但对于家乡的学弟学妹们来说,纸质材料也许更加实用。莘莘学子的需要就是我们的奋斗目标,我们认为,有必要将同学们的讲稿和微信平台上的文章结集出版。随后我们迅速自发成立了北京大学中原发展研究会《燕园豫声》编委会,投入到紧张的编撰工作之中。

这样一个出版缘由,看似偶然,实则必然。在它之前,有长期励志报告活动的铺垫，有经过实践检验的优质文稿的积累；在它背后，是无数家乡学子的倚重与信任，是每位作者、编者的真诚与心血。我们要做的、能做的事情还有很多。回顾中原发展研究会从诞生至今已然十五载，也是北大300多家社团中的"老人"了。2001年5月，时任河南省省长的李克强同志在接见北京大学河南实践团成员时，提出了在北京大学校内成立中原发展研究会，搭建北大学生与河南学子交流平台的构想；同年9月，北京大学中原发展研究会正式成立。肩负着这一使命，在中原发展研究会指导教师王欣涛老师的带领下，栉风沐雨，筚路蓝缕。研究会始终铭记"服务同学、服务家乡、服务社会"的宗旨，在实践中形成了"团结、务实、创造快乐"的组织文化。除了励志报告，我们还举办了形式多样的校内外活动，如中原青年论坛、毕业生送别酒会、暑期实践、同乡联谊、人大代表座谈会等。我们希望通过这些活动，构架起联结校内外同乡、促进家乡资源共享的桥梁，搭建河南籍北大学子展现中原人风采、宣传中原文化、促进校地合作、服务家乡发展的平台。

"士不可以不弘毅，任重而道远"，我们始终坚持以严格的标准要求自己，高质量办好每次活动，扎实迈出前进的每一步。尽管这是研究会策划的第一本书，但我们对这部经过用心打磨，凝聚着赤忱的文集充满信心。相信它一定能载着我们的希冀，跨过距离和媒介的阻隔，来到你们的身边，静静地置身于你们的案头，陪伴你们走过接下来每一个挑灯夜战的日子。

愿这本来自北大中原学子的《燕园豫声》能够成为中原高中学子最真诚的伙伴，为你点亮梦想、照亮前路。征程漫漫，我们与你一路同行！

北京大学中原发展研究会《燕园豫声》编委会

2016年5月10日